Waldtraut Lewin

Die Ärztin von Lakros

Waldtraut Lewin

Die Ärztin von Lakros

Roman

Verlag
Neues Leben
Berlin

ISBN 3-355-00245-3

6. Auflage, 1989
Lizenz Nr. 303 (305/195/89)
LSV 7001
Schutzumschlag und Einband: Achim Kollwitz
Schutzumschlagmotiv: Reproduktion nach einem Wandbild aus Pompeji
Typografie: Achim Kollwitz
Schrift: 10 p Garamond
Lichtsatz: (140) Druckerei Neues Deutschland, Berlin
Druck und buchbinderische Weiterverarbeitung:
Karl-Marx-Werk Pößneck V 15/30
Bestell-Nr. 642 396 5
00680

1.

Die Überfahrt von Rom nach Lakros dauert – vorausgesetzt, man schifft sich in Puteoli ein und hat das Glück, weder von Seestürmen noch von Piraten behelligt zu werden – zehn Tage.

Nun ist es um die Zeit, wie jedermann weiß, so bestellt, daß ihre Dauer sich nach dem mißt, was sich in ihr erfüllt. Fährt man an Bord einer römischen Trireme, ausgestattet mit allerlei Vollmachten, nach Lakros, so vergeht einem diese Zeit (ungezählt die Tage, die man nun einmal mit Seekrankheit in seiner Kajüte liegt) mit ehrgeizigen Träumen und Plänen, wie es so schön heißt, wie im Fluge. Die kleine Seereise erscheint als vergleichsweise unbedeutend gegen gewesene und vor allem bevorstehende Unternehmungen.

Ganz anders sähe es allerdings mit dem Wert dieser zehn Tage aus, säße man auf einem brüchigen Floß, knapp an Nahrung und Trank, um sich herum Kranke und Sterbende, ohne Wissen, daß da überhaupt irgendwo in dem unendlichen Wasser Lakros liegen könnte und plötzlich aus dem Dunst auftauchen würde wie ein Schild, der im Meer schwimmt, umgeben von anderen kleinen Inseln – ein Land der Phäaken sozusagen; ja, ohne Wissen darum, daß es auf der Welt überhaupt Lakros, den Inselstaat Lakros, gibt.

Da würde dann die Zeit zu einem sich endlos dehnenden Ozean der Verzweiflung, zehn Tage wie zehn Jahre, Zeit, um verrückt zu werden oder vernünftig oder auch um zu bestehen.

Und dann ist man auf Lakros. Lakros? Was ist das überhaupt? Wer scherte sich um Lakros vor einem Menschenalter beispielsweise?

Entlaufene Sklaven konnten da Unterschlupf finden, ohne daß sie jemand gesucht hätte. Und ob der mächtigste Mann dieser Insel sich nun Tyrann, König, Despot oder Gott nennen ließ, kümmerte die Welt sowenig wie das Wetter vom vergangenen Jahr. Lakros. Eine große Insel, ein paar kleine. Eine Heilquelle.

Von Rom nach Lakros reist man bei günstigem Wetter zehn Tage. Zunächst rückblickend sieht man die machtvolle Silhouette der Stadt, die die Welt bedeutet, kleiner und kleiner werden gegen den hitzedunstigen Himmel, bis sie schließlich zu Spielzeuggröße zusammenschrumpft, einem Westentaschenrom sozusagen. Im gleichen Maße, wie man sich von der Stadt entfernt, nimmt Lakros an Größe und Nähe zu. Auf den bizarr gekräuselten Wellen jenes Meeres, das die Bürger der urbs aeterna als das ihrige zu bezeichnen pflegen, erscheinen über schwebende Stunden hinweg, als seien beide gleich klein, das puppenhaft gegliederte Rom mit Kapitol und Forum – und die Inselwelt, auf einer plastischen Landkarte in das wegen unterschiedlicher Tiefen von violett bis blaugrau getönte Wasser gebaut. Modellierte Erhöhungen in Grün und Rostbraun – dazwischen wohl ein dreizackbewehrter Neptunus, halben Oberkörpers aus den Wogen gereckt, die Szenerie zu bereichern.

Auch Schiffe gehen hin und her auf dieser lebendigen Landkarte, schönfarbige Segel zieren hier und da die Bläue des Mare Nostrum.

Inzwischen hat einer der Olympier geruht, aus der graukaschierten Wolkenbank oberhalb der Szene einen Lichtstrahl schräg und grell auf Lakros zu richten, so daß es fast scheint, als wolle er die Insel zu Flammen entzünden. Unzweifelhaft ist sie dank dieser Beleuchtung Mittelpunkt geworden – in höherem Sinne gewissermaßen, vom olympischen oder auch weltpolitischen Standpunkt her; denn für die Akteure, das versteht sich, ist immer die Geschichte Mittelpunkt, in der gerade *sie* spielen, das ist wenig überraschend.

2.

Im Jahr der Einführung eines neuen Kalenders in Rom durch den Diktator Gaius Julius Cäsar fand ein lakrischer Hirt bei der Suche nach runden Steinen für seine Schleuder einen metallisch schimmernden, faustgroßen Erzklumpen, den er, da alles Land sowieso dem König gehört, er andererseits aber auch auf eine Belohnung hoffte, sogleich zu dem Wahren und Alleinigen Herrscher über Lakros und die umliegenden Archipele, dem Fast Göttlichen Basileus Sesostris, trug.

Sesostris sperrte den Hirten unverzüglich ein, nachdem er sich vergewissert hatte, daß niemand sonst die Fundstelle kannte, und ließ mit dem schnellsten der fünf Schiffe, aus denen die königliche Flotte bestand, einen ägyptischen Bergbauexperten aus Alexandria holen.

Der Montaner ließ mit Grabungen beginnen, wobei man zunächst auf ansehnliches Kupfererz stieß. Am siebenten Tag fand man die Goldader. Sie war dick wie der Arm eines Mannes und so beschaffen, daß sich nach Aussage des Ägypters mit dem Gold, das in Lakros unter der Erde liege, die ganze Oberfläche der Insel zudecken lasse.

Die großen Triremen der Römer, Ägypter und Parther, die die offiziellen Legaten dieser Mächte nach Lakros brachten, landeten am selben Tag in der kleinen Hafenbucht, deren Fahrwasser gerade noch den nötigen Tiefgang hatte. Jeder der Gesandten versicherte den König Sesostris in einer Privataudienz der Freundschaft seines Volkes und des vollen maritimen Schutzes vor den Mittelmeerpiraten und den beiden anderen Großmächten. Vorher waren schon die unscheinbaren, aber schnelleren Schiffe der Bankiers dagewesen.

Sesostris ließ nahe bei seinem Palast eine Reihe von Villen für die Gesandten und die diplomatischen Besucher errichten. Man begann, den Hafen zu vergrößern und mit einer Kette abzusperren und, natürlich, das Gold zu schürfen. –

Die zwei stehen auf dem Schiffsdeck und starren zur Insel Lakros hinüber. Es dämmert. Da man ihrem Schiff die Einfahrt in den Hafen bisher nicht genehmigt hat, sehen sie noch aus der Ferne die Lichter des Ports und der Insel über das stille Wasser schimmern – ein schöner Anblick.

Die zwei sind langhaarig und unrasiert, da man auf einem Schiff sein Haar nicht mit Schere oder Messer berühren darf, um Neptun nicht zu erzürnen. Der Jüngere hat die gepflegten Hände eines Nichtstuers, sein Gesicht ist sanft und bräunlich und wird den Frauen gefallen. Der Ältere ist hager, knochig und so groß, daß er mit rundem Rücken dasteht. Er trägt einen römischen Ritterring und eine nicht sehr saubere, zerknitterte tunica laticlavis, wie sie den Bürgern der Stadt vorbehalten ist.

Die zwei sind sich durchaus unähnlich, außer wenn man ihre zwischen den Bartstoppeln verborgenen Münder betrachtet. Beide haben die dünnen, fest aufeinanderliegenden Lippen, die enggepreßten Mundwinkel von Leuten, die den Weg nach oben beschreiten wollen und nicht die Absicht haben, Weggefährten zu tolerieren – wobei nun freilich „oben“ wieder ein sehr verhältnismäßiger Begriff ist.

„... und das Land der Phäaken lag wie ein Schild auf dem Wasser“, zitiert der Jüngere.

Der andere, dem es wohl nicht so auf Bildung ankommt, streift ihn mit einem kurzen Seitenblick – einem Blick ohne Sympathie, kalt und abschätzend. Dann sagt er: „Bei den Phäaken dürfte vergleichsweise weniger zu holen gewesen sein.“

„Wir sind nicht hier, um etwas zu holen“, verweist ihn der Jüngere, indes sie hinüberstarren wie Wölfe, die ihre Beute belauern.

Unterdessen schäumt Mare Nostrum hoch auf, und eine schlanke Bireme mit purpurgestreiftem Segel, große Lichtkörbe an allen Seiten, gleitet pfeilschnell an ihnen vorbei, so dicht, daß man die Teppiche auf der Reling erkennt. Im Kielwasser des Meerwunders erreicht sie der Duft der Sandelholzdecks wie ein wollüstiges Versprechen.

„Was war das?“ ruft der Jüngere, und der andere sagt freundlich: „Das, mein Herr, war der Schnelruderer des Königlichen Bruders, des Fast Göttlichen Aristeus, Kronprätendenten dieses sogenannten Königtums von Lakros. Der Herr kehrt von einer Lustfahrt heim.“

„Gehen wir unter Deck“, sagt der Jüngere schroff. „Du hast zu berichten.“

Vorn, im Dunst des Abends, fallen bereits die Ketten ins Wasser, die den Hafen sperren.

„Wir kennen uns jetzt sechs Stunden“, sagt der Jüngere, und der Ältere unterbricht ihn und verbessert: „Sechseinhalb.“

In der Kajüte riecht es nach Feuchtigkeit und nach Kräutern, die auf einer Rauchpfanne verbrennen. Dama, der syrische Sklave des Jüngeren (grün im Gesicht vor Seekrankheit), hat Wein bereitgestellt. Dann lagert er sich vor der Tür, damit niemand die Herren belausche.

„Das Boot, mit dem du kamst, brachte außer Wasser und frischem Fleisch auch ein Schreiben für mich an Bord, wie du sicher weißt. Es enthält nähere Angaben über dich. Ich habe es sorgfältig gelesen“, sagt der Jüngere.

Der andere sitzt im Gegenlicht der Öllampen als ein schmaler Schatten, sein Gesicht ist nicht auszumachen.

„Nach diesem Schreiben nennst du dich Cethegus und sollst jetzt römischer Bürger, ja, sogar ein Angehöriger des Ritterstandes sein.“

Der andere: „Ich bin römischer Bürger.“

„Gewöhne dir ab, mich zu unterbrechen. Das Schreiben berichtet auch von deiner Vergangenheit. Nun weiß ich wohl, daß man bei Aufträgen wie dem meinen angewiesen ist auf Subjekte deiner Art, und diejenigen, die den Überblick haben, ordneten dich mir zu als den Spezialisten für diesen Fall. Sie werden wissen, warum. Ich hoffe, deine Studien sind gründlich genug. Ansonsten stehe ich nicht an, falls ich an deiner Ergebenheit und Zuverlässigkeit zweifeln müßte, dich trotz deines Ritterrings und deiner laticlavis zu traktieren wie den Rebellen und entlaufenen Sklaven, der du bist. Du hast das Wort."

„Ich bin römischer Bürger", sagt der gesichtslose Mann im Dunkel. Er sagt es wild. Dann fährt er ruhig fort: „Was diese alten Geschichten angeht, domine – nun, sie liegen dreißig Jahre zurück, und ich hatte Gelegenheit zu sühnen. Tätig zu sühnen. Nicht jeder wird der Ehre römischer Bürgerschaft teilhaftig. Möge der Herr daran ermessen, ob meine Arbeit unzulänglich war. Die leidige Vergangenheit ist mir oft hilfreich dabei. Ich weiß und kenne viel... Aber dessenungeachtet. Ich habe meine Instruktionen, und ich unterstehe Ihnen."

„Umschreibe unsere Aufgabe."

„Lakros ist dem Imperium Romanum auf unkriegerische Weise und ohne diplomatische Verwicklung einzugliedern."

„Was weißt du von meiner Person?"

„Sie sind der Proprätor Gaius Arruntius, im Partherkrieg als junger Militärtribun an Cäsars Seite durch hervorragende Tapferkeit ausgezeichnet, jetzt offiziell als Privatmann unterwegs zur Heilquelle von Lakros."

„Mehr weißt du nicht?"

„Nein, domine." SPQR, so steht in den Papieren, die *ich* erhielt, habe den jungen und fähigen Militär zu dieser schwierigen Aufgabe erlesen – SPQR, Senat und Volk von Rom, lächerliche Flausen. Es war Cäsars Wille, und der Mann mit den vielen Gesichtern und Spitznamen hat ihn durchgesetzt gegen das Büro, für das ich arbeite. Bei den Parthern fiel er dem Diktator auf, es heißt, durch Tapferkeit. Sicher nicht nur dadurch, er ist ja hübsch genug und C. kein Kostverächter. Dann allerdings kam diese Geschichte, die man „die Befriedung der Albriger" nennt. Ein Volksstamm, der opponierte, fruchtbarstes Land am Meer, eine Strafexpedition unter Leitung von G. Arruntius, damals noch keine fünfundzwanzig. Eine undurchsichtige Geschichte. So soll es nie eine Schlacht gegeben haben. Der Volksstamm existiert nicht mehr, seine Reste wanderten auf die Sklavenmärkte oder wurden in die Kolchis deportiert, das Land römischen Veteranen zur Besiedlung übergeben. Ein voller Erfolg, unser Gaius hoch dekoriert. Danach Legat in Dakien. Er soll geschickt sein, ein Kenner der asiatischen Hofszenerie. Nun gut. Geschickt bin ich auch. Ein bißchen jung für diese Sache, der Herr. Und sehr hochmütig. Alte plebejische Adelsfamilie, schon der Vater Mitglied der Popularenpartei. Nun, wir werden sehen.

„Ich bin sicher, daß du lügst, aber das ist deine Sache. Die Dienste, die ich von dir verlange, verlange ich als Vertreter Roms, und es wäre für dich nicht ratsam, Rom nicht zu gehorchen. Deiner Art, mit mir zu reden, entnehme ich, daß du mich für jung und unerfahren hältst in diesen heiklen Dingen. Du wirst dich irren, sogenannter Cethegus, vom Kreuz geholter Rebell und Informant."

„Domine", sagt Cethegus, und es klingt ganz heiter, „Sie unterstellen mir falsche Motive. Auch ich habe nur vor, der römischen Sache..."

„Genug. Ich erwarte deine Auskünfte über diese Insel. Wir beide reisen, eine berühmte Heilquelle zu nutzen und einen Arzt zu konsultieren. Was hat es damit auf sich? Ich höre, Cethegus." Er lehnt sich bequem zurück und schließt die Augen.

Cethegus nutzt die Gelegenheit, sich erneut Wein einzuschenken. (Er trinkt ihn ungemischt, eine anstößige Angelegenheit, fast wie der Gebrauch von Opiaten.) Dann beginnt er: „Sie werden wissen, domine, daß Lakros, als Staat gesehen, ein Witz ist – ein Anachronismus, meine ich. Wie zur Zeit des Odysseus. Ein einziger Landesherr und ein Volk von Untertanen – Sklaven, Hirten, Pächter, Fischer. Nur daß man heutzutage größenwahnsinnig wird und sich Basileus, König, nennt und einen Hof führt wie ein Satrap, der den Schweiß des Landes verschlingt. Der sogenannte Basileus..."

„Der Basileus", unterbricht ihn Gaius mit Nachdruck. „Nichts berechtigt dich, ihm den Königstitel abzusprechen. Hüte dich bei unserer Mission vor dergleichen." Und, da

Cethegus erwidern will, die Hand erhoben, Gaius trotz geschlossener Lider: „Keine Widerrede. Auch nicht zwischen uns unter vier Augen. Ich wünsche Korrektheit. Fahr fort!"

„Gern, domine. Der Basileus wäre bei seiner Hofhaltung längst bankrott, gäbe es nicht ebenjene Heilquelle. Sie verhalf vor vierzig Jahren, bei ihrer Entdeckung, Lakros zu einer gewissen Berühmtheit. Ein Brunnen mit verblüffender Heilwirkung bei Nierenkrankheiten. Man fuhr zur Kur hierher und tut es noch. Das kleine iatreion ist voll Heilungsuchender aus aller Welt, und seit die Goldader entdeckt ist, erst recht. Die Quelle gehört wie alles hier dem König."

„Ich beginne zu verstehen", sagt Gaius und, ohne die Augen zu öffnen: „Gieß dir ruhig ein, wenn es dich nicht beim Arbeiten hindert."

Cethegus: „Verzeihen Sie, Sie können noch nicht verstehen. Es ist schwieriger. Die Quelle gab es immer. Vor vierzig Jahren, als sie berühmt wurde, hatte ein hier ansässiger Arzt eine Mischung von Kräutern, einen Absud, erfunden, der in Verbindung mit dem Wasser dieser Quelle – nur mit diesem Wasser, domine – jene erstaunlichen Heilerfolge bewirkte. Sie sehen: Nur Absud und Wasser zusammen machen Lakros berühmt."

„Ich sehe allerdings. Das Arkanum des Kräuterabsuds..."

„... blieb in den Händen des Arztes."

„Die Quelle aber ist des Königs..."

„... und wird zur Nutzung an den Arzt höchst teuer verkauft."

„Der Arzt..."

„... wurde ein reicher Mann und starb vor zwanzig Jahren. Er vererbte sein Haus, sein iatreion und das Geheimnis des Heilabsuds seinem einstigen Adepten, der sein Nachfolger wurde, gleichzeitig Leibarzt des Königs ist und immer noch die einflußreichste Person dieser Insel."

„Wieso das? Der König kann jetzt, da er das Gold hat, dem Arzt das Quellwasser sperren."

„Er kann nicht, domine. König Sesostris ist nierenkrank."

Einen Augenblick ist es still in der stickigen, nach Weihrauch duftenden Kabine. Dann schlägt Gaius die Augen auf – hübsche braune, sehr glänzende Augen in dem angenehmen Gesicht – und stellt fest: „Ich danke dir, Cethegus. Du hast gut gearbeitet. Der Weg zum König führt in der Tat über das iatreion."

Die dunkle Silhouette verneigt sich schweigend.

Lakros, eine große Insel und ein paar kleine, weißumbrandet, ständig im Wind, Berge, Ziegenherden, ein paar Ölbäume, Klippen, Wälder, Buchten unter dem sänftigenden Licht des beginnenden Hochsommers, sicher einst eine Idylle – nun umwimmelt von Geschäftigen; das ständige Donnern der Rammblöcke im Hafen und das Dröhnen der fallenden und wieder gehobenen Ketten, Ankerrasseln, Lärm, Geschrei, landeinwärts die Bauten und noch weiter fort am bergigen Horizont die Staub- und Rauchwolke des Goldstollens wie ein Hauch über den blauen Wäldern.

Auf dem Schiff die zwei, Wölfe, die sich und die Insel belauern. Ruhig, gelassen, innerlich fiebernd vor Ungeduld und Ehrgeiz. Ängste? Auch Ängste.

Und dann öffnen sich die Hafenketten auch für dies römische Handelsschiff (Getreide gegen Öl) mit den zwei Passagieren, die hier an Land gehen, die Heilquelle zu nutzen: Marcus Cethegus und Gaius Arruntius, Privatleute aus Rom. Wie es sich gehört, suchen sie zuerst den Legaten ihres Volkes auf, um ihm ihre Reverenz zu erweisen.

Das anmutige Haus im ionischen Stil, das Publius Cäcilius Macer, Gesandter des Populus Romanus am Hofe des Königs, bewohnt, riecht nach frischer Farbe. Die Mosaiken des Peristyls sind gerade verlegt worden und noch nicht betretbar, man muß sich zwischen den großen Tonkübeln mit Päonien, die die Blumenrabatten ersetzen, hindurchschlängeln.

Macer weiß sich wortreich zu entschuldigen. „Hier ist alles neu. Das Legatenviertel war noch vor drei Wochen ein einziger Bauplatz und vor einem Vierteljahr gar nicht vorhanden. Der Basileus überschlägt sich, man will sich nicht lumpen lassen. Nun, er hat ja Kredit..."

Macer ist – seinem Namen zum Trotz – ein breiter, jovialer Mann mit einem Löwenhaupt und der flachen Nase eines Fauns. Er bewirtet seine Gäste nach römischer Sitte mit parfümiertem Wasser, Obst, Backwerk, kalten Spezialitäten.

„Ich bin informiert, meine Herren", sagt er und kneift seine Augen zusammen. „Sie brauchen die Heilquelle. Ansonsten weiß ich von nichts." Er lacht dröhnend. „Sie sind auf dem laufenden, was das iatreion betrifft?"

Cethegus antwortet gelassen, man sei es.

„Sehr gut. Unter uns gesprochen, Lakros ist eine reife Frucht. Sesostris bankrott. Die Goldader ruiniert ihn."

„Wie das?" fragt Gaius (eine jener scheinbaren jugendlichen Unbedachtsamkeiten, die ihm stets einen scheelen Seitenblick aus Cethegus' fahlen Augen eintragen).

Der Legatus Populi Romani lacht erneut – dröhnend und bieder. Er schlägt die fetten Schenkel übereinander und doziert: „Ja, das ist höhere Politik. Lakros ist unglaublich verschuldet. Eine Goldader zu schürfen ist kein Unternehmen für einen solchen Zwergstaat. Da muß man investieren, Fachleute müssen her, Geräte, Arbeitskräfte. Arbeitskräfte vor allem. Er könnte nun einfach die gesamte Bevölkerung der Insel in die Goldmine pressen und Lakros ansonsten in eine Wüste verwandeln. Aber da interveniert das iatreion – Sie verstehen."

Wieder lacht er lauthals, und Gaius weiß nicht, warum, während Cethegus nickt.

„Für Arbeiter und Sklaven von außerhalb aber ist Lakros nicht eingerichtet. Das Land ernährt seine Bewohner, mehr nicht. Sie sehen, es ist ungeheuer kompliziert. Die Schürfung geht sehr langsam voran. Die Geldgeber werden bereits ungeduldig, sie wollen Erfolge sehen. Dazu diese wilde

Bautätigkeit im Hafen und am Hof und der Luxus! Sesostris und sein Bruder liebten schon immer den Prunk – aber nun verliert man jedes Maß. Lakros hat Schulden bei allen Banken der Welt. Die Lage für den Basileus ist prekär, meine Herren. Nur eine Großmacht kann mit so einer Sache fertig werden. Der Metallfund ist ein Danaergeschenk, und er weiß das. Er weiß, daß er über kurz oder lang eine Schutzmacht um Hilfe bitten muß, denn irgendwann verlieren die drei die Lust an dem Spiel. Sie tun sich zusammen und räumen die Insel – und im Handumdrehen ist Lakros eine Beute der Piraten. Sesostris weiß das, wie gesagt. Er ist ungewöhnlich intelligent. Nur: Er ist ein Römerfeind."

Macer seufzt und beugt sich vor, so daß sein umfangreicher Bauch auf seinen Schenkeln ruht. Dann kneift er wieder die Augen zu: „Und was, meine Herren, wenn nun dieser Goldfund gar nicht so ergiebig ist, wie man prophezeit hat? Was, wenn die Ader plötzlich aufhört, drinnen im Berg?"

„Ist so etwas möglich?" fragt Cethegus beiläufig. (Das parfümierte Wasser sagt ihm nicht zu. Unlustig zerkrümelt er sein Gebäck in den großen, langen, starkfingrigen Händen.)

Macer lacht, seine Augen verschwinden neben der Löwennase: „Es soll dergleichen gegeben haben. Andererseits sind alle Gutachten übereinstimmend positiv. Aber, wie gesagt: Die Zeit arbeitet für uns." Er erhebt sich. „Meine Herren, ich wünsche Erfolge – Heilerfolge an der Quelle."

Das iatreion hat nichts von der Eleganz, die sonst dergleichen Privatkliniken eigen ist. Man hat in das leicht bergige Gelände Zelle an Zelle geklebt, nebeneinander, übereinander wie Bienenwaben, aber regellos. Etwas abseits ein kleiner Asklepios-Tempel zwischen Pinien: die Quelle.

Das Haus des Arztes liegt lang hingestreckt, aber keinesfalls komfortabler, zwischen den anderen Gebäuden. Dies berührt zumindest Gaius befremdlich. Es hat etwas von Unordnung und Aufsässigkeit, wie hier in die nackte Natur hineingebaut wurde.

Vom Rücken seines Maultiers teilt er das dem neben ihm reitenden Cethegus mit (das dritte Muli mit dem Gepäck führt der Syrer Dama am Zügel) – da ja nun einmal kein anderer Partner vorhanden ist. Cethegus zuckt die Achseln. Er glaube, man werde hier noch manches Befremdliche erleben, ist sein Kommentar.

Dies nun in der Tat. Ein junger Mann in weiten Leinenkleidern, rundlich, mit freundlichem Gesicht, nimmt sie in Empfang. Er sei unterrichtet über ihre Wünsche, erklärt er, faßt die Maultiere beim Zügel und zerrt sie über Geröll und Gestein, vorbei an Johannisbrotbäumen, an deren rissigem Stamm sich Eidechsen sonnen, über das Gelände des iatreion, immer höher hinauf. Große Kastanien, deren halbreife Früchte den kargen Boden besäen. Dazwischen eine der Zellenwohnungen, von außen schief und rauh, Quadersteine, eine winzige Tür. Die Herren werden gebeten, abzusitzen und näher zu treten.

Gaius hält mit Mühe einen Ausruf des Entzückens zurück. Es umfängt sie patriarchalische Traulichkeit, die karge Anmut eines homerischen Paradieses.

Die weißgekalkten Wände sind mit gewirkten Teppichen behangen, dazwischen Kränze getrockneter Feigen und Quitten, Salbei, Minze und Pfefferkraut. Auf den Quadern des Fußbodens üppige Schaffelle. Ein Kamin, hölzerne reichgeschnitzte Truhen und Stühle, große Öllampen an Ketten. Es fehlt nicht der beschlagene Tonkrug, vom Binsenstöpsel verschlossen, mit der Bronzekelle – das frische Wasser für den erhitzt Heimkehrenden.

Holzstufen führen in zwei gesonderte Schlafgemächer von der gleichen wehmütigen Schlichtheit. Lederne Gurtbetten, der Fußboden ist mit Sand bestreut.

Der Junge in Leinen öffnet eine Tür. Wie eine Kaskade stürzt das Licht auf sie ein. Man tritt hinaus auf eine ummauerte Terrasse. Basilikum und Klematis umranken die Steine. So weit das Auge reicht, atmet bis an den Horizont das tintenblaue Meer. Gaius lehnt sich über die erhitzten Felsstücke, um hinabzuschauen. Steil unten branden die

Wellensäume auf den Sand. Ein bloßfüßiges Mädchen, hochgeschürzt, spielt mit ihnen Haschen. Dies alles ist so schön, daß es unmöglich länger nicht Rom gehören darf.

„Das kostet je Tag", sagt der Freundliche und nennt eine Summe, die Cethegus durch die Zähne pfeifen läßt.

„Lieber Freund", will Gaius anheben, wird aber unterbrochen durch den liebenswerten Hinweis, hier handele man nicht. Man füge sich den Bräuchen und den Preisen, andererseits könne man jederzeit abfahren. Auch gäbe es im Moment genug Betrüger, die unter der heuchlerischen Vorgabe der Krankheit des Goldes wegen auf die Insel gekommen seien. Man müsse vorsichtig sein.

Ohne weitere Widerrede zahlt Gaius in die friedfertig ausgestreckte Hand. Dama und der rundliche junge Mensch laden das Gepäck ab, was Gaius zu der Frage bewegt, wo denn sein Sklave schlafen werde.

„Er wird", belehrt ihn der Freundliche, „gar nicht bei Ihnen schlafen. Während Ihres Aufenthaltes hier bedienen Sie Angestellte des iatreion gegen Bezahlung. Ihre Speisen können Sie im Haus der Begegnung einnehmen oder sich hierher bringen lassen. Man wird sich frühmorgens nach Ihren Wünschen erkundigen."

„Aber", unterbricht Gaius, „das ist ganz unmöglich. Ich bin an Dama gewöhnt, kein anderer kennt meine Wünsche, ich werde..."

„Sie sind in einem iatreion, Herr", sagt der rundliche Mensch. „Hier lebt man nach anderen Regeln als draußen. Nach medizinischen Grundsätzen ist es bekömmlicher, seine Sandalen selbst zuzuschnüren, als das einem anderen zu übertragen."

„Ich bin römischer nobilis!" ruft Gaius, läßt er sich hinreißen zu rufen, und der andere: „Ach ja?" Er sieht mit höflichem Desinteresse an ihm vorbei. „Heute zur Zeit des Sonnenuntergangs dürfte es angebracht sein, im Haus der Begegnung zu erscheinen. Man wird Sie sehen wollen. Und noch etwas. Griechische Tracht gilt als schicklich. (Ein Blick streift die Bürgertunika des Cethegus.) Man betrachtet hier latinische Herkunft nicht als Empfehlung. Komm, Bruder!"

Er faßt Dama um die Schulter (der geht, ohne sich von seinem Herrn zu verabschieden), und gefolgt von den drei Maultieren, entfernen sie sich über den Abhang, als sei das das Natürlichste von der Welt.

Während des Dialogs mit diesem sehr freundlichen leinenbekleideten Strolch stand Cethegus an der Wand und riß mit den Fingern seiner rechten Hand die Haut von den Nagelbetten der linken ab.

Als die Sonne wie eine Scharlachkugel im Meer versinkt (die Männer sind gerade, frisiert, beschuht und in eine Chlamys gekleidet, zum Gang ins „Haus der Begegnung" bereit), geht der metallene Türklopfer, und gleich danach öffnet sich die Tür.

Eine nicht mehr junge Frau in nachlässig gegürtetem, unter den Achseln verschwitztem Gewand, das sehr helle Haar unordentlich im Nacken geknotet, betritt ohne weiteres den Raum und sagt: „Da ich ohnehin von oben komme, schien es mir besser, Sie gleich hier zu begrüßen als vor den vielen da unten. Willkommen auf Lakros, Gesundheit und Gelingen für alles, was friedlich und guten Willens ausgeführt wird!"

Sie spricht das weiche, melodische Griechisch dieser Archipele, voll zärtlicher Kehllaute. Ihre Stimme ist sanft und tief. Erst als Cethegus, in tiefer Verbeugung versunken, ihr für ihre Mühe dankt und sie dabei mit Archiater anredet, begreift Gaius, wen er da vor sich hat: den Adepten des alten Arztes, den Besitzer des Heilabsuds, den Herrn des iatreion, den Leibarzt des Königs, die einflußreichste Person dieser Insel – eine Frau.

„Nehmen wir doch Platz!" sagt sie und geht zum Tisch und tut es auch. Ihr Gang ist bemüht wie der von Leuten, die nicht zeigen wollen, daß ihnen die Bewegung schwerfällt. Die Riemen ihrer Sandalen haben sich tief in das Fleisch um ihre Knöchel eingegraben. Auch neigt sie zur Fülle.

Während man sich setzt, fährt sie fort: „Zwei Herren aus Rom, ist mir berichtet worden, M. Cethegus und G. Arruntius, die unsere Quellen versuchen möchten." Sie mustert die beiden Gesichter. Ihre hellen Augen (von der unbestimmbaren Farbe zwischen Grau und Grün, wie sie das Meer an trüben Wintertagen hat) blicken scharf zwischen vielen Fältchen. Aber sie scheint nur ein Krankheitsbild erfassen zu wollen, keinen Menschen und sagt auch gleich: „Sie sehen nicht aus, als litten Sie an der Galle oder an der Niere."

Cethegus unterbricht: „Domina, wir ..."; aber sie sofort: „Ich bin keine domina. Man nennt mich medica oder iatrinae oder, wenn's denn sein muß, Archiater oder auch einfach mit dem Namen, den mir die Leute hier gaben: Leukotris, obwohl man von der Weiße heut wenig sieht. Ich war in den Bergen." Sie deutet auf ihr rotfleckig verschwitztes Gesicht. Es ist klar, daß sie eine Ausländerin ist, eine nordländische Barbarin. Das Gesicht, trotz roter Flecken, Sommersprossen, Schweiß und Fältchen, ist bemerkenswert heiter, offen, ja anmutig. Mit gewölbter Stirn und schönflächigen Wangen, energischem Näschen und einem festen, spitzen Kinn eine in diesen Breiten rare Physiognomie. Ihr Mund ist groß, ausdrucksvoll und spöttisch.

Gaius wendet den Blick von ihr zu Cethegus – der hat diesmal nicht den Platz im Schatten erwischt wie sonst gern. Das abendliche Sonnenlicht fällt in seine fahlen tiefversteckten Augen und läßt sie wie in Glut leuchten. Er betrachtet die Frau mit einer solchen Gier, daß er nicht einmal blinzelt.

Gaius gibt sich einen Ruck: „Archiater, ich habe eine Bitte. Man hat mir meinen Sklaven Dama entführt."

Die hellen Brauen der Frau schieben sich zusammen. „In meinem iatreion gibt es keine Sklaven. Wenn Sie bleiben wollen, müssen Sie sich fügen. Man hat richtig gehandelt. Es wird Ihnen an nichts fehlen, das verspreche ich Ihnen. Ihr Dama wird bei den Olivenbauern am Hang leben und das erstemal Ferien haben."

„Aber man wird ihn verderben!“ ruft Gaius und sie, fest: „Um so besser. Das hoffe ich.“

Dann hebt sie die Hand und wischt die Angelegenheit vom Tisch. „Sie werden mich seltener sehen, als Sie vielleicht denken. Meine Gehilfen verstehen aber das Metier genausogut wie ich – oder besser.“ (Ein Lächeln, sie erhebt sich.) „Sie entschuldigen mich. Ich war den ganzen Tag bei den Hirten auf dem Berg. Wissen Sie, ich kuriere lieber die Armen als die Reichen. Die Reichen nur gegen sehr teures Geld, wie Sie spüren werden.“ Sie lacht, und ihr Blick wandert noch einmal über die beiden Gesichter – jetzt offen auch für anderes als für die Zeichen von Krankheit und Gesundheit. Bei Cethegus verweilt er.

„Fast könnte ich meinen, Sie kommen mir bekannt vor“, sagt sie heiter. „Waren Sie schon einmal auf Lakros?“

Cethegus: „Nein, Archiater. Aber vielleicht waren Sie in Italien?“

Sie lächelt. „O ja. Ich habe es mehr als einmal durchquert. Meine Lehrjahre, wenn man so will. Nur glaube ich kaum, daß ich Sie da getroffen habe.“ Und schon an der Tür: „Opfern Sie dem Äskulap einen Hahn. Man macht das hier. Und guten Schlaf.“

Ein Maultier schnaubt. Sie ist fort.

Als sie allein sind, wendet sich Gaius zu Cethegus um und schlägt ihn zweimal ins Gesicht: harte, genau placierte Schläge.

Der andere rührt sich nicht, nur sein Adamsapfel hüpft auf und nieder an dem mageren Hals.

„Du wußtest von Anfang an, daß dieser Leibarzt des Königs eine Frau ist, befandest aber nicht für nötig, es mir zu sagen. Du wußtest um die Schrullen und Absurditäten dieses iatreion (ich erinnere mich, wie du beim Legaten reagiert hast!): die Römerfeindschaft, diesen Tick mit den Sklaven, die Kurmethoden, alles. Und ließest mich hineintappen ins Unbekannte. Hüte dich! Was für ein Spiel ist es, das du hier für dich allein spielen und gewinnen willst? Meinst du, du wirst mit dem Königreich Lakros in der Tasche, aber ohne Gaius Arruntius in Rom ankommen und sagen: Siehe, der Ruhm ist mein? Du wirst mit mir ankommen und am Kreuz hängen, wenn ich es will, und mir gehört der Ruhm. Antworte! Was geht hier vor?"

„Ruhm", sagt Cethegus nachdenklich und als sei nichts geschehen, „Ruhm ist bei Geschäften der Art, wie wir sie betreiben, ohnehin kaum zu gewinnen. Verzeihen Sie, wenn Sie sich unzulänglich informiert fühlen. Es geht hier um Vermutungen, die noch keine Gewißheit sind, Herr Gaius. Ja, ich wußte, daß der Leibarzt des Königs eine Frau ist. Aber was tut das – ich weiß nicht, ob es die Frau ist, die ich suche. Ein wenig Geduld." Und er lächelt.

3.

Leukotris, Archiater des Königs, weint im Schlaf. Ungeheuerliches wälzt der Traum auf sie zu, lange Vergessenes; Leichenhaufen, Wasserberge, Brände, Wunden, Schreie, Flüchtende. Sie fährt auf in ihrem Bett, sitzt zwischen den Decken, das Haar zerwühlt, schüttelt den Kopf. „Nein", murmelt sie, „nein". Und noch immer zerbricht um sie ein ganzer Weltenbau, als sei es gestern gewesen.

Draußen ist es noch dunkel. Sie erhebt sich und versucht den Traum abzuschütteln, der wie ein feuchtes Gewand an ihr klebt. Von der stets brennenden Öllampe auf ihrem Tisch entzündet sie die anderen Lampen, geht zum Spiegel, um sich selbst in die Augen zu blicken und den Alp zu verjagen. Langsam verschwindet die Beklemmung.

Sie sieht sich wieder in dem runden Metall, kritisch, beiläufig. Das zerzauste Haar von der Sonne gebleicht, nahezu weiß, das Gesicht voll dicker Sommersprossen – sie geht zum Bett zurück, setzt sich auf den Rand, die Hände neben sich. Sie lächelt, seufzt, greift nach einem bereitliegenden Stück Pergament und einer Rohrfeder, schreibt:

Achillas. Achillas, lieber Schatten, sei gegrüßt. Ich bin immer noch deiner Hilfe bedürftig. Ich habe geträumt. Ich habe seit langem wieder geträumt. Diese beiden Fremden haben mich getroffen, da sie Römer sind. Und der eine erinnert mich...

Sie bricht ab, legt die Feder beiseite und verbrennt das Papier an der Flamme der Öllampe. Die schwärzlichen Fetzen wehen, wie von eigenem Leben erfüllt, über den Tisch. Es dämmert.

Leukotris, Leibarzt des Königs, legt sich wieder schlafen.

Die Tage des Vorherbstes sind wie eine Kette von schönen Kranichen. Morgens atmet das Meer um Lakros halb im Schlaf, die Spitzensäume der Brandung strecken lüsterne Zungen nach dem Sand aus – während inmitten des Eilands der Rauch des Goldbergwerks, das sich zwischen waldigen Hügeln verbirgt, in der klaren Luft steht.

Der Fast Göttliche Aristeus, Bruder des Königs, hat auf einer der kleinen Inseln um Lakros eine Villa errichten lassen – schon vor den Goldfunden. Die Insel ist niemandem zugänglich. Wenn Aristeus keine Lustfahrten auf seinem Schnellruderer unternimmt und nicht gezwungen ist, am Hof seines Bruders zu erscheinen, weilt er meist auf dieser Insel.

Gaius Arruntius, Patient des iatreion der Leukotris, versucht zwei- oder dreimal, Fischerboote zur Überfahrt nach der Bruderinsel, wie man sie gemeinhin nennt, zu gewinnen.

Er stößt stets auf Ablehnung. Es sei verboten, heißt es, und dann gleich: was der Fremde da wolle. Man ist hierzulande Fremden gegenüber mißtrauisch, was seine Gründe haben wird.

Wenn man am anmutigen Strand von Lakros spaziert, stößt man selten auf Menschen. Eines Tages schließlich drei junge Weiber, die Grazien womöglich, zarte bloßfüßige Insulanerinnen, und so ängstlich! Der Zufall will, daß Gaius an einer Stelle auf sie trifft, wo der Strand nur als schmaler Strich zwischen Wasser und Klippe verläuft. Man muß nun aneinander vorbei.

Die drei, die lachend und singend kamen, verharren – eine klar konturierte Malerei, ein Genrebild, wie es die Ägypter auf Lasur zu zaubern pflegen. Eng umschlungen die drei Mädchen, die Füße schon im Wasser, helle flatternde Gewänder und Bandschmuck im Haar, die eine trägt ein winziges Binsenhütchen ins Gesicht geschoben, schräg über den Locken. Dahinter ein Stück Fels und der ganze Himmel.

Gaius genießt die künstlerische Vollendung des Anblicks, ehe er grüßt und die Damen bittet, sich nicht zu fürchten, er sei ein harmloser Gast dieser Insel und ließe ihnen gern den Vortritt.

Sie tuscheln, kichern dann. Schließlich hebt die mit dem Binsenhütchen den Kopf – sie hat sehr große braune Augen – und sagt, er solle nicht meinen, sie seien ländliche Närrinnen. Aber die Goldmine habe viel Männer an Land gebracht, denen ein Mädchen ungern allein am Strand begegne. „Darum haben wir ja den Hafen sperren lassen."

Gaius lächelt über das „wir" und erklärt, er sei Heilungssuchender des iatreion, und darauf die Braunäugige sehr verständig: „So sind Sie auch mein Gast. Ich heiße Kreusa und bin die Tochter der Leukotris." Sie verbeugt sich.

Das sind Neuigkeiten. Daß die resolute Barbarin, die hier über vieles zu bestimmen scheint, überhaupt Kinder hat, und nun gar so eine Tochter, wie sie hier daherkommt, Binsenhütchen, rosablasses Leinenkleid mit Bändern ... Sie ist altklug, verspielt und hübsch, auf eine durchaus mittelmeerische und dieser Leibärztin unähnliche Art und Weise.

Als sie aneinander vorbeigehen, stolpert Gaius zweckmäßig und stellt es so an, daß er die Portion junges Leben in den Armen hält und sich sehr entschuldigen muß.

Der römische Herr fragt, ob er sich den promenierenden Fräulein anschließen dürfe. Da er höflich ist, gut aussieht und die Protektion der kleinen Kreusa errungen hat, wird es ihm gestattet. Die Szene ist idyllisch: Zu viert weichen sie den anrollenden Wellen aus und berichten sich gegenseitig das, was sie für Neuigkeiten von Welt halten. Gaius beklagt sich über den Mangel an Urbanität auf dem Eiland – man versperre sich gegen Fremde, scheine ihm. Er versuche seit Tagen, die Bruderinsel, deren landschaftliche Schönheit sich vor seinen Augen ausbreite, aufzusuchen – vergeblich.

Kreusa im Binsenhütchen errötet. Sie wirft einen Blick auf die anderen. „Die Bruderinsel? Nun ja."

An einer schilfigen Bucht schlägt sie vor umzukehren. Die Mittagshitze nahe, man wolle möglichst bald zum iatreion zurück. Sie werde den römischen Herrn führen. Die Freundinnen verabschieden sich.

Die großen braunen Augen sind unverwandt auf ihn gerichtet. Sie macht eine kleine Verbeugung und sagt: „Kommen Sie." Ohne auf sein Ja oder Nein zu achten, kehrt sie um und läuft vor ihm her, tiefer in das Schilf hinein. Um sie herum raschelt es, Enten fliegen auf, er wundert sich, wie ihre nackten Füße hier zu gehen vermögen, und kommt ein bißchen außer Atem bei diesem pastoralen Abenteuer, dessen Ziel er nicht kennt. Ein freier Platz, eine Schilfhütte, er überlegt schon, ob sie hier vielleicht ein Liebesnest hat, aber da pfeift sie durch die Finger, und ein Fischerjunge kriecht aus der Hütte. Einen Augenblick überlegt Gaius, ob es ihr Liebhaber sei, aber für diese gesunde Nymphe, noch dazu die Tochter der Inselkönigin, scheint er ihm doch zu sehr nach Fisch zu stinken. Und da bittet sie ihn schon oder befiehlt, ihnen ein Boot zu leihen: „Nikos, gib uns ein Boot."

Der Junge wirft einen langen und nicht sehr freundlichen Blick auf den Fremden, schultert ein Ruder und geht ihnen voraus durch das Schilfgeknister – mannshoch das Zeug hier –, und über Sumpf und Bohlen kommt man zum Boot. Kreusa bittet Gaius einzusteigen und ergreift das Ruder. Sie benutzt es zunächst stehend, als Fährstange, dann setzt sie sich und rudert geschickt gegen den Seegang an.

Das Licht blendet Gaius, er muß die Lider gesenkt halten, und wenn er sie hebt, sieht er die grazile Gestalt mit den Flattersäumen des bewegten Kleides als Umriß vor der wilden Sonne, sonst nur ihre Füße, Füße mit schimmernden Nägeln, ihre Zehen ziehen sich beim Rudern jedesmal leicht zusammen wie die Krallen einer Katze. Der Kurs geht auf die Bruderinsel zu. Man muß auch Glück haben bei solchen Geschäften, wie sie Gaius unternommen hat.

Der Fast Göttliche Basileus Sesostris von Lakros ist vor wenigen Wochen von einer langwierigen Augenkrankheit, die man Lippus nennt, geheilt worden, daher scheut er das Licht. Er ist in einem verdunkelten Raum und spielt Schach gegen einen Gegner, der draußen vor einem Vorhang auf der Terrasse sitzt.

Der König hat das Spiel im Kopf und sagt die Positionsveränderungen an, die der andere dann vornimmt. Sein Partner – oder Gegner – hat das Brett vor sich, von dem er zerstreut und voll Ungeduld häufig aufblickt, rutscht auf seinem Sessel hin und her und klopft mit den Fingern einen Rhythmus auf das Holz des Brettes.

Der König spielt gegen seinen Leibarzt Leukotris, die Ausländerin.

„Schiebe meine Dame drei Felder nach links, und du wirst sehen."

„Ich schiebe deine Dame drei Felder nach links, Majestät, und sehe, daß ich verloren habe."

Der König: „Ich höre, daß du aufatmest."

Sie: „Du weißt, daß ich für dies Spiel weder Sinn noch Geduld habe. Mir fehlt jene Art von Verstand."

Der König: „Ich wüßte nicht, welche Art von Verstand dir abginge. Du antwortest nicht?"

Sie: „Ich weiß nicht, was. Wir vertun Zeit."

Er: „Du wirst gleich beginnen, mir Ratschläge zu erteilen."

Sie: „Ich erteile dem König nur Ratschläge, seine Gesundheit betreffend, denn ich bin hier der Archiater und nicht der Erste Minister."

Er: „Das sagst du seit zwanzig Jahren. Und seit zwanzig Jahren habe ich keinen Ersten Minister, sondern regiere mein Land selbst. Es ist ja auch klein genug."

Sie: „Klein, aber begehrt."

Er: „Es fängt schon wieder an. Ich wußte es, zum Teufel, komm herein. Was tust du da draußen?"

Der König und sein Leibarzt sind, jeder auf seiner Seite des Vorhangs, ungeduldig hin und her gegangen. Jetzt teilt Leukotris den Vorhang behutsam, so daß wenig Licht in den Raum fällt, und schlüpft hindurch. Sie braucht eine Weile, um ihre Augen einzugewöhnen und zum Beispiel den Mantel recht zu sehen, den der Fast Göttliche Sesostris um die Schultern trägt – ein mit Edelsteinen bedecktes Kleinod. Er fragt nämlich sogleich: „Wie findest du diesen Mantel?" Die Ärztin sieht statt auf das Gewand hoch zu ihrem König, ihm ins Gesicht, dann sagt sie trocken: „Ich finde, er sieht teuer aus."

„Das mußte ja kommen!" ruft er ärgerlich und sie: „Noch drei solcher Mäntel, und du wirst dich entscheiden müssen, an wen du dein Land verkaufen willst."

„Noch drei solcher Bemerkungen, und ich entziehe dir die Nutzung der Heilquelle."

„Noch drei solcher Gespräche, und die Galle wird dich stechen, so daß du die Quelle und meine Kunst sehr nötig brauchen wirst."

„Du verstehst dich auf Erpressung, ich weiß."

„Majestät, wir haben uns gegenseitig in der Hand."

Sie lachen beide, dann befiehlt er: „Leg dich!", und sie gehorcht mit Unmut.

Es ist eine Eigenart des Königs, seine Besucher zu Gesprächen auf eine Liege zu nötigen, während er sich neben sie setzt oder umherwandert. Derart hilflos gemacht, haben die königlichen Gesprächspartner meist wenig Gelegenheit, den bohrenden und gescheiten Fragen des Herrschers zu entkommen oder gar selbst zu einem kleinen Angriff vorzugehen. Die Ärztin immerhin hat die Genehmigung, sich halb kauernd mit aufgestütztem Arm auf der Liege auszustrecken, was sie denn auch tut, indes die Majestät im metallisch klirrenden, schwerbestickten Mantel mit Schleppe auf und ab promeniert.

Sesostris, in seiner Jugend ein schlanker, feuriger Mann mit viel Grazie, ist nun aufgeschwemmt, seine Haut hat die ungesunde Farbe von Quitten. Zwischen den geschwollenen Lidern gehen seine sehr schwarzen, sehr wachen Augen unruhig hin und her. Sein ergrauendes Haar, stets sehr unordentlich, ist dicht und kraus. In den Händen rollt er unermüdlich einen Talisman, eine persische Glaskugel, in der sich ein goldenes Glückssymbol befindet – denn er ist abergläubisch.

„Erzähle mir von deinen Römern!" befiehlt er.

Leukotris seufzt und zieht die Beine enger an den Leib. „Ich weiß noch nichts, Majestät. Nach den Untersuchungen meiner Gehilfen scheinen sie nicht krank zu sein. Sie zahlen pünktlich."

„Beides ist verdächtig", entscheidet Sesostris. „Warum horchst du sie nicht aus? Ich hatte dir längst geboten, mit ihnen zu sprechen."

„Du gebietest", bestätigt sie unwirsch, „sicher. Ich habe auf dieser Insel außer den vornehmen, gut zahlenden Müßiggängern in meinem iatreion wirklich leidende Menschen zu versorgen – deine Untertanen, Wahrer und Alleiniger Herrscher von Lakros. Meinst du, daß dein Goldbergwerk zur Genesung des Inselvolkes beiträgt?"

„Schicke ihnen deine Gehilfen, und befolge meine Befehle!" Die Glaskugel entrollt seinen Händen und springt tönend über den Marmorboden. Die Ärztin erhebt sich schwerfällig, um sie ihm wiederzubringen, und er, in der Mitte des Raumes stehend, wartet ab, bis sie den kostbaren Talisman, auf den Knien rutschend, gefunden hat und ihm, kauernd wie eine Bedienstete, leise ächzend, hinaufreicht. Auge in Auge, leicht zu ihr herabgebeugt, flüstert er: „Ich verstehe alles. Ich kenne dich und sehe dir bis ins Herz. Mein Thron und ob er fest steht, ist dir gleich. Du würdest mich verderben lassen, wenn du dadurch denen, die du das Volk von Lakros zu nennen beliebst, deinen dreckigen Hirten und Fischern, eine Ziege mehr in den Stall beschaffen könntest. Du hältst es mit denen. Aber denke ja nicht, daß unter dem römischen Stiefel denen ..."

Die Frau unterbricht ihn, indem sie ihm die Kugel in die Hand drückt wie einem Kind das Spielzeug und sich mit Mühe erhebt. „Sesostris, ich hasse die Römer so wie du. Mich geht dein Thron sowenig an wie die Ziegen der Leute, sondern einzig deine und ihre Krankheit oder Gesundheit. Allerdings weiß ich, daß ein König nicht sein kann ohne sein Volk, ein Volk aber sehr wohl ohne einen König ..."

„Rebellin!"

„Errege dich nicht. Es bekommt dir nicht. Halte still, Majestät." Sie hat sein Handgelenk zwischen ihre Finger genommen. „Du solltest dich setzen und ruhig atmen."

Der König: „Damit kannst du mich meistern, natürlich. Mir fehlt nichts außer den Krankheiten, die du mir andichtest."

Sie hält es für unter ihrer Würde, hierauf zu antworten, und er fährt fort: „Erforsche mir die Römer, bei meinem Zorn. Dies Volk ist gefährlich. Sie wissen, daß ich sie hasse, diese rohen Bauern, die die Weltbeherrscher spielen. Söhne einer Wölfin – wozu konnten sie sich entwickeln als zu Ungeheuern ohne Kultur. Aber ihre Außenpolitik ist gescheit. Sehr gescheit und gefährlich. Mein Gott, was könnte aus einem solchen Staat werden mit einem fähigen Monarchen an der Spitze – ein wirkliches Weltreich ..."

Leukotris betrachtet ihn mit gerunzelten Brauen. Er hat seinen Puls längst ihren Fingern entzogen und geht wieder im Klirren seines bleischweren Gewandes hin und her, die Kugel zwischen den Fingern. Seine Worte verlieren sich in Murmeln.

„Majestät", beginnt sie behutsam, und in ihren Worten schwingt fast so etwas wie Mitleid, „du bist der Herrscher von Lakros."

Sesostris lacht auf. „Ich weiß, Archiater. Der Fast Göttliche Herrscher eines winzigen Inselreiches, willst du damit sagen, der über ein paar Goldklumpen größenwahnsinnig geworden ist. Vielleicht bin ich's wirklich, ja. Es macht mich toll vor Freude, wenn die Gesandten morgens auf eine Audienz lauern und unverrichteterdinge abziehen mit langer Nase. Wie sie um meine Gunst buhlen, wie sie katzbuckeln vor Sesostris, dessen Namen man früher nicht einmal in den Vorzimmern der Ministerien gehört hatte. Lakros, das Zünglein an der Waage, hält die schwebenden Schalen der Weltpolitik im Gleichgewicht..."

„Wie lange?" fragt die Ärztin, und er erwidert fest: „Jetzt." Dann fährt er mit Metallrauschen zu ihr herum und sagt haßerfüllt: „Die Arbeiten könnten viel weiter sein, wenn nicht du mit deiner schändlichen Erpresserei mich davon abhieltest, die Minen intensiver zu nutzen."

„Willst du dein Inselvolk zugrunde richten wegen dieses Goldes?"

„Sie werden nicht daran sterben."

„Sie werden daran sterben. Aber ich werde dann mit ihnen in die Mine ziehen. Suche dir einen anderen Leibarzt."

„Das habe ich schon hundertmal gehört. Ich könnte dich foltern lassen, bis du mir das Geheimnis deines verfluchten Absuds auf den Knien herbringst."

„Du kannst mich auch töten lassen, Majestät."

„Und hätte keinen Leibarzt mehr, ich weiß. Leg dich wieder, hörst du nicht! Was hast du mir noch zu sagen?"

Leukotris kauert sich wieder auf die Liege. Sie atmet hörbar. „Nichts", sagt sie. „Ich habe dir nichts zu sagen, da du ohnehin nicht hören willst."

Steile Felsen ragen aus dem Wasser. In ihrem Schatten ist das Meer tintenschwarz. Moose wachsen auf den Steinen. Gaius fühlt Beklommenheit. Als sie in den Schatten eintauchen, ist auch das Mädchen fahl überhaucht. Kühle weht. Der Ausflug beginnt ein Abenteuer zu werden, und gar kein lustiges. Kreusa schweigt und bewegt im Rhythmus Arme und Schultern. Jetzt zwängt sie das Boot um eine Felsnase ins Innere des Steinwalles. Einige Vögel fliegen auf, einer streift Gaius' Kopf. Er duckt sich unwillkürlich hinter den linken Arm, das hat er noch vom Militär; links trägt man den Schild. Kreusa lacht leise, und er blickt beschämt auf.

Die Felsen treten zurück. Hinter der Barriere aus Stein ein winziger Hafen im Kliff, oben Tamarinden, Feigenbäume, hängendes Grün. Schatten ist nun wieder friedlich, vergoldet von Sonne in den Wipfeln.

Das Mädchen sagt nichts, sie legt das Ruder beiseite und pfeift wieder einmal auf den Fingern. Dann faltet sie die Hände im Schoß. Als er fragen will, verbietet sie's ihm. Gehorsam bleibt er still. Sie warten, das Wasser schaukelt sie leise, warten, ein Fisch schnellt, warten, und Gaius überlegt schon, ob das nur ein erotisches Manöver ist und sie vielleicht erwartet, daß er sie küßt und hier ins Boot legt – aber da greift sie wieder zum Ruder und treibt das Boot mit kleinen, kurzen Schlägen an den Fels, macht es fest, da sind Ringe, eine Art Leiter aufwärts, so ein steiles Gerüst am Felsen aus Seilen und Querbrettern.

Sie faßt diese Leiter, sagt wieder: „Kommen Sie!" und steigt empor, ohne sich nach ihm umzusehen, ob er auch folgt. Es kostet ihn Mühe, das schaukelnde Fahrzeug zu verlassen, und er mag sich nicht umsehen. Vor sich hat er die Füße der Nymphe, die sich mit der Geschicklichkeit eines Tieres am Holz festhält. Sie ist schnell.

Der Abstand der letzten Sprossen ist groß, eine fehlt, bevor man wieder festen Boden erreicht. Sie über ihm lockt erneut: „Kommen Sie!" und ergreift seine Hand, und er erreicht das rettende Feste wahrhaft auf allen vieren, schon ein bißchen verstimmt. Dann vergeht ihm der Ärger.

Vor ihnen ein System von Terrassen – hoch genug gelegen, die Anmut der Landschaft darzubieten. Abgestufte Gartenfläche reiht sich an Pappelhain und Wiese, Olivenwäldchen von Steinmauern umgrenzt, Statuen im Grünen, helle Häuser im griechischen Stil und ganz unten, am Fuß dieser blühenden Riesentreppe, schaukelt in der goldenen Bucht der große Schnellruderer mit den Purpursegeln, das Schiff des Königlichen Bruders.

„Lohnt es nicht, durch die Hintertür einzutreten?“ fragt Kreusa. Ihm wird bewußt, daß er immer noch auf den Knien hockt und die Herrlichkeit begafft, und er erhebt sich.

Und er setzt an zu schwungvoller Rede, seine Begeisterung für Mädchen und Landschaft beflügeln ihn zu echten Tönen. Von ihrer Bitte, gleich wieder abzufahren, nimmt er gar keine Notiz. „Lassen Sie uns den Anblick genießen, gemeinsam über diese Brüstung gelehnt!“ wobei er seinen Arm um die Schultern des Mädchens manipuliert. Allerdings schüttelt sie ihn ab und rückt zur Seite. Sie habe ihn, wie versprochen, hierher geführt, und damit gut. Er solle folgen. Ehe er sich noch aufs Bitten verlegt, kommt ihm der Zufall ein zweites Mal zu Hilfe.

„Wen hast du da mitgebracht, Töchterchen?“ fragt eine Stimme unmittelbar über ihnen. Dem Klang nach würde Gaius sie für die eines alten Weibes halten.

Beide sind sie herumgefahren. Über dem Geländer der nächsten Terrasse zu ihren Häupten lehnt ein Mensch in geblümtem Gewand. Das lange, sorgfältig gelockte Haar wird von einer juwelengeschmückten Stirnbinde gehalten. Das Gesicht ist wie die Stimme – unentschieden, schwammig. Ein Doppelkinn, glatte Wangen, die Augen trotz der Schminke erloschen.

Inzwischen hat Kreusa geantwortet: „Ich wollte einem Fremden die Insel zeigen. Ich habe ja das Zeichen gepfiffen, und weil keiner antwortete, dachte ich, du seist nicht hier. Wir wären sonst sofort wieder abgefahren.“

„Das ist sehr unrecht von dir, Töchterchen“, sagt das Wesen mit der hohlen Stimme, „sehr unrecht. Hier besuchst nur du mich, kein anderer. Das Verbot, dieses Ufer zu betreten, ist einer der wenigen Erlasse, in dem ich mit dem Fast Göttlichen Basileus Sesostris völlig übereinstimme.“ Ein dünnes Lachen. „So etwas kann den Kopf kosten oder zumindest die Ausweisung, da ja der Herr Ausländer ist. Übrigens, da ihr nun einmal hier seid, kommt herauf. Wir wollen uns kennenlernen.“

Spätestens bei diesem „wir“ erkennt Gaius, der ja immer

alles gerade noch im rechten Moment begreift, daß ihn sein guter Stern geradewegs in die Arme des Fast Göttlichen Aristeus, Herr dieser Insel und Bruder des Königs, geführt hat, und auch, daß dieser Herr kein Mann ist, sondern daß er offenbar kastriert wurde. Unübersehbare, im Moment unübersehbare Konsequenzen für uns...

Er ist verwirrt, als er der schnellfüßigen Kreusa über eine Felsentreppe nach oben folgt, und vermag nur betäubt zu nicken, als sie ihm über die Schulter tröstend sagt: „Er ist freundlich."

Achillas. Immer, wenn ich deinen Namen nannte oder schrieb, war es wie eine Beschwörung, und so ist es geblieben. Wenn ich bei dir war, nur dann war ich ganz sicher, daß du ein Mensch warst. Aber wenn ich über die Insel ging und deinen Namen vor mir hertrug – das hatte bereits alle Anzeichen der Magie an sich. Wie sich die Gesichter der Menschen in ehrfürchtiger Freude verklärten, wenn man dich nannte, von dir grüßte, Botschaften überbrachte. Da mußte man sehr an sich halten, daß du einem nicht als Halbgott erschienst – so wie du mir beim erstenmal erschienen warst, als du am Rande des Meeres standest in einem langen und weiten Gewand und uns willkommen hießest.

Allerdings, das habe ich mir wohl dann erst später zurechtgelegt. Denn damals wollte ich ja mit dem Schwert auf dich los. Oft genug hast du mir die Szene lachend beschrieben: Wie du kaum deinen Augen trautest, als du bei deinem Morgenspaziergang am Strand, Ausschau haltend nach diesem und jenem Treibgut, Galionsfiguren von Schiffen oder alten Amphoren, gleich ein Floß voller Menschen auffandest. Und was für Menschen. Solche, wie sie ein Arzt finden muß: zwei Sterbende, Verwundete, Armlose und Beinlose, eine Frau, die gerade geboren hatte und deren Brüste auch den anderen verschmachtenden Kindern auf diesem Wrack neue Lebenskraft gegeben hatten.

Sie waren gerade angelandet, lachten, weinten, umarmten sich. Oder lagen auf den Knien, manche auch bei dem Versuch, den Göttern zu danken, ohnmächtig hingestreckt in der erreichten Sicherheit des Landes.

Und dann entdecktest du die erschöpfte kleine Barbarin namens Flavilla, der diese Schar Halbtoter anvertraut worden war als einer Ärztin, dort an der Küste von Brundisium. Und sie lief nicht weg, sondern zog ihr Kurzschwert und ging auf dich los – keine Verhandlungen! Sie wollte dich einfach erschlagen!

O Achillas, wie oft hast du es mir untersagt, es ein Wunder zu nennen, daß gerade du uns auffandest, du, der Arzt und Menschenfreund, daß du uns im schönen Wall des Schweigens, den die Inselbewohner aus Liebe um dein iatreion bildeten, einfach aufnahmst und rettetest, was zu retten war – und das war noch genug.

Die Besatzung des Floßes, die letzten des großen Sklavenheers – haben sie sich nicht über die Insel verbreitet wie ein üppiger Same der Unbeugsamkeit und der rebellischen Würde?

Der Invalide, dessen Sohn Nikos ist, Meroe und ihre wackeren Zwillinge, die Mima Zoe, ein dünnes Mädchen von zehn Jahren damals – und jene anderen, die schon tot sind, deren Fleisch und Geist aber weiterleben in den Kindern.

Du hast uns damals gesagt, der einzige Arzt, der deines Wissens zu den Göttern erhoben wurde, sei Asklepios gewesen, und so bald würde dem keiner nachfolgen, dazu gäbe es zuviel Anwärter aus anderen Ständen, zum Beispiel aus dem der Könige.

Aber wie anders als ein Gott solltest du uns erscheinen nach Krieg und Tod und endloser Seenot, in der wir uns wie verlorene Seelen aneinandergeklammert und die Tage und Nächte zu zählen aufgegeben hatten? Und du nahmst uns auf in das Paradies deines friedlichen Hauses, deiner umgrenzten Welt, geborgen in der sanften Macht des Heilenden. Wie sollten wir dich nicht vergöttlichen.

Du hast mich mit der gleichen Leidenschaft des Erziehens

wie einst ein anderer in meinem Leben zu dem gemacht, was ich bin – was immer das auch sein mag.

Da blieben dir denn schließlich, von deinem Strandgut, dem Floß der Rebellen, zwei im Haus: das dünne, schwatzende, allzu lebhafte Kind Zoe, das später nach Griechenland geschickt wurde und nach Lakros zurückkehrte mit der Komödiantentruppe wie eine triumphierende Königin, und ich, Leukotris, nun, die sich für eine perfekte Ärztin hielt, als sie ankam, und im Lauf der Zeit begriff, daß sie eine dilettierende Närrin war, deren ganze Kunst im Entbinden und Wundenversehen bestand.

Es war das letzte Werk deiner Weisheit, als du uns, deine Nachfolgerin Leukotris und die königliche Mätresse Zoe, anhieltest, dir auch nach deinem Tod zu schreiben wie jemandem, der eine Reise tut. Alles, was uns bewegt, alles, was uns nachts nicht schlafen läßt, sollten wir dir mitteilen – und die Briefe danach verbrennen. Es entstand ein Bündnis über den Tod hinaus, indem deine Hilfe in uns fortwirkt.

Ja, und so ist es denn doch eine Beschwörung, Achillas, freundlicher Geist, deinen Namen zu nennen, denn all das, was irdisch an dir war, deine Runzeln und Warzen, deine buschigen Brauen, muß ich mir mühsam ins Gedächtnis rufen. Aber bei der Nennung deines Namens überkommt mich Beruhigung, und es ist, als wenn du mir helfen würdest.

Der Fischerjunge aus der Schilfhütte wäscht sich des Abends, bis seine Haut glänzt, als sei sie geölt. Er faßt seine Haare mit einem Band, setzt sich auf einen Stein und beginnt die Rohrflöte zu blasen.

Es ist eine eintönige Melodie, aber solcherlei Musik lockt trotzdem dies und jenes herbei: Schlangen aus dem Sumpf, die sich träge ins Wasser rollen, Vögel, die gegen die rote Sonne heimwärts ziehen, und, wenn man Glück hat, auch ein Mädchen.

Das Mädchen kommt barfüßig aus der Gasse im Schilfdickicht und sagt mit Herablassung: „Nun, spielst du wieder auf deiner Hirtenschalmei, kleiner Nikos?“

Er nimmt sie nicht zur Kenntnis, schielt nur einmal kurz über das Flötenrohr, ob sie nicht etwa wieder verschwindet; aber nein, es ist schon so: Mit Unbeteiligttun fängt man derlei neugierige Nymphen am leichtesten.

Sie setzt sich neben ihn, guckt geradeaus, versucht die Melodie mitzusummen. Dann sagt sie: „Laß mich auch mal."

Darauf hat er gewartet, denn nun kann er sie ungestört betrachten, die Hände um die Knie geschlungen.

Sie spitzt die Lippen am Mundstück der Flöte, an der Stelle, die noch warm und feucht ist von seinem Atem, senkt die Lider, holt tief Luft – aber es kommt kein Ton. Sie betrachtet entrüstet das Rohr, als sei das schuld daran, und versucht es noch einmal, jetzt mit aufgeblasenen Backen. Anstrengung und Ärger färben ihr Gesicht. Ein weithin schallendes Quieken ist zu hören, bei dem sie sofort erschrocken innehält.

Abgewandten Blicks reicht sie das Instrument zurück. „Jetzt kannst du mich auslachen, Nikos."

„Ich lache nicht", sagt er, halb scheu, halb wild. „Ich lache nie über dich, auch wenn du zum Lachen bist."

Sie überhört diese letzte Bemerkung. Wie selbstverständlich lehnt sie sich an den Jungen, legt den lockigen Kopf auf seine Schulter. Er berührt sie nicht, sitzt still, macht die Augen schmal wie jemand, der sich sehr anstrengt.

„Ich bin müde, hörst du", sagt sie.

„Das glaube ich", entgegnet er mit plötzlicher Wildheit, „daß du müde bist. Was sind das für Leute, die du übers Wasser ruderst?"

Das Mädchen rutscht von ihm weg und sagt mit Bestimmtheit: „Das geht dich nichts an."

„O nein!" ruft Nikos. Er springt zornig auf. „Es geht mich gar nichts an, was du machst, mit welchen Gecken du herumläufst. Das alles ist mir völlig gleichgültig. Aber solange du mein Boot benutzt, werde ich wohl, zumindest hinterher, fragen dürfen, wozu."

Auch sie springt auf. Im Ärger bekommen ihre Bewegungen etwas Ruckartiges. „Du Tölpel, was redest du da? Bisher hast du mir dein Boot auf den Knien angeboten. Es sei dir eine Ehre, es mir zu geben, hast du geflüstert und die Augen verdreht... Meinst du, es gibt nicht genug Burschen am Strand von Lakros, die Kreusa, der Tochter der medica, ihr Boot leihen möchten? Gut, gut. Ich werde dich nicht mehr belästigen."

„Geh doch, wohin du willst, Hochmütige, fahre die fremden Stutzer spazieren..."

„Nicht jeder hier auf der Insel benimmt sich so bauernhaft wie du! Ich bin nur höflich."

„Höflich, ja! Die kleine Königin als Rudermädchen eines Römers!"

„Du bist gemein, du bist..."

Das kindische Gezänk bricht plötzlich ab. Nikos hat sie am Arm ergriffen und dicht zu sich herangezogen. Ihre Gesichter, beide erhitzt vom Zorn, sind eng voreinander, mit offenen Lippen, glänzenden Augen, heftigem Atem.

„Willst du mich jetzt nicht küssen?" fragt sie mit halbem Lächeln, stoßweise redend. Ihre Augen sind voll Spott.

Er läßt sie sofort los, wendet sich ab. „Nein, Kreusa, nein. Ich will dich nicht küssen", flüstert er finster. „Ich will, daß... Ich leide, wenn du mit Fremden zusammen bist."

Sie betrachtet den schmalen Nacken, über dem das Haar mit dem Band zusammengenommen ist. „Du bist eifersüchtig, Nikos, nicht wahr?"

„Ja, ich bin eifersüchtig", gibt er zu und schleudert die Rohrflöte so hart auf den Stein, daß sie zerbricht. „Da siehst du, was für ein Tölpel ich bin."

Das Mädchen kniet nieder und versucht, die zerbrochenen Stücke zusammenzufügen. „Schade", sagt sie einfach und traurig. „Du hast so schön gespielt."

Die Versöhnung ist besiegelt. Doch neues Unheil bricht über Nikos herein, als die kleine Königin hoheitsvoll bemerkt: „Ich möchte in deiner Schilfhütte schlafen."

„Warum?" fragt er finster.

„Dummkopf, weil es mir so gefällt", erwidert sie schnippisch, setzt aber gleich hinzu: „Ich bin nicht gern allein im iatreion, bei den vielen Fremden.“ Sie ist listig. „Alle Welt weiß, daß du mein Beschützer bist, daß du's schon warst, als wir beide noch die gleichen kurzen Röckchen trugen...“

„Wir tragen aber jetzt keine kurzen Röckchen mehr“, konstatiert er gequält.

„O Nikos, Bruder! Ich bin so gern bei dir.“

„Wenn du möchtest, kleine Königin...“

Selig und verzweifelt zugleich, bereitet er ihr das Lager in der Hütte aus Spreu und Fellen. Kreusa kniet am Eingang, den Kopf gegen den Türpfosten aus Rohr gelehnt, und beschaut träumerisch das Schilfgeflecht oben.

„Ich bin so gern hier“, sagt sie leise, „und weiß nicht, warum. Es ist, als wenn man mich in die Wiege zurücklegt. Wenn der Wind um deine Hütte weht, glaube ich, nichts auf der Welt, keine Höhle und kein Schloß, kann traulicher sein als dieses Haus aus gebrechlichem Schilf. Es ist wohl so alt wie die Welt.“

„Es wird jeden Sommer neu gebaut, Kreusa, und ist bei Winterstürmen kein Aufenthalt für dich“, stellt Nikos sachlich fest.

„Ach, Nikos, ich beneide dich um dein Leben.“

„Was redest du für Unsinn! Willst du ein Hirten- oder Fischerkind sein in einer dürftigen Sommerhütte, du, die Tochter der Frau Archiater, die beim König aus und ein geht?“

„Ja, sie geht beim König aus und ein“, sagt Kreusa hochmütig und dann leise: „Deshalb ist sie so wenig zu sehen. Ich kann ihr alles erzählen – aber mein wahrer Vertrauter bist du.“

Der Junge schweigt, er beißt sich auf die Lippen. Stumm lädt er sie auf das neubereitete Bett ein, bietet ihr seine wollene Decke an. Sie ist zu selbstsüchtig, um zu fragen, ob er dann nicht friert, und zu verträumt, um auf ihn zu achten. Abwesend läßt sie sich bedienen, streckt sich aus, die Hand unter den Kopf geschoben, so daß das dunkle Gekräusel unter ihrer Achsel sichtbar wird. Ihre Locken rollen über den Arm auf die Felle. Sie dehnt sich, gähnt, sagt zärtlich-beiläufig: „Gute Nacht, lieber Nikos, schlaf auch bald."

Er hockt ihr zu Häupten. Dann steht er leise auf, in seinen Filzmantel gehüllt, unter den Sternen zu schlafen. Die Stücke der zerbrochenen Flöte sind da noch auf dem Stein, nicht zusammenfügbar.

4.

Achillas. Ich ritt mit dem Mann den Berg hinab, mit dem, dessen Gesicht mir vertraut erscheint. Und auf einmal sagte er etwas. Einen Satz. Er sagte ihn, als mein Maultier stolperte, einknickte, sich fing und, erst leicht hinkend, weiterlief. Da sagte er (auf griechisch): „Der kämpft auch mit Dornen in den Handflächen." Und als ich ihn anstarrte, denn es durchfuhr mich wie ein Blitz, sagte er es, ganz leise, noch einmal auf lateinisch: „Der kämpft auch mit Dornen in den Handflächen." Von einem Maultier!

Achillas, lieber Schatten! Weißt du, wie das Wort entstand? Als sich die Kämpfer des Spartacus am Vesuv aus der Umklammerung durch die Römer lösten und ausbrachen, ließen sie sich an geflochtenen Weinreben und Brombeergestrüpp vom Berg herab. Viele hatten noch Wochen später vereiterte Handflächen, was sie nicht hinderte, das Schwert zu handhaben. So entstand das Sprichwort, bekannt und beliebt im Sklavenheer. Und ich habe es niemals wieder gehört seitdem. Achillas!

Der Zettel verkohlt an der Flamme. Leukotris starrt mit weitoffenen Augen ins Leere.

Sie begegnen sich oben an der Waldgrenze, der einsame Reiter Cethegus und die kleine Kavalkade der Ärztin. Leukotris sitzt seitwärts auf ihrem Maultier, überschattet von einem großen Schirm aus Schilf, vor ihr ein Knabe zu Fuß, dann zwei weitere Reiter in der Leinenkleidung des iatreion, mit dicken Satteltaschen. Die Sonne steht schon schräg. Der Römer grüßt und fragt, ob er sich anschließen könne, so fände er den Heimweg leichter. Die berühmte Frau Archiater seufzt und sagt dann mit gewisser Belustigung, die Wege seien für jedermann. So reiten sie nebeneinander, daß heißt er respektvoll in halber Pferdelänge hinter ihr.

Und schließlich läßt sie sich herab zu fragen, ob ihm die Insel gefalle.

Die Insel, so er, gefalle ihm wohl, wenn auch nicht alles auf ihr.

„Was beispielsweise?" will sie wissen, stets mit dem gleichen duldsamen Spott.

Und er: „Beispielsweise, wie sie dort oben an der Mine leben."

Ein scharfer Seitenblick aus den hellen fremdländischen Augen trifft ihn. „Sie waren an der Mine?" fragt die Ärztin ungläubig und sagt dann: „Verzeihen Sie, wenn die Zustände dort Ihr Auge beleidigen, aber wir sind nicht für den Besuch von Fremden eingerichtet."

„Das meinte ich nicht", erwiderte er.

„Was meinten Sie dann, Herr Römer?" Und da stolpert das Maultier, und da spricht er jenen Satz...

Achillas, ich war so verwirrt, daß ich kurz darauf seitwärts einbog, zur Verwunderung meines Trosses, auf einen ganz und gar sinnlosen Weg, nur fort von diesem rätselhaften Mann, der Dinge sagt, die mich beunruhigen...

Ach, sie beunruhigen mich sehr.

Anderthalbmal bin ich durch Italien gezogen – auf Karren, Eselsrücken und meistens auf meinen Füßen, die Schultern belastet von zwei schweren Arzttaschen, deren Riemen sich über der Brust kreuzten – im Heer des Großen Gladiators. Ich habe mit ein paar Männern geschlafen und unendlich viele sterben sehen. Ich habe viele, viele in Binden gewickelt, Wunden genäht, mit dem Messer in Leiber geschnitten, Kräuter aufgelegt und Sprüche gemurmelt – bis sie mich Rotznase „ihre Ärztin" nannten. Um mich herum waren täglich hundert andere Gesichter. War der dabei? Wie sah er aus vor dreißig Jahren, der sich Cethegus nennt, römischer Bürger sein will und gekrümmt dahergeht wie ein Fiedelbogen, mit seinen fahlen Augen im Knochengesicht?

Ich habe ein Jahrzehnt gebraucht, um zu vergessen, eins, um Leukotris zu werden, eins, um zu bestehen. Wozu ist er jetzt gekommen?

Achillas, die Vergangenheit stürmt gewaltig auf mich ein. Schrecken und nochmals Schrecken, ja, und Süße und Sichverlieren. Es ist alles wieder da, was ich dir damals erzählte und was wir dann eines Tages gemeinsam begruben in deinem Garten. Wir haben ein Loch in die Erde gemacht bei Mondlicht und es hineingeworfen, zusammen mit dem Gladiatorenkurzschwert, mit dem ich dir bei unserer ersten Begegnung die Kehle durchschneiden wollte und den halbvermoderten, fadenscheinigen Arzttaschen des Sklavenfeldzugs; haben die Vergangenheit für alle Zeit begraben, damit ich die iatrinae Leukotris werden konnte. Und sieh, es war fort.

Und nun zeigt sich, daß sie alle auferstehen aus der Grube von vor dreißig Jahren, als sei das nicht gewesen – kein frommer Akt des Abtuns, von dir als kluge Seelenheilung, von mir gläubig als Fast-Zauberei verstanden, damals. Nichts. Alles lebt und ist schrecklich. Es ist wie eine Morgenröte, hinter der sich immer neue Tage auftun, und will nicht enden. Immer weiter zurück: das Floß, der Feldzug, die Berge, Kottalos, das Haus in Rom, der andere, ja, bis in das Dämmer der weltenfernen Wälder meiner Kindheit, wo ich vielleicht ein Tier war oder ein Baum ...

An dir halt ich mich fest. Du sollst mir Angelpunkt sein in diesem Taumel, daß ich mich nicht verliere. Du, feste Schwelle meines Lebens, Fixpunkt, von dem man Vorwärts und Rückwärts mißt, Tor, wo man Traum und Wirklichkeit scheidet.

Achillas, ich beschwör deinen Namen, will mich an ihn

klammern. Ich muß reden. Nächte bin ich wach, mit dir zu reden. Sonst sag ich's dem Fremden. Vielleicht, daß wir es noch einmal von meinen Schultern nehmen und begraben müssen. Achillas.

„Bezaubernde Kreusa", sagt Gaius Arruntius.
Sie lacht.
„Bezaubernde Kreusa, warum gelingt es mir nicht, daß Sie mich ernst nehmen? Bin ich so komisch? Hat Ihnen noch nie ein Mann erklärt, daß Sie bezaubernd sind?"
„Mehrere. Jungen von der Insel und Herren wie Sie."
„Und was haben Sie geantwortet?"
„Ich habe gelacht."
„Die Männer auslachen dürfen nur Königinnen!"
„Man nennt mich Königin", sagt sie beiläufig.
Gaius' hübsche Augen bekommen einen nachdenklichen Glanz.
„Hat das besondere Gründe?"
„Vielleicht, weil ich die Männer auslache?"
Es ist ihr nicht beizukommen. „Werden Sie mich wieder mitnehmen zu dem einsamen Königssohn auf der Insel?"
„Sie mögen ihn auch, nicht wahr?" sagt Kreusa warm. „Er hat ein großes, einsames Herz, darum nenne ich ihn Väterchen. Er tut mir leid in seinem goldenen Gefängnis."
„Werden Sie mich mitnehmen?"
„Das kommt auf Sie an", entgegnet sie.
„Was muß ich tun, damit ich würdig bin?"
„Zuerst den Mund halten."
„Ich schwöre..."
„Sodann: mich mit Ihren Händen verschonen. Das Boot könnte sonst kentern."
„Ich würde Sie retten, Kreusa."
„Eher ich Sie. Hören Sie, es ist mein Ernst. Wenn Sie wieder versuchen, mich zu berühren, schlage ich Ihnen das Ruder über den Kopf."
Sie sieht aus, als sei sie dazu fähig. Bei all ihrer Anmut scheint sie die Kraft einer Bäuerin zu haben. Gaius gibt

vorerst auf. Er zwingt sich, seine Augen von ihrem Busen wegzulenken, damit er vor Begierde nicht umkommt, und wechselt zum unverbindlichen Flirt über. Badegeplauder wie in Baiae.

„Ich sterbe vor Langeweile", klagt er. „Mein Klient Cethegus ist nicht sehr amüsant, und ohne Sie wäre ich hier schon vermodert. Niemand spricht mit mir, sogar meinen Sklaven Dama hat man mir fortgenommen. Ich verstehe gar nichts hier."

„Armer Mensch", sagt sie spöttisch mit ihrem leisen Lachen, „Sie dauern mich. Wären Sie keiner von einem Volk, das sich selbst für Halbgötter halten soll, hätten Sie viel in sich, ein liebenswerter Mensch zu sein."

Er nimmt's zur Kenntnis.

„Was Ihr Nichtverstehen angeht – fragen Sie! Ich stehe zur Verfügung."

„Ausgezeichnet. Es fängt hiermit an." Er hebt den glasierten Tontopf mit grünlicher Flüssigkeit. „Warum muß ich täglich viele Liter hiervon trinken? Es schmeckt abscheulich."

„Sie sind hier", belehrt sie ihn streng, „um zu genesen. Was Sie da trinken, ist die berühmte Quelle mit dem Heilabsud, und je mehr Sie davon zu sich nehmen, desto besser."

„Schön", seufzt er heuchlerisch-ergeben. „Ich war noch nie vorher in einem iatreion. Ist das überall so wie hier?"

„Es ist nirgends so wie hier", erklärt sie hochmütig und wirft den Kopf in den Nacken.

Sie sitzen nebeneinander auf bequemen Lederstühlen in der schattigen „Halle der Begegnung", in der noch drei, vier andere reiche Leute, die hier Heilung suchen, dies scheußliche Wasser trinken. Gaius schielt auf die runden Beine seiner Gesprächspartnerin und gibt sich Mühe, trotzdem hinzuhören, denn es ist wichtig.

„Es gibt in unserem iatreion keine Sklaven", sagt die Nymphe. „Alle, die für uns oder die Patienten arbeiten, werden auch bezahlt. Dann gibt es die Männer und Frauen in Leinenkitteln, wie sie auch meine Mutter trägt. Sie verstehen etwas von Heilkunde. Sie mischen Tränke, bereiten Bäder, lassen den Patienten zur Ader – derartige Kleinigkeiten." Sie plaudert altklug. „Und dann gibt es noch Tyro und Sarmatis."

„Das sind die Gehilfen Ihrer Mutter, der Kleine und der Dicke."

„Reden Sie nicht respektlos von ihnen", sagt das Mädchen, „sie sind selber Ärzte und, wie meine Mutter sagt, sehr gute. Sie arbeiten nur auf Lakros, weil sie von der Archiater lernen wollen."

„Und warum hat die Frau Archiater eine solche Abneigung gegen die Bedienung durch Sklaven? Es ist weit billiger."

„Sie will nur freie Menschen um sich haben", entgegnet die kleine Königin stolz.

Der Ansatz für die ganze Geheimniskrämerei des finsteren Cethegus scheint da zu liegen, obwohl Gaius noch nicht durchschaut, wieso.

Ehemalige Sklaven, Freigelassene also, benehmen sich meist wie die Teufel ihren einstigen Brüdern gegenüber, damit ja niemand merkt, woher sie kommen.

„Hat Ihre Mutter das iatreion erbauen lassen?"

„Nein, noch ihr Lehrer, der Archiater Achillas. Aber als immer mehr Patienten übers Meer kamen, haben wir erweitert und jene Wohnzellen den Berg hoch gebaut, wie Sie eine gemietet haben."

„Man ist dort völlig ungestört." Er macht einen weiteren Vorstoß und erntet ein uninteressiertes „Ja?" der kleinen Jungfrau. Es ist zum Verzweifeln.

„Soll ich Ihnen noch einen Becher Wasser von der Quelle holen?" erbietet sie sich mit listiger Höflichkeit, und als er erschrocken seinen Becher hinter dem Rücken verbirgt: „Desto eher werden Sie Ihr Leiden los."

Er schüttelt den Kopf. Das einzige Leiden, das er im Moment verspürt, wüßte er, mit dieser bezaubernden Provinzlerin allein, innerhalb von fünf Minuten zu heilen.

Mit einer Sklavin wäre dergleichen einfach, ebenso mit einer römischen Dame der höchsten Gesellschaft. In beiden

Fällen würde man einfach zugreifen. Einem Mädchen im oskischen Viertel würde man sagen: „Ich komme um vor Geilheit, und du gefällst mir. Wann können wir uns treffen?“ Aber hier, auf dieser gottverlassenen Insel, ist alles anders. Und er will nun einmal nicht irgendeine, sondern ausgerechnet diese braunäugige Basilea, die sich ziert wie eine Lucretia.

Seufzend beschließt er, weiter den galanten Verehrer zu spielen.

Sie bezieht seinen Seufzer auf die Wasserkur und lächelt verschmitzt.

Achillas. Da passieren mir schon seltsame Dinge. Ich hab mich früher vor Geistern gefürchtet, wie du weißt. Aus meinen heimischen Wäldern hab ich sie mir mitgebracht, eine eklige Sorte Geister war das, und sehr anhänglich. Ich habe meine liebe Not mit ihnen gehabt auch noch hier bei dir, und dann war ja eine neue Art hinzugekommen: die Toten des großen Kriegs gegen die Herren, all die Gallier und Lyder, die Thraker und Britannier, die wir so tief eingegraben hatten, wie es nur ging, das Gesicht in Richtung ihres Heimatlandes, damit sie nach Haus finden konnten.

Ich weiß nicht, woran es lag – ob sie den Weg nicht wußten oder ob wir uns irrten (teils, was ihre Herkunft, teils auch, was die Richtung anging): Jedenfalls umkreisten sie uns bereits im ersten Jahr des Feldzugs wie die Geier eine erschöpfte Karawane. Nachts näherten sie sich den Lagerfeuern, wir hörten manchmal inmitten eines heiteren Liedes ihre tastenden Schritte, ein Knacken der Zweige und verstummten nacheinander.

Es lag in der Natur der Sache, daß es mit der Zeit immer mehr wurden. Die großen Schlächtereien kamen, und wir hatten weder Zeit noch Kraft, sie zusammenzusuchen und einzugraben – o Achillas, wenn ich allein an die denke, die unter meinen zitternden Fingern dahinstarben, schreiend, blutend, während mir selbst die Eiseskälte ihres Todeskampfes langsam die Beine emporkroch.

Sicher ist, zum Schluß waren mehr Gestorbene als Überlebende da, und sie machten uns oft zu schaffen, wenn wir die Ruhe am nötigsten hatten. Nachts, unvermittelt, begannen sie zu rufen, stundenlang, mit klagenden Stimmen, einzeln oder im Chor. Einer blies wohl auch die Flöte. Die Dunkelheit war voll von ihnen. Wie die Mückenschwärme drehten sie sich über unseren Feuern, summend und rufend.

Die armen Lebenden saßen mit gesträubtem Haar, eng beieinander, oft die Hände vor Augen oder Ohren gepreßt, und die Zähne schlugen ihnen aufeinander.

Einmal, erinnere ich mich, hockten wir, ein versprengtes Trüppchen, aus wer weiß welchen Gründen hinter einer Felsenecke. Wir waren zehn oder zwölf, den anderen vorausmarschiert, vielleicht, um ein Nachtlager zu finden, ich habe es vergessen. Da kamen die Gestorbenen und griffen den Frauen in die Haare, so daß ständig jemand laut aufkreischte, und sangen dabei zum Gotterbarmen.

Irgendwie kam man auf die Idee, daß ich, die medica, ihnen helfen könnte, ich, die ich schon längst den Glauben an Beschwörungsformeln verloren hatte und deren Seele ohnehin bei den Schwärmenden von ehedem mitflog. Medica medica ging es die ganze Zeit, und ich wartete ab, während sie zitternd berieten, was in aller Welt man diesen Sklaven ohne Kopf, die nicht nach Hause fanden, antworten solle, was man für Botschaften habe auf ihre wie Seidenfäden in die gleichgültige windstille Nacht gesponnenen Fragen.

Ich sah mir das eine Weile an, diese Ängste auf beiden Seiten, und dann entschied ich mich für die Sache der Lebenden. Langsam hob ich meine Hand, dem Brauch gemäß den Mittelfinger über den ausgestreckten Zeigefinger gebogen, und reckte sie in die Dunkelheit, wie ich es von Meroe, der Schwarzen Schlange, gesehen hatte, und vor der uralten Beschwörungsformel wichen die bezwungenen Toten furchtsam zurück in Nacht und Stille. Ich war nicht einmal in der Lage, sie um Verzeihung zu bitten, auch die Tränen waren mir ausgegangen. Und die Überlebenden, als sei die magere kleine Faust der Germanin ein Rammbock gegen die Finsternis, legten sich beruhigt zum Schlaf um die verlöschenden Feuer.

Von da an konnte ich nicht mehr zurück. Ich hatte mich für die entschieden, die atmen. Ich war wirklich das geworden, als was sie mich schon bezeichneten, da ich nur mit zitternden Fingern Wunden verschmierte – eine Ärztin.

O Achillas. Ich glaube, ich habe dir nie von dieser Nacht erzählt, wo ich das erste- und letztemal zauberte. Ich hatte sie wahrhaftig vergessen, bis jetzt vergessen, und, da ich dir etwas ganz anderes sagen wollte, gleichsam beiläufig ist sie auf einmal wieder da, ganz unversehrt hat sie irgendwo geschlafen wie ein Samenkorn. Ich kenne mich nicht, nein.

Nein, denn irgend etwas führte mich heute nacht zurück zu jenem Ort der letzten Schlacht – ich weiß nicht, ob Traum oder Gedanken. Ich meine nicht eine der großen Schlachten, die das Heer der Gladiatoren aufrieben. Ich denke einfach an *meine* letzte Schlacht, bevor ich, verwundet an Hals und Schulter, gehetzt wie eine Antilope, der die Hyänen folgen, fliehend, fliehend, fliehend, irgendwie mit den Meinen das Meer erreichte, verborgen oft in einer Fischerhütte, im Schilf, bis zum Hals im Brackwasser stehend – indes keine dreißig Schritt vor uns eine Kohorte vorüberzieht – nach Luft ringend im Giftdunst des Moors, jemandem den Kopf unter Wasser haltend, bis er das Schreien vergißt, auf ein Floß kletternd wie eine Ratte, die der Überschwemmung entgehen will, wie... Achillas, Achillas, was geschieht mir, was stürzt auf mich ein wie riesige Wellen, was geschieht? – Meine letzte Schlacht.

Ein Apulischer Weingarten, in dem sich in gefälligen Bögen die Rebe rankt, entlaubt, ein Ort geometrischer Strukturen, dahinter die geschwärzten Trümmer des Landhauses wie Stümpfe eines Gebisses. Auf dem einstigen Balkon dieses herrlichen Bauwerks (einer wacklig gestützten Plattform ohne Geländer) hat der Kommandeur unserer glorreichen, aus fünfzig Seelen bestehenden Abteilung seinen Befehlsstand eingerichtet – eine herrschaftliche Liege aus Zitronenholz, der aber die Polster fehlen. Indessen geht es nicht anders, denn unser Kommandeur hat keine Beine mehr. Ich erinnere mich an sein gedunsenes, bleifarben geschwollenes Gesicht, in dem die Augen wie weiße Krabben lebten, und daß er ein Viehhirte aus der Romagna war, sonst an nichts.

Ich erzähle dir bekannte Dinge. Erst waren wir zwanzig. Aber wie ein Licht in dunklem Walde hatte die Nachricht, daß sich hier einige versammeln, um zu kämpfen, in den letzten Stunden die Flüchtigen angezogen, die begierig waren nach Heldenmut oder einfach nach einer letzten brüderlichen Umarmung. Der Kommandeur hatte Erdwälle aufhäufen und eine Verschanzung aufbauen lassen, wie er es gelernt hatte beim Großen Gladiator, obwohl nicht genug Kämpfer zur Verteidigung vorhanden waren. Da der Brunnen zugeschüttet war, tranken Männer, Frauen und Kinder den letzten Wein aus den Kellern, und keiner war mehr nüchtern, dazu kam das Fieber, Fieber der Angst, des Entsetzens, der Todestrauer. Man tötete bereits die Hunde, da man fürchtete, daß diese gutwilligen Wesen sich später würden zur Sklavenjagd abrichten lassen, bedeckte sie mit Küssen und streute Erde auf ihre erkaltenden Schnauzen.

In diesem Ulmengarten lagen sich Abschiednehmende in den Armen und verabredeten flüsternd die Stelle, wo sie sich nach ihrem Tode wiederfinden wollten, Liebende genossen das letztemal im hellen Sonnenlicht ihre Leiber, hingestreckt auf den lehmigen Boden zwischen Unkraut und den schmutzigen Füßen der anderen, die sie in tiefem Schweigen umstanden. Eine Gruppe Frauen, Schaum vorm Mund, ging stieren Blicks, Lieder winselnd, im Kreise. Kinder schaukelten mit trunkenem Gekicher in den Rebschlingen, und zwischen den Kriegern, mit Speer und Messer bewaffnet, stand wie ein gigantischer Kloß aus Erde die Riesin Meroe, ihren schwangeren Leib vor dem durchgedrückten Kreuz tragend wie einen Sack Äpfel.

Ich selber, beschäftigt, dem verstümmelten Führer dieses Unternehmens auf seiner Zitronenholzliege die Schmerzen zu lindern durch eine Kräutermixtur, deren Nutzlosigkeit keiner besser kannte als ich, unter seinen leisen Flüchen, die ihm die Marter abpreßte, sah über das alles hin. Und obwohl ich wußte, was von diesem verbrannten Haus und der Vigne zu halten war: daß sie nämlich die Sterbestätte für die meisten oder alle hier waren, kniff ich die Augen schmal vor der überwältigenden Fülle von Helligkeit, die dieser Tag trug, vor der Anmut der gefächerten Rebstöcke und geraden Ulmen, der seidigen Verheißung des Himmels, so straff wie ein gespanntes Tuch, atmete tief durch die Nase und bettelte stumm: bitte noch nicht. Bitte noch eine halbe Stunde diese Liebkosung, die Leben heißt. Noch einen Augenblick.

Und noch ist alles so, wie ich es dir immer und immer wiederholt habe, als ich daran dachte Tag um Tag. (Dann aber habe ich es vergessen.) Aber nun befindet sich plötzlich unter all den Verzweifelten und Kampfentschlossenen noch ein anderer, den ich vorher nie gesehen habe: der fahläugige, rundrückige, schleichende Fremde, der Römer oder Nichtrömer, der sich Cethegus nennt. Ich kann nichts dagegen tun. Als habe ihn eine Gottheit mit spitzen Fingern aus einem anderen Werk herausgenommen und geschickter als ein Mosaikkünstler in dieses mein Bild eingesetzt, wohnt er darinnen, ohne irgendwelche Brüche oder Kanten zurückzulassen, kraucht mit seinem lang ausgreifenden Schritt durch die Weingehänge, und ich weiß nicht, ob er bewaffnet ist, aber zumindest hat er die lederne Tunika eines Kämpfers an, und seine grauen Wangen sind genauso stopplig und eingefallen wie die der anderen Rebellen. Er ist drinnen in meinem Bild, obwohl er mich drückt wie ein Stein im Schuh, und ich kann mich drehen und wenden, wie ich will, er weicht nicht.

Und dann beginnt der Kampf, der Seidenhimmel birst wie eine Blase in einer furchtbaren Explosion von Getöse und Gestank. Wie aus einem gebrochenen Aquädukt das Wasser herabstürzt, strömt unaufhörlich eine Masse Männer in Leder und Eisen an der Flanke des schwarzen Hauses hervor. Schlagmesser, Hacken und Küchengeräte klirren gegen den Stahl der quiritischen Kurzschwerter; sie brüllen mit offenen Mündern zotige Lieder und Märsche, Verwünschungen und Götteranrufungen in allen Sprachen gegeneinander, Schaum auf den Lippen; die schweißüberströmte Meroe, schwerfällig rennend wie eine Kuh mit ihrem gefällten Speer, ihr riesiger Bauch schwappt, sie singt, ihre rosafarbene Zunge im schwarzen Mund, und ich höre „Tod ihnen" und „nieder" und „lang lebe" und „hoch!", ohne zu wissen, wer wen meint und wessen Sieg oder Niederlage wir oder sie besingen. Frauen schlagen ihre Nägel in die Hälse von Römern, Kinder kriechen zwischen den Soldatenstiefeln durch und beißen in die nackten Waden der Männer.

Der Rumpf des Viehhirten aus der Romagna zuckt auf der Liege, mit donnernder Stimme schreit er Befehle, die keiner mehr versteht, indes sein Adjutant über dem Rand der Balkonbrüstung hängt, die Hände im Haar vergraben, und sich erbricht. Pfeile jubilieren, ich selbst kann plötzlich kein Latein mehr und fühle zwischen mein Hemd und meine Haut, um mich zu vergewissern, daß die klebrige Blutschicht an mir nur fremdes, nicht eigenes Leben ist. Und so, während ich die Hand am Herzen habe und mir selbst in vergessener Zunge zurede, erscheint er vor mir, jener Mann, der mit mir jüngst vom Berg ritt, kommt gerade auf mich zu, wieder ohne Waffen, aber ich sehe seine Augen und weiß auf einmal, ohne mich zu fürchten: Das ist der Tod.

Aber ich bin nicht gestorben damals. Ich bin, ich weiß nicht mehr, wie, entkommen und einige mit mir. Und er war nicht dort, nicht dabei, und wie hätte ich ihn denn vergessen können, wenn er mich holen kommt, ist es immer noch Zeit, da er denn so lange gewartet hat ... Ein wirres Zeug. Es gibt ihn nicht. Ich bin müde, Achillas, und mein Schlaf ist ohne Erquickung.

Wenn sie im Wind zwischen den Hügeln läuft, an der Klippe entlang, wo Salbei wächst, überkommt Kreusa in diesem Sommer oft ohne Grund ein heftiges Glücksgefühl. Es ist so stark, daß sie Korb und Hippe aus der Hand legen muß – denn sie geht Kräuter sammeln für das iatreion; jedenfalls begründet sie ihre Gänge so. In dem Augenblick, in dem sie mit der Erde in Berührung kommt, durchläuft sie ein feines Rieseln, das von den Fingerspitzen ausgeht und sich über den ganzen Körper verteilt. Ihre Augen füllen sich mit Tränen. Sie legt sich lang ins Gras, atmet den Duft von Salbei und Melisse. Vor ihren halbgeschlossenen Augen vibriert die Sonne in tausend Lichtteilchen.

Kreusa beginnt sich zu wälzen wie eine junge Katze, die zum erstenmal ins Heu geht. Sie schlägt mit Armen und Beinen um sich, die Kleider verrutschen ihr am Körper, geben ihre Schenkel, den dunkel bewachsenen Schoß, den braunen Bauch frei. Sie stößt kleine Schreie des Entzückens aus, lacht. Ihr Mund steht offen.

Die Sonne kommt auf sie zu wie eine Feuerkugel, sie stürzt in Kreusa hinein, Kreusa umschlingt sie mit ihrem ganzen Wesen, ja, Sonne, ja, durchglüh mich, ich will dich, alles ist kupferrot und feurigschwarz.

Nach einer Weile hört sie wieder den durchdringenden Gesang der Zikaden. Auf ihrem nackten Bauch sitzen zwei Goldfliegen; sie scheucht sie fort, indem sie sich bedeckt. Leicht und flach atmend, sieht sie in ihren Händen Büschel von Thymian, die sie ausgerauft hat, ohne es zu merken.

Was für ein Sommer für Kreusa, sie erklettert die Klippe, einen ihrer Lieblingsplätze, sitzt dort oben und schaut in das ozeanische Geglitzer, die Welt der ständigen Wiederkehr, und ihre Wangen erhalten im Anprall der salzigen sonndurchglühten Luft die Farbe von Pfirsichen.

Sie geht am liebsten allein, barfüßig, im Hütchen, so wie Gaius sie das erstemal sah. Sie sammelt Kräuter und fischt, stellt Vogelfallen, findet am Berg eine halbwilde Ziegenherde, treibt eine Geiß auf einen Felsen und melkt sie, fängt die Milch in einem Rindenbecher auf, um ihren Durst zu stillen.

Die Leute, denen sie begegnet, grüßen sie freundlich und bieten ihr Wein und Brot, eine Honigwabe. Ganz Lakros ist ein Garten für Kreusa.

Manchmal nimmt sie sich Nikos' Schiffchen und rudert hinüber zur Bruderinsel. Sie tut es allein.

Es ist eine Ehre, mit der iatrinae einen Abend wie diesen verbringen zu dürfen – das gilt es zunächst festzuhalten; eine Ehre, die die Römer offenbar der Fürsprache der kleinen Kreusa zu verdanken haben, ganz davon abgesehen, daß die Ärztin ja auch einmal mit ihren hoch zahlenden Patienten wird reden müssen.

Es spricht sich mit ihr nicht unangenehm, und es sitzt sich vorzüglich hier. Ölbaumschatten, zwischen den Zweigen die kupferglühende Abendsonne, der Wein der Insel recht erträglich, vor allem nach dem verordneten Wassersaufen, Schafskäse auf feuchtfrischen Blättern dazu in ländlicher Schlichtheit. Die Dame Leibarzt redet spöttisch-gelöst, und was sie sagt, ist oft befremdlich, aber nicht allzu schokkierend. Kreusa mit ihren Locken, mit bemaltem hölzernem Fächer und Kettenschmuck um den Hals ist lieblich anzuschauen. Die Römer bemühen sich um gutes Einvernehmen. Die leinenweißen Tyro und Sarmatis schweigen meist.

Soweit, so gut, bis Kreusa, die den Weg überblickt, plötzlich ihren Fächer über die Augen hält und sagt, da kämen zwei. Sie nennt den Namen eines Mannes und einer Frau.

„So geh ihnen entgegen!" ruft die Ärztin, Ungeduld und Freude auf ihrem offenen Gesicht, und zu den Männern: „Ich bekomme jetzt sehr liebe Gäste."

Die Einführung der sehr lieben Gäste ist schon beinah eine Feierlichkeit. Die beiden Arztgehilfen erheben sich von ihren Sitzen, sobald sich Kreusa mit den Ankömmlingen nähert, und den Römern bleibt nichts übrig, als es ebenfalls zu tun; auch die medica springt auf und geleitet sie an den Händen zum Tisch.

Die Leute sind außerordentlich seltsam anzusehen. Unbehagen erweckend seltsam. Zunächst die Frau, etwa in Leukotris' Alter, schön, langbeinig, mit beachtlichem Gang

– von jener provozierenden, unbescheidenen Grazie, die Gaius zum Beispiel als unweiblich empfindet. Dies Weib – langnasiges Profil, Mandelaugen, königliche nackte Schultern – trägt ihr Haar kurzgeschoren, als wäre sie ein Mannsbild. Alles an dieser alternden Schönheit reizt und verletzt Gaius – nicht zuletzt die Art, wie sie sich des Mannes neben ihr bemächtigt hält: schamlos und betulich zugleich; und was für eines Mannes! Den sie da mit dem Arm umschlingt, während die andere Hand die seine hält, ist unverkennbar ein Sklave des Königs. Er trägt eine gravierte schwere Armfessel mit Kette, die sich so um seinen Arm und den der Frau schlingt. Ein Sklave, und einer, der die Peitsche gekriegt hat. Das sieht man am Gang, und über den Knien kommen noch Striemen unter den Chlamys hervorgekrochen wie blaurote Schlangen. Und wie er da im Arm der Schönen wandelt, ist er nicht etwa ein junger, kräftiger Bock, sondern zudem so alt wie die Dame. Sein Haar ist grau, sein Gesicht hager, tief zerfurcht, wie verbrannt von Leidenschaft und Schmerz.

Wie sie da beide gehen, achten sie nicht auf den Weg, sondern starren sich in die Augen wie Amor und Psyche.

Die Römer vergessen das Hinsetzen. Das sonderbare Paar, nun von Tyro und Sarmatis umsorgt, wird ihnen präsentiert als die Archimima Zoe und deren Mann Nicodemus.

Das erklärt manches, wenn auch nicht alles. Eine Mima also, das heißt Komödiantin, nein, nicht einmal das – Gauklerin, Seiltänzerin. Daher das Herausfordernde im Wesen. Und dieser Sklave ihr Mann? Gaius ist drauf und dran, unbesonnen loszulachen.

„Wie geht es dir heute, Nicodeme?“ fragt die Ärztin und ergreift beide Hände dieses Sklaven.

„Mach dir keine Sorgen, Leukotris. Es geht mir heut ganz gut“, versichert der – eine sanfte und lebendige Stimme allerdings, und man weiß nicht, an was er leiden sollte außer an der Dresche, die er offenbar bezogen hat, und die Frau an seiner Seite bestätigt: „Es geht ihm heute ganz gut.“

Die Römer stehen immer noch vor dieser Idylle, und plötzlich sagt Cethegus – Cethegus! – laut und kalt: „Wir dürfen uns wohl verabschieden."

Die anderen starren sie allesamt an, als bemerkten sie jetzt erst ihre Anwesenheit – befremdet, neugierig, verblüfft. Dann sagt die medica: „Wenn Ihnen nichts Besseres einfällt, könnten Sie sich selbstverständlich auch verabschieden, meine Herren."

Die Komödiantin tönt, sie und Nicodemus hätten nicht vor, irgend jemanden durch ihre Anwesenheit zu vertreiben – aber Kreusa ist bereits aufgestanden und erklärt, sie führe die Gäste zu ihren Wohnungen. Stumme Verbeugung, kehrt. Die kleine Nymphe wie immer den anderen ein paar Schritte voraus. Keiner redet.

Erst kurz vor ihrer Behausung sagt Cethegus, leise, aber keineswegs so leise, daß es Kreusa nicht hört: „Verzeihen Sie. Es war vielleicht unklug, aber ich konnte nicht. Der Anblick dieses geprügelten Königssklaven und seiner Konkubine, einer gesetzlosen Jongleurin, dürfte schon genügen. Aber römischen Bürgern auch noch ihre Gesellschaft anzutragen, das dürfte nun doch die Grenzen des Anstands überschreiten."

Der Gang der jungen Dame vor ihnen bekommt etwas Ruckhaftes, Gaius sieht's mit Besorgnis. „Sprich doch leiser", fordert er, aber sein Begleiter fährt ungeniert fort: „Mir ist unverständlich, warum wir uns dergleichen bieten lassen sollen. Es gibt gewisse Regeln im Leben, und ein Römer mit Gesetzlosen an einem Tisch – selbst auf so einer Insel sollte man wissen, daß es nicht geht."

Kreusas Gang läßt auf ein Ungewitter schließen, und es bricht aus, als die Wohnzelle erreicht ist. Die kleine Königin dreht sich um, ihre Brauen sind gerunzelt, ihre Pfirsichwangen noch einen Schein röter. „Wie können Sie sich erlauben", beginnt sie und schlägt den Fächer auf den Tisch, „die Gäste meiner Mutter zu beleidigen. Nicodemus und Zoe sind unsere Freunde. Wer sie nicht achtet oder nicht versteht, hat bei uns nichts verloren."

Derart hochgemut redet die kleine Kreusa daher, und ihre Blicke, die zwischen den beiden Römern wandern, machen im Zorn keinerlei Unterschied zwischen dem Jüngeren und dem Älteren, so daß Gaius einzulenken für besser hält.

„Aber, liebste Kreusa – beleidigen wir sie? Wir sind Ausländer, und bei uns, im strengen Latium, behandelt man einige Dinge nicht mit der liebenswürdigen Freiheit, die diese Insel auszeichnet. Außerdem – was haben wir gesagt, Teuerste? Nur die Wahrheit. Der sicher achtbare Nicodemus ist nun einmal ein Sklave, und ein gepeitschter dazu, oder wollen Sie das leugnen? Und daß Damen von der Profession der Zoe nirgendwo Bürgerrechte genießen, dürfte Ihnen ja auch bekannt sein. Fakten, gegen die nichts zu sagen ist."

Kreusa hat den Kopf gesenkt. „Sie verstehen sich herauszureden", sagt sie. „Trotzdem. Es war der Ton, in dem es gesagt wurde. Ich mag das nicht. Und ich verstehe nicht, warum Sie sich das anhören." Sie geht, der Fächer bleibt auf dem Tisch liegen.

Cethegus ist wieder einmal mit seinen Fingernägeln beschäftigt. Der andere wartet, bis die leichten Schritte draußen nicht mehr zu hören sind. Dann hebt er den Fächer auf und wirft ihn unmutig auf die Erde. „Du bist einmal wieder eifrig dabei, meine Pläne zu durchkreuzen, wie? Wann wirst du begreifen, daß wir unser Ziel nur gemeinsam erreichen? Hartnäckiger als ein Esel! Die Gesellschaft von deinesgleichen ist dir nicht gut genug, für dich kommt Konversation erst vom Senator aufwärts in Frage. Sehr beachtlich. Ich fand die beiden Figuren übrigens genauso ridikül und fragwürdig wie du – so fragwürdig wie dich, Cethege mi. Aber dergleichen vor den Ohren der Tochter zu sagen, dazu gehört schon eine Portion Frechheit."

„Ich finde, daß die Kleine reichlich auftrumpft."

„Deine Meinung über Kreusa behalte für dich."

„Zeit, daß man ihr die Flügel stutzt."

„Und dir den Mund verstopft." Eine Ohrfeige, mit dem Handrücken geschlagen, trifft in Cethegus' Gesicht. Er nimmt sie, ohne mit der Wimper zu zucken, das ist seine Art.

„Geh mir aus den Augen."

Aber ehe der Geschlagene dem Befehl folgen kann, ist da wieder das leichte Trappen der nackten Füße vor der Tür, kein Anklopfen, Kreusa, sehr rosig, sehr verwirrt, steht da und sagt: „Mein Fächer", und Gaius hat Gelegenheit, ihn vom Fußboden aufzuheben und, noch immer kniend, ihr zu reichen „mit der Bitte um Verzeihung".

„Sie müssen dergleichen nicht tun", sagt sie, und er, ohne nachzufragen, ob sie sein Knien meint oder den vorherigen Zwischenfall, fragt sanft, ob sie noch böse sei, worauf sie „nein" flüstert, ihm den Fächer aus der Hand reißt und davonläuft.

Der Römer springt auf und starrt ihr nach. „Bei Priapus und allen Göttern der Begierde", murmelt er, ohne die Augen von der Tür zu wenden, „ich bin unsagbar verrückt nach ihr. Und daß ich es bin, ist gut für unseren Auftrag, mein Lieber. Wenn du mir nicht hilfst, sie zu bekommen, schicke ich dich nach Rom zurück."

Cethegus schleicht ohne Antwort auf sein Zimmer, schließlich wurde er fortgeschickt.

Aber es geht noch weiter.

Als Sarmatis, der rundliche der Weißbekleideten, zu den Römern kommt, ihnen das Quellwasser zu bringen, beginnt er sofort ungefragt: „Dem Leibarzt, meiner Meisterin, ist zu Ohren gekommen, daß einige Verwunderung, wenn nicht gar Naserümpfen entstanden sei über die Gäste, mit denen wir gestern zusammen waren. Die medica hat mich beauftragt, den Heilungsuchenden die Geschichte dieser Gäste zu erzählen. Was Sie fernerhin von ihnen halten, ist ihr gleich. Sie möchte nur, daß man weiß.

Die Archimima Zoe war vor längerer Zeit dem König Sesostris so teuer, daß er sie bat, auf der Insel zu bleiben, als ihre Truppe sich wieder einschiffte. Er gab ihr einiges an Gold und Kleidern, denn Zoe war schön und berühmt.

Die Archimima lebte sich auf der Insel ein. Sie bekam ein Landhaus am Meer und war freund mit meiner Meisterin und deren Lehrer Achillas. Bald besuchte sie den Hof des Basileus nicht mehr so häufig, aber Sesostris blieb ihr zugetan. Am Hof aber lernte sie den Sklaven Nicodemus kennen. Als sie wußten, daß sie sich liebten, ging Zoe zum König und sagte es ihm. Sie bat ihn darum, Nicodemus freikaufen zu dürfen, um mit ihm zu leben. Aber Sesostris war gekränkt und zornig, da er noch sehr an der Frau hing und nicht begriff, daß ihm ein Sklave vorgezogen wurde. So bot er ihr an, den Nicodemus sofort freizulassen, sobald Zoe bereit sei, sich von ihm zu trennen. Solange er aber in Liebe mit Zoe lebe, bleibe er Sklave des Königs, mit der Kette am Gelenk. Er habe die Gelegenheit, wann immer er es begehre, abends die Mimin aufzusuchen. Jedesmal aber müsse er sein Vergnügen – so drückte der Basileus sich aus – vorher bezahlen mit zehn Schlägen auf die Oberschenkel und zehn auf den Hintern.

Er dachte wohl, da sei die Liebe bald aus. Aber es dauert nun schon viele Jahre. Nicodemus kommt zu Zoe, sooft er kann. Er wird je nach Willkür der Aufseher geschlagen – ob sie gerade einen Stock in der Hand haben oder eine Nilpferdpeitsche und ob ihre Laune gut ist oder übel. Manche verhöhnen ihn, manche achten ihn, wenn er seine Striemen und Schmerzen zu seiner Geliebten trägt.

Sie können, sagt meine Meisterin, wenn Sie wollen, darüber lachen. Beide seien nicht mehr jung, aber für sie, so sagt die iatrinae, seien diese beiden die heiligsten Diener der Göttin, die sie kenne.

Im übrigen wünscht die Leibärztin des Königs mit Ihnen nicht mehr darüber zu sprechen. Sie wird auch vermeiden, in Zukunft ihre Freunde vor Ihr Angesicht zu bringen.“ Spricht’s, verneigt sich, geht.

Zoe? Sie haben Zoe angebetet, bevor sie noch eine Frau war, und einer wird sie immer anbeten auf der Welt. Sie muß immer göttlich oder königlich oder heldenhaft sein, vielleicht...

Heldenhaft war sie übrigens zuerst. Bei einer Abendunterhaltung wie jener abgebrochenen beim rötlichen Sonnenuntergang, da gibt die Ärztin manchmal die oft gehörte Geschichte noch einmal preis, zum Liebeslächeln von Nicodemus und zu den hochgezogenen Brauen der Protagonistin selbst, die immer behauptet, sich nicht mehr zu erinnern, und die Begebnisse anhört, als beträfen sie eine Fremde.

Sie sei erstanden aus der Drachensaat auf der Kolchis, beginnt Leukotris meist, und gewöhnlich sagt Zoe dann: „Ja, aus Dreck" und lacht. Das müsse sie bestätigen, erwidert die Freundin.

Es war überhaupt einer der dreckigsten Tage, deren ich mich erinnere, und manchmal versetze ich ihn in einer jener Gedankenlosigkeiten, die oft höhere Logik haben als die Wirklichkeit, in meine schlammigen germanischen Winterwälder, in das Morgengrauen meines Gedächtnisses.

Es hatte tagelang geregnet, und das Tal, in dem wir uns verbargen, war von den lehmigen Fluten ausgehöhlt. Erdrutsche hatten das kümmerliche Buschwerk, das zuerst unser Heim und unsere Heimlichkeit, unsere Schanze, Decke und Wärme war, nachtsüber weggespült. Zitternd klebten wir, mit gelbem Schlamm beschmiert, in den Löchern, die sich unter unseren Leibern in Tümpel verwandelten. Die Luft war gleichsam dickflüssig vor Feuchtigkeit. Wir hofften so gelb zu sein wie die gelbe Erde, unbeweglich im Dunst und unkenntlich. Denn auf der anderen Seite des Tals saß er, der Pfeilschütze.

Kein Legionär, o nein. Nur ein erbitterter Bauer, dem wir beim ersten, siegreichen Zug durchs Land die Ernte requiriert hatten und der nun mit uns abrechnete, mit uns Flüchtigen, Verzagten. Wir hatten keine Pfeile mehr. Wir hatten schon beinahe gar nichts mehr, nichts zu essen, nichts am Leibe – nur die Hoffnung, doch noch vor Ablauf von zwei Tagen eine bezeichnete Stelle am Meer zu erreichen, wo jene Flöße die Reste eines Heeres, das nicht mehr kämpfen konnte, nach Sizilien bringen sollten.

Aber diese jämmerliche Hoffnung schwand von Stunde zu Stunde im Strömen des weltersäufenden Wassers und unter den Pfeilen des Bauern. Er schoß recht gut, Wut und Haß lenkten ihm die Hand. Die Klagen der Getroffenen, ihre dem Tod geweihten Stimmen gaben ihm immer wieder die Richtung an, wo sich hinter dem Nebelvorhang seine Ziele befanden.

Wir waren so ausgehungert und abgehetzt, daß wir da wohl tagelang gehockt hätten, verstört wie jene Nachtvögel, die immer wieder zum alten Nistplatz zurückkehren, obwohl sie dort der Fallensteller erwartet, und wir wären vergangen in Nässe, Kälte und Dreck. Da kam uns Rom zu Hilfe.

In unserem Rücken hinter der Bergkuppe, an deren Flanke wir klebten, wurden uns verwehte Klänge zugetragen – fernes Rasseln von Metall, häufiger bald und klarer; und dann, wie ein Beben aus dem Schoß der Erde, nicht nur von unseren Ohren, sondern unmittelbar von unseren dem Boden verhafteten Leibern aufgenommen, der schreckliche, der wohlbekannte, der welterschütternde Marschtritt einer Hundertschaft, immer näher, den Schlag unserer Herzen übertäubend, auslöschend, ersetzend, so daß wir alle, die wir da lagen, vibrierten in diesem unausweichlich herankommenden Rhythmus, der sogar die Spitzen unserer Finger zucken ließ. Darüber erhob sich, schrill von Flöten, dumpf von Pauken, das beliebte Marschlied der zehnten Legion: „Schwesterchen trägt rote Schuhe."

Viel war nicht mehr möglich für uns. Genaugenommen erschien uns Entmutigten und vor Entsetzen Gelähmten eigentlich nur noch das Sterben wahrscheinlich. Hier, wie jede Geburt nah am Tod angesiedelt, fand Zoes Geburt statt – das heißt, wir hatten keinerlei Ahnung, wer dieses Geschöpf außerhalb jedes Alters und Geschlechts war, das sich plötzlich aus dem Dreck erhob, hager, halbnackt, mit Lehm besudelt, die Haare struppig wie ein Adlernest, in der Hand ein langes Küchenmesser. Während es mit heiserer durchdringender Stimme das Lieblingslied der Zehnten aufnahm, sprang es, eckig und anmutlos, mehr rutschend als kletternd, den Berghang hinunter, fiel und rollte, das blitzende Messer in gefährlicher Nähe des Gesichts, raffte sich auf, immer den dummen Soldatenschlager kreischend, schon den trüb geschwollenen Bach erreichend, und durchwatete ihn taumelnd, ehe sich noch einer von uns besonnen hatte.

Der Pfeilschütze drüben, außer sich vor Verblüffung, vergaß einfach, auf dieses koboldhafte Wesen zu schießen. In einem Zustand der Erstarrung sah er das Geschöpf in einem Mantel aus gelbem Schlamm pfeifend wie eine Zieselmaus den Berg heraufkriechen. Und während wir nun endlich auch den Bach durchquerten (schreiend, rufend, einige bereits das infame „Schwesterchen trägt rote Schuhe" auf den Lippen, das zu einer Art Spotthymne auf die Römer wurde in jenen letzten Tagen, immer wenn es nicht mehr weiterzugehen schien, von irgendwem aus unserer kleinen Schar atemlos angestimmt, um neuen Mut zu wecken), während wir, dem Bann dieses Tages entronnen, dem Wesen zu Hilfe eilten, rannte es da oben bereits dem Feind das Messer mit beiden Händen in den Leib...

Das erschöpfte Werkzeug unserer Befreiung erwies sich als ein lang aufgeschossenes, unentwickeltes Mädchen von zwölf Jahren, dessen verkrampfte Fäuste sich nur mit Gewalt vom Griff des Messers ablösen ließen und dessen Augen durchaus etwas Wahnwitziges oder Jenseitiges an sich hatten. Befragt, warum sie dies getan habe, antwortete sie, den Kopf zwischen die knochendürren Schultern gezogen: „Sollte ich denn nicht?"

Da sie uns Leben und Freiheit gegeben hatte, nannten wir sie, die keinen Namen hatte als den ihres ehemaligen Herrn, Zoë, das ist: Leben.

Kreusa klettert wie eine Gemse. Sie hat da einen Lieblingsplatz in halber Höhe der Klippe, eine natürliche Steinterrasse, verborgen zwischen Ginsterbüschen. Man sieht von da aus weit übers Meer.

„Kreusa, wohin läufst du? Kreusa. Warum versteckst du dich vor mir, wo bleibst du?"

Kreusa hastet durch das Schilf, sie will das Boot erreichen, draußen ist sie ungestört mit ihren Träumen.

„Kreusa, warum schläfst du nicht mehr in der Hütte, warum willst du nicht mehr Flöte spielen?"

Kreusa springt den Berg hinab, umpoltert von rollenden Steinen, hält sich an Bäumen, atemlos, will dort zu der Rosmarinaue, zu dem Feigenbaum, zu dem wilden Gebüsch voller Bienen, sich verstecken.

Nikos kann ebensogut klettern, laufen, springen. Er ist ihr auf den Fersen.

„Warum, Kreusa, schmeckt dir der Fisch nicht mehr, den ich fange, ist dir das Bett aus Fellen nicht weich genug?"

„Laß mich in Frieden, Tölpel", ruft sie, erhitzt, halb zu ihm gewandt im Laufen, Tränen in den Augen, doch zugleich übermütig, wirft ihm eine frische Feigenfrucht hin. „Das ist für dich!"

Da er sich bückt, die Frucht aufzuheben, ist das Mädchen auf und davon.

„Kreusa, ich weiß, warum du mich vergessen hast. Du mußt mit den Fremden promenieren, Tochter der Frau Archiater!"

„Wenn du es weißt, was quälst du mich?" sagte sie, ohne ihn anzusehen. Sie lehnt an einem Weidenbaum und zerpflückt das Laub, wirft die Blätter in den Wind.

„Gefällt dir der Römer mit den sauberen Händen und dem glatten Gesicht?"

„Bist du mein Mann, daß du mir solche Fragen stellen darfst?" erwidert sie spöttisch.

„Nein, Kreusa, nein, ich bin nicht dein Mann und werd es nie sein. Geh nicht mit den Römern!"

Sie lacht auf, schüttelt die Blätter über ihn und ist verschwunden.

„Kreusa, geh nicht mit den Fremden! Es sind Römer, Söhne der Wölfin, sie führen nichts Gutes im Schilde!"

„Was du für Unsinn redest", sagt sie zornig und steigt in die Klippe. „Es sind höfliche Menschen, und ich plaudere mit ihnen von diesem und jenem, und sie beten mich an."

„Auch ich bete dich an!“ ruft der Junge wild, aber das hört sie nicht mehr, der Wind weht es fort.

Dama, des Herrn Gaius in die Ferien geschickter Leibsklave, hat zunächst Wohnung bezogen bei dem leinenweißen Iatreionknaben, der ihn am Ankunftstag mit sich nahm, denn, so plötzlich auf eigene Füße gestellt, wäre er wohl, gleich jenen unversehens von der Kette befreiten Hofhunden, hilflos zurückgeblieben, mit dem Geschenk der Frei-Zeit in den Händen wie mit einer kostbaren Vase, die man weder zu benutzen noch abzustellen wagt.

In den ersten Tagen sieht man ihn immer wieder die Wohnzelle seines Herrn umschleichen, sich verstecken, wenn der dominus in der Nähe, herangehen, wenn er fern ist, und noch immer wendet er die Augen ab vor jedermann. Da ihn sein Mentor im Leinenkleid zu keinerlei Unterhaltung fähig oder bereit findet, verhilft er ihm schließlich unter dem Deckmantel der Botengänge zu längeren Spazierwegen über die Insel, um ihn aus dem Bannkreis des Herrn Gaius zu lösen.

Das erfreut Dama, denn er erweist gern Gefälligkeiten und richtet alles gewissenhaft aus, so daß er bald wirklich vonnöten ist. Die Insel mit ihren Begegnungen wird ihm dabei lieb.

Eines Tages hat er einen weiten Weg übernommen und macht sich früh auf, zur Zeit, wo der Himmel noch stahlblau ist, denn wenn ihn die Hitze grauweiß gemacht hat, will er schon am Ziel sein. Dama geht vor sich hin und freut sich, wenn seine Füße vom hellen Staub bedeckt werden oder der Wind ihm an einer Wegbiegung unversehens den süßen Duft der Majoranfelder in die Nase bläst. Manchmal begegnet ihm ein Esel und auf dem Esel eine Bäuerin, die aufs Feld reitet, die Hacke quer vor sich haltend. Sie grüßt ihn melodisch, und er muß immer erst ans Weiteratmen denken, denn sie grüßt ihn, obwohl sie weiß, daß er eigentlich ein Sklave ist, ganz gewiß, ganz gewiß weiß sie das. Er singt auch leise vor sich hin, obwohl er weder singen kann noch

Lieder kennt, aber er summt atemlose Wortfetzen, und ihm ist wohl.

Wo der Pfad enger wird und aufsteigt, kommt ihm eine Korbträgerin entgegen.

Dama hat beobachtet, daß auf der Insel alle in griechische Tracht gekleidet sind, das heißt, was man am Mittelmeer gemeinhin so nennt: ein Stück Stoff auf der Schulter befestigt, manchmal genäht, oft nur gegürtet, Fuß oder ganzes Bein zum Schreiten frei lassend, dazu oft ein Hut gegen die Sonne. Die Frauen von Lakros nun, da sie die Lasten auf dem Kopf tragen, umhüllen ihr Haar bis zur Stirn mit einem buntgewirkten Tuch, das ihnen zweigeteilt über den Rücken herabhängt und voll wundersamer Muster und Bilder in leuchtenden Farben ist. Diese Frau hier trägt auch ein solches Tuch, und darunter sehen ihn ein Paar dunkle Augen durchdringend an.

Dann nähert sich Dama den furchtbaren Stätten des Goldes. Stinkender Dampf umhüllt ihn mehr und mehr, benimmt ihm den Atem, und eine Nacht, so finster wie keine auf der Welt, senkt sich über seinen Pfad. Die besonderen Beimengungen dieser Unterweltdünste, die von der medica alle bei Namen zu nennen wären, als da sind Sulfur, Plumbum, Hydrargyrum, legen sich ihm auf die Brust wie dicke Tücher. Nase und Schlund brennen, die Augen füllen sich mit roten Tränen, und während nun auch seine Ohren anschwellen von fernem Brausen, sinkt er dahin und geht durch die Pforte der Unterwelt ein, ohne sich zu wehren, denn Wehren hat er nicht gelernt.

Stolpernd und noch immer beengt von den Dämpfen der Finsternis, marschiert er weiter ins Tiefe, hört Quellen rauschen und unterirdische Flüsse singen, und endlich wird es heller vor ihm. Das Licht geht aus von der Korbträgerin, die ihm aufs neue entgegenkommt, das schöne Bildertuch bis zu den Augen herabgezogen, den Stab mit der Schlange und das Ährenbündel in der einen, Kornschwinge und Stern in der anderen Hand. Und nun erkennt er sie unter seinen blutigen Tränen: Sie ist es selber, die Gute Göttin, die

Ewiglebende, die Nächtliche, und ruft ihn mit milder, aber machtvoller Stimme: „Dama, Dama!", so daß er in die Knie sinkt, maßlos verwundert, daß sie ihn, einen Sklaven, beim Namen kennt. Denn bisher war ihm gesagt worden, für seinesgleichen sei auch im Jenseits keinerlei Veränderung des Zustandes zu erhoffen, da auch Götter und Tote der namenlosen Diener bedürften. Sie aber wiederholt: „Dama, Dama!" Und er sagt die alte Formel: „Hier bin ich." Worauf ihn die Göttin mit dem Stab berührt und, wie es Brauch ist, fortfährt: „Hebe deine Augen auf und siehe!"

Und Dama hebt seine Augen voll blutiger Tränen, behindert durch die geschwollenen Lider, und sieht das Anti-Reich, die Herrschaft des pausbackigen Pluto mit dem Turban, glühend in allen Farben des Erzes; und Menschen stehen, verdorrt zu schwarzbehäuteten Gerippen, vor den Feueröfen, die der Gott zu immer wilderer Glut anbläst, scharren mit ihren verbrannten Händen das weiße Gold heraus, häufen es auf in schwelenden Dünsten. Und Pluto, hohnlachend, pustet hinein. Davon wirbelt es auf, als sei es nichts weiter als dürres Laub, und wird wiederum in die Öfen geweht, so daß die armen Verdammten immer weiter und weiter sich schinden bis in alle Ewigkeit, schrecklich anzusehen mit ihren aus den Mündern hängenden Zungen. Dama schlägt entsetzt die Hände vor die Augen.

Aber aufs neue heißt ihn die Göttin sehen, als er mit gewohntem Gehorsam die Lider öffnet, siehe, Dama, da ist die Herrlichkeit ihres Reiches vor ihm erschienen, die feuchten Triften, wo zum Klang der Hirtenflöte die Verklärten der Herrin ihre Herden weiden, wo Äpfel und Feigen wachsen, wo man Körbe flicht, Töpfe aus Lehm dreht und schönbebilderte Tücher webt, dort, wo die Geheimnisse beginnen. Er seufzt selig, merkt, wie die Schwere des Unterirdischen von ihm weicht, und würde am liebsten gleich hier in Schlaf sinken, doch vor den Augen der Nächtlichen gehört sich das nicht.

Und sie erhebt wieder die Stimme, fragt: Dama, willst du mir nachfolgen?, und er antwortet, sich am Kopf kratzend:

„Gern und sofort, sehr gute Göttin, aber da gibt es einen Haken, ich weiß nicht, ob es dir vielleicht entgangen ist, aber eigentlich existiere ich gar nicht; ich bin sozusagen kein Mensch, sondern nur ein Sklave und habe einen Herrn, den müßtest du fragen, ob ich ..."

Aber er wird unterbrochen von dem weithin tönenden melodischen Gelächter der Ewiglebenden, das von den Bergen widerhallt wie Flötenecho. „Dein Herr wohnt nicht in meinem Reich, er ist schon lange verdammt", ruft sie aus und hebt wieder den Stab, und da sieht Dama doch tatsächlich seinen dominus, den venerabilis nobilis Gaius Arruntius, Proprätor und dies und das, vor einem der Feueröfen stehn und mit bloßen Händen schuften, die Zunge hängt ihm fast bis auf die Brust, und er ist verbrannt, daß es eine Art hat und den Dama fast schon dauert. Denn immerhin hat er ihn schon von den Windeln ab betreut, als er selbst zehn Jahre alt war, und bekam später die Prügel, wenn sein kleiner Herr, der faule Galgenstrick, nicht lernte.

Aber noch bevor er ihn fragen kann, ob er ihm vielleicht eine kleine Erfrischung vorbeibringen soll an den heißen Platz, löscht die Göttin das Bild und fragt: „Sag selber, ob sich so etwas einen Sklaven halten kann?" Darauf fällt Dama nichts ein, und sie wiederholt: „Willst du mir nachfolgen?"

„Gern, o wie gern, große Herrin", ruft er da aus tiefstem Herzen, und ihm ist, als fielen ihm Zentnerlasten, ganze Berge und Hügel von Brust und Rücken. – „Aber zuvor habe ich einen Weg übernommen, den laß mich getreulich zu Ende gehen."

Da lächelt die Nächtliche unter ihrem Tuch und erklärt ihm, daß alle diese Wege bereits Botschaften in ihrem Dienst seien. „Wenn du aber zu mir kommen sollst und in meinem Reich Lakros wohnen für immer, wird dir ein Zeichen gesetzt werden – nämlich dann, wenn ich dir einen Granatapfel schicke; der ist meine geweihte Frucht. Unterdessen schweige und verwundere dich nicht, was auch geschieht. Lebe wohl, mein Bote!"

Die Kühle ihres Reiches, der süße Schauer der Tiefe weht über ihn hin, und da er mühsam die Augen öffnet, ist es ein Tuch, in Melissengeist getaucht, das man ihm über die Schläfen legt, und noch sitzt die Göttin neben ihm, allerdings in ihrer irdischen Gestalt als Korbträgerin, und schaut ihn durchdringend an. Nah, aber unerreichbar zieht der trübe Dunst des Goldes vorbei.

„Gut, daß ich umgekehrt bin", sagt sie. Ihre eine Hand ist weiß, die andere braun. „Ich sah, daß du hier noch fremd bist und sicher nicht wußtest, daß man bei diesem Wind einen anderen Pfad benutzen muß, wenn man nicht in den verfluchten Minengestank geraten will." Dama ist sicher, daß sie ihn auf Flügeln fortgetragen hat, aber sie ist listig und sagt gleich: „Zum Glück hat sich der Wind gedreht, sonst hätte ich Hilfe holen müssen."

Er ist der Worte nicht mächtig und vermag nur seine Göttin anzulächeln für ihren Beistand, ihre Huld, ihre Verheißung – obwohl seine Schläfen stechen und das Herz fliegt von den durchgestandenen Gesichtern. Langsam erhebt er sich von der Erde.

„Ich sehe, es geht dir besser", sagt die Göttin und steht ebenfalls auf, „das ist gut, denn ich muß jetzt zu meinem Mann aufs Feld. Brauchst du noch etwas?"

„Ja", sagt Dama inbrünstig, „einen Granatapfel."

„Das hat noch Zeit", entgegnet die Ewiglebende, „die sind noch nicht reif. Guten Weg indessen."

Mit der Nachricht aus dem iatreion nähert sich Dama, der gute Bote, schließlich in der Mittagshitze dem Ziel, beschämt wegen des Zeitverlustes, aber beglückt und verwirrt von der Kunde, die er empfangen hat. Sein Ziel ist die Schmiede der Zwillinge. Schon von weitem hört man den Klingklang der Hämmer und sieht in der Hitze verstiebende Funken. Hier sind die Metalle lustig, nicht todverfallen wie in der schwarzen Goldküche am Berg, und sie singen Lieder, wie sie der Sklave Dama noch nie gehört hat.

Die Schmiede verweigern ihm aber den Eintritt in ihr

Reich und nötigen ihn zum Stall, wo sie ihn mit gesäuerter Milch und grünen Schoten erquicken.

Die Zwillinge sind groß, kraushaarig, und der Ruß, mit dem sie täglich zu schaffen haben, scheint in ihre Haut eingedrungen zu sein und verleiht ihnen eine dunkle Farbe. Dama weiß nicht genau, ob sie vielleicht die Dioskuren sind, aber in ihren Lederschurzfellen und mit den Athletenmuskeln unter der schwärzlichen Haut gleichen sie eher dem Pan, haben auch helle Augen und große Ohren, die – wer weiß – in dem Haargestrüpp spitz zulaufen können. Da sie schweigsam sind und Dama schüchtern ist, verwirrt von der Begegnung mit den Göttern und trotzdem sein Sklaventum nie vergessend, wird die Unterhaltung nicht sehr lebhaft.

Der Bote hat seine Bestellung ausgerichtet, und er soll warten, damit er die paar Dinge, die man wünscht, gleich mitnehmen kann. Aber die Schmiede von innen zu sehen wird ihm noch immer verwehrt. So legt er sich im Stall aufs Ohr, und benommen von der Reise ins Unirdische, sinkt er alsbald in einen tiefen Schlaf und verfällt in bedeutungsschwere Träume.

Als er auf einem engen Pfad talwärts wandelt, wird ihm erneut eine Begegnung zuteil. Der da kommt, trägt einen Sonnenhut, welcher ihm das Gesicht beschattet. Nun schon gewitzt im Umgang mit Göttern, erkennt Dama ihn am Krummstab und am einzelnen Schuh: Es ist Hermes, der die Seelen führt. Aber das Reich, in das er sie leitet, ist nicht das aschegraue Totenreich mit den Asphodelosblüten im stahlfarbenen trocknen Rasen. Es ist der friedvolle helle Raum, aus dem die Weberin, die Töpferin, die Traubenkelterin und ewiglebende Fruchtbare stets neu sich selbst gebiert; nicht die nackte Höhle der Toten, sondern der Schoß der Mutter.

Und dominus Hermes, verschmitzt lächelnd unter der breiten Hutkrempe, sagt zu dem Schlafenden: „Nun, Bruder Bote, wohin leitest du dich?“ – Darauf Dama verstört und selig, er sei gewohnt, sich leiten zu lassen, und wisse darum nicht ganz ... Der freundliche Gott winkt ihm gelassen. „Es hilft nichts, du wirst es lernen müssen“, sagt er dann mit der Stimme des Iatreionknaben. „Wir sind hier auf Lakros, da liegen seltsame Dinge im Wind.“

Damit breitet Hermes seine bis dahin verborgenen Flügel aus, verwandelt sich im Aufstieg in einen grauen Häher und entschwebt durchs Bodenloch der Scheune, fast gleichzeitig finden sich die schwarzen Brüder ein und verkünden, das Eisenkörbchen sei fertig und Dama könne nach nochmaliger Atzung mit Lammfleisch und in Knoblauch gerösteten Brotfladen heimwärts gehen.

Bei schrägstehender Sonne wandert der von so vielen Wundern Heimgesuchte wieder abwärts von dieser Schmiede, die oben auf dem Berg liegt, damit der Wind ihr den Blasebalg pustet. Die Tür war übrigens bei seinem Weggang nur angelehnt, und er sah durch den Spalt, woran die Zwillinge mit Kling und Klang arbeiten.

Siehe, es sind Schwerter.

5.

„Töchterchen, menschlichste Seele vor allen anderen“, sagt der Fast Göttliche Aristeus zärtlich, „wie sehr ich auf dich warte, auf deinen Lausbubenpfiff vom kleinen Port her, dein Gesicht und die Nachrichten von Lakros. Wie geht es in der Mine, was sagt das Volk über die Tyrannei meines Bruders? Was treibt der junge Fremde? – Es ist schön, daß du da bist.“

„Du bist sehr gierig auf Nachrichten aus Lakros geworden“, sagt das Mädchen, „fast glaube ich, daß dir mehr daran liegt als an mir.“

„Das sind unsinnige Worte, ganz unsinnige“, murmelt er dumpf mit seiner neutralen Stimme, während er wie abwesend vor sich hinstarrt. „Wenn ich von Lakros hören will – alles geschieht für dich. Weißt du das nicht, Töchterchen?“

„Das verstehe ich nicht", entgegnet Kreusa. Sie baumelt mit den Beinen und spuckt die Steine jener aus Persien importierten Frucht, die seit neuem hier wächst, der Kirsche, möglichst so weit, daß sie ins Meer fliegen.

„Sitze nicht so über der Tiefe, es beängstigt mich", sagt der Bruder des Königs unruhig, und als sie lacht, fügt er „bitte" hinzu, so daß sie ihre Beine zurückschwingt.

Er streichelt schüchtern ihr Haar. „Eine Krone in deine Locken, meine Kleine, und alle Schätze der Welt zu deinen Füßen."

„Was redest du, Väterchen", sagt sie halb unwillig, „ich brauche keine Schätze."

Er wischt es mit einer Handbewegung fort. „Erzähl mir von Lakros, wie es wirklich ist, nicht wie in den Bulletins des Hofes. Erzähl von der Mine."

„Ich kann dir nur erzählen, was ich von meiner Mutter höre. Ja, und von Nikos, aber auf Nikos' Geschwätz gebe ich nichts", bemerkt sie mit geschürzten Lippen und schiebt die Kirschen beiseite. „Die Mine ist furchtbar. Keiner hier ist dergleichen Arbeit gewohnt. Die Hitze und der Staub dringen in ihre Lungen, und sie liegen die Nächte lang hustend wach. Zudem bekommen sie Ausbrüche von kaltem Schweiß, sie verheben sich und sterben an Schmerzen im Leibe. Derweil veröden die Felder. Zuerst habe man sie mit einem Anteil an dem Gold gelockt, sagt Nikos, aber inzwischen hole man sie vom Pflug weg, ohne zu fragen. Ich weiß nicht, ob das stimmt. Sie tanzen einen Tanz in den Schenken. Die Hirten und Fischer sind zornig. Wie soll das weitergehen?"

„Recht so, recht so", murmelt der Kastrat und reibt sich die weichen, schmuckbeladenen Hände.

Kreusa sieht ihn verständnislos an: „Wie kannst du dich darüber freuen, wenn Lakros vergeht und die Menschen sterben?"

„Nicht darüber freue ich mich, Töchterchen. Nicht darüber. Nur, daß es so nicht weitergehen kann. Habe ich recht – es kann so nicht weitergehen. – Und die Gesandten?"

„Sitzen immer noch vor der Tür."
„Und er?"
„Lebt, als wär nichts geschehen – falls du deinen Bruder damit meinst."
„Er wird zittern innerlich. Er wird zittern, ich weiß es. Was ist mit dem jungen Mann, den du einmal zu mir mitgebracht hast? Hat er nicht Neigung bekundet, mich wieder zu besuchen? Er ist ein angenehmer junger Mann."
„Er bekundet diese Neigung beinah jeden Tag. Aber ich glaube nicht, daß es gut ist, ihn wieder hierher zu bringen. Euer Gespräch, soweit ich es verfolgt habe, war ein sehr unnützes, ja schädliches Gespräch."
„Wieso unnütz? Wieso schädlich?"
„O Aristeus, du weißt, daß es dir verboten ist, dich in Politik einzumischen."
„Was für Politik?" fragt der Königsbruder unruhig und wirft sich die langen Locken über die Schulter. „Wir haben nur ein wenig philosophiert."
„Ja, über Herrschaftsformen und darüber, welche Vorteile es böte, wenn der König die Mine an Rom abtritt. Ich stand zwar etwas abseits bei deinen Pfirsichen, aber ich habe gute Ohren. Es ist nicht richtig, den jungen Mann herzubringen."
„Töchterchen, meine Kleine..." Er bricht ab, steht auf. Der Kirschenteller fliegt in weitem Bogen ins Meer. „Du bist grausam", sagt er wild mit seiner tonlosen Stimme. „Du bist wie die anderen. Warum mißgönnst du mir das harmlose Spiel: am Leben zu sein? Ich hocke auf diesem paradiesischen Ort der Verbannung, fahre mit meiner Lustjacht übers Meer, stehe auf den Staatsempfängen des Königs herum wie eine Puppe, keiner spricht mehr mit mir, als es die Etikette verlangt – ich bin ein Nichts, ohne Willen, ohne Stimme, ohne Liebe – eine taube Nuß in goldnen Kleidern..., ich bin des Königs Bruder."

Kreusas leuchtende Augen sind voll zärtlichen Mitleids auf ihn gerichtet. Sie ergreift seine schlaffe, viel zu weiche Hand und streichelt sie.

„Ich habe dich gern, Väterchen", sagt sie ernst, „das weißt du."

„Dann verschaff mir den jungen Mann."

„Was willst du von ihm?"

„Nichts. Spielen, daß ich handeln kann."

„Aber, Aristeus, er ist ein Römer. Willst du mit einem Römer solche Spiele spielen? Rom ist mächtig und gefährlich, heißt es."

„Rom oder andere, das gilt mir gleich. Und du sagst selbst, er ist ein harmloser junger Mann, nur zur Kur auf diese Insel gekommen. Wie sollte er gefährlich sein? Du bist doch sonst nicht furchtsam."

Kreusa seufzt. „Nun ja, vielleicht werde ich ihn gelegentlich wieder einmal mitbringen. Vielleicht, sagte ich, und gelegentlich."

„Du magst ihn, nicht wahr?"

„Ja, ich mag ihn, wie ich viele mag. Aber laß uns von etwas anderem reden."

„Töchterchen", murmelt er andächtig und beginnt wieder ihr Haar zu berühren. „Mein Gesichtchen. Was könnte ich dir schenken und geben? Eine Lustfahrt mit meinem Schiff, so schnell, daß die Delphine zurückbleiben? Willst du? Oder hier diesen Ring, sieh einmal, eine Gemme aus Korinth, uralte Arbeit, soviel wert wie ein Gesandtschaftspalais."

Sie schüttelt fröhlich den Kopf. „Dein Schmuck ist gezählt und signiert du hast es mir selbst gesagt, als ich ein Diadem schön fand. Und eine Lustfahrt auf deinem Schiff würde ich schon sehr gern machen, aber dann würde mich deine Dienerschaft sehen und fragen ... Nein, laß nur, ich brauche nichts. Ich bin zufrieden, mit dir zu plaudern."

„Kreusa, kleine Basilea, wahrhaftige Königin." In einer Aufwallung drückt er plötzlich ihren Kopf an seine Brust, murmelt, während er sie an sich preßt wie ein verlorenes und wiedergefundenes Kleinod, den Blick ins Leere gerichtet: „Warte nur, bald. Dann sollst du alles haben. Sollst neben Uns sitzen, und neben dir, wen du willst, auf den Wink deines Fingers ...'

Sie entzieht sich ihm sanft. „So müssen wir nicht sein, Aristeus. So heftig. So..." Sie lächelt. „Sonst fürchte ich mich. Weißt du noch, wie sehr ich mich beim erstenmal gefürchtet hab, als ich hier antrieb, weil ich das Ruder verloren hatte?"

„Wegen der Märchen, die *er* über diese Insel verbreiten läßt!"

„Du sagtest mir erst beim dritten Besuch, wer du bist."

„Ich wollte dich nicht verjagen. Es war so schön von dem Augenblick an, als dein Boot kam, sich drehend wie eine Nußschale; ich sah es von hier oben. Ich habe dich lange beobachtet, wie du dich mit Kraft und Geschick am Felsen entlanghangeltest, hier in die Bucht herein. Du bist kräftig und geschickt, ja. Aber du mußt trotzdem immer vorsichtig sein. Zu Wasser und auf dem Lande. Ich habe Sorgen um dich, Kreusa, wenn du fort bist, und sie hören erst auf, wenn ich dich wiedersehe. Meine Kleine."

„Väterchen." Jetzt lehnt sie ihren Kopf freiwillig an ihn, wenn auch nur eine Lidschlaglänge. „Du bist sehr gut. Sehr freundlich."

„Sag es mir immer wieder, Kreusa, daß ich es glaube, glaube, daß ich nicht nur ein armer verstümmelter Königssohn ohne Reich bin, ein lebender Leichnam."

„Du darfst nicht so reden – weil es nicht wahr ist. Du bist gut und klug. Und so wie ich eine Königin bin, bist auch du ein König."

„Ich bin ein König", flüstert er und schließt die Augen. Seine Lider sind entzündet, er sieht müde aus.

Kreusa erhebt sich. „Da du die Kirschen ins Meer geworfen hast, gibt es nichts, was mich hier hält", scherzt sie. „Die Sonne sinkt schon. Noch später sollte man nicht auf dem Wasser sein."

„Du hast recht. Du könntest dich erkälten. Beeil dich! Wann kommst du wieder?"

„Der nächste Pfiff ist in drei Tagen zu hören", sagt sie, schon im Hinabsteigen. Sie lacht, winkt mit dem Ruder, das Boot schwankt.

Der Fast Göttliche Aristeus beugt sich gefährlich weit vor, seine Hände formen einen Trichter vor dem Mund, laut ruft er: „Bring den jungen Mann mit!"

Wie jedes gute iatreion, so hat auch das von Lakros nach altem Brauch ein Schwitzbad, wo die Heilungsuchenden die üblen Säfte aus ihrem Blut ausscheiden können, um danach in einem Bassin mit kühlem, dunklem Wasser unterzutauchen und, wunderbar erfrischt und beruhigt, auf den Pritschen einer Ruhehalle zu schlummern. Träume in diesem Schlaf sollen bedeutungsvoll sein, heißt es, da Asklepios selbst sie schickt.

Einmal in der Woche ist des Abends das Bad für die Patienten des iatreion geschlossen. Dann benutzt es die iatrinae, oft zusammen mit ihrer Tochter.

„Mutter", sagt Kreusa durch Wolken von Dampf, „wo bist du?" Sie hustet. „Du hast zuviel Wasser auf die Steine gegossen, ich ersticke."

Aus dem Nebel taucht der runde Umriß der Ärztin auf. „Was willst du?"

Das Mädchen lacht. „Reib mir den Rücken!"

Leukotris, ebenfalls lachend, bearbeitet den Rücken der kleinen Nymphe mit einem Büschel aus Ginster und einem Meerschwamm, so groß wie ein Brot.

„Was für festes Fleisch du hast, Süße", sagt sie anerkennend. „Du bis wahrhaftig eine junge Frau geworden, ohne daß ich es gemerkt habe. – Bist du oft bei Nikos in der Schilfhütte?"

„Wenn diese Frage eigentlich lautet: Hast du schon mit Nikos geschlafen, so ist die Antwort: nein. Und wenn hier nicht so viel Dunst wäre, könntest du sogar sehen, daß ich rot geworden bin."

„Sei nicht so schnippisch, Süße. Du solltest artiger zu deiner Mutter sein."

„O Liebe – keiner hat mehr Ehrfurcht vor dir als ich. – Soll ich jetzt dir den Rücken reiben?"

„Ja. Aber mit Ehrfurcht."

Beide Frauen haben ihr Haar unter großen Tüchern verborgen, die sie turbanartig um den Kopf geschlungen tragen. Ihre dampfumhüllten Glieder, die selbst noch Feuchtigkeit ausströmen, ihre Körper glänzen. Das Bad duftet nach Rosmarin und Fenchel, und Kreusa muß husten. Sie lacht und gerät vom Lachen erneut ins Husten. Trotzdem plaudert sie.

„Wie blond du bist", schnurrt sie zärtlich, „überall gleich blond."

Leukotris lächelt. „Blond gleich weiß. Das ist der Vorteil. Wenn ich demnächst grau werde, sieht man den Wechsel gar nicht."

„Du sollst nicht so reden."

„Süße, ich bin eine alte Frau – und viel zu fett."

„Das ist nicht wahr. Du hast einen sehr schönen Körper. Deine Hüften sind breit, aber nicht ausladend. Wieviel Kinder hast du geboren?"

„Vier oder fünf, glaube ich. Ich weiß es nicht so genau, weil ich die eigenen und angenommenen Kinder nie unterschieden habe und nie unterscheiden wollte. Einige davon starben auch..."

„Bin ich ein angenommenes Kind oder ein eigenes, Mutter?"

„Stell nicht so unsinnige Fragen, auf die ich nicht antworten werde. Du bist mein Kind, Tochter der Archiater Leukotris auf Lakros. – Komm ins Tauchbad."

„Schon?"

„Erst beklagst du dich, daß du hier ersticken mußt, dann fürchtest du dich vorm kalten Wasser. Komm!"

Sie verlassen das Schwitzbad und betreten den kühlen, dämmrigen Raum mit dem Bassin. Die dunkle Wasserfläche ruht wie ein Geheimnis inmitten der uralten, ausgetretenen Steine – denn das Bad ist älter als Leukotris' iatreion. Schmale Stufen verlieren sich in der Flut.

„Hier wohnen Nymphen", sagt Kreusa, und ein Schauer läuft über ihre erhitzte Haut.

„Kleine Närrin." Ihre Mutter steigt ohne Zögern die Stufen

hinab, taucht unter. Vorsichtig, mit leisem Kreischen, folgt das Mädchen. Dann, als sie am Rand des Beckens sitzen und nach ihren Tüchern greifen, geschieht etwas mit Kreusa. Eine dunkle Schwinge schattet über sie hin, das Blut singt in ihren Ohren.

Als sie wieder sehen kann, erblickt sie über sich das besorgte Gesicht der Mutter, die ihr die Pulse reibt.

„Bist du wieder da, Süße?" fragt Leukotris und will dann wissen: „Geschieht dir das öfter?"

„Hin und wieder schon."

„Es ist meine Schuld. In deinem Alter sollte man nicht so starke Schwitzbäder nehmen und danach so schnell ins Wasser steigen. Ich glaube, Mädchen, du wärst jetzt richtig für unsere Schwesternschaft. – Wir wollen uns in den Raum der Ruhe legen. Bist du wieder auf den Beinen?"

„Ich spüre nichts mehr."

„Das dachte ich mir."

In große Wolltücher gehüllt, liegen sie in dem vom letzten Licht rosig durchschienenen Raum.

„Mutter, was meinst du mit der Schwesternschaft? Den Bund der Frauen?"

„Ja, Süße, den Bund der Frauen."

„Ich dachte, es gibt ihn in Wirklichkeit gar nicht. Man flüstert davon. Du sollst ihm angehören, Meroe, Zoe..."

„Es gibt ihn, und viele gehören ihm an. Wenn es unsere jungen Töchter verdienen, lassen wir sie weihen, sobald sie die Reife erreicht haben. Und wenn sie noch Jungfrauen sind wie du, hat der Bund bestimmte Ehren für sie vorgesehen. Es gibt da so Riten – ein bißchen heilig und ein bißchen wild –, ich glaube, es gefällt dir. Aber nur, wenn du magst, wir zwingen keine."

„Oh – ich würde schon mögen."

„Ja, du hättest das Zeug zu einer Priesterin."

„Mutter, man erzählt große und seltsame Dinge von der Schwesternschaft."

„Sie ist groß und seltsam. Halb närrisch, halb ernst zu nehmen. Aber du darfst nicht fragen. Warte bis zur nächsten

Tagundnachtgleiche, und halt deine Jungfernschaft fest so lange, falls sie dich nicht zu sehr sticht."

„Mutter!"

„Schon gut."

In dem weiten Raum ist es still und weder kalt noch warm. Süße Entspannung durchdringt die Körper der Frauen. Leukotris schließt die Augen. Es gibt keine Goldmine auf Lakros. Es gibt keinen Sesostris. Es gibt keine Römer.

„Mutter!"

„Hm."

„Warum hat man Aristeus kastriert?"

„Ist dies ein Badehaus oder ein Fragehaus?"

„Wann seh ich dich schon, außer beim Bade. Warum, Mutter?"

„Bei den Königssöhnen ist es wie bei den Ziegenböcken, Süße. Wenn zwei da sind, die den Anspruch haben, die Herde zu beherrschen, kämpfen sie so lange, bis dem einen die Hörner abbrechen."

„Aber Aristeus ist der Thronfolger."

„Er wurde zum Thronfolger gemacht, Kind – ein völlig leerer Ehrentitel, außer Sesostris würde umgebracht. Aristeus ist nämlich nur fünf Jahre jünger und nicht gesünder als sein Bruder. Aber Sesostris' Mutter war eine unfreie Nebenfrau. Dann wurde die Königin schwanger und gebar Aristeus."

„Und dann?"

„Fragte die Königin: Wer ist der rechtmäßige Erbe, und erhielt keine Antwort."

„Und dann?"

„Starb der König, und Sesostris sicherte seine Thronfolge endgültig, indem er den Bruder entmannen ließ."

„Aber Aristeus war da schon fast erwachsen."

„Ja."

„Das ist furchtbar, Mutter."

„Sicher ist das furchtbar. Aber Aristeus hätte an seinem Bruder bedenkenlos genauso gehandelt."

„Das glaube ich nicht."

„Sei dessen sicher. Ich sage dir: Fürsten sind keine Menschen. Denk an ein Bienenvolk. Wenn zwei Königinnen sind, muß man eine töten, damit Frieden herrscht."

„Wer hat die Operation an Aristeus vorgenommen? Du?"

Leukotris fährt steil aus ihren Tüchern hoch. Ihr Gesicht ist von dunkler Röte übergossen.

„Wofür hältst du mich? Ich bin die medica Leukotris und nicht der Schweinebeschneider. Einem anderen als dir hätte ich auf eine solche Frage hin die Tür gewiesen. Wie kommst du auf derart Unmögliches?" Sie beruhigt sich. „Man holte einen sogenannten Arzt aus Ägypten dafür, den Apollodoros."

„Apollodoros? Aber das ist doch der Leibarzt des Aristeus!"

„Du sagst es. Er behielt ihn."

„Das verstehe ich nicht. Wie kann er zu dem Mann Vertrauen haben, der ihn ..."

„Vieles im Dasein der hohen Herren ist unsereinem nicht verständlich, Süße."

Stille. Dann wieder: „Mutter?"

„Hm."

„Ich kenne den Aristeus."

„Wie meinst du das?"

„Ich war mit dem Boot auf seiner Insel."

Leukotris richtet sich erneut hoch. „Jetzt ist mir der Schlaf endgültig vergangen", sagt sie und löst das Tuch von ihrem Kopf. Ihre flachsfarbenen Haare fallen über die nackten Schultern.

„Daher dies Interesse an Aristeus. Hör mal, Süße. Ich lasse dich tun und treiben, was du willst. Aber das da ist sinnlos gefährlich. Wenn der Basileus erfährt, daß meine Tochter ... Schlag dir solche Abenteuer aus dem Kopf! Du hast ihn gesehen?"

„Ja."

„Etwa gesprochen?"

„N-nein."

„Gut. Ich verbiete nicht gern, aber das muß ich wohl verbieten. Kreusa?“

„Ja, Mutter.“

Die Ärztin erhebt sich. „Komm. Wir wollen unsere Haare waschen und alles tun, damit wir den Männern gefallen – soweit das bei mir noch möglich ist. Und – fahr nicht wieder dorthin!“

Es ist wie eine Verabredung zwischen Kreusa und Aristeus, davon zu reden, Kreusa sei zufällig angetrieben worden an die Insel, ruderlos im Nachen. Sie erwähnen nicht, wie in aller Welt es dazu kommen konnte. Und die Geschichte beginnt eben einfach bei der Landung auf der Bruderinsel, Punkt. Eine Legende, die man zugunsten ruhigen Nachtschlafs selbst glaubt.

Dabei gibt es da eine merkwürdige Vorgeschichte...

Was mit Kreusa damals geschah, fiel zusammen mit der Aufnahme ihrer Mutter in den Hohen Bund, in die Reihe der Großen Eingeweihten der Göttin, deren Dienerin sie schon lange war. Ihre Tochter war damals ein Kind, dessen Figur gerade die Ecken zu verlieren begann. Sie war es gewohnt, nur mit einer halbmetergroßen Puppe aus bunter Wolle, die Pygmos hieß, einzuschlafen – am liebsten auf dem Lager ihrer Mutter. Leukotris ließ sie gewähren. Wenn sie spät abends nach ihren Geschäften zu Bett ging, fand sie meist das rosigbraune milchig duftende Wesen vor, das mit offenem Mund schlief, die große Puppe fest an sich gedrückt. Halb seufzend, halb lachend schob sie das Kätzchen beiseite, um Platz zu finden. und meist griff eine warme kleine Hand nach ihrem Kleid, ihrem Arm, ihrer Brust, um sich festzuhalten wie eine Kletterpflanze, die sich um den Stamm rankt...

Dann nahte die Zeit der Weihen, und die Ärztin blieb ganze Nächte auf dem Berg. Einmal, als sie im Morgengrauen nach Haus kam, fand sie von der Puppe Pygmos nur noch einen Haufen aufgeräufelter Wollgarne und bunter Wergstücke vor, von Nägeln und Zähnen zerfetzt wie ein unvorsichtiger Faun von den Bacchantinnen. Das Kind aber lag schlafend auf dem Bett.

Geweckt und befragt, wußte Kreusa keinerlei Auskunft zu geben über das Schicksal des Pygmos, noch, wer es getan hatte. Aber sie brach nicht in Jammer aus, sondern streifte die Reste ihres Gefährten vieler kindlicher Nächte mit einem Blick völliger Gleichgültigkeit, der ihre Mutter mit kühlem Schauer erfüllte. Dies schien der Beginn ihrer Verzauberung zu sein.

Kreusa bekam rote Flecke in der zarten Haut von Kniekehle und Ellenbogen, die aufgingen wie Päonien. Sie vermochte manchmal nicht ihr Essen herunterzuschlucken, weil sie, nach ihren eigenen Worten, das Gefühl hatte, jemand presse ihr den Schlund zu.

Die medica gab ihr Absude von Mohn und Melisse, kühlte die Beulen an ihren Gelenken mit heilkräftiger Erde und überließ Kreusa der Pflege des jungen Tyro, der damals gerade auf die Insel gekommen war und zu dem das Kind ein ruhiges Vertrauen hatte. Bei alldem betrug sich Kreusa ganz wie sonst, lachte und tollte mit Nikos am Schilfstrand, zog zum Eidechsenfang und sang abends ein Lied, das sich wie eine Perlenschnur um die silbrigen Olivenhaine legte.

Am Morgen, als Leukotris, in den Kreis der Mysterienträgerinnen aufgenommen, vom Berg zurückkehrte, fand sie ihr Kind ohne Sprache. Mit weit aufgerissenen Augen, die Hände um den Hals gepreßt, die Zunge zwischen den Zähnen bebend, hockte das Mädchen auf dem Lager der Mutter, während nichts als ein Gurgeln aus ihrer Kehle hervordrang. Die Ärztin, Hals und Arme noch triefend von Öl und Balsam, gezeichnet von den Malen der heiligen Züchtigung, in einem Schuh – wie es die Riten forderten – drückende Weizenkörner, besah dieses Werk der Dämonen und brach in Tränen aus.

Da nichts half, beschloß der Bund der Frauen, in Kenntnis gesetzt von der Verhexung, eine nächtliche Befragung der Kranken. Leukotris versetzte die Kleine mittels eines Trankes in einen tiefen Schlaf, und in einem Leinentuch zwischen zwei Stangen brachte man Kreusa eine Stunde nach Mondaufgang zur Versammlungshöhle. Rundum bis zum Waldrand waren Posten aufgestellt, damit kein Mann die Mysterien störe. In der Höhle selbst versammelten sich die Eingeweihten, geordnet nach ihrer Nähe zur Guten Göttin, gekleidet in die strohernen Tanzkleider und die Tigerfelle der Verzückung. Die Große Mutter rieb das Gesicht des schlafenden Kindes mit duftender weißer Paste, erweckte Kreusa und stellte sie in die Mitte des Kreises. Dann begannen zwei mit geflochtenen Masken vorm Gesicht, die Brüste entblößt, mit raunenden Beschwörungsgesängen.

Das Mädchen stand leicht schwankend, den Bauch vorgestreckt, mit hängenden Armen da. Ihre schlaftrunkenen Augen blinzelten. Es arbeitete in ihrer Kehle. Die Priesterinnen, die sahen, daß sie sich redlich mühte, steigerten ihre Stimmen zum dumpfen Heulen von Wölfen. Kreusa bebte vor Angst. Aus ihrem Hals quollen die gurgelnden, glucksenden Laute, die an die Stelle der Sprache getreten waren. Sie begann sich im Kreis zu drehen wie ein krankes Schaf.

„Hilf uns, gute Göttin, hilf, Finstere, Mondmutter, hilf", röhrten die Frauen atemlos. Von den Augen des Kindes war nur das Weiße sichtbar. Auf dem Höhepunkt der Beschwörung unterbrach die Große Mutter die Zeremonie, trat in der plötzlichen Stille zu dem verzauberten Kind und sagte leise, in ruhigem Ton: „Sprich, denn die Götter haben dir Sprache verliehen."

Die Lippen Kreusas öffneten sich, und mit einem dünnen Speichelfaden floß ihr erstes Wort in den Raum, in die atemlose Dunkelheit: „Sie. Sie geht fort zu den Dingen und läßt mich ohne Milch." Dann fiel sie um und versank in magischen Schlaf.

Die Würdenträgerinnen schoben Kopfputz und Masken beiseite, sie atmeten auf, sie lächelten, ihre Wimpern zitterten vor Rührung. Die Große Mutter hielt Leukotris im Arm. „Hattest du, iatrinae, vergessen, die Nabelschnur deines letzten Kindes von deinem Leib zu trennen?" murmelte sie zärtlich. Die Ärztin, zwischen Heiterkeit, Verblüffung und Staunen, schüttelte den Kopf, Tränen liefen ihre Nasenflügel entlang wie Ameisen.

„Die Feinde der Guten Göttin haben tausenderlei Gestalt", sagte Meroe ernst, „erregen selbst die Eifersucht unserer Kinder. Diese hier wird vergessen haben, wenn sie erwacht. Aber es wird sein wie Genesung nach langer Krankheit, und die Welt ist für sie vielleicht ohne Farbe. Hüte sie, doch nicht zu sehr. Die Gefahr scheint vorbei zu sein."

Unterdessen besprengten die Eingeweihten das schlafende Kind mit dem Blut eines schwarzen Huhns. In Schweigen gingen die Frauen des Bundes auseinander. –

Der Bann der Sprachlosigkeit war gebrochen und vergessen, nicht aber die Krankheit. Am siebenten Tag nach der Lösung des Zaubers begann Kreusa beim Anblick einiger Blutspritzer, als sich Nikos am Angelhaken geritzt hatte, durchdringend zu schreien. Sie floh zum Boot, ruderte hinaus und schleuderte ihr Ruder zurück zwischen die Klippen und Steine. Von der Strömung erfaßt, trieb das Schiffchen langsam zur Bruderinsel.

Der Fast Göttliche Aristeus hatte zu jener Zeit einige Neigung zur Poesie entwickelt, die nach Aussage der Poeten am besten in der Einsamkeit gedeihen kann, und pflegte deshalb bei Sonnenuntergang auf seinen Terrassen zu sitzen unter einem Schirm, mit einer Schreibtafel, die er am Tag mit fünf oder sechs Zeilen bedeckt hatte, und ganz allein.

Als er das treibende Boot wahrnimmt – wirklich wahrnimmt, denn gesehen hat er das dunkle Fremdkörperchen auf dem Abendgeglitzer schon länger, aber nur gedankenlos daraufgestarrt –, ist sein erster Gedanke, die Wache herbeizurufen und den Eindringling abschießen zu lassen, wie das sein Recht ist, sodann die Leiche nebst Boot seinem königlichen Hund von Bruder zuzuschicken mit besten Empfehlungen. Aber dann bemerkt er, daß es ruderlos treibt und daß darin ein Mädchen mit geschlossenen Augen liegt, und ihm fallen Geschichten ein von einem Kind im geteerten Binsenkörbchen, erkoren, das Volk zu erlösen, nebst ähnlicher Kunde aus orientalischen Schriften, und die Stirn wird ihm feucht vor seltsamer Aufregung. Da sitzt er nun einen halben Nachmittag und wartet auf die Inspiration, schon fast überzeugt, daß niemals das Zeichen vom Himmel, die Taube überm Wasser, der Nachen mit dem Boot erscheinen wird, und knirscht gleichzeitig mit den Zähnen über sich selbst und seine Kleingläubigkeit. Und nun das.

Jedenfalls steigt er erst einmal vorsichtig seine Terrassen hinunter, das Ding näher zu besehen – nur näher, von ganz nah ist gar nicht die Rede. An der schmalen Treppe tritt er sich selbst auf den Saum seines Gewandes, stolpert, fällt vornüber, hält sich mühsam am Geländer, sieht mit Grausen die Tiefe vor sich, feucht am ganzen Leib inzwischen vor Angst, Ärger, Aufregung – und da er sich wieder gefaßt hat, zumindest so weit, daß er wieder gehen kann, ist das Schiffchen verschwunden.

Nur das nicht! Nur nicht das Wunder wieder verlieren, nur die Taube nicht auffliegen lassen, bevor man die zehn Schritte des Orakels abgezählt hat!

Achselzuckend und bis zu Tränen enttäuscht, will der Fast Göttliche Aristeus zu seiner poetischen Schreibtafel zurückkehren, vielleicht wird dann wenigstens ein Distichon aus diesem wundersamen Begebnis oder eine archilochische Strophe, jamdadajamdadajam ...

Aber die Klippen sind vielgestaltig. Noch ein Blick zurück, und da ist das Boot, direkt unter ihm, dreht sich hilflos zitternd im Sog wie ein Insekt im Spinnennetz! Das Kind liegt darin, gebettet in die Muschel aus Holz wie in eine Wiege, um den Mund ein stilles Lächeln, Locken auf den Schultern, ein wahres Glücksbringerkind. Nur festhalten, eh es entschwindet, behalten den Talisman, eh ihn das tückische Meer davonträgt in eine Ferne, aus der es keine Rückkehr gibt! Und Aristeus, der keinesfalls durch allzu lautes Gebaren seine Höflinge herbeirufen möchte, aber sich auch dem Kind da mitteilen will, verfällt auf die Idee, zuerst wie eine Schlange zu zischen, danach zu mauzen wie eine Katze, zwischendurch leise „he, du" zu sagen und dann, als die langen Wimpern in dem sanften Gesichtchen zittern, eilig wie ein Hund zu jaulen.

„Mutter", sagt das Mädchen hell und freundlich und richtet sich auf.

Das Boot beginnt zu schaukeln und gerät in die Gefahr, abgetrieben zu werden, und da vergißt der Prinz alle Vorsicht und ruft laut: ‚Halt dich fest, Kleines, halt dich am Felsen fest, damit du nicht fortschwimmst."

Seltsamerweise gehorcht das Kind sofort, es erschrickt nicht und verliert keine Zeit mit Nachfragen, sondern folgt mit großer (überirdischer?) Geschicklichkeit den Anweisungen des schwitzenden fürstlichen Ratgebers, der bald mit Befriedigung sein neues Spielzeug in den winzigen Port eintrudeln sieht, in dem die Krabbenfischer an Land zu gehen pflegen.

Soweit, so gut. Jetzt aber tritt eine neue Stockung in den Beziehungen ein. Das Findelkind, nun im sicheren Hafen, weigert sich, über die Haken und Seile, die den Fischern als Treppe dienen, heraufzukommen. Es legt ganz einfach sein Gesicht in die Hände, und auf alle flehentlichen Bitten von oben erfolgt dort unten nur ein Schütteln des Lockenbündels, wie wenn Wind durch den Flieder weht.

Für den Fast Göttlichen wäre das Absteigen über diese Leiter, vor der ihm bis in die Fingerspitzen hinein graut, so gut wie Sterben. Aber er weiß, daß andere Menschen sie benutzen. Und so redet er weiter auf das Kind ein, schwitzend, die Schminke zerläuft ihm im Gesicht, und er fühlt sich wie eine Glucke, deren Entenküken das erstemal zu Wasser gegangen sind. Die Situation scheint ganz und gar hoffnungslos, Aristeus ist von der ungewohnten Anstrengung erschöpft und schon bereit, alles aufzugeben, Glückskind und poetischen Finderlohn, und er lockt noch gerade einmal: „Komm herauf, Kleine, ich will dir nichts tun. Ich gebe dir ein neues Boot. Ich lasse dich heimbringen. Ich gebe dir süßen Kuchen. Komm, sonst gehe ich weg."

Da kommt Leben in das Kind, offenbar hat er aus Zufall das Richtige getroffen. „Nicht weggehen“, ruft sie und greift auch schon nach dem untersten Haken am Gestein. Und so zieht er sie, indem er sich immer ein Stückchen weiter vom Geländer entfernt, immer gerade so, daß sie ihn noch sehen kann, weiter und weiter herauf, bis sie schließlich angekommen ist und daliegt auf dem Bauch, schnaufend, das Gesicht am Boden – was den Fast Göttlichen zunächst etwas beunruhigt. Doch nun hat er Angst vor ihr und weiß eigentlich gar nicht, was mit ihr anzufangen ist.

Das geht so eine ganze Weile. Dann richtet das Kind seinen Oberkörper auf, hockt sich auf die Fersen und beginnt, durch die Finger blinzelnd, sein Gegenüber scheu zu mustern. Der arme Prinz hat wenig Erfahrung im Umgang mit Menschen, und mit Kindern schon gar nicht, denn er ist nur von Kreaturen umgeben. So meint er wohl, die beste Art, Bereitschaft zur Annäherung zu zeigen, ist, es dem anderen gleichzutun, und geht ebenfalls in die Hocke.

Wie zwei Tiere, die sich auf fremdem Gebiet begegnen und die Begrüßungsriten nicht kennen, kauern die beiden Einsamen im kalkigen Staub der Inselterrasse und hätten das wohl eine halbe Ewigkeit tun können, ohne viel mehr als einen Schnaufer dazuzugeben, als der irrende Blick des Kronprätendenten auf ein armseliges Thymianpflänzchen fällt, das sich da angesiedelt hat und seinen Wagemut in langsamem Dahindorren büßt. Und er hat den erleuchtenden Einfall, es abzureißen und mit ausgestrecktem Arm hinzuhalten, wie wenn man einer Ziege Salz reichen will. „Das riecht gut“, sagt er tölpelhaft und lächelt unter seinen zerfließenden Farbschichten.

Der Erfolg ist verblüffend. Das kleine Mädchen schnellt vor, als böte ihr jemand das Zauberkraut Thessaliens an, aber, wie sich herausstellt, gar nicht auf diese erbärmliche Pflanze zu, sondern geradewegs in die Arme des Gegenübers, den Kopf drückt sie an seinen Hals, zitternd, warm, ein Tierchen. Das arme Aristeus fühlt zum erstenmal in seinem Leben etwas, ja was, ja was eigentlich? Unsagbares gewiß, und eh sie sich's versehen, heulen sie beide Rotz und Wasser, einer an der Halsgrube des anderen versteckt, das seelenkranke Glücksbringerkind und der fürstliche Eunuch, und die Höhlenwärme dieser ersten Umarmung wird auch von Kreusas folgender Frage nicht ausgelöscht, die da lautet: „Bist du eine Frau oder ein Mann?"

Aber die geheimnisvollen Dinge von Kreusas Entrükkung, ihren seltsamen Schlaf im treibenden Boot berühren sie weder an dem Tage selbst noch ein anderes Mal. Indessen schwören und versprechen sie sich mit dem Nachdruck von Kindern, daß keiner, keiner jemals einem Menschen sagen wolle, daß er den anderen kenne. Auf dem ausgebreiteten Mantel des Prinzen sitzen sie überm nackten Stein, und damit ihnen die Sonne nicht das Hirn verbrennt, ziehen sie Kreusas kleinen Umhang über die Köpfe wie ein Dach. Sitzen so nebeneinander und schweigen jedes sein Schweigen. Endlich fragt Aristeus einmal: „Und deine Mutter?"

„Meine Mutter", sagte das Kind lebhaft, „meine Mutter, o ja. Meine Mutter wohnt in einem anderen Land. Da guckt sie manchmal zu mir herüber. Da freue ich mich."

„Wie meinst du das?" fragt der Herr der Insel irritiert.

Kreusa atmet schnell durch die Nase. „Sie wohnt in der Höhle", erklärt sie lächelnd, „auf dem Berg."

Und Aristeus, mit dem Gespür von Schnecken vor Regentagen, hat nun auch begriffen, daß das, eben das, der Punkt ist, den auszusparen all ihr Zusammensein ausmacht, und wagt es, den Arm um sein Strandgut zu legen.

6.

Gaius reibt sich die Wange vorm Spiegel. Ihm wäre nicht lieb, Cethegus sähe, was ihm sein Versuch, Kreusa unter das Kleid zu greifen, eingebracht hat.

Eine so derb geschlagene, so unspielerische Ohrfeige hätte ihn in anderen Fällen all seine Bemühungen um die betreffende Person aufgeben lassen. Aber hier steht zuviel auf dem Spiel, die Besuche bei Aristeus sind ergiebig, und außerdem ist er inzwischen so entflammt, daß sein Verlangen nach ihr zur Manie wird.

„Ich liebe sie", sagt er im Spiegel zärtlich zu sich selbst, betrachtet sein hübsches Gesicht, die sanften braunen Augen. Wäre es möglich, daß er nicht gefällt?

Oh, er gefällt. Nur die kleine Hexe liebt das Spiel mit dem Feuer und will als Königin umworben sein. Jetzt hat sie ihm, um ähnlichen Attacken zu entgehen, auch noch das gemeinsame Spazierengehen untersagt. Cethegus solle sie begleiten.

Bei diesem Punkt angelangt, hält Gaius im Streicheln seines gefälligen Gesichts mit der geröteten Wange inne und überlegt, wie man aus der Not eine Tugend macht. Festungen, die man mit List nicht einnehmen kann, muß man mit Gewalt bezwingen. Er hat es satt, der kleinen Königin hinterherzulaufen und Ohrfeigen hinzunehmen, gründlich satt. Und er ist sicher, daß die Nymphe eigentlich nur darauf wartet.

Und als Cethegus kommt, bittet er ihn, eingedenk ihres so guten Verhältnisses, um einen Dienst in seiner Sache. Der lange Mensch, völlig ungerührt, ist ohne Umstände bereit. Grund für den Proprätor Gaius, am Abend einen Krug des hiesigen Harzweins zu spendieren, der einem mit der Zeit zusagen kann. Schade nur, daß er so teuer ist.

Bei einem Spaziergang zu dritt, wie soll Kreusa da befürchten, ihr könne etwas geschehen, sie könne – so oder so – dem Ansturm ihres römischen Freiers nicht gewachsen sein?

Und da promenieren sie denn, die arglose Nymphe und die beiden Verbrecher, der verliebte und der finstere, mitsammen dahin, erst am Schilfufer, bei den Klippen dann, unten am Sand der Steilküste. Das Meer ist unruhig, Wellen überfluten fast die Hälfte des Strandes, hinten am großen Kliff tost es gewaltig. Seevögel jagen taumlig über die Köpfe der Spaziergänger hin, deren Kleider und Haare im Wind flattern. Beim Getöse des Meeres versteht man nicht, was gesprochen wird. Kreusa und ihr zärtlicher Kavalier gehen voraus, er den Arm zeitweise um ihre Schultern, immer wieder abgewiesen. In zehn Schritt Abstand folgt der lange, nach vorn gebeugte Cethegus, schräg gegen den Sturm angehend, die Arme gekreuzt.

Irgendwann wird Gaius heftiger in seinem Werben, küßt Kreusa den Arm, reißt sie an sich, bekommt einen Klaps auf die Wange, greift wieder zu. Die Schöne will, wie es ihre Art ist, nach vorn entfliehen, doch da ist er wieder, umfaßt sie von hinten. Sie, sich ihm entwindend, will zurück – aber da kommt Cethegus, da ist es soweit, faßt sie, verschränkt ihr die Arme nach hinten, in die Knie mit ihr, sie beißt, ihre Frisur löst sich, liegt da auf den Knien, an den Armen nach hinten gebogen, eine Hand Cethegus' um ihre Handgelenke, eine Hand Cethegus' nun in dem Haar, weiches, lockiges Haar, reißt ihr den Kopf zurück, so daß Gaius, der ihr die Schenkel spreizt, nur die Brüste sieht, das süße Kinn und dazwischen den Hals, weiße, runde, zuckende Kehle.

Sie ist stumm wie ein Fisch.

Cethegus, sie haltend, sieht zu, wie der Herr Proprätor Gaius Arruntius die kleine Insulanerin am Strand von Lakros entjungfert; das geschieht im Krieg alle Tage; wirft wohlgemerkt keinen Blick auf das Gesicht, das er an den Haaren nach hinten zieht wie Perseus das Haupt der Medusa, nur auf das, was da geschieht und wie; fragt dann – sie blutend, er stöhnend —, fragt: „Wollen Sie noch einmal?" und wäre bereit, das Stück rosiges Fleisch da noch in einer anderen Position dem Herrn Gaius vorzulegen, den Balg einer Sklavin; aber der sagt: „Nein, nein, laß sie", und so läßt er sie los.

Kreusa liegt auf dem nassen Strand wie ein totes Tier, die Augen geschlossen, die Glieder seltsam verrenkt, eine Jagdbeute, die man hingeworfen hat, das einzig Bewegte ist ihr zerrauftes Haar im Wind. Die Römer stehen so herum – Gaius erschöpft und leicht verlegen, Cethegus unerschüttert wie ein Stein.

Plötzlich springt sie auf, glättet ihr Kleid, fährt auf Cethegus zu und spuckt ihm ins Gesicht. Dann macht sie kehrt und läuft davon, schneller als ein gescheuchtes Wild, bloßfüßig auf dem Sand, wasserumspült, läuft, läuft.

Gaius atmet schwer. „Bei allen Göttern, sie liebt mich. Sonst hätte sie mich angespuckt und nicht dich – ich wußte es... Es war sehr gut, es zu tun. Sie wird wiederkommen, Cethege, zu mir. Hast du ihren Hals gesehen? Oh, ich bin noch immer verrückt nach ihr. Sie ist mein, sie ist mein. Wenn ich sie wieder vögeln will, brauch ich dich nicht mehr dabei. Hat's dir Spaß gemacht, ihr die Arme zu verrenken? Das Vergnügen sollst du nicht wieder haben. Ich bin verliebt in sie, ja, ich bin verliebt."

Herr Cethegus, dieser – nun, wie war das doch gleich? – römische Bürger, nicht wahr, blutet, muß sich die Hand verbinden lassen im iatreion, da hat ihn doch jemand gebissen – ja, gibt's denn so was? –, bekennt, ein galantes Abenteuer bestanden zu haben, ausgerechnet der...

„Stille Wasser sind tief", meinen Tyro und Sarmatis.

Darüber muß die medica lachen.

„Nikos, sag es niemandem, hörst du, niemandem, vor allem nicht meiner Mutter", sagt Kreusa in der Schilfhütte, wo sie liegt, noch eine halbe Stunde außer Atem und die Beine voll geronnenen Bluts, das wäscht Nikos ihr ab. Danach kniet er neben ihrem Kopf; sie liegt so und starrt in das geflochtene Dach, wo der Wind pfeift und sirrt. Nikos hat sie zugedeckt, so geht's ihr ganz gut; sie schweigen.

Seine Augen sind wie Wolfsaugen. Man solle die Fremden mit Knüppeln von der Insel jagen, und wenn gerade kein Schiff da sei, dann ins Meer...

„Wenn du es jemandem erzählst, komme ich nie wieder zu dir."

Mehr ist nicht zu sagen, sie sind still. Kreusas weitoffene nußbraune Augen verfolgen, wie ein Käfer durchs Gewirr des Deckenschilfs kriecht. Der hat viel Zeit.

Nikos hebt manchmal die Hand, um ihr die Decke zurechtzustreichen. So sind sie beieinander, bis es dämmrig wird, da haben beide Hunger, Nikos brät ihnen einen Fisch, wozu es Harzwein gibt. Kreusas bleiche Wangen röten sich. Sie lacht, spuckt die Gräten in den Sand, ihre Augen glänzen wieder. Nikos wagt, ihr den Arm um die Schulter zu legen, und sie läßt es geschehen, keine Königin mehr, ein Mädchen dieser Insel, den Kopf auf seiner Schulter. „Mein kleiner Nikos."

Plötzlich beginnt sie zu weinen, geht nach Hause.

Nikos, allein, schüttet das Feuer mit Sand aus, verflucht die Fremden.

Am dritten Tag zeigt sich Kreusa noch immer nicht.

Herrn Cethegus kümmert das wenig, Herr Cethegus hat die Dreckarbeit getan, und ihm war es sehr recht, daß der Proprätor die hochmütige Inselschöne darüber belehrt hat, wie man mit ihr fertig wird.

Aber Gaius, was ist mit Gaius? Drei Tage hält die Zuversicht, daß dies der richtige Weg war, gerade noch vor. Länger nicht. Dann ist der Wunsch in ihm übermächtig, die Süßigkeit ausführlicher zu genießen – auch die Bruderinsel müßte aufgesucht werden, und er wird unruhig.

Cethegus begibt sich ins iatreion, Gaius durchstreift Lakros' Flur und Hain. Auch bei der Schilfhütte schaut er vorbei, aber da erntet er so finstere Blicke, daß er es vorzieht, zu verschwinden, ohne eine Frage zu stellen. Dort scheint man nicht fremdenfreundlich zu sein.

Der Proprätor Gaius Arruntius beginnt wie ein Strandläufer die Gegend zu durcheilen, die Lieblingsplätze der Nymphe, die er ja kennt... Endlich leuchtet zwischen Weiden und Schilf ein helles Kleid.

Aber er ist kein Hirt und kein Jäger, der sich lautlos anpirscht. Er ist bemerkt worden, und das Mädchen reißt aus. Gaius hinterher, so schnell es geht. Das helle Kleid schimmert vor ihm wie eine Fahne, durch Buschwerk und über Stock und Stein, dann bergan.

Er folgt keuchend und fragt sich, ob es das wohl schon gegeben habe, daß einer aus seiner Familie einer kleinen Inselgriechin luftschnappend hinterherläuft.

Endlich lichtet sich die Kulisse zu einem sanften Plateau, bewachsen mit Rosmarin und Thymian. Auf der einen Seite fällt es zum Meer ab, da sind die Klippen.

Gaius bleibt stehen.

Am äußersten Steilhang, scharf gezeichnet gegen den fahlen Himmel, auf Zehenspitzen wie eine Tänzerin, flieht das verstörte Wild, als gälte es das Leben.

„Kreusa!" ruft er entsetzt, und dann weiß er nicht, wie es eigentlich dazu gekommen ist – jedenfalls eilt er ebenfalls diesen halsbrecherischen Absturz entlang, wenn auch nicht ganz so dicht am Abgrund wie sie.

Ich muß verrückt sein, denkt er und ruft dabei ununterbrochen: „Kreusa, halt an! Geh nicht weiter, Kreusa!"

Sie flieht, die Arme halb erhoben, vor ihm her. Das Plateau schiebt sich spitz zum Meer vor; auf diese Spitze eilt sie zu, so daß sie irgendwann anhalten muß. Gaius stellt fest, daß zumindest die Lauferei ein Ende hat und sich die Situation zu seinen Gunsten gewandelt hat, denn bei einer belagerten Festung ist der Belagerer stets im Vorteil.

Sie ist am äußersten Punkt angelangt und dreht sich um. „Wenn Sie noch einen Schritt näher kommen, springe ich dort hinunter", ruft sie keuchend.

Gaius geht in die Knie. „Kreusa, meine kleine Königin, verzeih mir doch bitte!"

„Gehen Sie! Ich will Sie nie wiedersehen!"

„O Kreusa! Bitte sprich mit mir!" Er rutscht auf den Knien ein Stück näher, obwohl ihm das sperrige Kraut dabei schmerzhaft seine Beine zerschrammt.

„Ich sage, Sie sollen verschwinden!" ruft sie und geht noch einen Schritt rückwärts. Die Situation ist gefährlich, obwohl er nicht daran glaubt, daß sie Ernst macht — aber ein falscher Tritt, und sie könnte abstürzen.

„Süße Kreusa", sagt er flehend und erhebt sich, „ich tue alles, was du willst, nur geh von dem Abgrund fort."

„Was wollen Sie?“ fragt sie, die Hände vor die Brust gepreßt, das Gesicht verzerrt vor Pein.

„Kreusa! Ich komme, dich um Verzeihung zu bitten! Ich liebe dich.“

Sie dreht den Kopf zur Seite und beginnt zu weinen. Er streckt die Arme nach ihr aus, und nun tut sie doch wirklich noch einen halben Schritt rückwärts, taumelnd, unbewußt – unter ihrem Fuß löst sich ein Stück Rasen, gerät ins Rutschen. Sie hebt die Arme und schreit leise auf.

Gaius, ganz ritterlicher Liebhaber, hat endlich Gelegenheit zuzuspringen, sie aufzufangen und erst einmal von diesem Teufelsabhang, an dem ihm selbst so unwohl ist, fortzubringen.

Soweit, so gut. Auch der folgende Verlauf ist erwartungsgemäß.

„Laß mich!“ Dabei hängt sie an seinem Halse, und das „Sie“ hat sie auch schon aufgegeben.

„Kreusa, meine Göttin!“ So weit geht er.

„Laß mich, ich verabscheue dich!“

„O Kreusa, verzeih mir doch, was geschehen ist. Ich war so verzweifelt über deine Sprödigkeit und so verrückt nach dir, oh, so sehr...

„Wie konntest du diesen furchtbaren Menschen...“ Das Schluchzen schüttelt sie wie ein Krampf. „Ich will ihn nie wiedersehen, nie!“

„Nie, nie sollst du ihn wiedersehen!“ schwört er, das ist leicht getan, was geht ihn dieser Denunziant an.

Die Bedingungen für den Friedensschluß sind damit ausgehandelt, und der Friede wird eingeleitet, wie, das weiß er.

„Es war schändlich“, schluchzt sie.

„Ja, es war schändlich“, bestätigt er, wie sie es wünscht, zerknirscht. Beruhigend streichelt er ihr den Rücken, den Hintern, fährt mit der Hand unter das Kleid. Sie hängt nur fester an seinem Hals.

„Ich habe Angst“, flüstert sie. Ihre Tränen sind versiegt.

„Unnötig“, murmelt er überlegen.

Aber dann vergißt er das Kalkül, verliert den klaren Kopf, und was bleibt, sind zwei Leiber, die sich aneinander entzücken.

Da liegen sie im stachligen Kraut, jung, entflammt, verklärt, alles vergessend, zwei Kinder dieser sonnigen Landstriche, wohlgefällig beschienen von den Lichtern des Himmels – Liebende.

Und Gaius schließlich, sich erhebend und seine trunkene Freundin emporziehend, aufs neue versunken in die Landschaft ihrer weichen Lippen, Gaius bemerkt, daß im Augenblick wohl eher er der Besiegte ist.

Achillas. Sprache übertölpelt mich. Idiome machen mich hilflos. Es ist wieder der gleiche, dieser Unheimliche, dem ich so oft begegne, daß ich zu glauben beginne, er läuft mir nach.

Er erzählte mir heute, daß er auch auf dem Berg gewesen sei, gesehen habe, wie sie sich schinden ... Was geht ihn das an?

„Ihr Römer solltet nicht versuchen, für Lakros das Vorbild der Menschenbehandlung aufzustellen", hielt ich ihm entgegen. Er schien betroffen, fragte mich nach den Krankheiten an der Mine, ich gab wohl oder übel Auskunft. Plötzlich fehlte mir ein Wort, ich war verwirrt, merkte erst da, daß ich die ganze Zeit mit ihm Latein gesprochen hatte.

Ich brach ab, entschuldigte mich. „Ich rede nicht gern Römersprache", sagte ich, „beherrsche sie auch nicht."

Er sah mich mit seinen blassen Augen an. „Sie sprechen ein sehr spezifisches Latein, Frau Archiater."

Du kennst es, Achillas, dieses spezifische Latein. Ich habe es bei der Legion gelernt, und es gibt ein Sprichwort, das heißt: Die Zunge verrät die Soldatenhure.

Ich war zu verwirrt, um etwas zu erwidern. Indes wechselte er in sein sehr geläufiges Griechisch über, mit dem Bemerken, auch er spräche lieber seine Muttersprache. Ich sah ihn an. „Eigentlich heiße ich Charaimon, iatrinae. Ich bin aus Thessalien gebürtig", sagte er.

All das gefällt mir nicht. Will er mich aushorchen? Wozu?

Morgen muß ich zum König, ich werde ihn mit den Nöten seines Volkes belästigen müssen. Und er wird mit mir schelten ...

Früher war es leichter. Wenn es darum ging, einen Weinberg zu ersetzen, den die Höflinge einem Bauern beim Vogelfang zertrampelt hatten – das ließ sich schon machen zwischen einer Partie Schach und einem Glas Heiltrank. Und die Leute von Lakros dankten der medica.

Heute kommen sie mit den gleichen gläubigen Augen zu mir: Leukotris, hilf uns! Wie soll ich ihnen erklären, daß ich ihre Söhne und Brüder nicht zur Erntezeit aus der Mine lösen kann, wenn sie sich verdingt haben? Ich bin tagsüber mürrisch und trostlos.

Und eines Tages wird er sein Land verkaufen müssen, und es wird schrecklich werden – wenn es uns nicht gelingt, daß er mit uns lebt statt gegen uns.

Lieber Achillas. Wenn ich doch schlafen könnte.

Das Meer liegt so still wie ein See zwischen hohen Ufern. Das ist hier selten, wo ständig der Wind weht. Kreusa treibt das Boot über die spiegelglatte, schimmernde Wasserfläche, von einer Seite der Bucht zur anderen.

„Wie geschickt du das Ruder handhabst", sagt Zoe bewundernd. „Es sieht so leicht aus. Laß es mich auch einmal versuchen."

Das Mädchen schüttelt den Kopf. „Das kannst du nicht. Das Schiff würdest du zum Kentern bringen, das ist alles." Sie lacht. „Sing lieber ein Lied bei der Überfahrt!"

„Gern!" entgegnet die Komödiantin freundlich. Sie sitzt im Heck des Nachens, ihr zu Füßen Nicodemus. Sein zurückgebogener Kopf ruht auf ihrem Schoß.

Zoes Stimme ist wie die eines Knaben, ihr Gesang halb ein Deklamieren:

„Woher kommst du, kleine Schwalbe
bringst du einen Brief des Frühlings
bringst du Botschaft zarter Lüfte
ist der Schnee im Tal geschmolzen?

Ach, der Schwalbe Leib ist tönern
buntes Holz sind ihre Schwingen
sie hockt leblos auf der Stange
kann nicht Frühlingsbotschaft bringen.

Weh, wer sagt mir, gute Götter
ob der Schnee zu Wasser wurde
ob ich meinen Liebsten finde
ob er nicht zu Eis gefroren?"

„Das Lied ist traurig", sagt Kreusa. Sie legt das Ruder quer übers Boot und läßt sich treiben.

„Das scheint dir nur so", erwidert Zoe heiter. „Ein wirklicher Liebster friert nie zu Eis."

Nicodemus hebt die kettenbeschwerte Hand zu ihrem Gesicht, und sie küßt inbrünstig die Innenfläche.

„Zoe", sagt das Mädchen, „welchen Göttern dienst du?"

„Weißt du das nicht? Früher Apollo und Bacchus, jetzt nur noch der Aphrodite."

„Hast du den König geliebt?"

„Ja, ich habe ihn geliebt", sagt sie stolz, „oder denkst du, Zoe würde einen König erhören, nur weil er König ist?"

„Zoe, woran merkt man, daß man liebt?"

Mann und Frau tauschen einen lächelnden Blick.

„Daran, daß man nur die Tage zählt, die einen vom Geliebten trennen. Daran, daß man seine Versprechen halten kann."

„Wie meinst du das?"

„Siehst du, Nicodemus und ich, wir haben uns versprochen, niemals zu weinen, was auch kommt. Und hast du uns je in Tränen gesehen?"

„Nein."

„Der Abend ist so still und das Meer so lau. Ich würde gern baden. Du auch, kleine Kreusa?"

„Nein. Aber vielleicht Nicodemus?"

„Mit einer eisernen Kette am Arm kann man nicht schwimmen."

„Verzeih."

Einen Augenblick lang sind sie vielleicht weniger heiter als sonst, dann ist das vorbei.

Zoe erhebt sich vorsichtig in dem schwankenden Boot, sie schlüpft aus ihren gestickten Sandalen, streift das Kleid von der Schulter. Ihr magerer Ephebenkörper trägt die Nacktheit so selbstverständlich wie ein Königsgewand.

„Wie alt bist du, Zoe?"

„Für dich, Kind, eine alte Frau. Ich bin vierzig." Sie erhebt sich federnd auf die Zehen, springt ins Wasser, als hüpfe sie vom Seil. Der Kahn schaukelt kaum merklich.

„Ich bewundere Zoe", sagt das Mädchen.

„Sie ist anbetungswürdig", entgegnet der Mann. Er sagt es mit großer Sachlichkeit.

Kreusa betrachtet ihn mit Scheu, seine Kette, die Art, wie er auf dem Boden des Bootes hockt, die geschwollenen Striemen auf seinen Schenkeln. „Ich bewundere auch dich", bemerkt sie leise. „Hast du Schmerzen?"

„Nicht der Rede wert."

„Wie kannst du das alles ertragen?"

Als Antwort deutet er mit dem Kinn hinaus aufs Wasser. Zoe schwimmt mit weit ausholenden gleichmäßigen Bewegungen um das Boot. Ihre Schultern glänzen von Wasser und Sonne. „Es wird aufgewogen."

Das Mädchen greift zum Ruder und fährt langsam der Schwimmerin nach. „Stimmt es", fragt sie leise, „daß Zoe einer heiligen Schwesternschaft angehört und der Guten Göttin huldigt?"

Der Mann lächelnd: „Kleine Kreusa, es gibt Dinge, die Zoe nicht einmal mir anvertraut."

Sie entschuldigend: „Ich bin sehr neugierig."

„Das mußt du auch sein."

„Woran, Nicodeme, merke ich, daß ich liebe?“

„Daran, daß du schöner wirst. So schön, daß man dich berühren möchte.“ Und sanft, auf den Knien, nähert er sich ihr, streicht mit seiner rauhen gefesselten Hand über ihren Hals, ihre Brust, verharrt an ihrem Schoß. „Daran, daß du es gern hast, wenn man dich berührt.“

Sie hält still, verwirrt, glühend. „Du hast es also gemerkt.“

Seine Hand zieht sich zurück. „Zoe hat es mir gesagt. Aber es ist nicht schwer zu bemerken. Jeder kann es sehen.“

„Nur meine Mutter sieht es nicht.“

„Deine Mutter, kleine Schöne, hat viele Dinge, die ihr vor Augen sind. Laß ihr Zeit! Der Mann, dem du deine Liebe gibst, muß sehr glücklich sein, Kreusa.“

Noch einmal kommt die Hand zu Kreusa. Sie hält im Rudern inne, schließt die Augen, fühlt verwirrt und beseligt die fremde innige Berührung, ahnt Dinge, die sie dereinst erfahren wird oder nie, bricht in Tränen aus.

„Liebende sollen aber nicht weinen“, sagt er lächelnd.

Zoes Kopf, wassertriefend, taucht neben dem Boot auf. Sie klettert über den Rand.

„Feucht auch im Kahn?“ fragt sie und betupft Kreusas Lider mit vom Wasser schrumpligen Fingern. „Um was ging's?“

„Um ihr Herz“, sagt der Mann.

Die Frau schüttelt den Kopf. „Es gibt genug Tränen in der Welt, Kleine. Besser, man weint selten. Bist du jetzt lieb und ruderst uns schnell auf die andere Seite? In meinem Haus brennen schon die Lichter, und Nicodemus und ich können nicht lange warten, wenn wir uns in die Arme nehmen wollen. Wir haben nicht so viel Zeit.“

„Was verlange ich denn von dir“, sagt Kreusa zu Nikos. „Du sollst hin und wieder, vielleicht ein- oder zweimal, hinüberrudern zur Bruderinsel, wenn ich verhindert bin.“

„Ich tu's nicht“, sagt Nikos zwischen den Zähnen. Er

stochert mit einem Stab in der Glut des niedergebrannten Feuers und sieht sie nicht an.

„Er sagt, er würde dich dafür sehr gut bezahlen."

„Ich will von niemandem etwas haben, und von ihm am wenigsten."

„Warum, Nikos?"

„Es ist verboten, zur Bruderinsel zu fahren. Es ist gefährlich."

„Aber du weißt, daß ich selbst oft dort war. Es ist mir nie etwas geschehen. Ja, du hast mich schon selbst gerudert."

„Ja. Dich. Für dich habe ich alles getan."

„Auch jetzt würdest du alles für mich tun?"

Nikos schweigt und sieht an ihr vorbei.

Sie hockt sich mit einem Seufzer an die Feuerstelle. „Wie ungefällig du bist", sagt sie traurig. „Du bist der einzige Mensch, der mich kennt, dem ich mich anvertraue. Warum verstößt du mich? Ist es deine Eifersucht auf ihn?"

Nikos, in schmutzigen Kleidern und voller Fischschuppen, schüttelt wütend den Kopf. „Ich bin nicht mehr eifersüchtig. Wie sollte ich? Ich bin ja nicht dein Mann, nur so ein Junge vom Strand. Nein, Kreusa. Ich hasse ihn sehr. Wie kannst du nach dem, was er dir angetan hat..." Er bricht ab.

Kreusa lächelt sanft. Sie hebt die Hand, wie um ihn zu streicheln, besinnt sich, zieht den Arm zurück.

„Kleiner Nikos", sagt sie, „das kannst du nicht verstehen. Es gibt Dinge, die einen andere Wege wandeln lassen als die der Vernunft. Weißt du das?"

O ja, wie sehr Nikos das weiß. Würde er ihr sonst noch zuhören?

Sie lehnt sich zurück, die Hände hinterm Kopf verschränkt, zieht die Zehen zusammen: „O Nikos, mein Bruder aus der Schilfhütte. Du weißt nicht, wie süß das Bittere sein kann und wie herb das Süße. Deine Hütte ist eine Welt und Lakros ist eine. Aber darüber folgt die nächste – wie Schalen der Zwiebel folgt immer noch eine und noch eine, die Kreise erweitern sich, wie wenn du einen Stein ins

Wasser wirfst, und die Ringe verbreitern sich bis ins unendliche, verstehst du?"

„Nein. Sie werden schwächer, und dann hören sie auf."

Sie träumt vor sich hin, ohne auf seine Worte zu achten.

„Was sagst du?" fragt sie. Ihr Mund lächelt, ihre Augen verfolgen eine Wolke am Himmel, sie ist abwesend.

Nikos beobachtet sie von der Seite. „Nichts sage ich", erwidert er und entfernt sich von ihr, „gar nichts. Ich sage, daß ich deinen römischen Freund nirgendwohin rudern werde, da ich ihn hasse, und schon gar nicht zu jener Insel, denn das ist gefährlich – auch für dich, Basilea. Ich sage, daß ich für dich alles tun werde, wenn du zu mir kommst, aber für ihn nichts, nichts. Nichts, und wenn du mich auf den Knien bittest. Etwas anderes sage ich nicht."

Kreusa ist aufgestanden. Ihre Wangen glühen. „Nein, das ist auch nicht nötig", sagt sie traurig. „Und auf den Knien werde ich dich auch nicht bitten, Nikos, das glaube ich denn doch nicht." Ihr Gesicht zuckt, als wolle sie weinen, aber ihre Stimme bleibt ruhig. „Ich liebe ihn, das ist kein Verbrechen. Ich dachte, ich könnte trotzdem zu dir kommen, denn du warst immer mein Bruder. Nun sehe ich, du willst mich nicht mehr. Schade." Sie zögert einen Moment. „Ich gehe, Nikos."

„Das brauchst du nicht. Du sollst nur nichts für ihn verlangen."

„Für mich will ich nichts."

Sie geht.

Nikos, allein bei seiner Hütte, verbirgt das Gesicht in den Fäusten.

Achillas. Heute abend kam ein seltsamer Besuch zu mir, ein kleiner, bläßlicher Mensch mit leisem Gang, der die Füße stark auswärts setzte wie Leute, die in ihrem Leben viel stehen oder unter Lasten laufen mußten. Er verneigte sich vor mir, nannte mich Herrin und antwortete auf meine Frage, wer er sei: „Ich gehöre dem Herrn Gaius Arruntius und ..."

Plötzlich brach er ab, eine fleckige Röte breitete sich über seine unentschiedenen Gesichtszüge aus, und er sagte mit Anstrengung: „Falsch. Ich bin Dama und kam auf diese Insel als der Sklave des Gaius Arruntius." Dabei sah er mir fest in die Augen, als erwarte er Bewunderung für seinen Mut.

Ich lobte ihn und fragte nach seinem Begehren, und siehe da, dieser stille und fast ängstliche Bursche hat es vermocht, sich hier bereits ins Vertrauen zu setzen, denn er brachte mir, verhüllt in ein Stück Ziegenleder, eine jener gewebten Botschaften, die mich mit Schauer und Lust erfüllen und die dir, Achillas, verborgen bleiben müssen, Botschaften von Mysterien meines Geschlechts, von Gesetzen, die älter sind als die Männerherrschaft und gültiger und deren Macht ich erst hier auf Lakros kennengelernt habe.

Den Menschen mit dem Namen der Sklaven aus der Komödie hatte ich ganz vergessen. Aufblickend bemerkte ich, daß er mich betrachtete, und sein Gesicht, das zunächst so verschwommen, so ungeformt ausgesehen hatte, schien mir jetzt ganz durchglüht zu sein von Wissen und einer Art zärtlichem Mitleid mit mir.

Eilig verbarg ich das Tüchlein mit den Zeichen, die mich erschauern ließen. „Was willst du?" fragte ich, denn es kam mir so vor, als suche er nach Worten.

Er nickte. Dann sagte er mit hoher, unnatürlicher Stimme: „Hüte das Mädchen im rosa Kleid!"

Ich erschrak, denn um sie ging es in der gewebten Nachricht, und fragte, ob er etwa wisse, was er mir gebracht habe. Er verneinte so verwundert, daß ich verstand – nur Zufall hatte diesen Zusammenhang geknotet.

„Aber – ich kenne mein Kind", erwiderte ich, mich von meinem Staunen erholend, und er, wobei seine Stimme zu hohem, dünnem Piepsen wurde: „Und ich kenne den Herrn, dem ich gehöre..."

Damit schwieg er vollends, die Hände vors Gesicht gelegt. Von Unruhe erfaßt, drang ich in ihn, aber kein Ton kam mehr über seine Lippen, er schüttelte den Kopf, er lächelte, um Verzeihung bittend, und schließlich (eine entsetzliche Gebärde) duckte er sich hinter seine erhobenen Arme, wie jemand, der Schläge erwartet.

Aber das Geflüster sitzt in mir wie ein Widerhaken, und noch jetzt, mitten in der Nacht, fahre ich davon aus dem Schlaf empor.

Was sollen solche Reden? Sicher bewegen sie mich deshalb so, weil ich in ihnen die bis zur Zerstörung gepeinigte Seele eines Menschen sehe, den die Sklaverei zerbrochen hat.

Auf Schritt und Tritt das Einst – ein Einst, das nur auf Lakros hat Vergangenheit werden können, überall sonst ist es Jetzt...

Oh, mein bellendes Gewissen. Achillas, sing es in Schlaf, wirf ihm mit Mohn getränkte Kuchen zu.

7.

Zoe, beladen mit flauschigen Tüchern, Striegeln, Döschen, Schwämmen, kommt, um das Schwitzbad zu benutzen, und Leukotris erschrickt.

„Immer, wenn du um diese Jahreszeit ins Bad willst, ist es bald soweit", sagt sie verstört.

Die Freundin lächelt ihr zu. „Sicher. Die Zeit der Mysterien kommt heran. Nachts lieg ich manchmal wach und warte, ob es ‚evoe' ruft vom Berg herab. Heut nacht, morgen nacht, nach vierzehn Nächten, wer weiß? Aber ich will gerüstet sein und mich nicht davonschleichen. Oh, wie ich mich freue."

„Ich freue mich nicht", sagt die Ärztin, halb unwillig, halb geängstigt. „Ich habe mich nie gefreut, sondern immer ein bißchen gefürchtet – bis ich dann mittendrin war. Der Taumel, der nüchterne Rausch, der sie alle ergreift und mich dazu – er kommt mir fast wie eine Krankheit vor. Und in einem Jahr wie diesem verstehe ich die Große Mutter ganz

und gar nicht. Wie können wir diese Spiele spielen? Es sind Spiele. Heilige Spiele zwar, berauschende – aber…"
„Was ist mit dir, Flavilla?"
„Nichts, Zoe. Ich bin in Sorge um uns. Wenn du aus dem Bad kommst, will ich dir etwas erzählen. Vielleicht weißt du, was das bedeutet, was ich gesehen habe."

„Ich komme vom Berg, es geht schon auf den Abend zu, und da ich durstig bin, kehre ich in einer kleinen Spelunke am Hang ein. Obwohl ich sie alle kenne, habe ich das Gefühl, es sitzen fremde Männer darin. Sie haben ihre Weinkrüge vor sich, beachten mich nicht, starren vor sich hin. Keiner redet, jeder bleibt für sich.
Tyro und Sarmatis wollen mich erst wieder aus der Tür bugsieren – ‚Hier ist es nicht geheuer, medica', flüstert der dicke Sarmatis –, aber da kommt der Wirt, ein Winzer vom Osthang, freundlich und laut wie immer, führt uns zu einem Tisch, bringt saure Milch, Brot, frische Feigen, Junitrauben. Ich frage, was mit den Männern los sei, und er antwortet: ‚Och, medica, die sitzen neuerdings so jeden Abend. Das halbe Dorf ist in der Mine, und nun schaffen sie die Ernte nicht. Da lassen sie lieber gleich alles liegen und saufen Rezina.'
Zoe, es war aber eine andere Art von Saufen. Unsere Männer fangen doch sonst an zu lärmen! Aber dies lautlose Brüten… Es war sehr seltsam. Und dann geschah es.
Einer von ihnen steht plötzlich auf. Er ist bartstopplig, ungewaschen, in geflicktem Mantel und groben Ziegenledersandalen. Einen Augenblick lang steht er bewegungslos, als höre er eine nicht vorhandene Musik. Dann beginnt er sich langsam zu drehen, kreist um die eigene Achse, neigt den Kopf, schließt die Augen wie ein Träumer. Hebt die Ellenbogen in Schulterhöhe wie zum Fliegen, schnalzt mit den Fingern. Ich weiß nicht, ob er tanzt. Er balanciert auf den Zehen…"
„Meinst du so?" unterbricht sie die Mima. Sie erhebt sich von dem Gurtbett im Raum der Ruhe, wo sie damit be-

schäftigt war, ihr angezogenes, mit einer Paste bestrichenes Bein mit einem Metallschaber zu enthaaren. Das Kosmetikinstrument noch in der Hand, beginnt sie sich um sich selbst zu drehen, leicht nach vorn gebeugt, Innenhand und Arm zum Körper gebogen. Sie scheint in sich hineinzulauschen. Mitunter verharrt sie abrupt, beugt das Knie, verlagert das Körpergewicht auf das andere ihrer langen Knabenbeine. Mit den Händen weit ausholend, streichelt sie den Fußboden. Vor den Augen der Ärztin scheint sie sich in einen plumpen, in sich versunkenen Mann zu verwandeln.

„Genau so war es!"

„Und immer mehr Männer stehen auf und gesellen sich dazu?" fragt Zoe. Ihr nackter straffer Körper dreht und wiegt sich.

„So war es."

„Keiner sieht den anderen an? Sie tanzen wie Blinde? Wie Besessene?"

„Ja."

Die Gauklerin nimmt wieder auf der Liege Platz und widmet ihre Sorgfalt erneut dem schon völlig glatten Schienbein.

„Du hast ein wichtiges Ereignis beobachtet, Ärztin", sagt sie.

Leukotris streicht sich ungeduldig das Haar zurück. „Du redest, als hätte ich eine Sternschnuppe gesehen oder eine Mondfinsternis."

„So ist es", sagt Zoe ernst. „Ich kann dir nicht sagen, woher das kommt, was du beobachtet hast, aber ich weiß, was es bedeutet."

Sie beginnt, die elfenbeinfarbenen Nägel ihrer Füße mit einem Pulver und einer ledernen Feile zu polieren. Das Bein biegt sie dabei, ohne den Rücken zu beugen, bis ihr Fuß in Höhe der Hände ist.

„Dieser Tanz, wenn du es so nennen willst, hat keinen Namen. Seine einsamen Tänzer nennt man in Sizilien ‚contumaces', also Ungehorsame. Wann und wo er entstanden ist, weiß keiner. Man weiß nur, daß er in Griechenland schon unter der persischen Fremdherrschaft getanzt wurde."

„Unter der Fremdherrschaft?"

Zoe nickt. „Ja. Glückliche tanzen ihn nicht. Die contumaces treten nur auf, wo Tyrannei, Not, Unterdrückung herrschen. Verstehst du? Du hast etwas sehr Wichtiges beobachtet."

„Willst du damit sagen", fragt Leukotris und ist ein bißchen atemlos, „daß dieser seltsame Tanz so etwas wie ein Protest ist?"

„Ich denke schon", entgegnet Zoe ruhig und pustet über ihre glänzenden Zehennägel.

„Es sieht schlimm aus auf der Insel", murmelt die andere und setzt sich schwer zu der Tänzerin auf das Gurtbett.

„Ich hingegen finde, wenn man diesen Tanz tanzt, sieht es gut aus", bemerkt Zoe zweideutig. Sie legt den Arm um die Schultern der Freundin. „Kleine Schülerin des Achillas, es ist gut, daß dir alle vertrauen. Aber ich glaube, du meinst manchmal, von dir allein hänge das Wohl und Wehe von Lakros ab. Es gibt noch andere, die sich darum Gedanken machen. Vielleicht Meroe. Vielleicht ich. Vielleicht gibt es in diesem Jahr andere Feste der Guten Göttin zu feiern als sonst. – Kennst du einen, der Thrasyllos heißt?"

Leukotris schüttelt den Kopf.

Zoe, an sie gelehnt, süß duftend nach vielen Essenzen: „Wenn du zum König gehst, sollst du auch wissen, daß viele sein könnten wie du."

„Sagst du schon die dunklen Sprüche unserer Feiern auf?" fragt die medica. Neben Sorge ist auch Spott in ihrer Stimme. Zoe steht auf und seufzt. „Manchmal glaube ich, deine Augen sind so auf die Krankheiten gerichtet, daß du anderes gar nicht mehr siehst. – Was macht Kreusa?"

Leukotris lacht. „Gäben die Götter doch, daß ich mir um nichts so wenig Sorgen machen müßte wie um Kreusa, meine Kleine und Süße."

Die Freundin sieht sie an und zögert. Dann wendet sie sich ab. „Gut also. Und hab Dank für das Bad." Sie geht, mit sehr großen, leisen Schritten, umgeben von ihren wehenden Tüchern, gerade wie eine Fürstin. Die Düfte, die um sie waren, erfüllen noch lange den Raum.

Inmitten der maskierten Priesterinnen mit den nackten Brüsten steht schwankend mit nach oben verdrehten Augen die Initiantin, nur ein Hirschfell um die Hüften, eine weiße Binde um die Stirn geschlungen, in einen Tranceschlaf versetzt. Die Eingeweihten murmeln und summen, manche blasen auf Muscheln oder zirpen die Maultrommel, andere schreiten den heiligen Kreis um die Entrückte, wobei sie von Zeit zu Zeit deren Haare und Hände mit dem Wedel aus Schlangenhaut streifen, um die Tiefe des Schlafes zu prüfen. Die mit den weißschimmernden Augen rührt sich nicht anders als ein Baum, durch den der Wind fährt.

Im Hintergrund der Höhle auf einem Sitz aus Garben thront die Große Mutter, triefend von Fett und Balsam, den nackten Bauch, das Zentrum des Lebens, mit schöner Farbe verziert. Auf ihr Zeichen hin enden Reigen und Singsang, und sie beginnt.

„Die Hohen Schwestern des Bundes sind bei Neumond versammelt, um zu prüfen, ob Kreusa, Tochter der Eingeweihten“ (ein dumpfes „Huh“ der Frauen übertönt den Mysteriennamen, der so heilig ist, daß ihn die Große Mutter zwar aussprechen, aber ihn keiner vernehmen darf), „würdig und willens ist, zur Opfernden Priesterin der Guten Göttin für einen Jahresumlauf geweiht zu werden. Unsere Riten fordern von der Priesterin, daß sie sich bei Antritt ihres Amtes noch nicht mit einem Manne vermischt hat. Soll sie geprüft werden?“

„Ich bürge“, sagt eine der Maskierten kurz, und die Große Mutter, im Schweigen der Würdenträgerinnen: „Deine Bürgschaft soll angenommen sein. Laßt uns fragen.“

Die Wände der Höhle glitzern vor Nässe. Die Fackeln brennen gerade und ohne die mindeste Bewegung. In dumpfem Rhythmus beginnen die nackten Füße der Eingeweihten zu stampfen. „Hirschkalb, bist du bereit, eine

Opfernde Priesterin der Ewiglebenden zu sein? Bereit, das Messer an die Kehle des schwarzen Tiers zu setzen?"

Kreusa schwankt stärker, die Finger gespreizt. Das Licht streicht über ihre kindlichen Brüste. Sie antwortet nicht, wie damals, als sie die Sprache verloren hatte. Um die Geburt der Antwort zu beschleunigen, setzen die Frauen wieder mit Gesang und Rufen ein. Die Höhle dröhnt wie eine Glocke. Blättergleich zittert die Entrückte, schweigt, und es scheint der Großen Mutter richtig, gleich eine ganze Reihe von Fragen auf sie abzuschießen wie einen Hagel von Steinen, um den Bann zu brechen: „Hirschkalb, willst du einen Jahresumlauf lang deine Blume den Männern verweigern? Willst du jeden Neumond die Heilige Züchtigung empfangen? Hirschkalb, willst du dich dann befreien beim Evoe-Ruf und verbundenen Auges dich jedem hingeben, der naht?"

Während der Fragen beginnen Kreusas Hals und Lippen zu arbeiten wie einst bei dem verhexten Kind. Dann taumelt sie und beginnt zu lachen, lacht ächzend, fauchend wie eine spuckende Katze, dreht sich um sich selbst und wäre gefallen, hätten nicht die Nächststehenden sie aufgefangen.

Es herrscht Bestürzung. Die Große Mutter erhebt sich, geht zu der Zitternden, noch immer krampfhaft Lachenden, legt ihr die Hand auf die Stirn und murmelt sie zur Ruhe. Langsam sinkt das Mädchen in hypnotischen Vergessensschlaf.

„Nimm dein Kind nach Haus, Schwester", wendet sich die Priesterin an Leukotris, die bereits die Maske vom verschwitzten Gesicht entfernt hat. „Ihre Seele ist noch nicht reif für unseren Bund. Oder aber – du bürgst für etwas, das du nicht kennst."

Hier beginnen die Eingeweihten zu kichern, und die Ärztin sagt hochmütig: „Das spart euch. Ich kenne sie wie mich."

„So sprach schon manche", sagt eine der Dienerinnen der Gottheit vergnügt, „und fand sich als Großmutter wieder." Erneutes Gelächter. Dazwischen die Frage der Oberpriesterin, beiläufig, halblaut: „Wann kommst du einmal zu mir, Schwester?“

„Irgendwann“, entgegnet die Ärztin zerstreut, um ihre Tochter bemüht.

Meroe und Zoe wechseln einen Blick.

Man trennt sich schnell und formlos, aus den heiligen Spielen wird an diesem Tag nichts.

Gaius rekelt sich im Bade unter den sachkundigen Fingern eines Masseurs aus den Reihen der Dienerschaft des Legaten P. C. Macer. Von Zeit zu Zeit muß er zur Zivilisation zurückkehren, wenn er die Insel-Idylle bestehen will, und mit altväterischen Tauchbädern hat er nicht allzuviel im Sinn. So vereint er nächtliche Konsultationsbesuche mit Kosmetik.

Das Bad zu betreiben, das König Sesostris mit urbaner Selbstverständlichkeit dem Gesandtschaftspalais spendiert hat (Eumäos, der ägyptische Gesandte, bezweifelt, daß im Königshaus auch eins ist), wird zu einer umständlichen Angelegenheit. Wasser ist rar auf der karstigen Insel und wird durch Goldwaschen weder besser noch mehr. Um den Legatus Populi Romani einmal baden zu lassen, ist eine Karawane von Eselslasten nötig, die das kostbare Naß von den Quellen des Ostufers herbeischafft, eine Schar von Arbeitern, die es in unzulänglichen Vorrichtungen erhitzt und eimerweise herbeiträgt, und ein halber Tag Arbeit, um die schön verzierten, aber ohne Abfluß konstruierten Bassins wieder zu entleeren und zu säubern.

P. C. badet jeden Tag einmal, weil er es so gewohnt ist, zum anderen entsprechen solche kleinen Querelen seinem Sinn für Humor in den diplomatischen Beziehungen zwischen Rom und anderen Ländern. Einmal hat es einen toten Frosch im Badewasser gegeben und im Gefolge des Frosches, dank der Kunst Macers, schließlich einen offiziellen Entschuldigungsbesuch des königlichen Intendanten und Verwalters der Finanzen, Glaukos. Es ist alles sehr ergötzlich, vor allem, wenn es einem in Macers ausladender Gemütlichkeit erzählt wird; er sitzt neben der Massagebank, plaudert, trinkt parfümiertes Wasser und freut sich, wenn der junge Herr Arruntius Tränen lacht.

Von vornherein war klar, daß man den jungen Freund des Diktators, das hoffnungsvoll aufstrebende Mitglied einer angesehenen Familie, nicht auf die gleiche Stufe stellen konnte wie diese obskure Type eines mehr oder weniger legalen Büros; und so finden sie sich manchmal zu abendlichen Badeplaudereien unter Standesgenossen zusammen – Besuche, die Cethegus natürlich bemerkt, aber stoisch ignoriert. Das „Eigentliche" wird beiläufig neben den Anekdoten erwähnt.

„Sie machen Fortschritte auf der Bruderinsel?" fragt P. C. zum Beispiel und erhält die Antwort: „In jeder Hinsicht. Dieser Eunuch wäre aus Haß gegen den Wahren und Alleinigen wahrscheinlich bereit, Lakros an allen vier Ecken anzuzünden – und so, mit einer Königskrone im Hintergrund ..."

„Ihr Teil der Arbeit kann also als gesichert gelten. Ich werde das nach Rom berichten. Sie sind begabt, Arruntius."

„Ich habe bloß Glück", sagt Cäsars Freund, der weiß, wie sehr dieser Begriff im Augenblick als Synonym für gelungene politische Intrige in Mode ist. P. C. weiß diese Art weltmännischer Untertreibung zu würdigen und trinkt ihm mit seinem eisgekühlten Geschmackswasser zu. „Hoffentlich funktioniert der zweite Teil des Projekts, der nicht bei uns liegt, auch so reibungslos."

„Sie meinen die Frage der Liquidierung des Sesostris durch die Ärztin", sagt Gaius, ohne die vier oder fünf bedienenden Sklaven zu beachten; Macer ist von Stummen umgeben. „Der Informant behauptet, die Frau in der Hand zu haben, aber er gibt uns keine Anhaltspunkte ... Solche Kreaturen sind oft störrisch."

Macer lächelt. „Tja, wer vor dreißig Jahren seine Verdienste hatte, den kann man heute nicht sofort vom Tisch wischen. Das weiß auch Cäsar. Aber vielleicht nutzt Ihnen ein kleines Gespräch, damit wir wissen, was der Herr equis Romanus nun wirklich vorhat?"

„Das wäre sehr liebenswürdig", sagt Gaius und dreht sich wohlig auf den Bauch. „Nichts geht über eine gute Massage. Aber abgesehen vom fehlenden Komfort mag ich die Insel."

„Ich weiß. Und die Insulanerinnen – was ich Ihnen konzediere, mein Bester. Wissen Sie übrigens, daß sich die Majestät selbst die Zukunft aus einer Achatkugel prophezeit?"

„Ach. Ja? Und was prophezeit ihm das Kügelchen? Sein baldiges Ende?"

„Seit wann sprechen Orakel die Wahrheit?"

Die Herren gehen unter homerischem Gelächter wieder zu Anekdötchen über.

Es hat seinen guten Grund, daß dieser Cethegus, dieser Charaimon, es vorzieht, seine Tage im Schatten der Wohnzelle zu verbringen, wo er angeblich an seinen Plänen und an sich selber arbeitet, nach Meinung des Gaius Arruntius aber einfach bloß Rezina säuft.

Mag so ein Windbeutel und Glücksritter wie der besagte junge Herr, der sowieso nur in den Tag hinein lebt und nichts ahnt, die Insel kreuz und quer durchstreifen mit seiner Puppe im Arm. Er, Cethegus, weiß, daß die Dinge, mit denen man hier spielt, nicht ganz geheuer sind. Daß man dem Knaben gleicht, der wilden Bienen den Honig rauben will und gestochen werden kann, denn die scheinbar nicht Vorhandenen werden erregt, und die Ruhigen erwachen und stürzen sich auf den Vorwitzigen. Er hat da so seine Erfahrungen, schließlich bemüht er die Vergangenheit nicht zum erstenmal. Ganze Heere von Toten, die sich weigern, tot zu sein, mischen sich in die Sachen der Lebenden ein, Gepfählte, Gekreuzigte, zuschanden Gegeißelte, auf Scheiterhaufen Verkohlte, von Pferden Zerrissene und auf Lanzen Gespießte, die die Requisiten ihres Endes mit sich herumschleppen, wollen immer noch ein Wörtchen mitreden, wenn ihre Sache auf Erden so oder so zur Sprache kommt. Sie stärken plötzlich die Überlebenden, stehen ihnen unsichtbar zur Seite, reden aus ihrem Munde und machen sie wachsamer, als man es sich wünscht – einmal ganz abgesehen von direktem Eingreifen der Toten.

Nicht, daß Cethegus sich fürchtet. Er ist ein treuer Diener der Macht, auf deren Seite auch das Recht ist. Aber irgendwann einmal muß doch Ruhe sein! Er hat die Erfahrung gemacht, daß der Geist des Aufruhrs jener märchenhaften Schlange Hydra gleicht. Man kann ihr so viele Köpfe abschlagen, wie man will, es wachsen immer wieder welche nach, solange noch einer übrig ist. Erst wenn man sie alle, alle beseitigt hat, ist Schluß – ein Ziel, auf das Cethegus und das Büro, das er hier vertritt, nun schon fast dreißig Jahre lang zusteuern. Und in Anbetracht der Tatsache, daß sich das bekämpfte Untier in jede erdenkliche Gestalt verwandeln kann, versteht man erst den stillen Heroismus dieser Männer. Eines Tages also muß, muß und muß es endlich ruhig werden, eines Tages muß der Sumpf aufhören, Blüten zu treiben. Aber bis dahin sollte man zusehen, daß es bei Rebellen wie der Sklavin Flavilla bleibt und man seine Kraft nicht mit Ungerufenen vergeudet, wie es denn Cethegus in der Tat passiert ist, als er, es mußte sein, einmal die Mine besichtigt hatte und sich über die mittagsglühende Hochebene heimwärts bewegte – hoch zu Maultier, einsam und dürr in Gesellschaft seines Schattens.

Dann auf einmal ist noch ein zweiter Schatten neben dem seinen, weniger scharf umrissen, aber dafür in leichte Purpurfarbe getaucht, violett verklärt gewissermaßen, mit dem Anspruch der Hoheit. Und so weiß er schon, wer es diesmal ist. Er selbst gibt sich die Ehre, es hätte gar nicht noch der anderen Merkmale bedurft, des Stumpfes der rechten Hand, aus dem er ständig Blutstropfen fallen läßt, und des kurzen Speers durch den Oberschenkel. Es wurmt Cethegus, daß der mit diesen ehrenhaften Verletzungen durchs unterirdische Reich läuft statt, wie ihm gebührte, aufgehängt am Kreuzbalken, schwebend über der bewohnten Erde. Seit dreißig Jahren nie getröstet, niemals schlafend, nur umgehend und witternd, wo das letzte Wesen seines rebellischen Blutes in Gefahr ist – man kann über so viel Halsstarrigkeit nur ergrimmen, und angenehm ist es ja auch nicht. Der arme Wiedergänger – als wenn sie hier auf ihn gewartet hätten! Cethegus kann nicht umhin, ihm das mitzuteilen.

„Ich glaube kaum, daß die hier etwas auf dich halten. Die spüren nicht einmal, daß du da bist. War die Reise beschwerlich?“ bemerkt er hämisch.

„Ich habe die Schwingen des Albatros dazu benutzt und die Rücken der Fliegenden Fische“, hört Cethegus als Antwort und kann nicht verhindern, daß sich ihm das Haar aufstellt beim Klang der verrosteten, aber noch kenntlichen Stimme, „ich habe ja nicht viel Gewicht jetzt.“

„Ohne dein Eisenzeug, wie? Aber auch in voller Rüstung hattest du damals schon nicht viel Gewicht.“

„Deiner Meinung nach“, korrigiert die Geisterstimme.

„Sicher, meiner Meinung nach. Es ist die einzige, die gilt, denn sie hat dich überlebt, Bruder Gladiator. Dich und noch ein paar tausend andere Dummköpfe.“

„Für einen Verräter ist Überleben das allereinfachste, Charaimon. Beinahe das einzige, was er kann.“

„Ich habe wohl noch etwas mehr zustande gebracht als das, dies solltest du doch wissen.“

„Ja“, bestätigt der Geist, „du warst ein eifriger Jagdhund. Wie, meinst du, werden sie dich dereinst alle empfangen, die du gehetzt hast?“

Cethegus schlägt eine höhnische Lache an. „Gar nicht, Bruder Gladiator – weil ich nicht dort sein werde, wo sie sind. Dort unten, da bin ich sicher, hat man reinlich geschiedene Räume und wird den römischen Bürger nicht neben den Sklaven setzen.“

Hierauf weiß der Schatten nichts zu erwidern, da er selbst noch nie dort war, sondern es vorgezogen hatte, sich dreißig Jahre lang herumzutreiben, auf Dächern zu reiten, im Feuer zu seufzen und vergeblich die Stätten ohnmächtiger Rebellion zu umschweben.

Cethegus nutzt seine Chance und trumpft weiter auf: „Erstaunlich, wie du deine letzten paar Getreuen aufspürst, und wenn sie sich auf einer einsamen Insel mitten im Ozean befinden."

„Erstaunlich, wie auch du es tust."

„Ja. Ich bin schnell und findig. Und ich werde dir keine Zeit lassen, deine Erleuchtungen auf sie herabzuträufeln. Ich schlage zu, bevor es dir gelungen ist, ihre Dummheit wegzublasen. Hier hast du nichts verloren, die lange Reise war umsonst. Die Beute ist mein – und vielleicht sind das überhaupt die letzten? Was machst du, wenn du ganz allein bist – he? Heerführer ohne Heer."

„Ich habe ja dich", sagt die Stimme. „Du wirst mir schon welche aufspüren. Du bist verläßlich."

„Ich bin es", bestätigt Cethegus von der Höhe seines Sattels herab, „und war es immer, auch wenn damals einige kleine Unregelmäßigkeiten in meiner Buchführung der Proviantkasse..."

„Kleine Unregelmäßigkeiten!"

„...zu unserem Zerwürfnis führten. Du weißt, daß ich die Redlichkeit in Person bin. Ich wählte das auch nur als äußeren Anlaß, denn der Grund meiner eigentlichen Absage an dich eisenrasselndes Monstrum war ein ganz anderer. Es war deine Unmenschlichkeit, als du uns auf die einfachste und tiefste Regung Verzicht leisten hießest: auf die süße, heilige Rache. Als du und deinesgleichen mit dem Hochmut der Götter verkündeten, in eurer neuen Welt gäbe es die Rache nicht – da schlugt ihr euch selbst die Beine unterm Leib weg, ihr Neunmalklugen, da enthülltet ihr auf einmal, welche lächerliche Chimäre ihr vors Volk stelltet, und der Abgrund eurer Niederlage tat sich bereits vor meinen sehenden Augen auf, als ihr noch im Glanz eurer Siege standet. Auf die Rache selbst verzichten mag ein Narr, aber dies auch noch als Gebot aufzustellen, den Armen das Recht der Grausamkeit, der Wut und der geheiligten Vergeltung zu rauben und es weiterhin ein Privilegium der Reichen sein zu lassen – wie töricht war das, großer Kämpfer, wie böse, wie barbarisch! Und darum ist es auch gut, daß du tot bist und ich lebe..."

„... mit deiner Rache!"

„... mit meiner Rache. Was lachst du?"

Das Gespenst mit dem blutenden Armstumpf kichert, und das klingt, wie wenn dürre Gräser rascheln. Sein Schatten spielt noch mehr ins Violette, und das, was sein Bart hätte sein können, bebt vor Vergnügen. „Bruder Charaimon, ich will dir erzählen, wie du mir vorkommst. Du und deine Harpyie von Rache, ihr lauft im Kreis herum. Du glaubst, daß du ihr nachläufst, aber für jemanden, der zuschaut, sieht es genausogut aus, als liefe dir die Rache nach und du seist der Verfolgte..."

„Du machst mich wütend", sagt Charaimon und führt einen Schlag mit der Reitgerte in Richtung des Schattens, „und wenn diese verfluchte baumlose Ebene zu Ende ist und diese Mittagshitze, die sie hier die Stunde des Pan nennen, hast du sowieso ausgespielt, Großer Gladiator, so wie du damals ausgespielt hattest von dem Moment an, als sich Krixos von dir trennte – auch der Rache wegen, denke daran! Und ich werde in Zukunft Mittel und Wege finden, dich an weiteren Besuchen bei mir zu hindern."

„Aber wenn du mich aussperrst, bin ich darum doch nicht weniger vorhanden. Sogar wenn du meine letzten Getreuen hier niedermachen solltest (ich weiß aber nicht, ob dir das gelingt), habe ich doch noch immer einen zuverlässigen Hort, und das, Bruder Verräter, bist du selber."

„Dir werde ich", ruft Cethegus wild, „schon die Luft abdrehen, daß dir dein Schandmaul, dein blutiges, stillsteht, Sklavenluder."

Und er treibt sein Maultier mit den Hacken vorwärts, daß ihm und dem Tier der Schweiß ausbricht und sie beide halbtot vor Anstrengung und Hitze die nächste Ölbaumpflanzung erreichen. Da erst wagt der römische Ritter, die Augen zurückzuwenden zu jenem Schatten, aber der hat sich in Nichts aufgelöst.

Cethegus bemüht sich, das abgehetzte Maultier des iatreion zu beruhigen, hat aber trotzdem noch Ärger mit den anmaßenden Leuten, denen er nicht erklären kann, warum er zur Mittagszeit so unvernünftig schnell geritten ist.

„Meine Herren", sagt der Abgesandte des Römischen Volkes, P. C. Macer, „ich erkläre zum wiederholten Male, daß mich Ihre Aktionen auf dieser Insel nichts angehen. Schon die Tatsache, daß ich mich mit Ihnen hier rein zufällig in den Gärten treffe, erhärtet diesen Sachverhalt. Trotzdem könnten wir ein Stückchen gemeinsam promenieren."

Die zwei müssen sich bequemen, ihren Gang dem Spazierschritt des fetten Legaten anzupassen. Macer watschelt schnaufend über die Gartenwege, die mit hellem Kies bestreut sind. Die zwei halten sich ständig zurück, um dem hohen Herrn nicht vorauszueilen, und gehen wie zwei feurige Pferde neben ihm her, Gaius hüben und Cethegus drüben.

„Meine Herren", wiederholt der Repräsentant Roms kurzatmig. „Zur Sache also. Es kann mir nicht verborgen bleiben, daß Sie sich die Erfüllung Ihres Auftrages erschweren durch Streitereien, die ich nicht verstehe. Kaum je war ein Befehl klarer. Unser Gaius Arruntius hat trotz seiner Jugend einen verantwortungsvollen Auftrag erhalten. Das zeugt davon, daß man ihm vertraut. Zur Egänzung seines Sachwissens hat man ihm einen erfahrenen Spezialisten zur Seite gestellt. Einer hat dem anderen zur Hand zu gehen, nicht in den Arm zu fallen – so stellt sich mir die Angelegenheit dar. Gut. Fragen?"

„Ja, Fragen", äfft ihn Gaius mit der Überheblichkeit des nobilis nach. „Der Informant hier, der mir helfen soll, scheint in den meisten Fällen sein Wissen für sich zu behalten. Da er ein freier Mann ist und ich es also nicht aus ihm herausprügeln kann, frage ich: Wie sichere ich mich vor Überraschungen? Außerdem fährt er seine eigene Quadriga. Ich kenne die Pferde nicht, aber er bildet sich wohl ein, damit eher zum Ziel zu kommen als ich."

„Welch ein Unfug", schnieft der fette P. C. „Klären Sie das! Das gibt es nicht." Er pustet durch die Nase. „Mich interessiert der Erfolg. Wenn ich in einer Woche keine Erfolge sehe, melde ich nach Rom. Sonst noch was?"

Cethegus redet leise und beiläufig. „Ich habe von meinem Büro bestimmte Aufträge erhalten. Sie bestehen durchaus nicht nur in Zuarbeiten für einen Mann, der einen civis Romanus mit Ohrfeigen traktiert."

Ein kurzer, eindeutig belustigter Blick Macers geht zwischen den Rivalen hin und her. „Dergleichen geht mich nichts an", brummt er, inzwischen besserer Laune. „Mein einziger Rat: Einigt euch. Das war's. Hier trennen sich die Wege. Meine Herren, ich hoffe, von Ihnen zu hören." Macer verschwindet grußlos in einem Seitenweg.

Die zwei sehen sich nicht an. Verbissen marschieren sie die Allee entlang, mit Abstand, als ginge der Legat noch zwischen ihnen.

Dann sagt Gaius mit seinem liebenswerten Jungenlächeln: „Es nützt wohl nichts. Erzähle mir deine Vorhaben bald – desto weniger kollidieren sie mit den meinen. Heute abend auf der Terrasse, was meinst du?"

Cethegus polkt an seinen Fingernägeln. „Ich bin jederzeit bereit, Ihnen zu helfen", erklärt er steif.

Der Proprätor und Schürzenjäger lächelt unbekümmert weiter. Was kann ihm, dem Protegé des Großen Mannes, ein zweifelhafter Spitzel schon für eine Konkurrenz sein? Die Frage erübrigt sich. Also schön, Kollaboration in Grenzen.

Und sie beginnen die Jagdgründe aufzuteilen, sachliche Handlanger der Weltmacht, für die so etwas Kleinigkeiten sind: Herrscher entthronen und neue machen.

Die Königsmörder und Königsmacher setzen das Wolfsspiel vorderhand in Eintracht fort.

8.

„Ich habe wenig Verdienste, Herr Gaius, um derentwillen man mich brauchen könnte. Das eine ist meine unbedingte Ergebenheit für SPQR, das andere mein gutes Gedächtnis. Ich vergesse selten eine Person oder Sache, mit der ich mich beschäftigt habe. Nun also. Damals, als die große Rebellion zusammengeschlagen worden war, verhörten wir Tag und Nacht ihre Führer – das heißt, was davon übrig war. Es war nicht bedeutend, aber bei einer Gefangenenzahl von mehreren Tausend doch dies und das. Es war eine harte Zeit." Cethegus verstummt und gießt Wein nach.

„Harte Zeit" klingt bei ihm wie „große Zeit", denkt Gaius amüsiert. „Weiter. Du foltertest also die Sklavenführer."

„Ich folterte niemanden, domine, das taten andere. Ich stellte nur die Fragen. Manche von den Kerlen kannte ich selbst, das war ein Vorteil. Einige konnten wir konfrontieren mit Überläufern, Bekenntniswilligen, anderen Banditenhäuptlingen, die wir zum Geständnis gebracht hatten. Es war fast immer ergiebig."

„Aber ich verstehe nicht: Was wolltet ihr wissen?" unterbricht Gaius. „Spartacus war gefallen, der Kopf der Hydra endgültig abgeschlagen, der Aufruhr erstickt. Wozu die Mühe? Hättet ihr nicht alle, wie sie da waren, ans Kreuz hängen können, und basta?"

Cethegus schüttelt nachsichtig den Kopf. „Nein, Herr. Das konnten wir nicht. Teile des Sklavenheers waren uns entgangen. Falls Sie sich an Ihren Geschichtsunterricht erinnern wollen: Der heimkehrende Crassus fing noch einen Trupp von fast zweitausend unter Marcipor in den Apenninen ab. Einige hatten sich nach Sizilien eingeschifft, und nicht alle Flöße kenterten. Ein anderer Trupp schließlich schlug sich in den Norden durch. Über ihre Wege und Ziele brauchten wir dringend Information.

Außerdem war vieles zu erforschen: die Ordnung im Heer des Spartacus, seine Absichten, sein Glaube, sein Wille, die

Zusammensetzung der Führung – vor allem aber, was die Sklaven zu ihren Taten bewegte. Nur so konnte man künftigen Unternehmungen dieser Art vorbeugen. Es half wenig, das Unkraut abgemäht zu haben. Man mußte die Wurzel ausrotten."

„Ihr machtet euch wirklich viel Mühe damals. Strengere Aufseher in den Sklavenställen und bessere Mahlzeiten in ihren Speiseräumen hätten sicher auch genügt. Aber da ihr so gründlich wart, wie kommt es, daß man auch heute noch in Rom so wenig von dem weiß, was diese Sklaven erstrebt und gewollt haben – ja, daß man noch nicht einmal weiß, warum sie dreimal durch Italien zogen? Liegen all diese Fakten verschlossen in eurem Büro?"

„Es gibt keine Fakten."

„Sagtest du nicht, eure Verhöre waren ergiebig?"

Cethegus verkrümelt Brot und dreht Kugeln daraus. „Sie waren ergiebig, ja. Fast alle begannen irgendwann zu schwatzen. Aber nachher, wenn wir die Protokolle verglichen, ergaben sich Widersprüche. Der gleiche Vorgang wurde von zwei verschiedenen Personen völlig konträr beschrieben, ja, manchmal stellte sogar ein und derselbe Delinquent Stunden später den gleichen Fakt wieder anders dar als beim erstenmal. Es war wie in einem Irrgarten. Schließlich ähnelten die Protokollvergleiche komplizierten Rechenaufgaben, bei denen als Ergebnis plus minus Null herauskommt. Das Material hob sich auf. Man hatte den Eindruck, Geisteskranke vernommen zu haben."

„Vielleicht war es Methode."

„Bei denen? Kaum! Sie hätten sie sehen müssen, in welchem Zustand sie ihre Aussagen machten. Da vergehen einem die Flausen und Lügen. Aber zurück zur Ärztin von Lakros oder vielmehr zu dem, was mit ihr zusammenhängt.

Unter den Kommandeuren – so nannten sich die Rebellenführer selbst –, die in der engsten Umgebung des Spartacus tätig gewesen waren, befand sich ein verkommener Ägypter, der als eine Art Sekretär für Rechnungswesen gearbeitet haben soll, auch hat er bei strategischen Plänen die Hand im Spiel gehabt. Er hustete und spuckte Blut, war aber unverwundet gefangengenommen worden. Ich habe seinen Namen vergessen, aber sonst weiß ich alles von ihm.

Vor allem deshalb, weil er auf der Folter ausdauernd schwieg. Dann jedoch verfiel er in ein Fieber und begann zu erzählen – vor allen Dingen das, was keinen interessierte. Ich saß tage- und nächtelang an seinem Lager und versuchte mir zusammenzureimen, was da an Bruchstücken in wildem Durcheinander kam. Daher erfuhr ich seine ganze Lebensgeschichte; nicht sehr rühmlich, kann ich Ihnen sagen. Leider starb er dann, in diesem Fall viel zu früh."

„Du plauderst sehr amüsant", bemerkte Gaius spöttisch, „aber worauf willst du hinaus?"

„In den Fieberphantasien dieses Menschen tauchte stets und ständig seine ehemalige Konkubine auf, eine gallische oder germanische Sklavin namens Flavilla – er gab ihr auch Kosenamen wie kleine Spätzin und ähnlichen Unsinn. Sie war noch vor ihm auf und davon zu den Rebellen und wollte Ärztin werden. Er fand sie nie wieder.

Unsere Nachforschungen ergaben dann, daß eine medica Flavilla als Beigabe zu Kindern, Verwundeten und Frauen mit einem der Unglücksflöße nach Sizilien übersetzen sollte – wie Sie wissen, heißt es, fast alle kenterten. Fast alle.

Ich frage Sie: Gibt es seit dreißig Jahren auf dieser Insel eine blonde Ausländerin, die Ärztin ist und deren Herkunft im Dunkel liegt?"

Gaius mustert den anderen fasziniert. „Falls es wirklich stimmt, so spekulierst du da auf den verrücktesten Zufall."

„Es gibt keinen Zufall", erklärt Cethegus mit großer Sicherheit. „Was uns als ein wirres Knäuel von Begebenheiten erscheint, ist in Wahrheit ein sinnvolles Muster. Es kommt nur darauf an, den richtigen Faden zu finden und ihm unbeirrbar zu folgen."

„... wie ein Spürhund der Fährte."

„Genauso. Wenn Ihnen das Bild angenehm ist. – In diesem

Fall trifft allzuviel zusammen, als daß es eine falsche Spur sein könnte. Allein der Name. Leukotris ist die griechische Entsprechung für Flavilla, zumindest bezeichnet beides eine Blondine. Es sind keine Namen, die man von den Eltern bei der Geburt bekommt.

Und dann: Ich habe bestimmte Proben gemacht. Soviel steht fest: Sie kennt Italien, und sie kennt das Heer der Rebellen. Bringen Sie sie dazu, lateinisch zu reden! Der reinste Sklavenjargon. Ansonsten fragen Sie Ihr Fräulein Kreusa doch einmal im Bett, wie ihre Mutter nach Lakros kam. Ich wette, daß sie sagt: auf einem Floß."

„Deine Konstruktion ist zwingend", sagt Gaius anerkennend. „Du bist ein großer Jäger. Und wie weiter?"

„Ich werde sie zum Sprechen bringen. Sie wird ein Geständnis ablegen."

„Da ist niemand, der foltert."

„Oh, keine Folter. Es wird ihr süß sein zu plaudern."

„Und dann? Was hilft uns das in Sachen Lakros?"

„Dann, Herr Gaius, haben wir sie in der Hand. Wir können ihre Auslieferung in römische Hand verlangen und sie ihrem einstigen Herrn oder dessen Erben als Entlaufene und Aufrührerin zustellen. Dergleichen Verbrechen verjähren nicht. Auch Sesostris könnte sie ohne diplomatische Verwicklung nicht schützen. Zumindest wäre sie ruiniert. Niemand mehr könnte sie konsultieren. – Aber wir können natürlich auch schweigen – wenn sie das Problem Sesostris für uns klären hilft. So einfach ist das."

„So einfach ist das", wiederholt Gaius. „Du bist begabt, Charaimon. Und die Methode ist griffig." Er hebt seinen Becher. „Auf den Erfolg."

„Danke", sagt Cethegus kühl. Er tut Gaius nicht Bescheid.

Achillas. Ich weiß nicht, wo ich beginnen und wo ich aufhören soll. Meine Vergangenheit bricht auf, als hätte die Erde gebebt.

Vor mir, nah und wirklich, jederzeit mit den Händen zu

greifen, steht sie, unwandelbarer Zeuge horizontferner Vergangenheit: spannenhohe, entfärbte Tonstatuette, einst in meinen Händen, in seinen, auf seiner Haut, vollgesogen mit seinem Schweiß und Blut, unzerstörbares Zeichen einer Liebe, die so wirklichkeitsfern erscheint wie eine Göttergeschichte. Und nun plötzlich, durch diesen Mann... – Dergleichen gibt es eigentlich nicht.

Ich besehe sie, diese Terrakottafigur, so einfach gearbeitete Dutzendware, so einmalige Liebesgabe, ich ergreife sie immer aufs neue. Glaubte ich je an Wunder, dann jetzt.

Dieser Mann, dieser vermeintliche Römer, der mich schon so oft bestürzt hat, ließ mir sagen, er wolle mir etwas geben.

Nun, ich bin nicht versessen auf die Gaben meiner Patienten und hatte zudem vor ihm eine Art Scheu, seit er mich mit dem Spruch aus dem Sklavenheer in Verwirrung gebracht hatte. Ich ließ mir Zeit, mehrere Tage ließ ich mir Zeit. Dann empfing ich ihn, spielte die vielbeschäftigte Ärztin, saß bei meiner Mittagssuppe zwischen ein paar Büchern – du hättest über mich Kindskopf gelacht, Achillas.

Er kam, der lange, in sich zusammengesunkene Kerl mit den fahlen Augen tief im Kopf, blieb an der Schwelle stehen, sagte dann: „Ich habe der medica eine Gabe zu überbringen."

Und aus ein paar verblaßten Baumwollappen enthüllte er dies hier, das Ding, das vor mir steht und mich ansieht, zerbrechliches Wunder, dessen Rettung ein genauso großes Mysterium ist wie die meine vor einer Generation von Zeit und Leben. Stellte es behutsam vor mir auf den Tisch.

Mithras, der Gott des aufrührerischen Prinzen Aristonikos, grüßte mich mit der Helle eines Blitzes. Die Erde bebte, ich sage es dir.

Ich hatte gerade noch so viel Zeit und Besinnung, zu fragen, ob das für mich sei, und er, der vorgebliche Römer: „Es ist für eine Frau, die Flavilla heißt."

Seltsam eigentlich, daß ich keine Sekunde auf den Gedanken kam, *er*, dem ich einstmals diese Statuette geschenkt hatte als Sklavenmädchen während der Saturnalien (und ich bin nie wieder so glücklich gewesen), er könne am Leben sein.

Es war für mich von Anfang an eine Botschaft aus einem anderen Reich, zu dem es keinen Zutritt gibt. So hatte es auch nichts Überraschendes, als Cethegus mir sagte, er habe es vor dreißig Jahren empfangen von einem, der sich zum Sterben anschickte, und seitdem bewahrt.

Mehr konnte ich nicht erfahren noch erfragen. Es hatte mich ja auch fast sprachlos gemacht.

Als ich zu dir kam, war ich ein gläubiges und abergläubisches Ding, das mancherlei anbetete und vielerlei Zeichen beachtete, und du lachtest mich aus. Lehrtest mich dann, andere Zeichen zu deuten, die Chiffren des Lebens und seiner Bewegungen zu begreifen und manchmal zu überlisten – denn was ist mein Kampf gegen Krankheit und Tod anderes.

Aber nun, Achillas, frag ich dich mit der aufgerissenen Seele des Mädchens von einst: Ist dies nicht als ein Zeichen zu sehen? Und: Was will es mir jetzt sagen, hier, in diesem Augenblick, auf der von Habgier und Machtkampf zerwühlten, vordem friedlichen Insel Lakros? Was sagt der knochige Totenschädel, was die vermoderte Hand dessen, der mit mir zusammen die Liebe entdeckte und die Freiheit? Um welcher geheimen Zusammenhänge willen werde ich an das Damals erinnert? Soll es mir helfen, kann es mir helfen in dem Durcheinander, das herrscht?

Ich war zu konfus, Achillas, um den Fremden weiter zu fragen, und er schien es zu verstehen. Nun erwarte ich ihn am Abend, und mein Herz klopft, wenn ich an das denke, was er mir erzählen wird.

Wie und wo traf er den, der ihm die Tonfigur gab, dies spannenlange Relikt der Zärtlichkeit?

Und – wer ist er selber? Um ihn ist Undurchschaubares, fast Unheimliches. Wozu kam er mit dem jungen Stutzer, der genausowenig wie er selbst eines Kuraufenthaltes bedarf, auf die Insel? Mit Schadenfreude lasse ich sie beide voll Wasser laufen und registriere ihre begeisterten Berichte über die Wirkung. Ich hielt sie für Schnüffler in Sachen Gold.

Kein Mensch auf der Welt macht nach dreißig Jahren eine Reise, um einer Frau den Talisman ihres gestorbenen Liebhabers zu überbringen, und sei es ein noch so heiliges Vermächtnis.

Wie hängt das alles zusammen? – Nun, ich werde es erfahren. Aber soviel ich auch wissen werde, in welche logischen Formen sich auch alles ergießen wird – nichts nimmt das Magische von diesem Geschehen. Ich weiß, du würdest lachen.

Verzeih es mir. Ich bin wie Schnee, der schmilzt, und könnte mich in Tränen ergießen vor dieser kleinen Figur aus der Welt von gestern, in der wir nichts besaßen, aber alles vor uns lag und wir begabt waren zu allen Leiden und Freuden der Welt. Als wäre die Welt um unsertwillen erschaffen worden.

Ich setzte eine Nußschale mit Feuer auf den Tiber und bat den Gott Mithras um Glück. Wo ist das Feuer geblieben?

„Ich habe auf dich gewartet", sagt Gaius Arruntius. Es klingt wie ein Zugeständnis.

Auf der Terrasse flackert ein von starken Pergamentfolien geschütztes Licht im ständigen Wind dieser Insel, ein großer Krug Rezina steht bereit – die beiden Römer haben ganz gut gelernt, sich ohne Sklaven zu versorgen.

Cethegus-Charaimon nimmt die Worte des anderen gelassen hin. Unscheinbar, grau und hager überschreitet er die Schwelle, setzt sich nieder, schenkt den Becher voll, kostet, bemerkt: „Die gleiche Sorte, die ich schon den ganzen Abend getrunken habe." Es hört sich geringschätzig an.

„Ich erwarte deinen Bericht", sagt Gaius voll Ungeduld. „Wie ging es?"

„Es ging", erwidert Cethegus schleppend, „den Erwartungen entsprechend." Gaius hat den Eindruck, daß es ihm

Spaß bereitet, ihn zappeln zu lassen. „Von dem Moment an, als sie die Terrakotte angenommen hatte, war alles klar."

„Was für eine Terrakotte?"

„Nun, ich erinnerte mich, daß ihr Liebhaber eine tönerne, fingergroße Mithrasstatue bei sich hatte und daß man immer besonders gute Vernehmungsergebnisse erzielte, wenn man ihm in seinem Fieberwahn das Ding unter die Nase hielt – nachdem man ihn vorher mit einem Guß Wasser ermuntert hatte. Allerdings schwatzte er dann auch immer gewaltig über Flavilla, seine Hure.

Es war logisch, daß sie damit Näheres zu tun haben mußte, und ganz natürlich, es als Anknüpfungspunkt zu nehmen."

„Exakt", sagt Gaius anerkennend. „Was tatest du?"

„Ich brachte ihr die Statuette."

„Aber woher hattest du sie? Ich verstehe nicht."

Cethegus lacht kurz auf. „Das alles ist über dreißig Jahre her. Meinen Sie im Ernst, daß sich die Dame noch daran erinnern würde, wie *ihre* Tonfigur aussah? Das ist Konfektion, dergleichen gibt es auf jedem Markt. Ich habe mich im Hafen damit versehen und die Farbe ein bißchen abgekratzt, damit das Ding älter wirkt. So macht man das."

Der Jüngere atmet tief durch und zollt Beifall. „Du bist herrlich gemein. Erzähle weiter!"

„Was gibt es zu erzählen? Ich riß sie sofort auf. Völlig verwirrt bestellte sie mich auf diesen Abend. Es war klar, daß sie zu jedem Bekenntnis reif war. Ich fütterte sie an mit Legenden über mich selbst."

„Die sicher zum Teil wahr sind..."

„Nur Lügen, die Züge der Realität tragen, sind glaubwürdig, patrone. Und dann mit der Geschichte vom Sterben ihres Liebhabers. Auch sie ist glaubwürdig." Er trinkt.

„Ich verstehe das nicht", sagt Gaius nachdenklich. „Sie ist zwar ein dickes altes Weib, aber klug und mit einem sehr kritischen Verstand. Und sie fällt um bei einer Botschaft aus der Vergangenheit. Schöpfte sie denn an keiner Stelle Argwohn?"

„Diese Art Leute nicht. Wenn man einmal in ihrem Vertrauen ist, kann einen nichts wieder daraus vertreiben. Die Tränen verwässerten stromweise den guten Rezina. Sie glaubte mir jedes Wort. Nachdem feststand, daß ich all ihre Helden, diese Sklavenführer von Angesicht kannte und ihren Liebhaber dazu, hätte ich ihr auch erzählen können, Spartacus lebt und landet morgen in Lakros an. Sie ist wie blind. Einmal, als ich ihr vom Verhalten ihres Beischläfers auf der Folter erzählte, sagte sie: ‚Du sprichst, als seist du dabeigewesen.' – Dies, wohlgemerkt, als Anerkennung und nicht als Mißtrauen zu werten. Daß ich in der Tat dabei war, lag ihr fern. Sie ist rührseliger als eine Vestalin."

„Was erfuhrst du von ihr?"

„Alles, was ich vermutete. Sie gibt ohne Umschweife zu, aus einer römischen familia durchgebrannt und mit dem Spartacushaufen durch ganz Italien gezogen zu sein. Das Haus, aus dem sie entflohen ist, existiert nicht mehr, das weiß ich. Es starb aus wegen Kinderlosigkeit. Aber die Fakten reichen hin, sie als Staatssklavin anzufordern und in Rom ans Kreuz zu hängen. Nichts verjährt von ihren Verbrechen."

„Ausgezeichnet."

„Domine, ich darf Sie darauf hinweisen, daß das erst der Anfang ist."

„Wie meinst du das?"

„Ich meine, dieses Geständnis, das sie nie ableugnen wird, denn sie ist stolz auf ihre Missetaten, ist der Grund, auf dem wir weiter bauen können. Ich werde morgen und an anderen Tagen zu ihr gehen und mehr von ihr erfahren: Einzelheiten, Fäden hin und her, ein ganzes Gestrüpp von Dingen, in die sie sich verstricken wird wie ein Wild ins Netz.

Ein gutes Geständnis, eins, das uns hilft, ein vorbildliches Geständnis im Sinne meines Büros ist immer ein solches, in dem sich der beweisbare Fakt zu einer unlösbaren Einheit mit dem verbindet, was uns nützlich ist. Im Lauf der Zeit wird diese Frau alles gestanden habe, was wir brauchen – auch wenn sie es nicht gestanden hat. Die Worte, die sie nicht gesprochen hat, werden so verknüpft sein mit denen, die sie gesprochen hat, daß es keine Möglichkeit zum Widerruf gibt. Vielleicht brauchen wir noch dies und jenes. Es wird alles glaubwürdig, das heißt wahr sein."

Cethegus hat mit einer an ihm ungewohnten Lockerheit geplaudert. Er sitzt da mit gekreuzten Beinen, seinen Weinbecher in der Hand, den Ellbogen auf die Brüstung der Terrasse gestützt. Sein Erfolg hat ihn bacchantisch belebt. Gaius kommt aus dem Staunen nicht heraus.

„Ich glaube dir, Freund Cethege", sagt er gönnerhaft-liebenswürdig, „daß wir nun vorankommen. Du auf der Strecke Sesostris, ich auf der des Gegenkönigs. Unsere Arbeiten ergänzen sich. Du bist sehr geschickt."

Er zwinkert ihm verschwörerisch zu, aber Windlicht und Mond reichen nicht aus, derartige Details zu übermitteln. Und wozu auch. Wölfe sind Einzelgänger, auch wenn sie im Rudel jagen.

Achillas. Erst jetzt vermag ich ihn ganz zu begreifen und das, was ich war damals. Seine Feinheit begreife ich, die Kraft, die in seiner Schwäche war, sein Herz, einzig angetan mit Rüstzeug der Vernunft und Güte, den tausendfach gebrochenen, tausendfach wieder auferstandenen Wuchs seiner Seele, seine Einsamkeit. Seine Einsamkeit vor allem. Ein Vielfältiger unter Einfältigen, baute er mit seiner Freundlichkeit Brücken in die Welt.

Die Leidenschaft, mit der er lehrte. Du, Achillas, hast mich durch das Tor gehen lassen, hinter dem ich mich selbst fand. Er aber, in jener Zeit davor, hat mir gezeigt, daß es da überhaupt ein solches Tor gibt, und glaub mir, er verstand es, die Flügel weit aufzustoßen. Daß ich nicht losmarschierte, war dann meine Schuld. So wie ich war, mußte ich ihn verlassen – wüßte auch, daß ich es heute nicht tun würde.

Ich war eine unwissende Wilde, ohne Kenntnis von mir und der Welt. Ich entdeckte mich mit ihm und an ihm, und es war nicht das schlechteste Maß, mit dem er mich messen lehrte.

Er war mir alles: Vater und Mutter, Bruder, Vertrauter, Erzieher, Geliebter. Geliebter? Ich weiß nicht. War ich überhaupt fähig, ich dumme Göre, zu begreifen, was Liebe ist? Hätte ich dann von ihm gehen können?

Liebender, Liebhaber, ja, Anbeter der barbarischen Törin Flavilla. Unsagbares zwischen uns, Pendel schwebender Gefühle. Ich habe in den Armen vieler Männer gelegen, ich habe Kinder empfangen und geboren, ich habe geliebt. Nie war es so wie damals; Fremdheit und Süße hoben es aus allem anderen heraus, so daß es unvergleichbar wurde, das Einmalige, das Unterschiedne, das außerhalb lag, so außerhalb, daß es vergessen wurde da drunten im Tal...

Ach, meine Tränen. Warum weine ich nur so, weine wie eine verlorene Seele, weine wie damals, als ich auf dem Maultierkarren nordwärts zog, das Sklavenheer zu erreichen, fort von ihm und seinen zärtlichen Händen...

Ich saß in den Winkel des Wagens gekauert, selig verzweifelt in meinem Schmerz...

Achillas. Hilf mir zurück hierher. Hilf mir.

Wahrhafter Bericht vom Ende eines Rebellenführers aus dem Heer der aufsässigen Sklaven

Man hatte den Kommandeur A. im Stabszelt der Aufständischen gefangengenommen, wo er, nachdem er die Wendung des Schlachtglücks und das Ende des Sklavenfeldherrn beobachtet hatte, bis zuletzt Pergamente und Rollen verbrannte und Schreibtafeln löschte. Er war unverwundet, aber in sehr schlechtem Zustand, nämlich er spuckte Blut, wenn er hustete.

Bei ihm befanden sich ein vergoldetes Schreibzeug, eine Mithrasstatuette und sein Sklavenarmring, den er seltsamerweise während der drei Jahre nicht abgelegt hatte und der es der Militärbehörde möglich machte, seinen Herrn zu benachrichtigen mit dem Vermerk, daß dieser wegen der Wichtigkeit des Wissens, das in ihm sein mußte, dem Staat zur Befragung verbleibe.

In einfachen Fällen schickte man einen erbeuteten

Sklaven, dessen Identität sich feststellen ließ, zur Bestrafung an seine familia zurück. Das war so aus zivilrechtlichen Gründen, aber auch, weil sonst einfach kein Durchkommen war. Tausende von Gefangenen! Holz stieg im Preis wegen der Kreuze.

Transport und Aufbewahrung der Rebellen, auch jener zu verhörenden, waren verständlicherweise nicht die besten. Der römische Soldat war so erbittert über den zähen Krieg, den ihm diese Horden aufgezwungen hatten, die hohen Verluste, die unkonventionellen Kampfmethoden der Aufrührer, daß man mit niemandem sanft umging. So starb ein Teil der Verwundeten schon vor dem Verhör. Das Büro bemängelte das, aber Einsprüche waren da in den Wind geschrieben.

Von der Vernehmung des A. versprach man sich sehr viel. Aufgrund seiner Position mußte er Einblicke gehabt haben, die den anderen Kommandeuren versagt waren. Da er zudem kein Kämpfer war, sondern eine Art Sekretär oder Plänemacher der Rebellenführung, hoffte man auf seine Angst vor körperlichem Schmerz, die er zu Beginn auch unumwunden zugab. Er war, wie erwähnt, unbeschädigt bis auf die Dinge, die ihm die Legionäre nach der Gefangennahme und unterwegs zugefügt hatten, denn er wirkte auf Männer auf eine fatale Art anziehend.

Am Abend vor seiner Befragung hatte man ihn und einen anderen der Sklavenkommandeure in einer trockenen Zisterne untergebracht. Man ließ die Gefesselten an Stricken hinunter und wälzte den Deckel darauf. An dem Rand dieses Brunnens sitzend, konnte man die Gespräche der Gefangenen belauschen, die sich, von der Enge und Düsternis des Schachtes bedrückt, ihre Ängste durch Worte zu vertreiben suchten und nicht vermuteten, daß man sie hören konnte.

Ihre Reden handelten vom Sterben und davon, ob sie der Folter standhalten konnten.

„Ich hoffe sehr aufs Sterben", sagte A., „und daß ich verrecke, ehe ich Dinge bekenne, die ich nicht sagen will. Denn ich bin schwach und fürchte mich vor mir selber, daß mein Kopf das ausspucken wird, was er behalten hat, auch wenn ich die Spuren davon in Pergament und Wachs ausgetilgt habe. Wenn es dir möglich ist, Bruder, so hilf mir, erwürg mich mit deinen gefesselten Händen oder wälz deinen Körper auf mich, daß ich ersticke. Die Römer sind schrecklich, schrecklicher ist unsere Schwäche."

Der zweite Rebell in der Grube aber war anderer Meinung. Er hatte neue Lehren vom Wert des Lebens gehört und im Sklavenheer verbreitet und hielt daran fest auch im Elend. Mit Leidenschaft verwies er dem A. solche Worte, tadelte ihn für seinen Kleinmut und bestand darauf, daß Leben das höchste Gut sei, zu erhalten mit aller Kraft bis zuletzt, und Schmerz sei Leben und Schreie seien Leben und Qualen Zeugen vom Kampf des Lebens gegen das Nichtsein. Und es sei Verrat, sterben zu wollen, wenn man bisher für das Leben gestritten habe.

„Ach, Bruder", sagte der erste wieder, „das Leben verlieren wir, wie es auch geht. Wäre es dann nicht besser, gleich zu sterben, um uns die letzte Schande zu ersparen, daß wir unserer Sache untreu werden im Verrat?"

Doch der andere weigerte sich die ganze Nacht hindurch, ihn zu töten, und sie quälten sich sehr, wenn auch mit schwächer werdenden Stimmen. Gegen Morgen dann verstummte der zweite Rebell, der eine große Wunde an der Seite hatte, und als sie heraufgezogen wurden, war der, der das Leben verteidigt hatte, gestorben.

Nach den Reden dieser Nacht glaubte man, leichtes Spiel mit dem Überlebenden zu haben. Man unterzog ihn daher zuerst der leichteren Folter, gab ihm salziges Wasser zu trinken, beschwerte seine Füße mit Gewichten und zog ihn an den Handgelenken auf. Er schrie, aber selbst mit ausgerenkten Gliedern und vor Durst geborstenen Lippen schwieg er. Seine Augen waren geschlossen, er schluckte das Blut seiner Lungen und seiner zerbissenen Zunge und schwieg.

Er schwieg selbst noch bei Graden der Folter, wo die Hünen aus den Gladiatorenschulen mit tausend Narben und

Wunden am Körper wie Kinder weinten und alles bekannten, was sie wußten, nur: Die wußten nicht viel.

Diese Haltung erbitterte die müden und von der schweren Arbeit zermürbten Legionäre, sie begannen auf ihn zornig zu werden, da er ihnen den Dienst dehnte und den Urlaub verkürzte. Und so ließen sie ihn am zweiten Abend, statt ihn einem medicus zu übergeben und sorgfältig zu verwahren, einfach auf dem feuchten Estrich des Befragungskellers liegen.

Am nächsten Morgen erkannte er keinen, seine weitgeöffneten Augen glänzten vor Fieber, er lächelte und gab bereitwillig Antworten. Vor allem, wenn man ihm die Gegenstände, die er bei sich getragen hatte – Schreibzeug und Tonfigur –, vor Augen hielt, sprudelte er über vor Beredsamkeit; schwer verständlich wegen seiner mehrfach zerbissenen, im Munde geschwollenen Zunge. Er hielt Zwiesprache mit seiner Geliebten, seinem einstigen Herrn und anderen Figuren seiner Vergangenheit, so daß die Protokollanten bald sehr gut darüber unterrichtet waren, was für ein Dasein er geführt hatte, bevor er der Kommandeur A. wurde.

Man bettete ihn auf eine Strohschütte, goß von Zeit zu Zeit Wasser über ihn, um ihn gesprächiger zu machen, und geübte Befrager nahmen sich hoffnungsvoll seiner an. Bald aber sahen sie sich bitter enttäuscht.

So reich seine Bekenntnisfreudigkeit gewesen war im Hinblick auf seine Biographie, so sehr versiegte sie, wenn es galt, das Eigentliche, nämlich Dinge des Aufruhrs, auszusagen. Befragt, wann er seine Geliebte das letztemal gesehen habe, beschrieb er ausführlich stammelnd eine Margeritenwiese, aber nach dem Namen des Befehlshabers der entkommenen Rebellen auf die geschickteste Weise angesprochen, verstummte er, seufzte, warf sich unruhig hin und her, wußte nichts.

Eine geheime Barriere schien sich vor seinen Erinnerungen aus der jüngsten Vergangenheit aufzutürmen und versiegelte ihm die schrundigen Lippen.

Man beschloß, ihn wieder zur Tortur zu schicken – am selben Tage aber kam eine Botschaft aus Rom des Inhalts, daß die junge Herrin des A., Mitglied einer großen Familie, einen Dispens vom Senat erwirkt habe zwecks Rückführung des betreffenden Sklaven in ihren Haushalt. Die Lage war mißlich, denn das Büro hatte die Hoffnung auf diesen Gefangenen durchaus nicht aufgegeben.

Der ehemalige Rebellenkommandeur löste die Problematik um seine Person selbst, indem er einfach starb.

Man fand ihn, an seinem schwärzlichen Blut erstickt, von Fliegen umschwärmt, in der Hand hielt er fest die Mithrasstatuette.

Sein Kadaver wurde wieder in die Zisterne geworfen.

Keiner vergißt dich, denn keiner hat dich gekannt. Keiner hat dir das Schweißtuch gefältelt oder dich gesalbt. Der Kadaver eines Hundes unter einem Haufen anderer verendeter Hunde, von Ameisen zerfressen.

Darum auch ist keiner so tot wie du. Deine Tapferkeit, dein Lächeln, dein Martyrium. Wozu? Damit eine alte Frau auf einer verrückten Insel Tränen vergießen kann, dreißig Jahre danach, und trotzdem nicht weiß, was zu tun ist? Damit sie noch einmal den Geschmack deines Mundes spürt zwischen Schlaf und Wachen, so heftig, daß sie meint, du lägst dunkel, kühl und alterlos neben ihr?

Wozu? Keiner kennt dich. Du bist für immer tot. Meinst du, wenn ich deine Knochen fände allein oder unter anderen Knochen in einer Grube auf dem Feld, ich würde wissen, daß sie dir gehörten? Ich würde sagen: Sieh da, ein paar menschliche Knochen. Und das ist schon viel.

Du, Achillas, lebst, indem du dir Briefe schreiben läßt. Aber lebst du wirklich? Du bist auch nur die Echowand für unsere eigenen Stimmen.

Ich hasse den Tod, seinen Un-Sinn. Ich renne gegen ihn an mit allem, was ich habe, mit meiner Kunst, meinem Wissen, meinem Willen. Das ist alles, was ich für dich tun kann, vermoderter Leichnam, den keiner mehr kennt. —

Der kleine, rebenumrankte Innenhof des iatreion, eine Stätte der Stille, wo Melisse und Heilkräuter in Tontöpfen wachsen, wo dünnwandige, mit Reisig verstöpselte Krüge voller Elixiere zum Gären in der Sonne stehen, wo schwadweise Grünzeug zum Trocknen über Holzgestelle gebreitet ist – dieser kleine, gepflasterte Hof wird zur Stätte der Begegnung zwischen Archiater Leukotris und dem Römer Cethegus, die sich gegenseitig Schwester und Bruder oder Flavilla und Charaimon nennen und an langen windigwarmen Abenden zusammen Rezina trinken. Der Mann, der ihn ungemischt genießt und je stärker, je lieber mag, findet immer mehr Geschmack an diesem geharzten Landwein der Inseln.

Da sitzen sie beieinander und machen sich Geständnisse – ein seltsames Paar, er lang, hager, in sich gesunken, sie klein, füllig, mit energischen Gesten –, stellen sich Fragen und sind mit den Antworten zufrieden.

Charaimon. Griechischer Sklave in einem Herrenhaus in Brundisium, Schreiber. Freigelassener, als solcher zum Sklavenheer gekommen. Ein Schicksal, das dem bekannten Muster zu sehr gleicht, als daß man nun auch noch fragt, wie er überlebt hat. Vielmehr man freut sich, daß er davongekommen ist. Freut sich sogar, daß er, irgendwann einmal, römischer Bürger wurde und equis dazu und den Ritterring tragen darf – schließlich ist man ja auch Leibarzt eines Basileus.

Da wir leben und nicht gestorben sind, haben wir eine Art Frieden mit der Welt der Herren machen müssen, nicht wahr, wer will uns dafür tadeln? Was bist du, Charaimon? Klient, das heißt kaum mehr als Schmarotzer eines jungen Herrn, führst ihm die Bücher und reist mit ihm, damit er sich nicht langweilt. – Der eine erreicht mehr, der andere weniger.

„Und wie seid ihr gerade auf Lakros gekommen? Keiner von euch beiden ist krank."

„Ich brachte ihn darauf, so daß er dachte, er wollte es. Schließlich hatte ich ein Vermächtnis zu erfüllen."

„Willst du sagen, Charaimon, daß du dreißig Jahre lang nach mir gesucht hast?"

„Natürlich nicht. Zunächst einmal mußte ich ja annehmen, du seist tot. Aber dann, wie zufällig, erfuhr ich von dem Floß und von der Ärztin auf Lakros. Bestimmte Gerüchte reichen weit und haben tiefe Wurzeln. Ja, es sah wie ein Zufall aus."

„Was meinst du mit ‚es sah aus'", fragte sie, und Charaimon, schon recht weit fortgeschritten im Rezina-Genuß, entwickelt seine Theorie von den Fäden, die sich kreuzen, verschlingen, die komplizierten Webmuster des Lebens bilden. „Es gehört nur Ausdauer, Zähigkeit und Geduld dazu, dann gelingt es dir immer, den Faden, an dem dir gelegen ist, zu verfolgen und an seinem Ende den zu greifen, auf den du es abgesehen hast."

„Du redest wie ein Kundschafter", sagt Flavilla und lacht dazu.

Es sei ihm ein Vergnügen, etwas zu suchen und zu finden, erklärt der Mann. Der Moment des Findens zumal, genau die Situation zum Beispiel, in der er die Tonfigur vor sie stellte und ihr Gesicht beobachtete, hätte ihn für mancherlei Mühen des Weges entschädigt und beweise dann auch, daß sein Scharfsinn und seine Gabe, Zusammenhänge zu sehen, nicht ganz verlorengegangen sei im Lauf der Zeit.

Befragt, welche Aufgaben er im Heerzug des Großen Gladiators gehabt habe, entgegnete Charaimon, er sei Schreiber und Informant gewesen.

Informant? will die Frau wissen, bedeute das nicht, daß er den Feind habe ausspähen müssen?

Er bestätigt, akkurat so sei es gewesen.

„Ich bewundere dich, Charaimon", sagt die Frau heftig und glücklich und voller Vertrauen. „Weißt du, daß ich anfangs Furcht vor dir hatte? Du schienst mir irgendwie verdächtig. Du versetztest mich in Unruhe, ja, so ist es. – Was sagte er, als er dir diese Mithrasfigur gab?"

Man muß sehr auf der Hut sein. Ihre Fragen kommen stets unvermittelt und so direkt, daß sie der mißtrauischste Inquisitor nicht geschickter stellen könnte als sie, die doch völlig arglos ist.

„Er sagte: ‚Das gehört Flavilla.' Er hatte kaum noch Atem und Sprache. Ich lag neben ihm auf der Strohschütte" (was stimmt, es war Nacht, ich versuchte eine Pause zu machen), „und seine Hand mit der schweißnassen Terrakotte kam zu mir herüber." Gleich wird sie mich fragen, wie ich dort herausgekommen bin. Ich muß es sehr glaubwürdig formulieren.

Aber nein. Sie beugt sich über den Tisch, umfängt mit ihren liebevollen offenen Händen sein Gesicht und sagt mit Wärme: „Ich danke dir, auch in seinem Namen, daß du es zu mir gebracht hast, über die Meere, nach so langen Jahren. Ich danke dir und sehe es als ein Zeichen an."

„Was für ein Zeichen – Schwester?"

„Ja", sagt sie nachdenklich, in ihrem bequemen Stuhl mehr hockend als sitzend, die Knie mit den Armen umklammernd, „wenn ich das wüßte. Ich hoffe, du hilfst mir, seinen Sinn zu finden – wo du doch sagst, es gäbe keinen Zufall. Ich kann mit keinem darüber reden als mit dir. Es ist zu tief in mir drinnen, verstehst du?

Es wäre leichter, wenn er dir damals eine Botschaft gesagt hätte. Die könnte ich bejahen oder verneinen, Charaimon, denn die Zeit ist eine andere. Jedenfalls könnte ich prüfen, was gemeint ist. Aber so? Ich habe nichts Greifbares."

Cethegus-Charaimon sieht noch viele solcher Sitzungen voraus, da in dem kleinen Innenhof zwischen den Kräutern, mit ländlichem geharztem Wein.

9.

Achillas. Warum erwache ich jetzt fast jede Nacht von furchtbaren Träumen? Warum muß ich an dich schreiben, als wäre das Schreiben Fieber, das mich überkommt?

Es gab eine Zeit in meinem Leben, wo es mir ähnlich erging: als auf der Insel jene Seuche herrschte.

Wir kämpften den ganzen Tag mit Wut und Verzweiflung gegen die Krankheit an, die Gehilfen und ich. Mit unseren essiggetränkten Masken vorm Gesicht drangen wir in die Hütten ein, sonderten die Gesunden von den Kranken – denn oft legte sich in Gottergebenheit zu dem einen Kranken gleich die ganze Familie dazu –, ließen die Toten begraben, heilten mit Tränken, Messern und reinem Wasser. Überall auf den Wegen brannten große Feuer, in die Kräuter geworfen wurden.

Oft waren wir vierzehn oder sechzehn Stunden ununterbrochen tätig gewesen mit nichts als einem Stück Brot und einem Schluck Milch zwischendurch. Und dann, während die anderen in einen kurzen, tiefen Schlaf hinsanken, war es mir, als hätte ich den ganzen Tag über geträumt und erwachte nun zu eigentlichem Leben. Ich ergriff irgendwelche Schreibtafeln, Papyrusfetzen, Pergamente – einmal sogar ein Tuch – und schrieb dir, Achillas. Schrieb, schrieb, schrieb.

Ich wußte nicht mehr, was Schlaf war, oder schrieb ich schlafend?

Die verworrenen Ereignisse des Tages klärten und lichteten sich, sobald ich sie dir berichtete, ich begriff, was ich falsch gemacht hatte und was gut – und vor allem, ich wußte auf einmal, wie es am nächsten Tag weitergehen sollte. Dein Geist war mit mir, großer Arzt.

Oft, wenn ich mich bemühte, eine verworrene Frage, ein Krankheitsbild, einen Menschen darzustellen, war mir beim Schreiben, als sähest du mir über die Schulter, und in diesem überwachen Zustand entwirrte sich alles auf wunderbare Weise.

Und es gelang uns, der Seuche Einhalt zu gebieten, wir retteten viele, Lakros atmete auf.

Als alles vorüber war, kamen sie von überallher zu mir; sie hatten ihre wenigen Drachmen zusammengetan. Der einbeinige Marcipor, Nikos' Vater, ein Gefährte noch vom Floß, machte sich zu ihrer aller Sprecher. Ich sehe ihn noch vor mir, wie er mir den Sack voller Münzen darbot. „Du hast uns gerettet, medica, nimm das von uns, mehr haben wir nicht."

Ich aber sagte: „Freunde, laßt uns gemeinsam davon dem Asklepios ein Heiligtum bauen." Aber eigentlich meinte ich: dem Achillas. Denn du hattest sie alle gerettet in jenen erleuchteten Nächten.

Danach schlief ich eine Woche lang, und alles war gut.

Aber jetzt? Achillas, sooft ich mich auch hinsetze, um mit dir zu reden: Nichts wird klarer. Alles ist und bleibt verworren.

Was soll ich denn nur tun?

Alle nächtlichen Ängste meiner Jugendzeit, der Nachtmahr, aus Germaniens finsteren Wäldern mitgebracht in die Sklavenställe Roms, ist wieder da, und sosehr ich mich auch wehre, ich erliege.

Bald nach seiner Ankunft war der junge Herr Arruntius in beredte Klagen ausgebrochen. Daß ihn so ein leinenweißer Iatreionknabe frisiere und rasiere, ginge ja vielleicht noch hin. Daß er sich aber von jemand anderem die Nägel schneiden lasse als von seinem Leibsklaven Dama, der dies Geschäft seit über zehn Jahren besorge, das also sei unmöglich. Er, Gaius, sei darin sehr eigen. Schauder und Grausen erfüllten ihn bei dem bloßen Gedanken, irgendein Grobian mit einer stumpfen Schere könne an seinen Fingern oder Zehen herumwirtschaften.

Das Lamento des verwöhnten Jungen ist so überzeugend, daß man Dama fragt, ob er bereit sei, gegen ein Entgelt seinem Herrn alle vierzehn Tage den Dienst der Pediküre und Maniküre zu leisten, was der denn auch bejaht und sicher zur Zufriedenheit durchführt.

Übrigens gibt es zwischen den beiden bei ihren zweiwöchentlichen Treffen sonst keinerlei Kontaktaufnahme. Dama kommt leise und unauffällig, grüßt, Gaius sagt beiläufig: „Na, Schlingel, wie bekommt dir das Faulsein?" und erwartet keine Antwort. Als Abschied weist er seinen Leibdiener an, sich eine Münze aus seiner Tasche zu nehmen, und entläßt ihn mit den Worten: „Wart nur, bald geht es wieder anders lang“, womit Damas Auftritt beendet ist.

Nun auf einmal weigert sich Dama zu erscheinen, und sein Herr tobt und droht, das werde ihm schlecht bekommen, wenn er ihn erst wieder in seiner Gewalt habe, und da sehe man, was für seltsame Raupen sogleich im Kopf eines solchen Burschen wachsen, wenn man ihn auch nur ein paar Wochen von der Kandare lasse.

Damit er nicht mit den Krallen einer Lamia das Gesicht seines Mädchens streicheln muß, erbietet sich Kreusa, ihm in aller Zartheit den Dienst zu erweisen. Zunächst lehnt ihr Liebhaber empört ab. Aber sie erklärt ihm heiter, er solle darin eine der vielen Formen der Zärtlichkeit sehen, wenn er sich schon den Dienern des iatreion nicht anvertrauen wolle. Schließlich, nun denn, wohlan, ist Gaius nach vielem Hin und Her einverstanden.

Alles geht gut, er lobt sehr bald die Geschicklichkeit und Leichtigkeit der kosmetischen Hand, beide lachen viel und grundlos. Dann läßt sich Kreusa auf ein Bänkchen zu ihres Freundes Füßen nieder, stellt sein rechtes Bein in ihren Schoß und versenkt sich ernsthaft in die Fortsetzung ihres Werkes.

Und da geschieht ihnen beiden etwas Entsetzliches. Ob Gaius über einem plötzlichen Zwicken der Schere in seltsamer Zerstreutheit plötzlich vergessen hat, bei wem er sich befindet, ob ihre Stellung zu seinen Füßen prophetisch dunkles Zukunftsunbehagen heraufbeschwört – jedenfalls sagt er mit befehlsgewohnter Herrenstimme: „Paß auf, was du tust!“, und ein sachkundiger knapper Tritt vor Kreusas Brust läßt sie von ihrem Hocker kippen.

Er springt sofort auf, sicher genau so bestürzt wie sie, und beginnt verzweifelt zu stammeln, das habe er nicht gewollt, und seine Reue ist echt.

Das Mädchen richtet sich langsam auf, die Augen scheinen riesig im blassen Gesicht. Sie greift sich an den Hals, und zwischen den verstummten Lippen bewegt sich ihre Zunge.

„Sag etwas, Süße", fleht Gaius, nun ernstlich besorgt, während er ihre Schultern rüttelt. „Was habe ich angerichtet, Kreusa, so rede doch wieder!"

Sie schüttelt den Kopf, und dann, mit einem fremden, herzbewegenden Lächeln, flüstert sie, wer weiß, warum: „Tritt ein."

In all seiner Besorgnis konstatiert Gaius flüchtig, wie außergewöhnlich empfänglich gegen Gewalt seine junge Geliebte doch zu sein scheint, geradezu begabt zum Dulden. Derweil kniet er bei ihr und bettet ihren Kopf in seinen Schoß.

Sie, da sie die Sprache wiedergefunden hat, sagt auch weiterhin unverständliche Dinge. „Auch das, wenn du willst. Vielleicht auch das, und ich lerne es besser schnell, solange der Vorrat an Liebe reicht. Daß ich es dann schon gewohnt bin."

Gaius ist einmal mehr in Konfusion wegen der komplizierten Gedankengänge und der schwierigen Seele seiner Insulanerin. Zerknirscht bittet er weiter um Verzeihung. Er wisse nicht, was über ihn gekommen sei, aber in einer Zerstreutheit habe er wohl einen Moment geglaubt, sie sei Dama...

„Ist das also die Römerweise?" fragt sie still, ohne Vorwurf, und er sagt beschwörend, da ja sonst nichts zu helfen scheint: „Kannst du es denn nicht einfach vergessen?"

„O doch", erwidert sie nun bereitwillig. „Ich vergesse ziemlich leicht." Langsam kehrt die Farbe in ihre grauen Wangen zurück. „Wenn dir daran liegt, vergesse ich es."

Auch diese Antwort findet ihr Liebhaber beunruhigend. „Wir wollen es gemeinsam vergessen", macht er daraus und sucht ihre Lippen, die werden ihm nicht verweigert.

Nichts wurde ihm je verweigert seit jenem Tag in den Klippen, und vielleicht ist es noch viel mehr, was man fordern kann, vielleicht zeigt diese Sache von heute... Weiter zu denken ist Gaius im Moment weder fähig noch willens. „Ich liebe dich", murmelt er über ihren Hals hin, einen Hals zum Küssen und Würgen, und fühlt, wie berauschend es ist, wenn sich dies tausendfach dahingesprochene Wort immer wieder mit Leben erfüllt. „Ich liebe dich, Basilea, Königin."

Mutter und Tochter begegnen sich zwischen Schilf und Wiese; die Mutter auf der Suche nach einem nur tagweise blühenden Sumpfkraut, die Tochter, von geheimen Wegen kommend. Sie teilt den Vorhang der mannshohen Pflanzen und steht plötzlich da, zart und voll Kraft. Leukotris, aus gebeugter Haltung auftauchend, sieht sie wie eine Erscheinung.

„Woher kommst du?" sagt sie, beglückt vom Liebreiz des Mädchens.

„Von Nikos", sagt Kreusa. Sie ist erschrocken, ihre Wangen werden einen Schein rosiger.

Die Mutter droht ihr heiter: „Gib acht, daß dir nichts zustößt – obwohl: Wenn du unbedingt möchtest, kleine Bergziege..."

„Mutter, hör auf", sagt die Junge mit Zorn. Und plötzlich: „Da seh ich dich nun einmal, in Feld und Wald herumstreifen seh ich dich, ja. Aber sonst? Was tust du, Mutter?"

„Tausend Dinge, kleine Strandläuferin", sagt die Ärztin fröhlich. Sie hört den Vorwurf nicht, zu sehr ruht sie in sich, froh und bewegt. „Und abends, denke dir, sitz ich mit dem Römer."

„Mit welchem Römer?" Es ist fast ein Aufschrei.

Leukotris betrachtet das Mädchen amüsiert. „Nicht mit dem jungen Lackaffen, da sei sicher. Nein, mit dem anderen, mit Cethegus. Er ist eigentlich gar kein Römer, sondern einstiger griechischer Sklave und heißt Charaimon. Er hat mir Botschaften von früher gebracht, aus dem Jenseits..."

Kreusa drückt den Arm ihrer Mutter mit beiden Händen an sich. Bei der Erwähnung des Cethegus ist ihre Umklammerung noch fester geworden. So gehen sie zwischen Schilf und Wiese.

„Ich hasse ihn", sagt Kreusa plötzlich. „Wenn ich ihn

sehe, wird mir übel. Wirklich, mir wird schwarz vor Augen, so ist er mir zuwider."

„Was sind das für Kindereien?" fragt Leukotris verwundert. „Hast du Gründe dafür?"

„Was für Gründe?" fragt die Tochter heftig zurück und dann leiser: „Gründe, nein. Sein ganzes Wesen – sein Benehmen zu Zoe und Nicodemus... Mutter, er kommt mir vor wie der Tod."

Leukotris betrachtet ihre Tochter mit Verwunderung und schaudert leise. „Es stimmt", sagt sie gedehnt, „Mädchen deines Alters sollen manchmal dergleichen Anwandlungen haben. Von mir selbst weiß ich es nicht. Als ich so alt war wie du, hatte man mir schon zwei Zähne ausgeschlagen. Ich saß in einem Keller und zupfte Werg. Durch die Betten der römischen Legionäre war ich gewandert. Ich..."

Kreusa schlägt die Hände vors Gesicht. „Hör auf, Mutter! Warum sagst du mir das? Warum?"

„Weil ich nicht begreife, wie du einen Menschen, den du nicht kennst, vorgibst zu hassen. Nein, ich begreife es nicht."

Statt einer Antwort wendet sich Kreusa um und beginnt zu laufen. Sie hastet über die Wiese, gewinnt die Gasse im Schilf, die nur sie kennt, verschwindet aus den Augen der Mutter.

Die Ärztin sieht ihr nach, kopfschüttelnd, lächelnd. „Kindereien." Könige und Arme warten auf sie, und es geschehen allzuviel seltsame Dinge.

„Ich erfahre in der Tat von ihr die erstaunlichsten Dinge", erklärt Cethegus seinem jungen Partner beim abendlichen Weinkrug, dem er wie immer stark zuspricht.

„Du bist ein Säufer, Cethegus", spottet Gaius, „aber tu dir keinen Zwang an, solange es dir bei der Arbeit nicht schadet. Erzähl mir, was du von ihr erfährst."

Der andere schweigt, dann seufzt er auf. „Wenn ich all diese Einzelheiten vor dreißig Jahren gewußt hätte", sagt er mit echter Tragik im Unterton. „Mächtiger kapitolinischer Jupiter, wie hätten wir durchgreifen können." Und sieht irritiert, ja voll Haß zu Gaius, der hell auflacht.

„Aber Freund, du sammelst Fakten für jetzt! Was nutzen dir die Dinge von vor dreißig Jahren!"

„Sie irren, patrone", sagt Cethegus streng. „Alles fließt ein in das Geständnis, jedes ist eine Masche in dem großen Netz, das ich um sie knüpfe. Jedes!"

„Schreibst du dir eigentlich auf, was sie sagt?" erkundigt sich Gaius freundlich.

„Selten. Das ist nicht Brauch in der Arbeit für das Büro."

„Wahrscheinlich", bemerkt der junge nobilis herablassend, „weil die meisten von denen, die für dies Büro arbeiten, sowieso nicht schreiben können. – Und wenn du vergißt?"

„Ich vergesse nicht, domine. Alles ist hier", und Cethegus weist auf seine Stirn, eine hohe, beinerne, zerfurchte Barriere über den tiefliegenden Augen.

„Ich bewundere dich", sagt der junge Gaius, und es klingt ehrlich. Dann schenkt er dem anderen Wein nach und beginnt: „Cethege, ich möchte dich etwas fragen. Warum verfolgst du sie so?"

Der andere sieht vor sich hin.

„Du bist ein unerbittlicher Spürhund auf blutiger Fährte. Die Erinnyen sind sanft gegen dich. Ich lobe dich dafür, schön. Aber warum? Mich würde sie wahrscheinlich rühren, wie sie sich arglos von dir belügen läßt und dasitzt, dick und tränenreich, und Bekenntnisse hervorsprudelt. Sie ist doch eigentlich, von ihren Schrullen abgesehen, ganz angenehm. Haßt du sie?"

„Ich hasse sie nicht", erwidert Cethegus schwer. „Ich *muß* sie verfolgen. Es ist meine Pflicht, und es ist die Gerechtigkeit. Ich sehe es nicht ein, Herr, da lebt sie in Glanz und Glorie, und die anderen sind dahin. Vor dreißig Jahren haben sie an den Kreuzen gehangen diesseits und jenseits der Appischen Straße und die Luft erfüllt mit ihrem Gestank, soweit sie nicht schon auf den Schlachtfeldern krepiert waren, die großen Rebellen. Und was noch übrigblieb, ein paar Huren mit ihren Bälgern, das wurde in die Mühlen verkauft. Und die, diese da, die darf das alles ungestraft verlachen und spielt hier die Regentin? Woher nimmt sie das Recht? Ihr Leben ist gestohlen. Ich kenne inzwischen die Namen der anderen, die auf dem Floß waren. Sie müssen alle dran glauben, die noch leben. Durchgebrannte Briganten – und sie gibt es schamlos zu!"

Gaius, nicht unfreundlich: „Auch du bist ein durchgebrannter Sklave und einstiger Rebell, ob du es zugibst oder nicht."

Cethegus, wild: „Ich bin römischer Bürger, und Rom weiß, warum es mir seine Bürgerschaft verliehen hat. Rom weiß es."

„Errege dich nicht, mein Guter", sagt Gaius gelassen, „Rom weiß es, du weißt es, ich weiß es auch. Meine Feststellung war ohne Bosheit. Und sicher wirst du auch gut bezahlt."

„Ich werde sehr gut bezahlt, denn ich bin sehr gut", erwidert der andere. Er ist ziemlich angetrunken. „Aber ich arbeite nicht wegen des Geldes. Nicht ausschließlich."

Es klingt überzeugend. „Gut, gut", lenkt Gaius ein, „die Hauptsache ist, wir kommen voran, du auf deiner Domäne und ich auf der meinen."

„Ihre Domäne", sagt der Spitzel feindselig, „ist vor allem, die Tochter der Banditenärztin zu beschlafen."

Gaius Arruntius, Proprätor Cäsars, hat schon die Hand zur Ohrfeige erhoben, besinnt sich aber und lächelt. „Sage dergleichen lieber nicht noch einmal", bemerkt er beiläufig. „Ich komme sehr gut voran."

„Ja, ich höre euch stöhnen, wenn ich in diesem Raum sitze."

„So wirst du künftig, wenn sie mich besucht, in deine Kammer gehen oder, noch besser, spazieren. Niemand will dich stören. – Auch meinte ich gerade Aristeus."

„Soso, Aristeus."

Der Abend zwischen den beiden Wölfen schließt wieder einmal mit einer Beißerei. –

Da sie über dies und jenes sprechen – wobei sie das meiste sagt, er sich in Andeutungen und Hinweisen ergeht –, fragt er sie nach ihrer Berühmtheit als Ärztin.

Sie lacht und winkt ab. „Ach, Charaimon, das ist so ein Ding. Woraus setzt sich Berühmtheit zusammen? Ich habe Seuchen bekämpft, und keiner hat mir ein Denkmal gesetzt, ich habe blutende Körper zusammengeflickt, und man wußte nicht einmal, wie ich heiße. Ich beherrsche die Kunst, aber das tun viele.

Die Berühmtheit, das ist eigentlich nur der Absud, und den habe ich nicht erfunden. Nun gut, ich verstehe mich aufs Tränkebrauen und Kräutermischen vielleicht ein bißchen besser als andere; das lag mir als nördlicher Barbarin im Blut, und hier gab es ein paar Frauen, die mich vieles verstehen lehrten ..." Sie bricht ab.

„Es heißt aber", beharrt Cethegus, „daß bei dir weniger sterben als bei den anderen."

„Ja, so heißt es. Ich habe sie nicht gezählt, aber wenn es wahr ist, so liegt es weniger an der Kunst als an etwas anderem, glaube ich: Ich hasse den Tod."

Sie sieht ihr Gegenüber groß an, wobei ihr Tränen in die Augen treten. „Verzeih." Sie schüttelt den Kopf.

„Ich habe sie sterben, sterben, sterben sehen überall. Auf dem Schlachtfeld, auf der Flucht, durch Seuchen und Krankheiten aller Art – immerzu Tod. Ich habe mich gefürchtet. Aber man kann nicht entfliehen. Ich bin daraufgekommen, daß man stehenbleiben muß und den Feind ansehen. Dann läuft er manchmal davon. Ich will jeden Menschen retten, so als wäre er der letzte auf der Welt und die Menschheit stürbe ohne ihn aus. Es ist eine Art Wahnsinn, aus dem heraus man manchmal Wunder vollbringen kann." Sie erhebt ihren Becher.

„Gegen den Sauhund Tod. Auf das Leben." Sie trinkt.

„Du sagst, du verstehst dich auf Kräuterabsude."

„O ja. Die schlimmsten und die besten. Es gab Frauen auf der Insel, die mir ihre Geheimnisse anvertrauten. So war ich hierin bald klüger als Achillas, mein Meister."

„Könntest du einen geruch- und geschmacklosen Trank zubereiten, der sofort tötet?"

„Das ist ziemlich einfach." Sie lacht. „Warum? Willst du deinen patron vergiften?"

„Oh, Flavilla, Flavilla."

„Was ist dir? Was siehst du mich an?"

„Ich denke daran, welche Macht in deinen Händen liegt."

„Aber diese Macht hat fast jeder Arzt. Darum heißt man uns seit Hippokrates Eide schwören."

Er sieht sie unverwandt an. „Aber nicht jeder Arzt tritt an das Bett eines Königs."

„Aha", sagt sie gedehnt, „ich begreife, was du meinst. Aber es kann nicht dein Ernst sein."

„Das Volk von Lakros ..."

„Nein, Charaimon, nein. Nicht so. Eben haben wir von Leben und Tod gesprochen. Sesostris weiß, daß ich keine Mörderin bin. Ich mag so etwas nicht hören. Auch nicht von dir, obwohl ich weiß, daß deine Motive lauter sind. Nein, gerade von dir nicht. Laß uns schlafen gehen."

Sie hebt die Hand über den Tisch weg und streicht sein Haar, als befühle sie den Pelz eines unbekannten Tieres.

„Was für eine seltsame Idee, Charaimon ..." Wieder treten ihr Tränen in die Augen. „Vergiß es", sagt sie weich.

Der Sklave Dama, eifriger und vielseitiger Bote auf der Insel Lakros, die ihm das Gastrecht eines Freien gewährt, wird nun schon von vielen nicht nur gegrüßt, sondern auch mit Namen genannt. Sein Gesicht verliert die bleiche Farbe und wird mit der Zeit so, daß man es kaum von denen der Inselbauern unterscheiden kann. Da die Sonne unterwegs heiß brennt, trägt er den Petasos, den runden Hut der Feldarbeiter, und um im bergigen Land besser vorwärts zu kommen, nimmt er einen langen Stab, und sein Freund aus dem iatreion schenkt ihm ein Paar knöchelhohe Schuhe mit festen Sohlen, ungleich den dünnen Sandalen, die er im Dienst seines Herrn zu tragen hat, damit er leise auftrete.

Die Wohnzelle des Gaius bedenkt er jetzt nicht einmal mehr mit einer Erinnerung, und daß je ein Schiff nach Rom zurückfährt, möchte er nicht wissen. Jetzt nicht.

Die beiden dunkelhäutigen Schmiede am Berg haben ihn zu ihrer noch dunkleren Mutter gesandt, diese zur Tänzerin Zoe, sie wieder zu einem Mann in der dampfenden Goldküche, den sie Thrasyllos nennen, und alle Botschaften und Mitteilungen hat er getreu und richtig überbracht, eifervoll besserem Dienst hingegeben als dem Bartkratzen bei einem römischen Taugenichts. Wenn Dama Arbeiten verrichtet (und das ist er gewohnt und tut's nicht ungern), dann doch lieber diese, die ihm ein Dankeschön eintragen.

Einmal kehrt er zur Mittagsstunde in einer Kate ein, um einen Trunk zu erbitten. (Er ist nun nicht mehr so schüchtern, daß er nicht wagt, die Leute anzusprechen.) Die Hausfrau erhebt sich von der Töpferscheibe, und ein kleiner Schreck durchfährt ihn doch, als er in ihr diejenige erkennt, deren Gestalt sich die Göttin geliehen hatte, um ihn aus der Nacht der kochenden Metalle zu erretten und zu ihrem Dienst zu berufen. Er bemerkt gleich an der unterschiedlichen Farbe ihrer Hände und ihren durchdringenden Augen, wie geschickt die Göttin sich doch zugleich enthüllt und verschleiert. Denn nun ist es klar, daß ihre eine Hand von der Arbeit mit der Tonerde gebleicht ist, während sie die andere, die sie innen ans Gefäß hält, gewiß mit Talg schützt, und daß ihre Augen so durchdringend sind, weil sie ein wenig, aber nur ein ganz klein wenig schielt.

„Sei willkommen, Fremder", sagt sie und nimmt ihm Hut und Stock ab, „hattest du einen guten Weg damals?" Und bringt ihm Brot, Honig, Milch, ehe er etwas sagen kann – da er doch nur um Wasser bitten wollte.

Wie es hier Sitte ist, setzt sie sich ihm gegenüber an den Tisch, die Ellenbogen aufgestützt, die Lider gesenkt, und wartet schweigend, bis er gegessen und getrunken hat. Erst als er sich den Mund gewischt und gedankt hat, beginnt sie die Unterhaltung. „Du kommst vom iatreion. Was gibt es Neues von der iatrinae und dem König?"

Solcherlei Neuigkeiten weiß Dama nicht. Er versteht die fremden Dinge nicht so, daß er sie selbst berichten könnte, sondern überbringt nur Botschaften.

„Bist du nicht", fragt die Töpferin aufmerksam, „jener Dama, der dem Römer gehört hat?"

„Aber", antwortet er und erschrickt, „ich gehöre immer noch dem Römer. Immer noch."

„So willst du denn", sagt sie und sieht ihn mit ihren leicht, aber nur ganz leicht schielenden, ihren durchdringenden Augen an – und Dama ist sich nicht so völlig sicher, ob sie nicht doch wieder, nicht doch vielleicht, nicht doch immer die Göttin ist –, „so willst du wirklich wieder zurückkehren zu denen, die Menschen als Vieh behandeln und dich einen Sklaven nennen?"

„Aber ich bin ein Sklave", antwortet Dama eindringlich, „verstehst du, es gibt mich gar nicht."

„Es gibt dich, o doch", sagt sie ruhig, „ich seh dich, du sitzest mir gegenüber und redest mit mir. Ich finde dich sehr lebendig." Und sie verschränkt ihre zweifarbenen Hände vorm Kinn und lächelt.

Er seufzt in dem verzweifelten Bemühen, zu erklären, was ihm selbst immer weniger verständlich ist. „Nein, so nicht. Siehst du, ich bin nur ein Schatten, ich existiere nur in meinem Herrn. Das ist überall so."

„Ich weiß, daß das überall so ist, außer auf Lakros. Auf Lakros aber hat nur der König Sklaven, und der König ist dort oben in seinem weißen und roten und blauen Haus, das mit Silberketten am Himmel hängt, und einzig die iatrinae und einstmals Zoe haben sein Ohr. Auf Lakros ist man vielleicht arm, aber nicht unfrei. Was fehlt dir also?"

„Ja, weißt du", sagt Dama und sucht nach Worten, „ich muß erst herausfinden, was zu mir gehört, und manchmal muß ich denken, zu mir gehört gar nichts. Zum Beispiel rechts und links. Das wußte ich nur an den Händen und Füßen meines Herrn. Nun ist es aber an meinen eigenen Händen und Füßen umgekehrt, und ich muß immer erst überlegen, bevor ich's ausspreche, ob es nicht falsch ist. Oder ich benutze Worte, die mein Herr Gaius immer sagt und nur er allein, und erschrecke, wenn mich die anderen verwundert ansehen. Denn ich habe nur bei ihm das Reden gelernt. Ich weiß und kann gar nichts, außer was ich für meinen Herrn brauche. Ich kann nicht einmal singen."

Die Frau, die bis dahin aufmerksam zugehört hat und kein Auge von ihm wandte, unterbricht ihn hier und sagt: „Ich habe dich aber schon singen hören."

„Ja", erwidert Dama beschämt, „aber ich tue nur so. Ich kann kein Lied, nicht den kleinsten Vers."

Und da steht sie auf, geht zu ihrer Töpferscheibe, auf der noch der gefärbte Tonkloß liegt, und sagt: „So. Ich werde jetzt einen Krug drehen und dabei ein Lied singen. Es ist ein kurzes Lied, und ich werde es immer wieder singen, bis der Krug fertig ist. Und du setzt dich zu mir und hörst zu. Beim drittenmal kannst du schon leise mitsingen, und wenn du fortgehst von mir, dann kannst du etwas, was du nicht von deinem Herrn hast – deinem einstigen Herrn. Eine Strophe, bei deinen Wegen über Lakros zu singen. Vielleicht fallen dir dann andere, neue dazu ein. Und auch die gehören dann nur dir allein."

Und sie beginnt erst zu summen, während zwischen ihren Händen, der weißen und der braunen, das Töpferwerk ringförmig emporwächst, öffnet dann die Lippen, die sanften, göttlichen Lippen (sie ist die Göttin und niemand sonst), und singt:

„Krüglein, Krüglein, sag mir, wer wird dich einst füllen?
Ein Hirte mit der Milch seiner Ziegen?
Ein Bauer mit dem Öl seines Ölbaums?
Ein Winzer mit dem Wein seiner Reben?
Oder ein Mädchen, ein zärtliches Mädchen,
mit den heimlichen Tränen der unerfüllten Liebe?
Wölbe dich, Krüglein, wölbe dich schön
und warte."

„Du hast gesagt, daß ich jederzeit Zutritt habe – verzeih", sagt Cethegus steif.

Die Ärztin hat einen leisen Schrei nicht unterdrücken können, als er plötzlich grau und lang hinter ihr im Spiegel auftaucht, vor dem sie beschäftigt ist, ihr helles, exotisches Haar zu bändigen. Sogar errötet ist sie, als habe sie ein Liebhaber überrascht, und versteckt sich hinter einem Lachen. „Das ist komisch, nicht wahr", sagt sie, „eine Alte mit unziemlich jungem Haar."

„Eine Frau mit wunderbarem Haar", erwidert Cethegus ernst.

Noch immer sehen sie sich übers Spiegelglas an, finden sich ihre Augen im polierten Metall wie über einen fremden Stern.

„Für solches Haar geben die Frauen in Rom jetzt ein halbes Vermögen aus", bemerkt der Mann.

„Zu meiner Zeit, ich meine, als ich dort war, auch schon. Man hat mich da mehrmals kahl geschoren. Mein Haar war an mir das wertvollste."

Charaimon starrt darauf wie ein Hungriger auf ein Stück Brot. „Was denn", sagt er, und seine Stimme hat eine fremde Wildheit, die Empörung sein könnte, „dies Haar hat man dir vom Kopf geschnitten?"

„Geschoren", verbessert sie.

„Deine Herren? Sie haben dich kahl geschoren?" Beides bejaht sie, während sie die reiche Garbe achtlos um ihre Faust schlingt und dann mit beinernen Pfeilen am Hinterkopf feststeckt. Einzelne Strähnen sind nicht mit erfaßt und fallen ihr über die Schultern.

Charaimon, in Atemlosigkeit, dicht hinter ihr: „Darf ich es berühren?"

Sie dreht sich zu ihm, fort vom Spiegel, und sie stehen so, daß einer den Hauch des anderen spürt. Leukotris, seltsam erschrocken von dem Feuer in den tiefliegenden Augen des Mannes, flüstert mit einem halben Lachen: „Aber Charaimon – was soll das? Wir sind gesetzte Leute, oder?", während er langsam die Hand hebt und eine lose Haarsträhne ergreift, knapp über den Haarwurzeln, sehr fest, so daß sie schmerzhaft seine Finger spürt und gezwungen ist, den Kopf zur Seite zu neigen. Es ist wie Besitzergreifen und Streicheln, eine finstere Zärtlichkeit, die sie aufs neue erröten läßt.

„Was tust du?“ Sie schließt die Augen, hilflos.

Und seine Stimme: „Gibst du mir diese Strähne, Flavilla?“

„Charaimon, sei kein Narr“, sagt sie leise, „willst du Reliquien sammeln?“

„Gibst du sie mir?“

„Du tust mir weh“, flüstert die Frau und deutet auf den Tisch. „Eine Schere liegt dort.“ Schaudernd fühlt sie dicht an ihrer Schläfe die Kühle der bronzenen Schneide wie das tödliche Eisen des Henkers. In ihren Ohren vervielfacht sich das Klirren zum Schnitt der Parzen, sie preßt die Lippen zusammen, um nicht zu schreien, fühlt sich wie an der Pforte des Todes.

„Nein“, sagt sie laut, mit veränderter Stimme. „Ich will nicht.“

„Zu spät“, erwidert er kurz. Er verbirgt die Strähne in der Tasche seines Kleides.

Sie versucht zu lächeln. „Entschuldige. Es war auf einmal wieder der alte Schrecken vor der Schur. Ich war sehr ungeschickt und habe dir etwas verdorben, an dem dir – an dem dir vielleicht etwas lag. Ich bin nicht mehr geeignet zu dergleichen Dingen.“

„Du hast mir durchaus nichts verdorben“, entgegnet er, „ich aber werde dich jetzt allein lassen.“ –

„He, Flava, Flava mea“, sagt die Frau im Spiegelbild zu sich selbst. Sie sagt es herausfordernd, fragend, erstaunt. –

Cethegus, im Schlafraum seiner Wohnzelle, schließt sorgfältig die Tür. Auf den hölzernen Tisch legt er die silbrigblonde Haarschlange, die das Licht einfängt wie ein Schmuckstück. Er holt den Rezina-Krug, füllt einen Becher, setzt sich davor.

Kahl wie ein Schaf soll sie geschoren werden und so erröten, daß ihre hellen Brauen im Gesicht stehen wie weiße

Striche auf dunklem Grund. Cethegus fährt mit den Fingerkuppen über die Haarsträhne, die unter seiner Berührung lebendig zu knistern scheint. Die beste Beute ist die, die sich wehrt, das beste Opfer, das unter dem Zugriff leidet...

Niemand sieht Charaimon in dessen Zimmer. Er hat keine Schere, aber ein kleines, sehr scharfes Messerchen bester korinthischer Manufaktur. Auch die Stücke, in die er das blonde Haar der Frau schneidet, sind sehr klein, halbfingernagellanger Haarhäcksel, ein zartes, silbriges Häufchen. Dann zündet er am hellen Tag eine Lampe an. Was bleibt, stinkt und ist verkohlt und wird aus dem Fenster geworfen.

Cethegus legt sich auf sein Bett und verfällt, die Hände über der Brust gekreuzt, in Schlaf.

10.

Der König begrüßt seine Ärztin mit Wärme. „Alle anderen hier am Hof tragen Masken, nur du stellst dein lebendiges Gesicht aus, Leukotris."

„Sicher. Alle anderen fürchten dich."

Sesostris bleibt unvermindert heiter. „Wenn ich nur wüßte, warum. Sage ich zu jemandem aus meinem Gefolge: ‚Durchschwimme das Meer, sonst...', so meint er, der Folgesatz heißt: Sonst verlierst du den Kopf. Du, Archiater, bist die einzige, die dann fragt: ‚Was sonst?' Und dann muß ich erwidern: ‚Sonst bleibt es undurchschwommen.' – Nimm Platz als mein erster Gast, sei willkommen!"

„Ich hoffe, daß ich nicht mit dir Schach spielen muß. Wie geht es deiner Gesundheit?"

„Stelle nicht immer diese Frage. Sie macht mir bewußt, daß ich von dir abhängig bin. Gleich wirst du dich meines Handgelenks bemächtigen und die Stirn krausen. – Du bist zu einem kleinen Gastmahl gekommen, und ich freue mich, daß man es dir ansieht."

Das bezieht sich auf Leukotris' Anzug, deutlich unterschieden von den verschwitzten Leinenkitteln ihrer Amtsführung: ein buntes Kleid mit Wollborten in Pupurfarben. Das Haar hat sie mit einem gestickten Band zurückgehalten. Unscheinbare Bernsteinohrringe, wie man sie in Alexandria an jeder Straßenecke kaufen kann, schaukeln neben ihren Wangen.

„Du gefällst mir wie vor zwanzig Jahren, Archiater", sagt der Basileus wohlgefällig. „Trink mit mir!" Er schenkt zwei Kristallschalen voll dunklen Wein. „Du bist anmutig."

Die Ärztin errötet wie ein Kind. Ihr offenes und entschiedenes Gesicht erhält die Weichheit vergangener Jahre. „Mache dich nicht lustig über eine alte Frau, Majestät. Was aber meine Kleidung betrifft, so ist da meine Ansicht: arbeiten im Arbeitskleid und feiern im Festkleid. Nach deinem Anzug zu schließen, erwartest du mindestens alle drei Großmächte."

Der König spielt seine Trümpfe immer wirkungsvoll aus. Er sagt lässig: „So ist es, meine Ärztin. Wir speisen heute mit den Gesandten." Sein edelsteinbesetzter Mantel klirrt über den Estrich.

Leukotris, gerade den Becher zum Munde führend, verharrt in der Bewegung. Dann setzt sie das Gefäß so hart ab, daß der Fuß splittert.

„Schade um das tyrrhenische Glas", bemerkt der König nebenbei.

„Willst du mir sagen, Majestät, welche Aufgabe ich bei deinem politischen Gastmahl habe? Die eines Vorkosters deiner Speisen? Oder die eines Warners, wenn du dich mit Wein übernimmst? Soll ich den Herren Pfauenfedern in den Hals stecken, falls sie sich überfressen? Ich gehe, mein Festgewand gegen den Arbeitskittel zu vertauschen. Verzeih, wenn ich dich falsch verstanden hatte."

Sesostris lacht – ein lautloses, wildes Lachen, bei dem er den Mund nicht aufmacht. „Du bist hitzig wie eh und je, kleine Barbarin. Setz dich und höre." Seine lange, stark geäderte Hand legt sich auf den blonden Nacken der Frau

– ein Griff zwischen Zärtlichkeit und Versklavung. Er setzt sie neben sich auf die Liege.

„Ich weiß nicht, Frau Leibarzt“, beginnt er, halb scherzend, mit dem Charme eines Liebhabers, „ob dir zu Ohren gedrungen ist, wie sie dich nennen, die ausländischen Herren! Ich jedenfalls weiß es, wie ich alles weiß: die Nymphe Egeria. Es stammt, auch das weiß ich, von dem kleinen Römer, der bei dir im iatreion haust.

Ich will deinem mythologischen Wissen auf die Sprünge helfen: Diese Nymphe war wie du die Herrin einer Quelle. Einer der latinischen Könige ging zu ihr und ließ sich von ihr beraten, wenn er große Entscheidungen zu fällen hatte.

Teure Barbarin, wozu bin ich König, wenn ich nichts wüßte. Bei dir wohnen zwei Römer, und nicht ohne Grund. Parther und Ägypter kommen über kurz oder lang zu dir, wenn sie noch nicht bei dir waren. In einem Staat, wo der König nicht gesund ist, soll man sich an den Leibarzt halten – gibt es nicht eine derartige Grundregel der Diplomatie?

Ohne Scherz, meine Liebe: Zu diesem kleinen Abendmahl, das übrigens nichts bezweckt, als meiner Lust an politischem Spiel zu frönen, habe ich die Mächte geladen. Es wäre unvollständig ohne die große zweite Macht der Insel, das iatreion. Betrachte dich denn an der Tafel, die uns erwartet, als eine Art Tribun des lakrischen Volkes, für das du stets so feurig und unbesonnen eintrittst.“

Er küßt die Hand der Benommenen und erhebt sich mit ihr gemeinsam. „Daß du trotzdem, angesichts der fremden Herren, meine Speisen vorkosten wirst, tut dem keinen Abbruch“, fügt er hinzu. –

Das Triklinium befindet sich in einem der Innenhöfe des Palastneubaus, dieses nach Farbe und Mörtel riechenden Labyrinths. Blumen stehen in großen Kübeln und Vasen, große gläserne Windlichter erhellen die im ionischen Stil gestaltete Tafel mit den Liegen, die üppigen Aufsätze mit Obst, die geschliffenen Gläser und Karaffen.

In mehreren Räucherpfannen verbrennen Kräuter, verbreiten Wohlgerüche und machen die Luft schwer und süß. Gegen die Abendkühle gibt es Glutbecken neben den Plätzen.

In dieser üppigen und friedvollen Szenerie hocken die Gesandten der Großmächte wie drei rivalisierende Kater, die man zusammen in ein Zimmer gesperrt hat und die sich belauern, wer zuerst angreift.

Der schwarzbärtige Parther, in seinem kunstvollen Kostüm aus bunter Wolle und in Schnabelschuhen, starrt mit steinernem Gesichtsausdruck in ein Fischbassin und streicht seinen ondulierten Bart.

Der Ägypter, ein schöner, goldhäutiger Mann mit schimmernden Augen, im glänzenden Schmuck von Emailkragen und hieratisch geschlungenem Haubentuch, hat sich erhoben und schreitet nervös das Viereck zwischen ein paar Palmenkübeln ab.

Die unbefangenste Haltung gelingt noch Publius Macer, dem Römer. Eingewickelt in das Traditionskleid seiner Stadt, die umständlich-altväterliche Toga, sitzt er bequem auf seinem gebrechlichen Stühlchen und knabbert Nüsse – in seiner Leibesfülle und Ruhe auch hier Macht verkörpernd.

Der König, seinen Leibarzt an der Hand, beobachtet die Wartenden durch ein verstecktes Fenster, ehe er eintritt.

„Die beste Figur macht der Römer“, flüstert er. „Komm, meine Leukotris, das Spiel beginnt.“

Sie hält ihn zurück. „Eins noch, Majestät.“

„Ich höre.“

„Ich müßte gehen, wenn du bei Tisch den Sklaven Nicodemus bedienen ließest.“

Das erstemal an diesem Abend überzieht ein Unmutsschatten das geschminkte Gesicht des Sesostris. Er läßt ihre Hand los. „Deine Bemerkung war überflüssig. Komm jetzt.“

Der Auftritt des Fast Göttlichen ist gut inszeniert. Bei seinem Erscheinen tauchen in allen zwischen den Säulen verborgenen Türöffnungen seine Schranzen und Sklaven auf, eine Batterie von Lichtern umrahmt ihn, die weiche vollchörige Musik von Sistren und Flöten ertönt von der oberen Galerie, zwei Wedel von Straußenfedern schließen sich hinter seinem Haupt als Aureole. Er steht da, gleißt und glitzert in Schmuck und Diademen und lächelt weltmännisch zuvorkommend.

„Ich freue mich, Freunde willkommen zu heißen", sagt er und empfängt Handküsse. „Nichts von Etikette und keine Fragen um die große Welt. Man ist auf Lakros zu Gast. Ich mache bekannt: Eumäos, Wahrer Freund der Ewiglebenden Isis Kleopatra von Ober- und Unterägypten; Machon, Außerordentlicher Bevollmächtigter des Orontes, Großkönig aller Parther; Publius Cäcilius Macer, Legat des Römischen Volkes. Neben mir die Stützen meines Staates – das iatreion und das Schatzhaus."

Erst jetzt sieht die überrumpelte Ärztin, daß sich neben ihr der Finanzgewaltige der Insel eingefunden hat, der farblose Zahlenmann Glaukos mit bleichen unbewegten Zügen, einst von allen Sorgen und Krisen gequält, jetzt Herr über den Ertrag der Mine. Er spricht seinem glänzenden Namen auf ähnliche Weise hohn wie Macer dem seinen.

Man nimmt auf den Liegen Platz. Knaben in Florgewändern präsentieren kniend Schalen mit parfümiertem Wasser und gestickte Tücher; der Ägypter, der eine spitze Zunge hat, behauptet später, er habe diese Epheben alle schon einmal tagsüber beim Fischfang gesehen.

Sesostris' dunkler Kopf leuchtet zwischen zwei mondgleichen Lampen. Unter dem Diadem funkeln seine von tiefen Ringen umzogenen bösen Augen, sein Mund bewegt sich ausdrucksvoll, die krankhaft geäderten Hände voll blitzender Juwelen, mit den gefleckten spitzen Nägeln, unterstreichen seine Worte voll männlicher Grazie.

Der König spricht: „Erwarten Sie nicht die Delikatessen der persischen Satrapien, meine Herren. Wir Inselvolk bieten die einfachen Köstlichkeiten unserer Welt – Früchte des Meeres, Austern, Fisch und homerischen Spießbraten, dazu die besten Weine – die allerdings haben uns fremde

Schiffe gebracht." Er verneigt sich eitel. „Ansonsten wollen wir nach griechischer Sitte das Erzählen nicht vergessen, und da ich nun einmal nicht verleugnen kann, König zu sein, erkläre ich mich auch zum König der Tafel und schlage das Thema unserer Runde vor:

Kann Verbrechen und Mord im Dienste höheren Zwecks eingesetzt werden? Ist der so Handelnde verwerflich?"

Unter den Symposianten herrscht atemlose Stille.

„Ich erwarte keine Theorien. Jeder erzählt, wie es Sitte, eine wahre oder erfundene Geschichte aus dem Leben der Völker. Jeder allerdings muß sprechen, es gibt keine Buße, sich freizukaufen. Den ersten im Spiel wähle ich aus. Die folgenden bestimmt das Los. Zuvor aber, ehe der Legatus Populi Romani den Anfang macht, laßt uns trinken, den Göttern opfern und diese Muscheln versuchen, die man an den Küsten meines kleinen Lakros fängt."

Das Mahl beginnt schweigend. Bedrückt liegen die Gäste am Tisch, nur der Basileus plaudert ungeniert und bereitet schon die nächste Sensation vor. „Fast hätte ich es vergessen: Ich habe, wie es Brauch ist, Gastgeschenke vorbereitet und bitte die Herren, sie zur Erinnerung an diesen Abend entgegenzunehmen. Glaukos!"

Der Finanzier übermittelt in die Hände seines Herrn drei handgroße, prallgefüllte Beutel aus weichgegerbtem Ziegenleder. Die Epheben springen vor, überbringen die Gaben, öffnen die Schnüre der Beutel, leeren den Inhalt auf den Tisch.

Prasselnd ergießen sich die großen Brocken Gold und goldhaltiges Gestein auf die Marmorplatte.

Sesostris fährt fort: „Ich kenne den Wert dieser Dinge nicht und hoffe, Sie sind nicht enttäuscht. Aber es laufen einige Unweise herum hier auf Lakros, die behaupten, die Mine sei erschöpft. Nun, dies ist die Fördermenge eines Vormittags."

Es herrscht weiter Stille, aber sie hat sich in ihrem Wesen verändert. Das ist kein bedrücktes Schweigen mehr, sondern das Lauern von Raubtieren.

Auf einen Wink der Majestät beginnt das Orchester wieder. Fischerinnen, nur mit Netzen bekleidet, Schilfkränze im Haar, servieren in silbernen Körben bläulich gedünstete Fische, rosigen Seeaal, feurig glühende Krebse.

Man ißt und trinkt. Die Ärztin kostet die Speisen der Majestät, rührt aber selbst nichts an.

Als die Musikanten schweigen, erhebt sich Publius Macer, sortiert die Falten seiner Toga, grüßt den Symposiarchen und beginnt, ohne sich zu zieren: „Die Majestät hat uns eine Aufgabe gestellt, die seiner Größe würdig ist. Wir alle werden vor der Weite und Vielfalt dieses Themas versagen müssen, das sehe ich voraus. Trotz allem werde ich mich nach besten Kräften bemühen, den Wünschen des Wahren und Alleinigen Herrschers dieser Insel nachzukommen. Ich erzähle jetzt:

Die Geschichte vom Wohlwollenden Heros

Es wird berichtet, daß einst die Sklaven auf Chios ihren Herren davonliefen, ins Gebirge flüchteten und von dort aus in großen Rotten die Landsitze ihrer Herren überfielen, was dadurch begünstigt wurde, daß die Insel Chios waldreich und zerklüftet ist.

Es geht die Geschichte darüber, daß sich unter den im Gebirge hausenden Sklavenbanditen ein Mann befand, der sich durch Tapferkeit und Kriegskunst auszeichnete – nun, wir kennen dergleichen. Er kommandierte also die Horden wie ein König sein Heer. Er hieß Drimakos.

Als nun die Chier oftmals gegen ihn ausrückten, aber immer ohne Erfolg und mit schweren Verlusten, ließ ihnen Drimakos folgendes sagen: ‚Ihr Männer von Chios und vordem unsere Herren, hofft nicht, daß die Drangsal, die ihr von euren früheren Sklaven erdulden müßt, so bald wieder aufhört. Wenn ihr aber mit uns einen Vertrag abschließen wollt, daß ihr uns künftig unbehelligt laßt, so werdet ihr mir noch viel Gutes verdanken.‘

Wohl oder übel schlossen nun die Chier mit ihm einen Vertrag ab und vereinbarten für gewisse Zeit einen Waffenstillstand.

Darauf ließ sich Drimakos eigene Maße und Gewichte, dazu auch ein eigenes Siegel anfertigen, zeigte das alles den Chiern und sagte: ‚Was ich von jetzt an bei euch requiriere, werde ich mit diesen Maßen und Gewichten genauestens abmessen, und wenn ich genug für meine Leute habe, werde ich den betreffenden Speicher mit diesem Siegel schließen als Zeichen dafür, daß ich ihn fortan unberührt lassen werde.

Laufen in Zukunft weitere Sklaven von euch zu mir über, werde ich sorgfältig ihre Gründe prüfen. Stellt sich heraus, daß einer wegen unerträglicher Behandlung geflohen ist, werde ich ihm meinen Schutz zuteil werden lassen und ihn bei mir behalten. Weiß er aber keinen genügenden Grund anzuführen, werde ich ihn zu seinem Herrn zurückschikken.'

Da die bisher bei ihren Herren gebliebenen Sklaven nun sahen, daß die Chier diese Vereinbarung gern annahmen, kam es unter ihnen immer seltener vor, daß sie wegliefen, weil sie nämlich vor der strengen Prüfung des Drimakos Angst hatten.

Die Sklaven aber, die bei ihm waren, fürchteten ihn noch viel mehr, als sie früher ihre Herren gefürchtet hatten, taten alles, was er für nötig hielt, und gehorchten ihm wie im Krieg einem Kommandeur. Denn er bestrafte streng den Ungehorsam und duldete es nicht, daß einer die geringste Eigenmächtigkeit beging, und wenn er auch nur ein paar Feldfrüchte stahl. Alles bedurfte seiner ausdrücklichen Genehmigung. Wenn er aber an Festtagen über Land ging, ließ er sich Wein und erlesene Schlachttiere geben und was ihm die Gutsbesitzer sonst noch anboten. Wenn er aber merkte, daß man ihm auflauerte oder ihm eine Falle legen wollte, bestrafte er diejenigen rasch und hart.

So vergingen mehrere Jahre. Drimakos wurde alt, und die Chier waren es überdrüssig, sich von ihm tyrannisieren zu lassen. Sie setzten daher eine hohe Belohnung für den aus, der ihnen den Kopf des Drimakos brächte oder ihn gar lebend finge.

Da führte Drimakos den von ihm geliebten Knaben in einen einsamen Hain und sprach zu ihm: ‚Dich habe ich unter allen Menschen am meisten geliebt, du bist mein Liebling und Sohn, mein ein und alles. Ich habe schon allzu lange gelebt, du aber stehst an der Schwelle deines Daseins, und du sollst ein Mann werden, adlig an Leib und Ansehen.

Nun hat der Staat der Chier dem, der mich tötet, eine hohe Belohnung und die Freiheit versprochen. Was ist also einfacher, als daß du mir den Kopf abschlägst, und ihn nach der Stadt Chios bringst, um den Lohn dafür zu erlangen. Dann kannst du dich in Freiheit deines Reichtums erfreuen.‘

Zuerst wollte der Knabe davon nichts wissen, aber Gold und Freiheit sind zwei mächtige Ziele, und Drimakos redete ihm unermüdlich zu.

Als er den Chiern den Kopf seines Geliebten gebracht und die Belohnung erhalten hatte, bestattete er feierlich den Leichnam und kehrte in seine Heimat zurück, wo er es zu Macht und Ansehen brachte.

Aber es dauerte nicht lange, da hatten die Chier wiederum von den Horden Entlaufener Plünderung und Unbill zu erdulden, so daß sie mit Wehmut der unter Drimakos herrschenden Disziplin und Ordnung gedachten. Daher erbauten sie ihm auf dem Lande ein Heroon und nannten es das Haus des Wohlgesinnten oder des Wohlwollenden Heros.

Und bis auf den heutigen Tag bringen ihm auch die geflohenen Sklaven den Zehnten von allem, was sie erbeuten.

Man erzählt auch, daß vielen Chiern der Heros im Traum erschienen sei und ihnen einen durch Sklaven drohenden Überfall angekündigt habe. Die so Gewarnten begeben sich dann an den Ort, an dem das Heroon steht, und opfern dem Wohlgesinnten. So bleibt das Unheil in Grenzen.“

Man trinkt. Dann sagt Sesostris: „Ich lobe den Beitrag des Gesandten des Römischen Volkes. Seine Historie zeugt von Vorsicht und Klugheit. Nicht umsonst ist er der politische Beauftragte eines so mächtigen Volkes.

Die Schlußfolgerungen aus der Geschichte zieht nun mein Archiater Leukotris, da ich während des Erzählens spürte, daß sie sich von dieser Fabel betroffen fühlt."

„Ich bin hier, um des Königs Speisen zu probieren", erwidert die Ärztin.

„Du bist hier und wirst sprechen, wie man es fordert."

„Ich bin eine medica, keine Rhetorin."

„Du bist eine wissende medica, die einfach und ausdrucksstark reden kann. Analysiere diesen Fall. Du mischst dich in alles, das ist dein Beruf. Rede, meine Barbarin!"

Derart herausgefordert, angesichts der Gesandten der Welt, muß sie denn wohl beginnen. „Majestät und große Herren, wenn ich als Arzt befragt werde nach der Krankheit, die das Gemeinwesen von Chios befallen hatte, und nach der Möglichkeit ihrer Heilung, so ist meine Ansicht, daß sich in Chios einer, der nach Fäulnis stank, auf die andere Seite des Bettes gewälzt hat, um dort dem Geruch zu entgehen – das ist alles.

Die Reichen dort haben dem Drimakos, nachdem sie ihn ermordeten, nicht umsonst ein Denkmal gebaut. Denn er gehörte zu ihnen und war noch schlimmer als sie. Die zu ihm flohen, um Unerträglichem zu entgehen, gerieten in die neue Knechtschaft seiner Tyrannei. Er benutzte ihre Not, um als ein König zu leben, und erpreßte die Chier.

Obschon er es in der Hand hatte, die Sklaverei zu beenden, ging er lieber einen Pakt mit den Herren ein. Es freut mich, zu hören, daß er im Tode keine Ruhe findet und auch weiterhin wie ein treuer Wachhund den Herren die Diebe am Eigentum melden muß.

Ich bin um meine Meinung gefragt worden und habe sie gesagt. Geben die Götter, daß Lakros niemals einen Drimakos hervorbringt – weder seinen Sklaven noch seinen Herren wäre er gesund."

An der Tafel des Wahren und Alleinigen Herrschers der Insel schweigt man betreten und sieht auf die Teller, nur

Sesostris sagt mit amüsiertem Lächeln: „Ich danke dir, Archiater, für deine aufrichtigen Worte, obgleich ich erstaunt bin. Denn ich dachte, dir würden das kluge Verhalten des Drimakos und sein Pakt gefallen. Er erreichte in seiner Lage das Beste für alle Teile und auf lange Zeit. Beachtenswert auch, daß er seinem Liebling prophezeit, durch den Mord zu Adel, Reichtum und Ansehen zu gelangen. Drimakos war ein großer Mann.

Es gäbe noch viele Aspekte der Geschichte, die unser vortrefflicher Macer alle bedacht hat – sonst hätte er nicht gerade diese gewählt. – Der Würfel nennt uns den nächsten."

Für das Servieren des Lammbratens hat Sesostris exotisches Kolorit ersonnen. Zu den Klängen phrygischer Doppelflöten tragen Rotbemützte in Hosen, mit harmlosen Pfeilen und Bogen bewehrt, auf bemalten Holzplatten die Lammleiche auf, die mit Zitronen und Kresse garniert ist. Es wirkt fast wie ein Ballett.

Leider scheint inzwischen allen der Appetit vergangen zu sein. Nur der Wein fließt in Strömen aus den hüfthohen Kratern und ergießt sich in die Becher, über den Tisch, auf den Estrich. Der Würfel kreist, indes sich Macer behaglich auf seinem Lager zurücklehnt, den Arm auf einen der schönen Bedienungsknaben stützt und zuschaut – er hat es hinter sich, und erfolgreich. Majestät war zufrieden, die Meinung der Dame Ärztin zu hören aufschlußreich.

Der höchste Wurf liegt bei dem Ägypter.

„Braucht Eumäos, der Wahre Freund meiner königlichen Base am Nil (eine Bezeichnung, die den Gesandten merklich zusammenzucken läßt), eine Vorbereitungszeit?" fragt der König von Lakros leutselig. „Nein? Nun, da ich sehe, daß man nicht herkam, um zu essen, können wir auch gleich fortfahren."

Der Ägypter erhebt sich. Er ist schweißnaß unter dem Emailkragen und hat den schönen Kopf mit der Flügelhaube gesenkt.

„Wenn die Majestät erlaubt", beginnt er, „erzähle ich eine

bemerkenswerte Begebenheit aus der Geschichte meines Landes, an der sich die Fragen des Symposiarchen eindeutig beantworten lassen."

Sesostris nickt. „Eindeutig. Das ist hervorragend, daß wir nach der mehrdeutigen Geschichte Roms jetzt eine eindeutige hören. Ich lobe mir die alten Kulturen." Sein Spott ist beißend.

Tapfer beginnt Eumäos:

„Majestät und verehrte Herren, Sie werden sicher Verständnis haben dafür, daß ich ihnen eine Historie der Realität im Gewand des Mythos serviere. Da die Herrschaften, in deren Bereich sich die Geschehnisse abspielen, sowieso durch ihre Herkunft (oder doch nach ihrem Hingang) verwandtschaftliche Beziehungen zu den Göttern haben und mit ihnen auf Duzfuß stehen, wird mir mein Beginnen wohl nicht als Blasphemie ausgelegt werden. Also dann.

Der Herr der Diademe und Fürst von Anfang bis Untergang, der Gott, fast wie Seth geheißen, regierte die Welt lange Jahre mit Geschick und Umsicht, wie man es von einer so hochgestellten Persönlichkeit erwarten kann. Die Welt blühte und gedieh, die Rinder wurden fetter und die Menschen glücklicher von Tag zu Tag.

Das ging so seine gebührende Zeit oder Ewigkeit gut. Seine Majestät der Gott geruhte von Zeit zu Zeit, sein sonnenhaftes Auge über die Länder schweifen zu lassen, und hatte sein Wohlgefallen an dem, was da lebte und webte, und auch an der Schönheit der Menschenkinder insgemein.

Eines Tages geriet in den Blickkreis seines erhabenen Auges ein Mädchen zwischen Lotosstengeln, die ein Paar Augen hatte, wie sie nicht einmal die Himmlischen aufweisen konnten, und obwohl sie sich von irdischem Brot und Bier nährte, schien ihr Leib aus lauterem Gold und Duft gemacht zu sein. Da entschloß er sich, sie zu sich zu erheben, verlieh ihr die Geierhaube, kleidete sie in Schmuck aus Glasfluß und tat jeden Abend Haupt und Füße mit ihr zusammen.

Zunächst einmal war dagegen gar nichts einzuwenden; für den Gott war es eine erfreuliche Abwechslung im himmlischen Einerlei, und die Sterbliche hätte, so sollte man annehmen, vor Ehrfurcht und demütigem Glück fast ersterben sollen. Aber leider, das war nicht der Fall.

Je länger sie in der Geierhaube einherstolzierte, desto mehr schien es ihr, daß ihrer goldduftenden Schönheit ein solches Attribut eigentlich von Anfang an vorherbestimmt hätte sein müssen und daß der Unterschied zwischen Menschen und Göttern, aus ihrer Perspektive betrachtet, doch sehr gering war, zumal der Gott hochbetagt war und seine Glieder zu Lapislazuli und seine Haare zu Silber wurden – eine zwar feierliche, aber immerhin spürbare Form der Altersversteifung. In den abendlichen, der Isis geweihten Stunden war er oft weniger Feuer zu zeigen imstande als der schurzbekleidete Hirt, dem die schöne Tochter der Menschen ihre Gunst geschenkt hatte, bevor sie erhoben worden war. Als sie nun gar – diesen Einschränkungen zum Trotz – eine junge Folgesonne in ihrem Leib wachsen spürte, verlor sie vollends Maß und Übersicht.

Sie vermeinte, daß sie und die in ihr keimende kleine Sonne die Herrschaft über die Welt mit genausoviel Umsicht ausüben könnten wie der alternde Gott, und begann, ehrgeizige Pläne zu schmieden, nach Art der Isis, die den Seth von einer Schlange stechen ließ, um die Macht zu gewinnen. Da ihr aber keine Schlange gehorchte – denn sie war eben nun einmal keine Göttin –, sah sie sich nach anderen Verbündeten um, und ihr Auge blieb haften am Bruder des Gottes, geheißen fast wie Hor. Ihn wollte sie zum Komplicen ihres verruchten Vorhabens machen.

Der junge Gott war stattlich, hatte Schultern wie Bronze und ging in perlenbesetzten Sandalen daher. Außerdem walteten aber hinter seiner edlen Stirne umsichtige Klugheit und frommer Sinn. Schon einige Zeit hatte er mit Besorgnis betrachtet, welche schlimmen Folgen die Liaison des Herrn der Diademe mit der Dame aus dem Schlamm hervorgebracht hatte.

Die Majestät hatte leider im Arm der Schönen vergessen, die Welt zu regieren, Wolken, Luft und Winden ihren Lauf zu geben und den Wassern des heiligen Nilstromes zu befehlen, das Land zu überfluten. So herrschten allerorten Mißwuchs, Dürre, teure Zeit und in ihrem Gefolge Hunger, Heulen und Zähneklappern – und, was das erschreckendste war, aufrührerischer Sinn. Man schüttelte die Fäuste gegen den strahlenden Wohnsitz der Götter und fragte, ob der Oberste schlafe, und dergleichen mehr.

All das veranlaßte den göttlichen Bruder, auf die Vorschläge der naseweisen Überheblichen in der Geierhaube zum Schein einzugehen, wobei dies ‚zum Schein' nicht derart gemeint ist, daß er nicht bereit war, das Geplante auch in der Tat auszuführen, o nein – nur nicht ganz im Sinne der hübschen Kebse. Sie hatte allerdings auch durch die kleine Sonne in ihrem Leib einen bedeutenden Teil ihrer vergänglichen Schönheit eingebüßt, und ihre hinfälligen Reize wirkten auf den jungen Gott wenig oder gar nicht – was ihm seinen Entschluß erleichterte.

Drei Tage nach der Geburt der jungen Sonne aus dem Leib der Menschenfrau erklärte der alternde Gott, ein großes Fest zu Ehren seiner Bettgenossin und ihres Bastards geben zu wollen. Diese Gelegenheit nahm der fast wie Hor Geheißene wahr und flüsterte mit der Frau, und sie versprach ihm Hilfe.

Als die Stunde des Festes kam, brachte der göttliche Bruder ein wunderbares Geschenk herbei, eine von siebenundsiebzig Verschwörern getragene ebenhölzerne Lade, reich mit Gold und Lapislazuli verziert, worin die Irdischen ihre Toten einzusargen pflegen. Der fast wie Seth Genannte, der sich für unsterblich hielt, erstaunte darob wie über ein Wunderding, denn er war zu allem auch etwas kurzsichtig und pflegte im allgemeinen nur das wahrzunehmen, wozu er Lust hatte.

Nach der Reihe versuchten die Anwesenden, sich in die Lade zu legen, aber sie paßte für niemanden. Schließlich, so war es verabredet, beschwatzte die Konkubine ihren Herrn, trotz seiner zu Edelstein versteiften Knochen auch die Probe zu machen und die Lade zu besteigen. Kaum hatte er sich aber darin ausgestreckt, als die Verschwörer auf ein Zeichen des Fürsten den Deckel zuschlugen, mit Blei versiegelten, ihn den Göttern der Unterwelt weihten und in den Abgrund hinabstürzten.

Der nichtswürdigen Menschentochter aber bekam ihr Triumph schlecht, denn der Bruder des Dahingegangenen zerstückelte sie und ihren Bastard mit dem Schwert, ehe sie wußte, wie ihr geschah. So wurde aus einem verruchten Verbrechen eine edle, staatserhaltende Tat.

Dann setzte sich der Fürst die doppelte Krone aufs Haupt, nahm Platz auf dem königlichen Stuhl und begann die Welt zu regieren, wie es einem Gott zukommt.

Der Nil trat wieder über seine Ufer und überschwemmte die Äcker mit fruchtbarem Schlamm, die Welt blühte und gedieh, Mensch und Vieh graste friedlich und ward von Tag zu Tag fetter und glücklicher, und keine einzige Verwünschung stieg mehr zum Thron des Erhabenen empor; sondern allein Dankgebete, Weihrauch und Myrrhe und der Duft von gern geopfertem fettem Schweinefleisch."

„Diese Geschichte ist in der Tat des Hörens wert", urteilt der König, „und sie bedarf keiner Deutung. Statt dessen möchte ich die Herren auffordern, ihre Ansicht zu so einer Bluttat im Dienste des höheren Zwecks und des Allgemeinwohls zu äußern. Alle Lehren der Ethik und Moral halten uns dazu an, Mord, und gar Geschwistermord, als das verwerflichste aller Verbrechen zu betrachten. Indessen zeigt die Historie, daß solche Taten oft dem Geschick der Völker einen neuen, günstigen Verlauf geben, ja, ganze Zeitläufte zum Guten wenden. Die Männer, die sie verüben, nehmen tapfer das Ungemach auf sich und umgeben sich zugunsten des Gemeinwohls mit der finsteren Gloriole des Mords. Und doch begründen sich auf ihren Taten Dynastien. Romulus erschlug den Remus, und ich bin sicher, daß auch die parthische Geschichte ähnliche Beispiele aufweisen wird." —

Die Stille ist wieder beklemmend. Der Parther, wohl weil

er zu nah am Räucherbecken saß, bekommt einen Hustenanfall. Publius Macer schaut unbeteiligt in die Luft und spielt mit dem Haar des Knaben, den er zu sich auf die Liege genötigt hat.

Der Ägypter, geschmeidig und vom Erfolg seiner Fabel ermutigt, entgegnet: „Fast Göttlicher, es gibt keine absolute Antwort auf deine Frage. Sondern immer wird es abhängen vom Nutzen einer solchen Tat und vom Erfolg, ob man sie im nachhinein als unheilig oder hehr, als schändlich oder fruchtbar bezeichnen wird. Derjenige, der das Wagnis unternimmt, muß sich dessen bewußt sein. Aber sicher ist es nicht größer, als einen Krieg zu beginnen."

„Ich höre deine Meinung mit Interesse", sagt der König.

Im Innern des Palastes entsteht Bewegung. „Sieh nach, was vorgeht", befiehlt der Symposiarch dem Glaukos. „Ich will keine Störung beim Gastmahl." Seine wachen dunklen Augen schweifen über die Runde. „Es täte mir leid, wegen irgendwelcher Geschäfte ein so heiteres, freundschaftliches Gespräch von hohem allgemeinem Interesse zu unterbrechen." Und zu Glaukos: „Was gibt es?"

„Majestät, es ist, so sagen sie, deinem Bruder Aristeus etwas zugestoßen."

Sesostris' Augen lassen die anderen nicht los. „Sie hören, meine Herren. Wie bedauerlich, daß ich unser Symposium doch abbrechen muß. Archiater, ich fürchte, daß man dich brauchen wird. Mein unglücklicher Bruder." Er seufzt, erhebt sich im Klirren seines gleißenden Gewands. „Gute Nacht."

Mit ihm gehen alle Lampen aus. Ein paar Knaben mit Fackeln geleiten die Gäste hinaus.

11.

Sie läuft durch seine Räume und ruft. Nicht Majestät ruft sie, nicht Basileus oder Herr. „Sesostris!" ruft sie. Was ihr in den Weg kommt, stößt sie beiseite, und ist man nicht gewohnt, sie passieren zu lassen?

„Sesostris!"

Als sich denn doch vor ihrer Brust ein paar Speere kreuzen wie die Zähne einer Falle, weiß sie, hier ist er, hier kann er sie hören, hier hat es Sinn, die Stimme zu erheben. Sie umklammert die glatten Waffenschäfte vor ihrem Leib.

„Sesostris, komm heraus, ich will dich sprechen. Verkriech dich nicht hinter Vorhängen und Spießen. Wenn du schon handelst wie ein Despot, so steh auch dazu und sieh mir ins Gesicht, mir und allen anderen, Tyrann! Komm und steh mir Rede! Fürchtest du dich vor einem alten Weib? Die Galle soll dich stechen, Krämpfe sollen dich plagen, aufschwemmen soll dein Körper, denn ich will nicht mehr dein Arzt sein, Tyrann, Brudermörder..."

Sie holt tief Luft. Von nirgendwoher kommt eine Antwort. Sie wendet sich zum Gehen. Fast an der Tür, erreicht sie die Stimme: „Was ereiferst du dich so, Archiater des Königs?" Es klingt belustigt.

Der Basileus, in einem hellen leichten Unterkleid, ohne Schmuck, ungekämmt, goldne Sandalen an den nackten Füßen, steht zwischen den beiden Leibwächtern, die geöffnete Lanzenschranke rahmt ihn ein – wie stets wirkungsvoll.

Leukotris hat Tränen in den Augen.

„Komm herein", sagt der König mit einladender Geste, „ich höre, du willst mich sprechen."

Sie wird zu allem genötigt, was immer einen entwaffnen kann: zum Eintreten. Zum Platznehmen auf der Liege. Zum Einen-Becher-Wein-mit-mir-Trinken. Zum Plaudern. Sie zittert.

Der König, beiläufig: „Ich nehme an, dein Zorn auf mich

hat irgend etwas zu tun mit dem unerwarteten Ableben meines Fast Göttlichen Bruders?“

Sie, auf die Liege verbannt, zwingt sich mühsam zum Reden. „Ich habe ihn gesehen. Mit verrenktem Kopf lag er am Fuß des Felsens.“

„Ich bedaure es“, sagt die Majestät träumerisch. „Ich bedaure es wirklich, obwohl wir uns nicht besonders liebten, mein Bruder und ich.“ Er steht am Fenster, halb in der Sonne, ein immer noch sehenswertes Profil, den Blick nach draußen.

Die Frau: „Du bedauerst es? Das ist ungeheuer. Du hast es getan.“

„Ja, richtig, nanntest du mich vorhin nicht Brudermörder? Übrigens war ich noch nie auf jener Insel.“

„Also ob deine Taten, Majestät, auch von deinen eigenen Händen ausgeführt werden müßten. Muß man, nur weil man Bruder eines Königs ist, gleich mit dem Leben bezahlen? Reichte das nicht, was ihm einst angetan wurde?“

„Du hast recht, Leibarzt. Es reichte leider nicht. Übrigens starb er nicht, weil er Bruder des Königs ist. Mit diesem Makel lebte er schon einige Jahrzehnte recht gut. Er starb, weil er sich in des Königs Amt einmischte. Wußtest du nicht, daß Aristeus heimlich den Gesandten der Stadt Rom empfangen hat?“

Die Frau will hoch von ihrem Lager, aber Sesostris fährt fort, und jetzt mit Schärfe: „Ich habe dich nicht entlassen. Du bleibst. Du bist ja witzig genug, um zu wissen, was es bedeutet, wenn der Bruder eines kinderlosen Königs den Legaten des mächtigsten Staates der Welt empfängt. Ich galt schon als tot, Frau Leibarzt. Und so mußte ich irgend jemanden (vielleicht dich?) der Mühe entheben, mich umzubringen. Er oder ich, du kannst mir doch folgen? Da er offenbar bereit war, mit den von dir so gehaßten Römern zu paktieren, müßtest du doch eigentlich froh sein über seinen Tod, wie? Statt dessen schimpfst du wie ein Marktweib. Leukotris! Ach, noch eins. Diese Maßnahme war, wohlgemerkt, eine staatliche Sanierungsaktion, keine

Strafe. Hätte ich strafen wollen, so lägen auch noch andere am Fuß des Felsens. War dir zum Beispiel bekannt, daß deine Tochter Kreusa den jungen Römer, der bei dir wohnt, zu Aristeus geführt hatte? Ich sagte dir immer, achte auf die Fremden. – Du kannst gehen."

Die Frau spürt ihre Beine nicht, als sie auf den Boden tritt. Vor ihren Augen verschwimmt das Bild Seiner Majestät, als ginge er im Nebel spazieren. Und er sagt: „Du hast einen schlechten Zeitpunkt gewählt, mich zu beschimpfen, Leukotris. Mir geht es gut, nichts, wofür ich einen Arzt brauchte. Du bist in Ungnade."

Die Räume des Königshauses sind wie ausgestorben. Der Weg ist endlos wie in Träumen. An der Schwelle zum Garten hält man sie auf. Eine Waffe auf ihrer Schulter. „Die Majestät hat dem Leibarzt eine Kur verordnet." Man fesselt ihr die Hände.

„Er hat sie eingesperrt, seine Nymphe Egeria, nachdem sie ihn begeifert hat wie ein Treiber seinen Ochsen." Der Legatus Populi Romani lacht, daß ihm die Tränen kommen. „Er hat sie, an Händen und Füßen gefesselt, in einen Käfig gesteckt und ihn im Peristyl in die Mittagssonne gestellt. Sie soll in ziemlich schlechtem Zustand gewesen sein, als man sie am Abend herausholte."

Seine beiden Gäste, Gaius und Cethegus, zeigen sich in der Heiterkeit reservierter. Cethegus überfliegt mit den Blicken mißbehaglich die Karaffen mit parfümiertem Wasser, unter denen wieder kein Weinkrug steht. Gaius dreht an seinem Ring und knackt mit den Handgelenken.

Publius Macer dämpft seine Lustigkeit. „Meine Herren – der Tod des Aristeus, natürlich. Zunächst einmal ein Fehlschlag. Der Mann schien lenkbar. Aber Sie sehen einmal mehr, daß Sesostris, wenn ihm auch auf die Dauer der Atem fehlen wird, ein echter Gegner ist. Ein blitzschneller politischer Akt, beachtlich, die Ermordung des Bruders, alle Achtung. Wir müssen uns nach einem neuen Prätendenten umsehen."

„Es ist vielleicht nicht so schwierig, wie es zunächst scheint", bemerkt Gaius freundlich und zieht sich die Finger lang. „Offiziell ist der Basileus zwar kinderlos, aber..."

„Aha." Der Gesandte streift den hübschen jungen Menschen mit einem halb erstaunten, halb bewundernden Blick. „Aha, ich sehe, man ist nicht unvorbereitet. Nur müssen wir diesmal die Sicherheitsmaßnahmen verschärfen. Wir waren zu leichtsinnig mit dem armen Aristeus auf seiner Insel. Ansonsten, die Behandlung, die der Dame Leibarzt zuteil wird, dürfte unsere Chancen bei ihr verstärken, was meinen Sie?"

„Zweifellos", bestätigt Gaius und lächelt liebenswürdig. „Wo befindet sie sich jetzt?"

„Seit einigen Stunden zu Hause", läßt sich Cethegus vernehmen, und da die Herren erstaunt sind über sein Wissen, erklärt er, es sei nun mal sein Amt, alles zu wissen, und verbreitet sich wie folgt: Am gestrigen Tag habe sie der König in seine Gemächer bringen lassen und, wie es heißt, mit eigener Hand gepflegt. Es sei dann ein Trupp von Fischern und Bergarbeitern bis ins Vorzimmer des Königshauses vorgedrungen, um für „ihre iatrinae" zu bitten, sei aber abgewiesen worden. Dann gäbe es widersprüchliche Informationen: Einmal werde behauptet, es seien dem König ein paar Steine ins Zimmer geflogen. Daraufhin habe er der Leukotris die Fußsohlen zerschlagen lassen, andere sagen, nur eine Fußsohle. Wieder andere, das sei bereits vorher geschehen, als sie ihn wieder zu beschimpfen begann, sobald sie zu sich gekommen war und ihn über sich gebeugt sah. Ihre Entlassung sei aufgrund der Steine erfolgt. Manche bringen das auch in Zusammenhang mit plötzlichen Nierenschmerzen des Königs, die letzten schließlich mit dem Besuch einer Frau, der ehemaligen Straßentänzerin Zoe, die für die Ärztin gebeten habe. Übrigens seien die Hälfte der ausländischen Patienten des iatreion nach dem Tod des Aristeus und der Verhaftung der iatrinae abgereist, Hals über Kopf mit dem ersten Handelssegler.

„Es scheint, er macht sich unmöglich", bemerkt Gaius.

„Ja“, bestätigt Macer, „aber das ist ihm offenbar gleich. Er spielt höchsten Einsatz, dieser Mann. Beachtlich.“

Der Jüngere stellt eine seiner scheinbar naiven Fragen: „Was kann er dabei gewinnen?“

Macer erhebt sich. „Nichts, meine Herren. Er kann nur verlieren, auf jeden Fall. Und er weiß das. Beachtlich, ich sagte es bereits.“

„Ich bin eine alte Närrin“, sagt Leukotris zu ihrer Freundin Zoe, der Mima, und dreht mühevoll den schmerzenden Kopf zur Seite. Der Raum ist kühl und halbdunkel.

„Das bist du“, bestätigt die andere zärtlich und legt ihr mit spitzen Fingern eine neue Kompresse auf. „Was, bei der guten Göttin Erde, hast du nur erreichen wollen? Was hast du dir gedacht?“

„Nichts.“ Die Kranke seufzt, ohne die Augen zu öffnen.

„Eine Frau wie du kann es sich nicht leisten, nichts zu denken, wenn sie etwas tut. Den König auszanken, so eine Dummheit, Flava mea, so eine Dummheit.“

„Du hättest Kreusa sehen müssen an der Leiche des Eunuchen. Ich dachte, sie verliert den Verstand. Ich hab's wohl Kreusas wegen getan.“ Sie bewegt sich und stöhnt auf. „Verdammt, wie schlecht ich Schmerzen aushalten kann. Ich bin nicht zum Märtyrer geboren, aber dafür sollte wohl keiner geboren sein. Dieser Kasten in der Sonne... Ich vertrag eure Sonne nicht. Ich hätte hinsein können.“ Sie hebt die an den Gelenken verbundenen Hände und drückt sie an die Schläfen. „Du liebe Zeit, ich hab mich nicht sehr würdevoll benommen. Geheult und geschimpft und getobt und wieder geheult – es war eine schlechte Komödie. Die alte Vettel auf der Folter. Ich hatte Angst, Zoe. – Wo ist Kreusa?“

„Bei Nikos in der Schilfhütte, soviel ich weiß“, sagt die Mimin und legt viel tönende Überzeugungskraft in ihre Stimme.

„Das ist gut. Sie soll mich nicht sehen. Nicht so, wenn es geht.“ Leukotris zieht vorsichtig den dick umwickelten Fuß an den Körper. „Daß ein Arzt so untauglich ist zum Schmerzenertragen. Eine Schande. Ein paar Wochen werd ich hinken müssen mit der zerschlagenen Fußsohle. Der Teufel."

„Du hast gedacht, du gehst hin und schimpfst ihn aus wie eine Mutter ihr mißratenes Kind."

„Hab ich, ja. Ich war wütend."

„Aber Flava."

„Und hab drauf vertraut, daß er mich braucht und mag."

„Aber Archiater."

„Ach, große Mima, ich weiß ja. Und als ich dann heraus war aus dem Käfig und zu mir kam, saß er bei mir und hielt meine Hand. Da mußte ich wieder schimpfen."

„Weißt du, daß sie bei ihm waren?"

„Wer?"

„Wer. Die Unsrigen. Thrasyllos. Die Zwillinge. Welche vom Berg. Und Steine flogen. Wußtest du das?"

Die Ärztin öffnet mühsam die Augen. Ihre Lider sind verschwollen, die Wimpern kleben aneinander. „Nein. Nichts wußte ich. Ich dachte, er gab mich frei, weil du zu ihm gingst."

„Ich mußte zu ihm, sie hätten sich sonst ins Verderben gestürzt, deinetwegen. Sie waren drauf und dran, ihre Waffen zu holen. Sie lieben dich."

„Und ich liebe sie", sagt Leukotris und versucht zu lächeln.

„Sicher", erwidert die Schauspielerin. „Aber genügt das?"

Die Augen der Ärztin sind wieder geschlossen. Sie liegt in ihrem zerwühlten Bettzeug, den Fuß umwickelt, die Handgelenke in Verbänden, das gedunsene Gesicht oberhalb der Brauen mit der grünlichen Kompresse verdeckt. „Was meinst du?" murmelt sie. „Ich liebe sie. Ich heile sie. Ich spreche für sie. Was noch?"

Zoe erhebt sich von der Bettkante und geht durch die kleine Zelle wie ein Tier, das sein Gefängnis durchmißt. „Leukotris, Liebe", beginnt sie. „Der Basileus ist sehr klug.

Eine unterweltliche Spielart von Klugheit. Meinst du, er hätte dich freigegeben auf meine schönen Augen hin, auch wenn er sie früher mit denen von Göttinnen verglich? Er war auch dir einmal sehr gut und hat dir trotzdem die Fußsohle zerschlagen lassen. Nein, nein, es war ein Handel. Morgen geht ein königlicher Schnellruderer nach Parthien, Parfüm und Spezereien einzukaufen. Er nimmt mich mit. Deine Freilassung gegen meine Abreise. Du verstehst? Die Bedingung des Basileus war, daß ich die Insel verlasse."

Leukotris hebt die Hände wieder zu den schmerzenden Schläfen.

„Du verläßt die Insel? Meinetwegen?"

„Nicht deinetwegen, Flava."

„Warum will er dich fort haben?"

„Er weiß sehr viel, meine Kleine. Sobald du gesund bist, frag Meroe. Versprich mir, zu Meroe zu gehen. Sie bauen auf dich, wenn ich fort bin. Und ich baue auf dich." Leise und geschmeidig kniet sie neben dem Bett der Kranken nieder und drückt ihre Stirn auf das Laken.

„Weinst du?" fragt die andere leise.

„Ich hoffe, ich werde nie weinen", erwidert die klare Stimme. „Aber ich bin betrübt. Unser aller wegen und auch, weil ich hier sehr glücklich war. Parthien! Ob man dort griechisch spricht? – Geh zu Meroe, wenn ich fort bin."

„Ich kann das nicht fassen", murmelte die Ärztin und stützt sich mühevoll auf die Ellenbogen auf. „Du willst fort..."

„Ich muß fort. Bedenk alles gut, wenn du gesund bist! Und sag mir Lebewohl!"

Zoe hebt ihr Gesicht. Ihre Augen sind ohne Tränen und heiter. Sie nähert ihren Mund den fiebrig-rissigen Lippen der Leukotris, ungeachtet der Kräuterkompresse, die auch ihre Stirn berührt.

Die Frauen küssen sich, dann sinkt die Kranke halb betäubt zurück auf ihr Lager.

„Lebe wohl, kleine Ärztin, Rebellenmädchen. Vergiß nicht Meroe."

„Lebe wohl, Erzmimin, Komödiantin der Armen. Vergiß nicht Lakros.“

„Wie könnte ich je? Ich würde mein Herz vergessen. – Schreibst du noch an Achillas?“

„Immer.“

„Ich werde es auch wieder häufiger tun.“

Die Tür schließt sich leise.

Achillas. Meine Hand tut weh beim Schreiben und mein Kopf. Ich habe Zoe verloren, sie ist fort, und es ist meine Schuld. Welch ein Durcheinander, Achillas. Ein Glück, daß da eine milde Herbstsonne scheint, Achillas, daß er mich nicht an Augusttagen in diesen Kasten sperren ließ. Ich würde meinen Kopf wohl nicht so schnell wieder beisammen haben.

Meroe. Ich soll zu Meroe. Soviel hab ich verstanden, und daß Zoe ein Opfer ist, aber wieso. Ich hab es vergessen in meinem von der Sonne ausgedörrten Hirn.

Ich habe Angst, Achillas. So wie ich Angst hatte, als sie mir die Hände banden und als sie mich schlugen. Ich habe Angst Kreusas wegen. Kreusa, ein wildes, glückliches Kind. Ich, frei, so wie ich nie sein konnte. Ich hab keines meiner Kinder so geliebt wie sie. Hab sie eigentlich wie ein Muttertier bewacht, solange sie an meinen Brüsten hingen.

Nikos ruderte mich hinüber im fahlen Morgengrauen, das Meer wie Blei. Ich wußte alles, nur nicht, daß Kreusa bereits drüben war. Sie hatte mir nie von ihrer Freundschaft mit Aristeus erzählt. Was erzählt sie mir? Wem erzählt sie? Sie ist stumm wie ein Weidenbäumchen und tut, was sie will. Durfte ich sie nicht allein durch diese Inselwelt laufen lassen? Was ist falsch, Achillas?

Nun, da war sie nicht stumm, den Morgen. Hingeworfen bei der Leiche am Fuß der Klippe, als hätte es sie mit getroffen. Ihr Jammer war schrill wie von Seevögeln. Über uns das mit Gewalt zerbrochene Holzgeländer gegen die erwachende Morgenröte. Als sie mich sah, verbarg sie ihr Gesicht mit den vom Weinen geschwollenen Lippen in meinem Kleid wie ein kleines Kind. „Warum, Mutter, warum?" fragte sie und: „Er war gut, er hat niemandem etwas getan." Es schien ihr nie zweifelhaft, daß er ermordet worden war. Und dann, Achillas, dann nannte sie ihn, wieder über den zerschmetterten Körper geworfen – sie nannte ihn, das arme Neutrum, Vater. „Vater, Väterchen", und diese schrillen Schreie. Nikos mußte sie mit Gewalt ins Boot tragen. Und da lief ich zu Sesostris.

Achillas, kann es ihm Ernst sein mit seiner Drohung gegen Kreusa? – Ach, wie du mir fehlst. Und Zoe. Und Nicodemus. Mein armer Kopf. Wäre es mir nur schon ein bißchen besser gegangen, als sie kam, um sich zu verabschieden. Dann hätte ich sie besser verstanden.

Ich bin allein und weiß mein Kind nicht zu schützen. Meinen Kopf so wie Kreusa in irgend jemandes Schoß legen.

Was wohl Charaimon zu dem Durcheinander sagt? Oh, Achillas. Meine Angst.

In der Helle des herbstlichen Mittags beginnen die Funeralien für den Fast Göttlichen Aristeus, Bruder des Basileus Sesostris.

Man bestattet den leider verunglückten Herrn auf der sogenannten Bruderinsel. Das sonst gemiedene Terrain wimmelt von Höflingen, die kleine Bucht ist voller vornehmer Boote. Auch die Gesandten sind geladen.

Der Basileus selbst, im Weiß der Trauer, zerrissener Saum, barhäuptig, wie es sich schickt, senkt die Fackel in den riesigen Scheiterhaufen. Das Feuer wirkt läppisch bei dieser Tageshelle. Es versprüht im Licht als blasser Hitzerauch.

Nikos' Schilfhütte ist leer.

Das Dröhnen der Pauken und Zinken schallt über das Wasser bis nach Lakros hinüber. Man vernimmt es sogar in der Wohnzelle des Gaius Arruntius, wo Kreusa auf dem Bett liegt wie eine Tote und ihre Hand dem jungen Römer überläßt. Ihr Gesicht ist vom Weinen fast so entstellt wie das ihrer Mutter von der Sonne. Sie bewegt die Lippen wie zu einem stummen Gebet, aber Gaius weiß ohnehin, was sie tonlos flüstert, immer wieder und wieder: „Warum?"

Er streichelt ihre Hand und redet sanft, ohne Ungeduld auf sie ein. „Meine Schöne, ich bitte dich, beruhige dich. Ich bin bei dir. Ich will immer um deinen Schutz besorgt sein. Fürchte dich nicht. Du sollst nichts mehr sehen oder hören, was dich weinen macht. Ich will mich sehr bemühen, Kreusa."

Draußen klagen die Instrumente mit dem Wind.

König Sesostris erklärt mit bewegter Stimme, daß diese Insel, Ruhestätte seines geliebten Bruders, fortan heiliger Boden sei. Keines Menschen Fuß habe das Recht, sie wieder zu betreten. „Mögen die kunstvollen Terrassen verfallen, die Häuser zu Ruinen zusammensinken, Eulen und Seevögel in den Gärten nisten..."

Macer äußert seinem Sekretär gegenüber die geflüsterte Vermutung, der König wolle hier vielleicht sein Gold-Depot errichten.

Der Römer in der Toga, der Ägypter mit Perücke und Emailkragen, der Parther in bunter Wolle drücken dem tief gebeugten König als erste das Beileid ihrer Staaten aus.

Interne Lagebesprechung im Gesandtschaftsgebäude – ohne Herrn Cethegus vom Büro.

„Hat er überhaupt noch eine Funktion hier?" fragt Gaius aggressiv.

P. C. schnauft in seinem Fett. „Ein Glück, daß die Tage kühler werden", bemerkt er reserviert, „ich habe etwas gegen diese Hitze."

Gaius ist nicht der Mann, die in dieser Antwort verborgene Zurechtweisung einzustecken. „Gut", beginnt er forsch und rutscht aus dem Pinienschatten in die Sonne – einerseits, um zu zeigen, daß ihm die Mittagshitze nichts ausmacht, andererseits, damit Macer nicht meint, er verstecke sein Gesicht. „Gut. Also Sie meinen, ich habe mit meiner Variante eine Schlappe erlitten, nicht wahr? Der junge Krieger, den Cäsar in geheimem Auftrag gesandt hat, taugt nicht viel, da ist auf die alten Herren vom Büro eben mehr Verlaß, wie?" Seine hübschen braunen Augen leuchten vor Angriffslust.

P. C., wie nicht anders zu erwarten, bleibt gelassen, ja freundlich. „Was für Verallgemeinerungen", sagt er und wischt sich mit einem gestickten Flortüchlein den Schweiß ab. „Teuerster Freund! Gut, ich hatte mich allerdings auf Ihre Sicherheitsvorkehrungen verlassen, was die Bewachung dieser Bruderinsel betraf..." Seine erhobene Hand mit den vielen Ringen wischt Einwände beiseite. „Aber was sollten wir uns darüber aufregen. Sie selbst deuteten ja an, daß Sie für einen solchen Fall eine andere Möglichkeit in Aussicht genommen haben."

Einige Sekunden lang scheint keiner der beiden zu atmen. Dann, noch auf der gestauten Luft, ohne die Lungen neu zu füllen, ohne den Blick von Macer zu nehmen oder zu blinzeln, sagt Gaius: „Ja, diese Möglichkeit ist vorhanden", und atmet tief aus.

Macer betrachtet ihn aufmerksam, wie man eine exotische Pflanze in einem Garten betrachtet. „Ich schätze Ihre Initiative und Ihr persönliches Engagement. Da ich annehmen muß, daß die neue Variante unmittelbar mit Ihren eigenen Interessen verbunden ist, werden Sie es sicher nicht für taktlos halten, wenn ich an die großen Vorbilder unseres Volkes erinnere, die Staatsräson über Privates stellten – wie Gaius Mucius Scaevola."

„Sie erweisen mir mehr Ehre, als notwendig ist", sagt Gaius lebhaft. „Wirklich, es ist kein Problem. Wirklich nicht." Er rückt wieder in den Schatten. „Und Cethegus, wenn ich die Frage wiederholen darf?"

„Haben Sie Geduld, Teuerster. Seine Aufgabe bleibt von Ihrer unberührt. Wenn er keinen Erfolg mit seiner Mission hat, kennen wir noch andere Mittel und Wege, wenn doch – nun, um so besser. Setzen Sie die Kollaboration fort, ich bitte Sie."

Arruntius lächelt. „Domine Legate, ich bin Soldat und halte Disziplin. Sorgen Sie sich nicht deswegen."

Macer erwiderte mit seinem berühmten jovialen Lachen: „Ich weiß, mein Lieber. Und, wie üblich, waren Sie niemals bei mir. Übrigens bewundere ich den König ehrlich. Finden Sie nicht auch, daß er Zeug zu einem römischen Politiker hätte?"

In einem urdunklen Raum, in der Nacht aller Nächte, nehmen Zoe und ihr Geliebter Abschied voneinander.

Der Tag bricht ein in dies Zimmer wie ein Blitzstrahl, bricht ein mit dem Öffnen ihrer Augen. Er noch im Schlaf, sie jäh geblendet von diesem unseligen Licht.

Zoe über ihn gebeugt, ihr verwirrtes Haar, ihr offener Mund, ihre Brüste.

Schlafe, schlafe, mein Geliebter, nein wache; der Tag deiner Freiheit bricht an –

und wir werden nicht weinen –

Komm nicht mit zum Hafen –

geh noch nicht, mein Leben –

sie holen mich sowieso –

noch einmal, und sollten wir darüber sterben, noch einmal, und sollten sie uns so finden, noch dies eine Mal –

Sonne, Sonne, was tust du uns, trennst mich von diesem Leib, für den ich lebe –

tröst mich, mein Geliebter, da, wo der Trost entspringt an den Wurzeln, tröst mich ohne Küsse, dazu reicht keine Zeit –

da kommen sie schon.

Finden die Frau, nackte Brüste, das Gesicht ganz still, Augen ohne Blick. Nimmt nichts mit als eine Schatulle und einen Zweig vom Ölbaum, am Hals trägt sie ein Juwel, das ist ein Geschenk vom König.

Finden den Mann, nehmen ihm die Ketten von der Hand. Nicodeme, du bist frei, liber esto, er aber sitzt wie ein Stein.

Später steht sie, von kristallinischem Gischt besprüht, am Bug des Schiffes, ihr Kleid klebt am Leib, sie schaut nicht einmal zurück.

Später liegt er, weiß nicht die Arme zu bewegen ohne seine Ketten, reibt das zerschundene Gelenk, das Leukotris so oft salbte mit heilenden Essenzen, sie wird es nun zum letztenmal tun müssen, hat den Kopf in der dunkelsten Ecke, unseliges Licht, wozu leb ich.

Und sie weinen nicht.

Des Königs Bireme nach Parthien hat guten Wind und gute Fahrt.

Am Morgen des anderen Tages steht, wie von der Hand der Götter, oben am Bergrücken in leuchtendem Weiß ein riesiges Z. Leben. Zoe. Es ist von vielen Punkten der Insel aus sichtbar. Die Leute treten im Frühlicht blinzelnd vor die Tür, legen beide Hände über die Augen. Dann wenden sie sich ab – mit verkniffenem Mund und der Spur eines Lächelns – und gehen an ihre Arbeit, ohne das Wunder zu erwähnen.

Der Wahre und Alleinige Herrscher der Insel wird gelb vor Zorn, als er das Phänomen betrachtet, und verhält sich im übrigen genauso lautlos wie sein Inselvolk, nur daß er beiläufig kurz befiehlt, man solle „das da" beseitigen.

Also macht sich ein Trupp der Palastwache auf, mit allen möglichen Gerätschaften versehen, und erklimmt schwitzend die Bergeshöhe, klettert wie ein Rudel Ziegen über die kalkigen Schründe des Hanges, denn der verhängnisvolle Buchstabe ist schwer zugänglich. Wie sich herausstellt, ist er zusammengesetzt aus einer Vielzahl von weißen Steinen, die es an diesem Abschnitt des Bergs gar nicht gibt und die man also auch noch mühevoll hat herschleppen müssen – man kann wirklich nur den Kopf schütteln, was die Leute neben ihrer Arbeit noch alles unternehmen.

Fluchend unter der Mittagshitze, beginnen die überheblichen Kerle von der Palastwache, den steinernen Namenszug der einstigen Konkubine ihres Königs auseinanderzuzerren und kleine Häufchen mal dahin, mal dorthin zu verteilen. Sie erschrecken die Eidechsen, die sich hier sonst in

Ruhe sonnen können, schlagen ein paar Schlangen tot, die sie für giftig halten, verrenken sich die Fußknöchel, schürfen sich die Finger auf und bekommen einen Sonnenstich.

Ganz Lakros verzichtet auf seine Siesta und steht, die Augen vom Binsenhut oder von den Händen beschattet, in Betrachtung des ergötzlichen Schauspiels, wie die ameisenwinzigen Soldaten des Fast Göttlichen da oben versuchen, die Inschrift kleinzukriegen.

Als sich der Befehlshaber der Truppe am Fuß des Bergs nach getaner Arbeit noch einmal mit einem Seufzer der Erleichterung umdreht, stockt ihm der Atem. Statt schmal und scharf steht der Buchstabe jetzt diffus und blaß, aber unbesiegbar im Grau des Hanges. Seine Männer haben zwar die Steine auseinandergezerrt, aber nicht den Sinn zerstört.

Erst als man am nächsten Tag die Operation wiederholt, ist das Memento Zoe vom lakrischen Land verschwunden. Aber es taucht hin und wieder auf: an einer Hauswand, an der Mauer des königlichen Parks, eingekratzt in die Rinde der Bäume, wo es mitwachsen kann. Da ist auch ein König machtlos. Am besten, er übersieht es, so wie es das Volk von Lakros zu übersehen scheint: Keiner spricht davon, keiner beachtet es, aber keiner löscht es. Immer steht es wieder irgendwo. Z. Leben!

Es schickt der Fast Göttliche Sesostris an diesem Tag an seinen Leibarzt: einen Mantel aus Silberzindel mit purpurnen Säumen, Myrrhe aus Samarkand, einen Beutel voll Goldmünzen, ein Schreiben von seiner Hand, worin er baldige Genesung wünscht und den Archiater seiner Gunst versichert.

Leukotris, da sie dies alles sieht, stampft mit dem gesunden Fuß auf und erklärt, sie wolle das nicht haben, aber ein Geschenk des Königs kann man nicht zurückweisen, ohne zu riskieren, wieder in den Käfig gesperrt zu werden, und vielleicht mehr als nur einen Tag lang, auch sollte ein Fuß heil bleiben.

Sarmatis überbringt ihren Dank, der wohlwollend von der Majestät akzeptiert wird.

Der medica fallen zwei Dinge aus der Hand, als Nicodemus an ihrer Zimmertür steht und nachfragt, ob sie ein letztesmal seine Hand kurieren könne: ein Salbentiegel, der nicht zerbricht, sondern ihm vor die Beine rollt, und die Krücke, auf die sie sich stützt ihres Fußes wegen.

Sie steht balancierend auf einem Bein, verliert fast das Gleichgewicht, ergreift schnell den stützenden Arm des Mannes, starrt ihn an wie einen Geist, indes er sie zu ihrem Sitz am Tisch leitet.

„Ist Zoe nicht fort?" flüstert sie mit lahmen Lippen.

Er läßt sie los und bückt sich nach Stock und Tiegel. „Zoe ist fort."

Ihre Augen sind noch immer voll Unglauben. „Aber du bist frei."

„Ja. Seit sie fort ist, bin ich frei auf dieser Insel."

Die Luft ist weich, draußen singen die Vögel. –

Habe ich denn, Achillas, in meinem verwirrten, nur mit mir selbst und Kreusa vollgestopften Hirn das gar nicht bedacht, nicht bedenken wollen? Hab einfach gemeint, Zoe und Nicodemus, Nicodemus und Zoe, untrennbar wie linke und rechte Sandale, werden gemeinsam nach Parthien fahren, als ob ich Seine Majestät, diesen rachsüchtigen Hundesohn, nicht kennen würde. Seine Bedingungen sind doch klar genug und nie modifiziert worden all die Jahre. Sie fort, er frei, sie ohne ihn, er ohne Kette. Verflucht soll der sein und ich dazu; gibt es so etwas überhaupt, daß eine das hingibt um meine lumpige Freiheit oder selbst um das Unwägbare, das dahintersteckt: ein paar Unzufriedene, ein paar Tote, ein paar Kreuze... Flavilla, wie redest du denn? Gibt es überhaupt einen einzigen Toten, den du nicht dem Tod hättest entreißen wollen? –

„Aber wenigstens", sagt sie erstickt zwischen ihren Armen hervor, „Nicodeme, bist du nun frei." Ja, fort aus den Ketten, ja, die Luft draußen ist sehr sanft; wie kann ich ihm so etwas sagen? „Der König soll verflucht sein", fügt sie leise hinzu.

Sie spürt, daß er dicht neben ihr ist, sehr dicht.

„Verfluch ihn nur nicht. – Der Raum meiner Sklaverei ist etwas weiter geworden, das ist alles, Leukotris. Ich habe keine Flügel, übers Meer nach Parthien zu fliegen, Leukotris. Flügel hat auf dieser Insel nur der Basileus. – Weißt du, wie es uns allen geht, dir und mir, Meroe und ihren Söhnen, wen du auch nimmst? Wie dem Hasen, den ein Raubvogel verfolgt. Der arme Hase läuft und schlägt Haken, er rennt um sein Leben, springt von Busch zu Busch, aber immer fühlt er den riesigen Schatten über sich. Je schneller er läuft, desto schneller sind auch die Schwingen da oben. Der Schatten ist immer da. – Der König ist ein großer Mann."

Er sagt es ernst, ohne Bitternis und Ironie.

„Wär es gut, ihn zu vergiften?" fragt die Frau.

Sie fühlt die Berührung seiner schwieligen Hand an der Wange. Sonst keine Antwort.

„Nicodeme, was willst du nun tun?"

„Warten, bis Zoe zurückkommt. Oder hier sterben."

„Warum solltest du sterben? Und wie soll sie zurückkommen?"

„Beides", sagt er sanft, „sind Dinge, die vielleicht zusammenhängen. Aber das beste wäre natürlich, mit Zoe zusammen zu sterben."

„Du sollst nicht ständig vom Sterben reden!" Sie hebt endlich den Kopf aus den Armen. Seitlich emporblickend zu seinem eulenhaften Profil, das irgendwie dem Zoes ähnelt, sieht sie, daß er lächelt.

„Warst du bei Meroe?" fragt er.

„Noch nicht."

„Glaubst du nicht, daß es Zeit ist? Die Freunde warten auf dich."

Sie bewegt unruhig die Schultern. „Ich habe keinen Rat für sie."

„Aber sie für dich?"

Draußen ist die Luft so weich, Leukotris flüstert: „Vielleicht doch."

Am Morgen darauf begibt sich die medica auf ihrem Maulesel, unterm Sonnenschirm, begleitet von ihren Helfern, den dick verbundenen Fuß quer vor sich überm Sattel, die Krücke im Gepäck – begibt sich die Frau Archiater des Königs für mehrere Tage auf den Berg zu den Kranken der Mine.

„Sie läuft davon", sagen die, welche auf sie hoffen, „aber wenn sie zurückkommt, müßte sie genug gesehen haben, um zu uns zu finden."

„... läuft davon", sagen die Römer und lachen, „aber wenn sie zurückkommt, wird sie reif sein wie eine Frucht, und es wird geschehen. Sie wird wollen. Sie wird wollen müssen. Wir werden sie wollen machen."

Daheim in Rom, so erfährt man aus Briefen, gibt es Sgraffiti an Säulen, gewisse Inschriften an Standbildern: Brutus, schläfst du?

Gaius und Cethegus lachen darüber. Wäre vielleicht auch hier ein Briefchen bei der Rückkehr der Frau Archiater nicht unangebracht, die lakonische Anfrage enthaltend: Flavilla, schläfst du?

Die bleiche Kreusa, mutterlos , vaterlos, streift durch die Binsen und findet die Schilfhütte nicht mehr, dafür einen Haufen Asche, verkohltes Zeug, schwärzlicher Fleck im Grün; die Kindheit ist abgebrannt. Auf einem Stein steht, schon verblaßt, mit Holzkohle: Kreusa vale.

„Jetzt hab ich nur noch dich", sagt sie, eng an den Römer gepreßt. Der hört's befriedigt.

Bald werden wir unsere Früchte ernten. Der Herbst ist reif. Winter kommt mit Regen dann.

„Diese Frau, diese Zoe. Haben wir da irgend etwas versäumt? Wichtige Informationen, eine verschenkte Möglichkeit? Ich begreife nicht ganz. Im übrigen ist es dein Ressort, Cethege. Also?"

Cethegus polkt an seinen Fingernägeln. „Die Vorgeschichte kannten Sie so gut wie ich, ehrenwerter Herr Gai."

„Welche Vorgeschichte? Ach, du meinst diese makabre Historie vom eifersüchtigen König, das Rührstück vom verliebten Sklaven, der jedesmal – abgeschmackt."

„Das Maß des Geschmacks wird nicht immer zureichend sein für Dinge der Politik, mein Herr."

„Bemeistere mich nicht und nenn mich nicht ‚mein Herr' in einer Art, als sei das ein Schimpfwort."

Cethegus sieht ungerührt an Gaius vorbei. „Um Ihre Frage zu beantworten: Eine verschenkte Möglichkeit ist es kaum. Nach meiner Erfahrung sind Frauen von solchem Hochmut zu nichts zu bewegen. Sie hat, wie sich die medica auszudrücken beliebt, eine unbezähmbare Seele." Cethegus lacht trocken auf. „Im übrigen hatte sie etwas mit gewissen rebellischen Umtrieben hier auf der Insel zu schaffen, die der Basileus sicher kannte."

„Was, zum Teufel, für rebellische Umtriebe?"

„Die gewöhnlichen", erwidert Cethegus verächtlich. „Die vom Bergwerk finden es natürlich wider die Natur, arbeiten zu müssen..."

„...und verbündeten sich mit der Gauklerin?"

Cethegus zuckt die Achseln. „Es gibt da so eine Frauenvereinigung..."

„Puh", sagt Gaius und verzieht den Mund, als habe man ihm Schlehensaft angeboten, „Mutterbrust-Mysterien, geile Zaubereien, Kreuzweg-Obszönitäten. Finger weg!"

„Sehr richtig. Aber diese Frauenversammlungen haben offenbar noch andere, nämlich aufrührerische Ziele, und deshalb..."

„Ich verstehe. Was weißt du darüber?"

„Nichts", sagt Cethegus grimmig, „oder fast nichts."

„Und deine Nymphe Egeria?"

„Darüber schweigt sie. Aber ich werde sie schon noch bekommen und dieses ganze Nest von Rebellen, jeden einzelnen."

„Errege dich nicht“, bemerkt Gaius ironisch, „ich weiß ja, daß es deine Spezialität ist, in diesem Unflat von vorgestern herumzustöbern. Warum nur?“

„Weil“, legt der andere verbissen dar, „es diesen Leuten ergeht wie den Füchsen, die einmal in den Hühnerhof eingebrochen sind. Einmal Hühnerdieb, immer Hühnerdieb. Einmal Rebell, immer Rebell.“

„Akzeptiert“, sagt Gaius vergnügt, sichtlich erheitert von der unvermittelten Bildhaftigkeit in der Sprache des Holzgeschnitzten. „Aber wenn das so ist, warum haben wir nicht ein bißchen Feuer geschürt, he? Ein kleiner Aufstand auf der Insel – Besseres kann es doch gar nicht geben. Unsere Flotte eilt dem bedrängten rechtmäßigen Monarchen zu Hilfe und liefert deinem Büro noch gratis die Köpfe all der Leute, nach denen dir der Mund wässert!“

Offensichtlich wieder eine von den zu mißbilligenden Naivitäten des jungen Herrn. Cethegus hebt belehrend den Zeigefinger, während die Augen des Cäsarfreundes vor Vergnügen funkeln – manchmal macht es richtig Spaß mit dem Herrn vom „Büro“.

„Im Gegenteil. Die Erfahrung lehrt, daß man, je mehr man versucht, eine solche Bewegung zu zerstreuen, sie recht eigentlich stärkt und vor allem zu dem treibt, was wir so nötig brauchen: zu einem übereilten Losschlagen bei für uns günstigen Kräfteverhältnissen. Wenn diese Zoe wirklich einer der Köpfe des Widerstands war, so ist es sehr gut, daß sie fort ist. Sie jedenfalls kann niemanden mehr von dummen Streichen abhalten. Der Basileus wußte das sicher und konnte, wie es in den Tragödien so schön heißt, Staatsräson und persönliche Wünsche vereinen in Harmonie.“

„Sehr gut!“ ruft Gaius fröhlich aus. Er ist heute überhaupt seinem Partner gegenüber versöhnlich gestimmt. „Diese Sache mit dem Z, ja. Eine Manifestation. Majestät wird sich schwer ärgern. Hast du etwa daran mitgewirkt?“

„Nicht direkt“, erklärt Cethegus zurückhaltend, „obwohl ich zugebe, dieses oder jenes Z vielleicht, nun ja, inspiriert zu haben ...“ Worauf Arruntius ihm auf die Schulter schlägt und ihn ermuntert, ein paar Tratschgeschichten aus dem Leben der Possenreißerin zu erzählen, die er doch sicher bei den abendlichen Plaudereien mit der Nymphe Egeria so nebenbei erfahren habe.

„Nebenbei?" Seit Tagen sei von nichts anderem mehr die Rede. Aber leider berühre nichts den Kern der Sache, betreffe nicht dieses letzte halbe Jahr, so daß es fast so aussähe, als wisse auch die Ärztin nichts darüber, als sei sie den Frauen oder Männern dieses Bundes nicht mehr ganz sicher erschienen...

Nun gut, der junge Herr möchte es trotzdem hören.

„Ja. Also dieser legendäre Arzt Achillas, dem wir unsere medica zu verdanken haben, hat auch seinen Einfluß auf Zoe gehabt. Sie muß ein furchtbares Kind gewesen sein, hysterisch, laut, krankhaft beweglich. Und nicht recht bei Trost. Sie soll mit dem Messer auf Leute losgegangen sein, und die medica erzählt es so, als sei als Kind schon ihre Lieblingsbeschäftigung gewesen, Römer umzubringen.

Vielleicht wollte der alte Schlauberger von Arzt sie also nur ganz schlicht loswerden, als er sie nach Mykonos schickte, auf die berühmte Schule der Erinna, um eine Rhapsodin aus ihr zu machen. Aber das ungebärdige Rebellenbalg hielt das nicht aus. Sie lief mit der ersten besten Seiltänzer- und Feuerschluckertruppe auf und davon, soll eine Zeitlang mit den liederlichen Weibern, die sich selbst als Bacchantinnen bezeichnen, durch die Wälder gestreunt sein und galt auf Lakros als verschollen.

Dann hörte man von ihr, von einer caterva von Mimen, deren Haupt sie war und die einen zweifelhaften Ruhm in den Städten und Dörfern des Festlandes hatte. Zweifelhaft, weil diese Truppe ihre, wie es heißt, nicht unbedeutenden Gauklerkünste verknüpfte mit einer seltsamen Art von Auflehnung. Sie fanden heraus, was immer die Leute bewegte, nahmen es als Stoff ihrer Spiele, Tänze und Lieder und brachten oft abends auf die Bretter, was morgens auf dem Markt passiert war. So schürten sie die Unzufriedenheit im Volk. Versteht sich, daß sie Zulauf hatten, daß sie aber andererseits oft ihren Karren wieder aufladen mußten, bevor sie noch die Vorhänge an den Stangen befestigt hatten. Denn die Obrigkeit war ihnen nicht gerade freundlich gesonnen.

Es muß ein Elendsleben gewesen sein, aber Zoes berühmte Bande folgte ihrer Prinzipalin durch dick und dünn und wand sich – wie es Zoe nach Aussage unserer Barbarin formulierte – jenen Lorbeer ins Haar, den als Gewürz zu verwenden ihnen leider oft die Suppe fehlte. Als sich dann, nach Jahren, die Mimin der Insel Lakros wieder entsann und mit ihrer weitbeschrienen Gesellschaft hier anlandete, um den Hof des Basileus zu beglücken, war das offensichtlich nicht nur eine sentimentale Regung: Zoe war mit ihrer caterva aus allen Staaten Griechenlands ausgewiesen worden, auf sie und verschiedene prominente Possenreißer der Bande waren sogar Kopfpreise ausgesetzt.

Das alles nahm der Wahre und Alleinige nicht zur Kenntnis, sondern beschloß, sich geschmeichelt zu fühlen und den Ruf als Freund der Musen zu genießen, wenn schon die großen Schauspieltruppen des Festlandes kamen, sich bei ihm zu produzieren. Man nahm die verlorene Tochter mit offenen Armen auf.

Da all die umstürzlerischen Anspielungen, mit denen sie auf dem Festland gearbeitet hatten, hier für die Katz waren, die Mima die Besonderheiten der Insel nicht kannte und sich auch nicht erlauben konnte, schon wieder zur nächsten Insel auszureißen, bereitete die Gruppe ihren Auftritt mit äußerster Sorgfalt vor – fest entschlossen, die Leibmimen des Sesostris zu werden.

Um zu beweisen, daß sie nicht nur auf dem Seil tanzen und Feuer schlucken konnten, begann man mit einigen Szenen aus der klassischen Komödie – ich habe vergessen, worum es da ging. Jedenfalls kommt darin ein junger Mann vor, der sich, um ungestört bei seiner Geliebten sein zu können, als Frau verkleidet. Zoe selbst spielte diese Rolle und traf damit Sesostris mitten ins Herz.

Unser geschmäcklerischer König war fasziniert. Das war der Gipfel alexandrinischer Dekadenz; so etwas suchte er schon lange: eine Frau, die aussieht wie ein Mann, der aussieht wie eine Frau. Er entlohnte die Truppe fürstlich, schickte sie fort und behielt die Archimima zurück zu seinem persönlichen Dienst. Es heißt aber, der stolze Herr habe fast noch ein halbes Jahr balzen müssen, ehe sie ihn erhörte."

Gaius unterbricht die Histörchen über die Dame Zoe durch eine provokante Frage: „Das gefällt dir wohl, daß sie ihn zappeln ließ, wie?"

„Herr", sagt Cethegus finster, „ich leugne nicht, daß ich keine Sympathien für diesen Basileus habe. Aber, daß eine infame Person, eine Gauklerin, rechtlos wie eine Unfreie, sich weigert, auch nur auf den Wink des kleinen Fingers eines Monarchen ihre verdammten Schenkel aufzumachen, ist eigentlich schon Grund genug, sie auszupeitschen und ans Kreuz zu schlagen..."

Gaius reagiert auf die feierliche Rede mit Heiterkeit. „Das wird dir nicht mehr gelingen, da die Person nach Parthien unterwegs ist, aber vielleicht besorgt es der Großkönig für dich. Im übrigen freut mich deine Meinung. Ich dachte schon, du hegtest irgendeine geheime Sympathie für diese Dame, weil du so fesselnd berichtest."

Cethegus scheint nun ernsthaft beleidigt zu sein, und es bedarf erst guten Zuredens sowie eines Krugs Rezina, ehe er weiterspricht: „Der Basileus überschüttete die Gauklerin mit Geschenken, aber sie sandte ihm alles zurück, und er durfte nicht einmal beleidigt sein, wenn er überhaupt noch an den Erfolg seiner Bemühungen glauben wollte. Das einzige, was sie ihm gnädig gewährte, war, daß er ihr dort über der Bucht ein Haus bauen ließ, in dem nun der verlassene Liebhaber von seinen Plagen ausruhen kann. Die Ärztin sagt, daß der arme Basileus fast rasend geworden sei in dieser Ungewißheit: denn daß sie sich ein Haus bauen ließ, bezeugte, daß sie auf der Insel bleiben wollte, aber auch, daß sie nicht bei ihm im Palast wohnen würde.

Schließlich, eines Tages, sandte er ihr in hoffnungsloser Routine ein großes Schmuckstück, und siehe da, sie behielt es. Am Abend erschien sie bei ihm, mit ihrem bubenhaften Haarschnitt und in lässiger Kleidung, jedoch das Juwel um den Hals gehängt, und gewährte ihm das, was durch das lange Zaudern sicher auch nicht besser geworden war.

Es heißt aber, daß sie nie eine ganze Nacht im Haus des Königs geblieben sei, sondern immer vor Morgengrauen aufbrach; sie war nur sein Gast, nicht seine Mätresse – eine Feinheit, deren Sinn man hier anscheinend allerorts begreift, nur mir geht er ab. Manchmal habe sie einen Kuß, eine Umarmung plötzlich abgebrochen und sei weder durch Drohungen noch durch Bitten zu bewegen gewesen, sich dem Willen des Fast Göttlichen zu unterwerfen, sondern habe immer mit beispielloser Keckheit die Unabhängige gespielt – und der Herr dieser Insel schluckte das eine ganze Reihe von Jahren. Bis diese Sache mit dem Sklaven kam ..."

Weder Klugheit noch Schönheit noch besondere Fähigkeiten zeichneten den aus, dem die Geliebte des Königs, die illustre Archimima, sich schenkte, wie man sich nach einem heißen Tag in ein fließendes Wasser wirft, die Augen geschlossen: Mag es mich töten oder fortspülen.

Es rief keine Stimme vom Himmel, der und der sei für die und die; die Götter gossen kein helles Licht auf den Fleck der Begegnung aus, glätteten ihm und ihr nicht das Haupthaar, umkränzten sie nicht mit Anmut und legten keinen Rosenschimmer um die Glieder – und dergleichen Lappalien mehr.

Einer der Aufwärter des Basileus stand eines Tages auf der gleichen Stelle, um mit der gleichen Gebärde, in der gleichen sanften Art, einen Spiegel zu halten, eine Blume zu reichen, einen Wein zu kredenzen wie schon hundert Tage oder mehr vordem, und die Götter machten sich nicht das Vergnügen mit dem bewußten Licht schräg übern Wolkenplan bis hinunter zu den Betroffenen – doch zum erstenmal tauchen vier Augen ineinander, zum erstenmal heißt das

„Danke, Nicodeme" der Mima zugleich: „So sehr also liebst du mich?", und das verhaltene „Zu meiner Herrin Befehl" heißt: „So sehr liebe ich dich, Unvergleichliche", und schon muß für den Rest keinerlei überirdischer Eingriff mehr bemüht werden. Es bedurfte nicht einmal der Verabredung, daß sich die beiden einige Tage darauf die Sprache ihrer Augen bestätigen, an einem Winterabend, bei wilder See am Strand unter einem umgestürzten Boot, der Sand ist eiskalt und naß.

Und nicht einmal, daß es das große Endlich ist, bei dem die Erde bebt und Blitze züngeln, ach nein. Zoe muß Tränen trocknen und einen wie im Fieber Zitternden beruhigen, und es vergeht ein Frühling darüber, bis er lernt, daß man bei ihr nicht vor Seligkeit in die Knie fallen muß, sondern seine Hand aufheben und über ihr strohhartes Haar streichen kann, und ein Sommer voll Wind bis zu dem Abend, an dem sie vor ihm kniet und ihre Wange auf seine Füße legt und, sich der Größe ihrer Geste bewußt werdend (schließlich ist sie eine Schauspielerin), seine Knie umfaßt und von unten herauf flüstert: „Ich glaube, ich muß es Sesostris sagen."

Und hintritt vor ihn, den Herrn der Insel und sehr Liebenden, und es ihm sagt, ohne ihn aus den Augen zu lassen und ohne zu stocken.

„... Sie war sich seiner so sicher und von solch unerhörter Frechheit, daß sie einfach zu ihm hinmarschierte und ihm die ganze geschmacklose Liebesgeschichte auftischte. Zu allem Überfluß bat sie ihn dann freundlich, ihnen beiden (nach seiner Freilassung) gnädige Abreise zu gewähren.

Ich gäbe was drum, das Gesicht des Basileus in diesem Augenblick gesehen zu haben – es muß einmalig gewesen sein. Er schrie aber nicht los, heißt es, und machte keinen Skandal. Weiß vor Wut, schickte er die Dame Possenreißerin davon und beschied sie auf den nächsten Tag, zusammen mit ihrem Beischläfer-Sklaven. Eine grandiose Komödie. Sie verstand überhaupt nichts und schied in der Tat von ihm in der Annahme, er werde, wenn auch mit Schmerzen, ihrer Bitte zustimmen, und soll in ihrer hochmütigen Verblendung ihm noch gedankt haben.

Der König muß eine unruhige Nacht gehabt haben, und eine sehr grüblerische dazu. Jedenfalls offenbarte er ihnen am nächsten Morgen seinen hübschen Plan, jedem einzeln, wohlverstanden, und die Ärztin sagt, daß sei das einzige Mal gewesen, daß er das Wort an den Sklaven Nicodemus gerichtet habe. Sie meint auch – denn sie hat etwas übrig für ihren König, auch wenn er ihr die Füße kaputtschlagen läßt –, er habe sich diese ganze Sache nur ausgedacht, um zu erreichen, daß die Mima schnell abreist und er die ganze Liebesgeschichte los ist. Aber ich glaube, er war Menschenkenner genug, um zu wissen, wie sie sich entscheiden würden – zumindest, wie sie sich entscheiden würde, und sein Hauptvergnügen wäre gewesen, sie hätten unterschiedliche Varianten gewählt. Aber das trat nun nicht ein, sondern beide, trotzig und überrascht, entschieden sich fürs Dableiben. Was sie sich damit aufhalsten, ahnten sie wohl für die Dauer nicht."

Und hier können die beiden Römer sich vor Lachen nicht mehr halten, und die Geschichte von Zoe und ihrem Liebhaber hat immerhin diesen beiden einen vergnüglichen Abend verschafft.

Achillas. Nachdem ich sie die vielen Jahre so habe über diese Insel gehen sehen, Zoe und Nicodemus, Nicodemus und Zoe, schien mir so undenkbar, sie zu trennen, wie Licht und Flamme zu scheiden. Aber der König ist groß, der König vermag alles.

Jetzt, wo die Ketten von Nicodemus gefallen sind, wird mir erst wieder bewußt, welche Ungeheuerlichkeit tyrannischer Klügelei der Zustand gewesen ist, den wir so lange ertrugen. Ertrugen, ohne viel mehr als ein Wort des Mitleids und eine Sache der Heilung und jene Aura scheuer Bewunderung, mit der wir ihn und sie umgaben, allzu schnell gewohnt daran, sie beide zu einem Symbol zu machen. Symbole sind ausgezeichnet. Sie stehen unverrückbar wie die

Fixsterne, sie sind nicht mehr wandelbar. All die Zeit haben wir den Hohn, die haßglühende Herausforderung der Majestät ins Unverbindliche zu mildern versucht, um sie besser ertragen zu können. Ich, Archiater und Volkstribunin, nicht wahr, habe, um zu erreichen, daß dem Bauern Lynkeus seine zertrampelte Kornernte ersetzt wird, in stillem Einverständnis die groteske Verhöhnung der Menschenwürde täglich mit angesehen und mir darin gefallen, die beiden ins milde Licht der Idylle zu stellen. Keiner hat so sehr recht wie Nicodemus, wenn er den König als großen Schatten über uns sieht. Er selbst fühlte ihn täglich. Ich? Ach, ich.

Nun, da der Bann der von uns selbst geschaffenen Glorie gebrochen wurde, sieht plötzlich alles ganz anders aus. *Das* ertrugen wir wirklich um des sogenannten lieben Friedens willen? Einen Mann, der sich immer aufs neue ohnmächtig und verbissen der entwürdigenden Pein aussetzt, mit der Anspannung eines Käfers, der jeden Tag zum Rand des Kruges hinaufkriecht und dann rücklings herunterfällt? Eine Frau, die ihr schlechtes Gewissen dem leidenden Liebhaber gegenüber zur Selbstverleugnung zwingt? Einen boshaften rachsüchtigen König? Und alle drei ineinander verbissen zu einem Ring des immerwährenden Trotzes? Kein Wunder, daß die Römer lachten.

Da gehe ich los und schimpfe den König aus, weil mein Töchterchen und ihre Schreie mir klarmachen, was er eigentlich tut. Kurz vorher war ich beinahe zärtlich zu ihm, zu einem Kerl, der aus gekränkter Eitelkeit nicht in der Lage ist, einer Frau zu verzeihen, die einen anderen ihm vorzieht!

Und Zoe? Hätte sie es besser verstanden, ihre Gefühle zu beherrschen, oder wie immer man das nennt, wenn man sein Herz aus Gründen des Vorteils verleugnet, wäre sie heute zumindest noch immer des Königs Favoritin und sicher eine bessere „Nymphe Egeria", als ich es jemals sein kann, mit der gleichen Ausrede, die auch die meine ist: zum Nutzen des Volkes von Lakros.

Aber so etwas hat sie nicht mitgemacht, die Schlammgeborene, die Evoe-Ruferin, die Eingeweihte vom Berg, die viele Jahre lang im Spiel den Leuten klargemacht hat, daß sie nicht allen Talmi glauben sollen.

Achillas, ich muß dir etwas sagen: Ich fühle mich ziemlich erbärmlich.

Sie sitzen auf Kreusas Lieblingsplatz, jener Klippe am Strand, die man so schwer ersteigen kann. Ringsum ist kniehoher Thymian, abgeblüht, er duftet nicht mehr.

Kreusa trägt ihre Locken frei auf den Schultern. Sie hat die Knie mit den Händen umfaßt und lehnt sich gegen ihren Liebhaber, den Römer. Ihr Gesicht hat die rosige Bräune verloren, es ist durchsichtig blaß. „Siehst du da hinten?" fragt sie und streckt den Arm aus.

„Wo? Was?" entgegnet Gaius, ohne die Augen zu öffnen, im Vertrauen auf ihre Erklärung.

„Das Dunkle da am Himmel."

„O ja", ruft er überzeugend aus – die Lider weiter geschlossen —, „und was ist das?"

„Der Vogelzug. Sie fliegen jedes Jahr dort vorüber nach Ägypten. Weißt du, was das bedeutet?"

Gaius reckt sich, soweit es die Last an seiner Schulter zuläßt. „Nein, meine Süße."

„In vierzehn Tagen kommen die großen Stürme. Dann fährt kein Schiff mehr. Willst du den Winter über hierbleiben?"

„Kaum. Ich denke, alles wird vorher vorbei sein. Ich fühl mich gesund."

Von der Sonne ermuntert, schrillen die Zikaden. Kein Hauch geht. Kreusas lockiger Kopf sinkt nach vorn auf ihre Knie. Dann rollt das Mädchen zur Seite, bleich, die Augen geschlossen, mit verrenkten Gliedern wie einstmals auf dem feuchten Sand des Kliffs.

Gaius, ehrlich erschrocken, kniet neben ihr, schüttelt den schlaffen Arm, klopft die aschfarbenen Wangen.

Ohne Übergang spricht sie wieder, leise. „Ich weiß nicht, was es ist. Aber seit Aristeus' Tod hat sich irgend etwas verändert. Dunkles kommt wie ein Vogel über mich. Mir fehlt etwas in mir. Und danach bin ich traurig. Ich werde sehr allein sein, wenn du fortgehst."

„Ist es das?" ruft er erleichtert und richtet sie in seinen Armen auf. „Meine kleine Närrin. Oh, Kreusa, meinst du, ich fahre da so einfach übers Meer? Warte. Ich habe etwas für dich." Er stützt sie mit einem Arm und wühlt mit der freien Hand in der Tasche. „Ich wollte es dir erst heute nacht geben. Weißt du, was das ist?"

Kreusa starrt auf das schwere goldene Gliederarmband, besetzt mit edlen Steinen, das er vor ihrem Gesicht schwenkt. Es glitzert in der Sonne so sehr, daß sie die Lider senken muß. Und dazu an ihrem Ohr seine zärtlichen Worte: „Das gehörte einst meiner Mutter, einer Römerin. Und jetzt, spürst du, siehst du, was ich tue?" Sie sieht nichts, aber spürt, wie sich das schwere kalte Metall um ihr Handgelenk schließt wie eine Fessel. Der Verschluß klickt. Sie schreit leise auf und betrachtet ihre gefangene Hand.

„Mach es ab, bitte, Gai", sagt sie ängstlich, und da er keine Anstalten trifft, beginnt sie an der komplizierten Schließe zu zerren, aber erfolglos, indes er weiterredet: „Weißt du, was du jetzt bist? Meine sponsa, meine verlobte Braut. Kreusa, dachtest du wirklich, ich fahre ohne dich übers Meer? Und selbst wenn – wie schnell würde ich dich nachholen!"

Sie hält inne und dreht sich auf den Knien zu ihm herum. „Nach Rom?"

Er lacht. „Wohin sonst? Und", er faßt ihr Gesicht in die Hände, „als meine Gattin."

Kreusas braune Augen sehen ihn an und nicht an. Plötzlich schießt ihr die Röte unter die durchsichtige Haut. Sie springt auf, reißt wieder vergeblich an der Goldspange. „Mach es ab, bitte! Mach es ab!"

„Aber Kreusa! Liebst du mich nicht?"

Ihre Arme sinken herunter. „Ich liebe dich." Und sie wird wieder totenbleich.

Kenne einer die Weiber.

12.

An einem Kreuzweg hält Leukotris ihr Maultier an. Sarmatis und Tyro, die, in einem Schwätzchen begriffen, gemächlich folgten, beeilen sich, zu ihrer Meisterin zu kommen.

Der Tag war heiß, die Arbeit groß genug, allen eine Rast zu gönnen, aber man weiß nie, was sie vorhat.

Die Ärztin, im Sattel zu ihnen gedreht, behauptet, ihren Rat zu brauchen – schon ein bißchen ungeduldig, daß sie nicht gleich zur Stelle sind.

„Dies hier ist ein Kreuzweg."

„Das sehen wir, medica", sagt der dicke Sarmatis freundlich und gelangweilt. Tyro stößt ihn mit dem Fuß an.

„Die Frage ist, ob wir den kurzen steilen Weg über die Kuppe nehmen. Dann wären wir noch vor der Nacht an der westlichen Küste. Oder ob wir den Umweg über die Ölbaumpflanzung rechter Hand machen. Wir könnten da nach einigen Leuten sehen."

Die beiden Helfer wechseln einen raschen Blick, gerade so einen, von dem sie merkt, daß sie ihn nicht sehen soll.

Dann sagt Tyro „tjaa" und senkt unschuldig die Lider. Das Spiel, das nun folgt, kennt sie schon.

„Es wäre natürlich verlockend, abends an der Westküste zu sein", beginnt Sarmatis den Reigen.

„Andererseits", fällt Tyro ein, „bedenke, wir könnten in der Ölbaumpflanzung nach einigen Leuten sehen..."

„Allerdings, das könnten wir. Also sollten wir..."

„Andererseits, du hast recht. Andererseits meint die medica, daß wir noch diesen Abend..."

Mit ihrem umwickelten Fuß und der Krücke ist Leukotris behindert, sonst wäre sie längst abgestiegen, hätte die Maultiere am Zaum gefaßt und sie unversehens in die von ihr gewünschte Richtung gezerrt. So verfolgt sie diese von ihr selbst heraufbeschworene Spiegelfechterei mit inbrünstigem Ärger.

„Wer wohnt eigentlich in der Ölbaumpflanzung?"
„Wohnt dort nicht Meroe?"
„Richtig, Meroe. Die heilt ihre Kranken selbst. Da brauchen wir wohl kaum ..."
„Wir könnten durchreiten und am Meer übernachten, da sparen wir Zeit."
„Ja, aber wir waren lange nicht in der Ölbaumpflanzung."
Hier unterbricht sie das Spiel. „Ihr verfluchten Heuchler! Von Anfang an wißt ihr, daß ich zu Meroe möchte."
„Wozu fragt uns die medica dann?" murmelt Sarmatis. „Sie wird sowieso das entscheiden, was sie mag."
„Ich will wissen, was ihr mögt!"
Diese Antworten sind genauso klar wie die vorherigen. Schließlich wünscht sie ihre Mannschaft mürrisch zum Teufel und entschließt sich: „Ihr reitet zur Küste. Ich mache den Umweg über die Ölbaumpflanzung und stoße morgen zu euch."
Wendet ihr Maultier und reitet bergab unter schwankendem Sonnenschirm. Die beiden sehen sich an, grinsen und folgen ihr mit Abstand nach, so, daß sie's sehen könnte, wenn sie sich umdrehen würde. Aber das tut sie nie.

Leukotris steigt vor der Tür der schwärzlichen Hütte ab, obwohl es ihr allein große Mühe macht. Ächzend und mit leisen Schmerzensrufen richtet sie sich an ihrem Stock auf, humpelt zur Schwelle und fragt halblaut: „Bist du da, Meroe? Ich bin's."
Diese Schwelle, diese Tür wie der Eingang einer Höhle, eines Schoßes, eines Abgrunds. Dunkel gerahmt vom alten Holz der Balken und Pfosten, die glatt und rund sind wie vom Meer geschliffene Steine – durch nackte Füße, die sie überschritten, durch warme Hände, die sich oben und an der Seite stützten. Rechts am Querbalken jene Vertiefung im sanft gemaserten Eichstamm kommt von der Berührung der Frau her, die dieses Haus bewohnt; jener, die nun hervortritt aus dem Dunkel, sich bückend, ihre Hand genau gegen jene

Mulde stemmt und sich dann aufrichtet. Wenn sie vor ihrer Hütte steht, weiß man nicht, wie sie darin Platz hat, denn sie ist eine Riesin.

„Zeit, daß du kommst, Schwester", sagt sie und betrachtet ohne Überraschung die Ärztin von Lakros und deren verbundenen Fuß.

„Hast du einen Schluck kalte Milch für mich?" fragt Leukotris beiläufig. Ihr Gesicht ist voll roter Flecke trotz der abendlichen Kühle.

„Für dich jederzeit", sagt die große Frau. „Tritt ein."

Beide kriechen ins Dunkel der Höhle.

Drinnen herrscht, hat man sich erst gewöhnt, ein heller Dämmer wie in einer Bienenwabe. Der kleine Raum wirkt größer durch sein Ebenmaß und durch die sinnvolle Anordnung der Dinge.

Hier geschieht Seltsames. Die Leibärztin des Königs fällt vor der Herrin dieser Hütte auf die Knie, umfängt die staubigen Knöchel und küßt ihr den Fuß. Die dunkle Riesin ergreift einen Stock und schlägt auf den gebeugten Rücken der anderen. Vier-, fünfmal, nicht sanft und andeutend, sondern so, daß die Geschlagene aufstöhnt. „Mach es glimpflich, Große Mutter", ächzt sie, „hab ich nicht schon genug an meinem Fuß?"

„Den Fuß haben sie dir zerschlagen gegen deinen Willen. Dies hier geschieht mit deinem Willen – oder vielleicht nicht?"

„Ja und ja. Und ich bin froh, daß der Bund sich meiner erinnert. Ich konnte wenig für euch tun."

„Dafür wir für dich, Schwester." Wieder fallen Hiebe auf den gesenkten Rücken.

„Du hast recht, Große Mutter", sagt die Ärztin mit zusammengebissenen Zähnen. „Aber verdammt, ich halt es nicht mehr aus. Verzeih mir."

„Es ist schon vorbei, Flavilla. Es ist schon vorbei, Schwester."

Sie liegt im Schoß der anderen, verborgenen Gesichts wie ein Kind bei der Mutter, und die dunkle große Hand streichelt ihr das Haar, bis sie sich beruhigt hat. Dann sagt Meroe: „Du wolltest doch kalte Milch" und erhebt sich.

Neben ihr muß wohl jeder kindhaft erscheinen, denn sie reicht fast bis an die rauchgeschwärzte Decke. Ihr Arm, den glänzende Muskeln modellieren wie den Arm eines Athleten, langt ohne Mühe eine schwere Milchsatte aus Ton von einem hoch gelegenen Wandbord. Sie reicht ihrem Gast die kupferne Kelle – bei alldem bewegt sie sich kaum durch die Hütte. Sie ist kraftvoll und ruhig. Während Leukotris zum Tisch humpelt und eine Kelle voll Milch zum Munde führt, steht sie mit gekreuzten Armen lächelnd daneben.

Meroe hat afrikanisches Blut in sich. Ihre Haut ist dunkler als die der Menschen hier auf der Insel. Ihr tiefschwarzes, straff gekämmtes Haar ist unverkennbar gekraust. Das Alter kann ihrem hünenhaften Wuchs, den Säulen ihrer Beine, den breiten Schultern eines Lastträgers, den gewölbten Muskeln ihrer Arme kaum etwas anhaben. Auf dem sehnigen Hals erhebt sich ein kleiner, knochiger Kopf, dessen Schönheit in seiner vollkommenen Anatomie besteht: Kinnlade, Backenknochen, Stirnbogen, Schädel in reiner Linie, helle unversehrte Zähne unter kurzen Lippen, der Blick sanft aus tief eingebetteten Augen.

Die Große Mutter lacht. „Lange hast du gebraucht bis in unseren Olivenhain, Schwester. Es war an der Zeit."

Die andere trinkt den zweiten Schöpflöffel voll Milch. „Nichts auf der Welt ist der Milch deiner Ziegen vergleichbar", sagt sie statt einer Erwiderung. „Du bist wahrhaft eine große Mutter. Wenn man zu dir kommt, kehrt man heim."

„Zu der Milch meiner Ziegen?"

Leukotris seufzt. „Es nützt nichts, herumzureden. Manchmal kam mir der Frauenbund lächerlich vor, Meroe. Die Riten, das Vorzeitliche, das Selbstvergessen, das uns überfällt, wenn wir in der Höhle das Fest der Guten Göttin feiern und einander berauscht in die Arme sinken. Ja, und auch unbequem ist es, so wie heute." Sie bewegt die Schultern und zieht eine Grimasse. „Und doch – es war das

Stärkste im Leben, wenn wir beisammen waren, wir: Gebärende, Heilende, Ackerbauende, Feuerhütende. Und unser größter Stolz war es, unsere Töchter in unseren Kreis einbringen zu können. Und wir dachten: Solange wir da sind, ist Friede, denn wir herrschen im Eigentlichen.

Und nun, Meroe? Seit das Gold entdeckt wurde, schmolz unsere Macht. Was vermag ich noch beim König? Man schleppt unsere Söhne in die Grube, und die Ernte verdorrt auf dem Halm, was vermag der Bund? Zoe ist außer Landes." Sie trinkt die dritte Kelle Milch.

„Das ist eine lange Rede, Ärztin Flavilla", sagt die dunkle Frau. „und eh ich darauf antworte, laß mich dein Maultier versorgen, das du da draußen stehenließest im Vertrauen darauf, daß sich einer darum kümmert."

Sie geht aus der Höhlenhütte (gebückt, die Hand in der Mulde des Balkens), kommt aber gleich zurück und lacht. „Deine Trabanten sind eingetroffen und haben alles bestens versorgt."

„Meine Gehilfen?"

„Tyro und Sarmatis."

„Ich hatte sie den anderen Weg geschickt."

„Sie wissen, was sie dir schuldig sind."

Leukotris schüttelte den Kopf, halb verärgert, halb beschämt, und murmelt Protest.

„Wenn du jetzt genug hast von der Milch, Schwester, will ich versuchen, auf deine Rede mit einer anderen zu antworten", sagt die Große Mutter und entfernt Tonschale und Schöpflöffel mit einer Wendung, bei der sie kaum mehr als ihre Schultern bewegt. „Du hast in allem recht und unrecht. Erinnere dich an den Anfang. Als wir uns zusammenfanden vor fast einem Menschenalter, da hatten einige von uns, wie du und ich und die kleine Zoe, geschmeckt, wie es ist, ohne Herren zu leben und ohne Furcht. Die anderen litten sehr, und die Götter waren nicht mehr glaubhaft.

Da besannen sie sich – wir und einige, die nicht mehr leben – auf die ältesten Wahrheiten der Welt und jenes

Zeitalter, in dem wir Frauen die sanfte Macht hatten und zur Guten Göttin beteten. Die Zeit, wo es keine Kriege gab, keine Herren und Sklaven, wo Lieben und Fruchttragen mehr galt als Töten. Die goldne Zeit. So entstand der Bund mit den alten Formen. Als Wächterinnen über die Insel gesetzt, als geheime Herrscherinnen sahen wir uns schon, vielleicht war es möglich; Zoe hatte das Ohr des Königs, und du vermochtest viel. So träumten und dachten wir damals." Sie hockt an der Wand, massig wie eine Bärin.

Flavilla-Leukotris starrt auf sie mit offenem Mund. „Wenn es nicht die Große Mutter wäre, die da redet, würde ich denken, ich bin es selbst."

„Das kommt daher, weil du dich allein für klug hältst", sagt Meroe ruhig.

„Oho, Schwester, was soll das?"

„Rede nicht so mit mir. Es ist so. Meinst du, ich kenne dich nicht, Flavilla? Ich kenne dich dreißig Jahre und drei und besser, als man die Mutter kennt, von dem Tage ab, da du mir auf einem zerbrechlichen Floß, mitten im Wasser des Meeres, umgeben von sterbenden Gladiatoren, in Kindsnöten beistandest und mich von zwei Söhnen entbunden hast, für die ich dir danke, solange ich Atem habe."

Sie erhebt sich, und die blonde Barbarin, plötzlich das kleine Mädchen vom Floß, verschwindet in ihrer Umarmung.

„Wo sind deine Zwillinge jetzt?" fragt Leukotris an ihrer Brust.

Der Leib der Mutter vibriert in heimlichem Lachen. „Wo sie sein müssen, das glaub mir, und wo auch deine Söhne sein werden. Nicht in des Königs Mine. In den Betten ihrer Frauen, so hoff ich, jeden Tag, bei den Ziegen am Berg, im Olivenhain und in der Waffenschmiede. Schwerter tun not."

„Wovon redest du?"

„Du hast mich unterbrochen in deiner Naseweisheit, Kleine. Willst du dich nicht hinlegen mit deinem kranken Fuß, während ich weitermache in unserem Gespräch?"

„Och, weißt du", sagt die Ärztin hastig, „das Hinlegen bei Gesprächen erinnert mich zu sehr an jemanden. Ich will lieber sitzen bleiben. Der Fuß ist schon ganz gut."

Meroe beginnt erneut, mit den tönernen Milchschalen zu hantieren. Eine nach der anderen holt sie vom Bord, schöpft mit einem flachen Holzlöffel den Rahm ab, den sie in einen blauen Krug füllt, und stellt die Satte zurück an ihren Platz.

„Wo war ich stehengeblieben? Bei den glücklichen Zeiten, wo wir glaubten, etwas zu vermögen. Man erreichte ja auch dies und das und war sehr zufrieden. Und wir waren in unseren alten Bräuchen – von denen du sagst, sie sind manchmal unbequem und manchmal lächerlich – sehr zu Hause, du auch, nicht wahr? – Ja, das war recht gut, als Lakros mitten im Wasser lag und der Welt unbekannt war. Aber jetzt kommen mir doch ein paar Zweifel, ob die Gute Göttin die stille friedliche Person ist, als die sie im Moment erscheint."

„Wie meinst du das, Meroe?"

„Wie ich das meine? Nun, im Heer des Großen Gladiators hatten sie Waffen, wenn ich mich recht erinnere. Und du bist hier angelandet mit deiner Truppe von Invaliden und Wöchnerinnen, das Kurzschwert in der Hand. Und meinst du, als die Barbarenhorden gegen die goldenen Mauern der Weiberstadt anrannten, daß sie da nicht ihre Männer bewaffneten und sich nicht mit nackten Brüsten auf die Zinnen stellten, sie für den Kampf zu befeuern? – Ich glaube, wir unterschätzen unsere Gottheit ein bißchen."

„Wenn jemand anders als die Große Mutter so redete, würde man das, scheint mir, Lästerung nennen."

„Papperlapapp. Der König hat seinen Bruder umgebracht. Das ist nicht schön, aber es nimmt mir keine Ziege aus dem Stall und keinen Mann vom Bettstroh. Du gehst hin und schimpfst ihn dafür aus. In der Folge verlieren wir Zoe.

Warum ich dir das sage? Damit du begreifst, daß die Zeit, wo du zwischen Nierenkrankheit und Augenentzündung dem Sesostris ein paar straffällige Hirten abschwatztest, vorbei ist. Ich habe mir erzählen lassen, dort wimmelt es von Ausländern. Auch von Römern. Wie man sich gegen Römer wehrt, haben wir doch gelernt, wie? So nämlich!" Wie ein dunkler Blitz ist sie an der Tür. Ein langes Dolchmesser blitzt in ihrer Hand, fährt durch die Luft, bleibt zitternd im Holz des Tisches stecken.

Die Ärztin ist mit einem Schrei aufgesprungen. „Bist du verrückt, Meroe?"

„Ich denke nicht." Bedächtig zieht sie die Klinge aus dem Holz, küßt sie, legt sie beiseite. „Ich habe geredet, bis mir der Hals weh tat. Schwester, wir brauchen Waffen. Die Gute Göttin muß sich mit ihren Söhnen verbünden. Weiber gegen Männer, das langt nicht mehr zu. Es heißt wieder: Sklaven gegen Herren, arm gegen reich. Im Schutz der Mutter! Das meine ich. Du und ich, wir sind die letzten, die damals in Latium dabei waren. Bedenk, wann es Zeit ist!"

„Du sagst ungeheure Dinge."

„Sie bleiben in dieser Hütte."

„Du überfällst mich."

„Es mußte sein. Lange genug warst du fern."

„Oh, Große Mutter ..."

„Fürchtest du dich?"

„Ich weiß nicht. Ich weiß gar nichts. Was willst du mit deinem Küchenmesser gegen die Waffen der Mächte, die der Piraten dazugerechnet?"

„Damals in Latium stellte keiner solche Fragen, du am wenigsten. Und da hatten die meisten nicht einmal ein Küchenmesser."

„Das war etwas anderes", sagt die Ärztin, erhebt sich und greift nach ihrer Krücke.

„Wohin willst du?"

„Raus. Raus aus dieser konspirativen Höhle, wo man mit Messern wirft. Luft haben, nach den Ziegen sehen. Hier ist es mir unheimlich. Du bist mir unheimlich, Große Mutter."

Die dunkle Frau lächelt. „Die Ziegen sind am Berghang. Kannst du so weit gehen?"

„Will's versuchen ...", knurrt Leukotris.

Gemeinsam verlassen sie das schwärzliche Nest. Die Sonne ist schon hinunter. Silbrig und ruhevoll stehen die Olivenbäume gegen den Himmel.

Leukotris atmet tief. Irgendwo, ziemlich weit weg, aber klar vernehmbar in der Stille, singen ein Junge und ein Mädchen mit geteilten Stimmen ein Lied.

„Kennst du das, Schwester?"

„Natürlich. ‚Ginsterbesen, Ginsterbesen, kehre meine Stube. Was wird mir der Frühling bringen, Mädchen oder Bube.'"

Die Frauen lachen.

„Große schwarze Meroe, ich liebe diese Insel. Ich will sie nicht in Blut und Flammen sehen. Ich habe viel Unsinn angestellt, das weiß ich. Aber glaube mir, daß ich noch etwas vermag."

„Wo, Liebste?"

„Beim König."

„Und was vermag dein König, außer unsere Zoe in die Verbannung zu schicken?"

Die Ärztin hinkt verbissen bergan. Steine rollen unter ihrer Krücke abwärts.

Meroe folgt ihr mit großen behutsamen Schritten, als bewache sie den Ausflug eines Kindes, das laufen lernt. „Findest du zurück? Versteigst du dich nicht?" murmelt sie, und in ihrer Stimme ist das gleiche unterdrückte Lachen wie kurz zuvor, als sie über ihre Söhne sprach.

„Das ist meine Sorge."

„Und ich habe nachher die Arbeit. Drum sei nicht so widerborstig."

„Ach, Große Mutter, ich und widerborstig. Ich habe es sehr schwer."

„Ich weiß, Flavilla. Da sind übrigens meine Ziegen."

Sie liegen, zum Rund gelagert, in einer Mulde am oberen Hang. Ein mächtiger schwarzer Bock mit gedrehtem Gehörn bewacht sie. Beim Erscheinen der Frauen erhebt er sich und schreitet bedrohlich auf sie zu. Leukotris bleibt stehen, aber die Herrin der Herde nähert sich dem urzeitlichen Tier, krault es, schiebt es sanft beiseite, läßt sich von der braunen und gefleckten Schar umringen, steht wie ein Fels in der Brandung von Tierleibern, hebt ein Lämmchen auf den Arm.

„Hast du dich satt gesehen an meinen Ziegen?" fragt sie.

„Du hast eine schöne Herde."

„Ich habe die schönste Herde auf dieser Seite der Insel. Es sind die Tiere, die im Schutz der Guten Göttin stehen."

„Manchmal redest du, als wenn du selbst die Gute Göttin wärst."

„Du bist eine vorlaute Person, Schwester Flavilla, und der Umgang mit den Großen dieser Welt verdirbt dich, daß du Dinge sagst, die man bloß denkt."

Sie setzt das Lamm ab und ermuntert Leukotris: „Gehen wir", aber der Abstieg fällt der Ärztin schwerer als der Weg bergan. Schon nach wenigen Schritten gerät sie mit ihrer Krücke ins Rutschen, Geröll löst sich, sie bleibt hilflos stehen, hält sich an einem Ast. „Ich glaube, ich komme nicht mehr weg hier, Schwester."

Meroe lacht. „So werde ich dir meinen Rücken hinhalten. Ich hab es ja kommen sehen."

Sie beugt vor der Ärztin die Knie, hockt sich nieder. „Steig auf, halt dich an meinem Hals. Ich stütze dich. So. Und gib deinen Stock."

„Ich bin wahrhaftig eine Närrin, Meroe. Und ich schäme mich."

„Das kann nie schaden."

Ruhigen, ausladenden Schritts trägt die Riesin ihre lebendige Last bergab, als wäre es nicht viel mehr als ein Ziegenlamm. Die Krücke hält sie mit einer Hand quer vor der Brust.

„Es sitzt sich gut auf dir, Große Mutter."

„Werde nur nicht übermütig. Du hast dein Gewicht."

„Du hast mich erschreckt mit dem Messer vorhin."

„Es kommt nicht wieder vor."

„Wieso kannst du das noch so gut?"

„Dergleichen verlernt man nicht."

Die Getragene sieht von ihrem Platz aus den kleinen Kopf mit dem straffen, unergrauten Kraushaar, den kräftigen, von Schweiß feuchten Hals und zwischen Schlüsselbein und Schulter, schräg im Gewand verschwindend, eine gräßliche Narbe. Sie weiß, daß Meroes Körper bedeckt ist mit solchen Malen.

„Wie nannten sie dich in der Gladiatorenschule?"

Die Trägerin lacht. „Die Schwarze Schlange, weil ich mit Netz und Dreizack schneller war als die Thraker mit Schwert und Dolch." Sie wird ernst. „In elf schrecklichen Kämpfen war ich siegreich, nackt und ohne ein Haar am Leib vor den johlenden Herren von Capua. Den zwölften brauchte ich nicht mehr zu führen. Die Gute Göttin weiß, daß ich in ihm gefallen wäre."

„Große Kämpferin, sag mir: Macht es dir vielleicht Freude, das Messer zu nehmen?"

Meroe setzt ihre Last ab (sie haben die Hütte erreicht), stellt Leukotris wie eine Puppe hin, gibt ihr den stützenden Stab zurück. Ihre Haut ist schweißnaß, aber sie atmet ruhig. „Wenn du meinst, Ärztin Flavilla, daß ich den Kampf will, weil er mir Freude macht, dann brauchst du meine Hütte nicht zu betreten. Ich liebe Lakros genauso wie du. Ich bin eine Dienerin Der Mutter. Ich will Ernten und keine Feuer. Aber wenn du mich fragen willst, ob ich den Kampf, wenn er sein muß, freudig angehe, so sag ich dir: ja, tausendmal freudiger als das Sterben in Sklaverei."

„Du sprichst große Worte", erwidert die andere, ein bißchen atemlos von der Rüge, und die Dunkle: „Es geht um große Dinge."

Vor Meroes schwärzlicher, wabengleicher Hütte steht ein großer Trog, das Vieh zu tränken. Roh eingemeißelt in seine Seiten sind die Figuren Tanzender, die eine Traube halten. Auf dessen Rand läßt sich Leukotris nieder, streckt ihr krankes Bein aus und bittet die Große Mutter, sich zu ihr zu setzen.

Die Ärztin ist erschöpft von diesem Tag. Ihr Haar hat sich zum Teil aus dem Knoten gelöst und hängt ihr auf die

Schultern. Ihr unverbundenes Bein ist so geschwollen, daß die Riemen der Sandale tief einschneiden.

„Du wirst müde sein", bemerkt die Gastfreundin.

Aber Leukotris schüttelt eigensinnig den Kopf: „Ich bin nicht zu dir gekommen, um zu schlafen, sondern um zu sprechen."

„So sprich", sagt die andere gelassen und setzt sich neben sie.

„Schwester, liebe Meroe. Du siehst die Dinge von deiner Ölbaumpflanzung, von der Herde aus, siehst ihre Wirkung, und die ist freilich bedrohlich genug. Vertrau nun auch mir und meinem Wissen ein wenig, so wie ihr alle es lange genug getan habt – auch wenn meine letzten Unternehmungen nicht sehr verständig waren.

Du hast recht, alles hat andere Maße, seit das Gold im Berg gefunden wurde. Mit den Mächtigen der Welt ist nicht gut Kirschen essen, und auch mit Sesostris nicht seitdem. Aber immerhin: Alles ist noch in der Schwebe. Der Tod des Aristeus zeigt das. Noch buhlen sie um Sesostris' Gunst, und sie buhlen auch um das iatreion. Es ist eine Frage der Balance, den Basileus zur besten Möglichkeit zu überreden."

„Welche ist das?"

„Das ist noch nicht entschieden."

„Ich will es dir sagen: Es gibt keine beste Möglichkeit. Alle wollen das Gold. Alle werden Lakros vernichten."

„So einfach ist es nicht, Meroe. Da gibt es Feinheiten. Sie sind untereinander feind, und das wirkt sich auf ihre Taktik aus. Man muß die Maschen dieses Netzes genau betrachten. Noch bin ich da."

„Was also willst du tun?"

„Abwarten. Das Angebot der Römer an das iatreion zum Beispiel."

„Du und die Römer?"

„Nein. Versteh mich nicht falsch, Meroe. Es gibt da Sachen ..."

„Flavilla. Deinetwegen sind Steine in des Königs Palast

geflogen. Das war falsch. Um deinetwillen mußte Zoe gehen. Das war richtig, weil wir dich lieben und dich brauchen. Du und ich haben in Latium gekämpft. Du bist unser Ohr beim König, wie du einst unsere Stimme warst. Hilf uns. Tu nichts gegen uns."

„Ich will sterben, ehe ich etwas gegen euch tue."

„Dessen bin ich sicher. Aber wie du dich verhältst, hilfst du uns nicht. Es geht nur mit Waffen."

„Unsinn. Ich bin da, das Leben zu schützen. Ich werde nichts tun – nie! –, was Leben vernichtet. Keine Waffen."

„Dein letztes Wort?"

„Immer."

„Dann", sagt die dunkle Frau und erhebt sich zu ihrer vollen Größe, „bist du geschieden vom Bund der Großen Mutter."

Die andere blickt zu ihr auf, ungläubig blinzelnd. „Wie meinst du das?"

„Ich meine alles so, wie ich es sage."

„Meroe! Mir ist es Ernst mit dem Bund, auch wenn ich nicht häufig hier erscheine. Auch wenn ich lästere. Auch wenn ich jammere bei den heiligen Schlägen."

„Ich weiß das, Schwester. Aber die Gute Göttin bewaffnet sich jetzt. Sie nimmt neue Diener auf, denen sie sich vorher verschlossen hat, sie muß andere abweisen, die ihr wert waren. Wenn du den Kampf ablehnst, kannst du nicht mehr Wissende sein. Das ist keine Strafe, sondern einfach notwendig."

„Du stößt mich aus?"

„Nein. Du schließt dich aus. Unsere Hilfe gaben wir, auf deine Hilfe hofften wir. Dir soll weiterhin unser Beistand gelten, wann immer du ihn brauchst. Aber auf den deinen müssen wir verzichten."

„Vielleicht", sagt die Ärztin, und auch sie erhebt sich, steht, ohne ihren zerschlagenen Fuß zu schonen, ihre hellen Augen blitzen, „werdet ihr mir eines Tages noch dankbar sein müssen. Vielleicht werden die hochmütigen Eingeweihten bereuen, was sie durch deinen Mund sagen lassen..."

„Ich spreche, wie immer, aus mir allein. Und nicht Hochmut ist es, was mich bewegt, große Flavilla des Königs. Angst um unsere Sache."

„Hältst du mich für eine Verräterin?"

„Noch nicht."

Einen Moment wird nicht gesprochen. Die kleine blonde Frau steht gereckt vor der dunklen, mit beiden Händen auf die Krücke gestemmt, zitternd. Dann dreht sie sich brüsk um.

„Es war sehr gut, glaube ich, daß mir Tyro und Sarmatis gefolgt sind. So können wir doch noch heute abend zur Küste reiten."

„Es ist nicht nötig, aber wie du willst. Ich hole dein Maultier."

Die Gehilfen der Ärztin nehmen die Sinnesänderung ihrer Meisterin mit schrägem Blick, halblauten Bemerkungen, unverwundert hin. Gemeinsam mit Meroe rüsten sie alles zur Weiterreise, während Leukotris am Brunnenrand sitzt und mit einer Hand Gras ausrauft.

Als sie im Sattel sitzt, dämmert es bereits. Der eine der beiden richtet die Laternen.

Noch einmal tritt Meroe an das Maultier heran, das neben ihrer dunklen Riesengestalt wie ein Fohlen wirkt.

„Du bist uns immer willkommen, wenn du nur willst, Schwester."

„Ja, um eure Leichen zu zählen und eure Verwundeten zu kurieren. Ich weiß. Leb wohl, Große Mutter."

„Leb wohl, Flavilla."

Es wird allzuviel Abschied genommen in letzter Zeit. Sie reitet, versteinerten Herzens, schmerzenden Fußes, müde durch die Nacht.

Achillas. Was ich da träume, was ich träume...

Die Flanken des Floßes sind geborsten. Ich hänge bis zur Brust im Wasser, einem dunklen, saugenden Wasser.

Meine Füße wachsen bereits zu Fischschwänzen zusammen, ich kann sie nicht mehr einzeln bewegen. Und um mich herum schreien sie mit ihren von Salz und Sonne zersprungenen Lippen, ihren verdorrten Kehlen und langsam in den Wahnsinn hineinkochenden Köpfen: „Wasser, medica, Wasser, gib uns Wasser!" Es ist grauenvoll.

Also gut, wirst du sagen. Du hast dich bis zur Brust zugedeckt und deine Beine dabei in die Decke verstrickt, deine Beine, mein Kind, die nebenbei so geschwollen sind, daß man sie auch noch im Schlaf spüren kann. Und dann hast du Durst bekommen. Und dann und dann.

Achillas, ich weiß das alles. Aber viel schlimmer als die erste Hälfte des Traums ist eigentlich die zweite, und das Grauen liegt darin, wie süß er nun ist.

Nämlich, daß ich plötzlich spüre, wie das Strudelwasser in meinem glitschigen Fischleib aufsteigt wie in einer Quelle, sich im Zentrum meines Körpers zu sammeln beginnt. Das gluckst wie in einer Zisterne. Meine über die Floßplanken hängenden Brüste schwellen, und zwei schäumende Ströme lebenspendender Flüssigkeit ergießen sich über die Verschmachtenden, die sich jauchzend darin baden und mit Mündern und Händen das auffangen, was aus mir hervorschießt wie aus einem Brunnen – während ich denn immer mehr zu einem Gefäß werde, starr und prall von dem, was mich durchströmt; es pulst in meinen Schläfen, hinter meinen platzend vollen Augenwänden, im Schädel; Rauschen und Dröhnen erfüllt mich, und gleich werde ich schreien müssen, röhren wie eine Kuh, die man melkt – wovon ich denn auch erwache.

Ein großartiger Traum für die Frauengesellschaft. Ein Traum, der Meroe geradezu mit Entzücken erfüllen würde, falls ich ihn ihr je erzähle, was nicht zu vermuten ist. Du aber kannst mir wohl bei dergleichen Heimsuchungen nicht helfen. Nein. Du nicht.

Am Morgen – auf halbem Weg heimwärts holt man sie ein – der schwarzlockige, staubbedeckte Hirtenjunge kann erst kaum sprechen. „Bei der Mine – der Berg ist eingestürzt – viele sind verletzt..."

Die Ärztin wendet unverzüglich. „Sitz bei Sarmatis mit auf, er hat das stärkste Tier!" kommandiert sie. Sie hasten bergan.

Die aufgehende Sonne durchdringt mühsam den Staub, der den Eingang des Bergs umwölkt. Das von Steinen und hölzernen Maschinen, Seilen und Geröll bedeckte Feld vor der Mine schwelt vor Dunst. Es ist seltsam still.

Zwischen zwei Rammböcken liegen ein paar reglose Gestalten, mit groben Säcken zugedeckt. Etwas abseits stöhnen ein halbes Dutzend mit schmutzigen Lumpen verbundene Männer und wälzen sich auf ihrem Lager.

Leukotris sieht, daß am alten Gang in den Berg gearbeitet wird. Zwei Hirtenjungen mit dem Korb voll Goldgestein am Fuß kriechen gerade betäubt aus der Erde hervor gleich Würmern. Am zweiten, dem neuen Stollen, bemühen sich fieberhaft einige mit Hacken und Schaufeln: Da ist es geschehen.

Bei ihrem Erscheinen kommen die Männer heran, lassen ihre Werkzeuge stehn, umringen die drei Reiter. Auch die Aufseher nähern sich, grüßen, alles ist sehr still.

Sie rutscht vom Maultier, ohne an ihren Fuß zu denken – zum Glück ist Tyro schneller, fängt sie auf und gibt ihr den Stock.

Einen Blick auf die unterm Tuch – da ist nichts mehr zu kurieren. Der Sauhund Tod hat gesiegt. Dann befiehlt sie mit einem Blick auf die Verwundeten: „Schafft sie fort aus diesem furchtbaren Staub. Hier können wir sie weder untersuchen noch verbinden." Ihre Stimme klingt dumpf in der Stille. Sie geht entschlossen auf die verschüttete Mine zu.

Der leitende Aufseher läuft neben ihr her, Schweiß und Staub im Gesicht, und berichtet, ebenfalls mit merkwürdig kleiner Stimme. Es sei nach Mitternacht passiert. Das Gestein sei gerutscht. So etwas komme vor. Drei seien noch im Bauch der Erde.

Inzwischen haben die Männer ihre Grabarbeit fortgesetzt.

Der Bergmann zuckt die Achseln: „Da ist keine Hoffnung. Wenn wir mit Sklaven arbeiten würden, hätte ich befohlen aufzuhören. Aber so – sie sind freie Männer. Sie wollen ihre Nachbarn und Freunde retten."

Leukotris schweigt. Sie steht vor dem Chaos aus Gesteinsbrocken und geknickten Balken und dem erstickenden Staub und Qualm, der da hervordringt. Die Männer husten, sie pressen sich feuchte Tücher vor die Nase.

„Ist dort – Feuer?" fragt Tyro leise.

Der Aufseher nickt. „Natürlich. Sie lösen die Erzbrocken auch mit Feuer. Außerdem gebrauchen sie Fackeln unten. Nun..."

Die Ärztin wendet sich ab und hinkt zu den Unterkünften, wohin man die Verunglückten gebracht hat.

Der Verantwortliche läuft weiter mit. Er seufzt. Seine Rede wirkt hektischer. „Frau Archiater, ich weiß, daß Sie dem König berichten werden. Ich war in Laurion, in den Silberminen, und es war die Hölle. Wir arbeiteten mit Sklaven, und täglich starben viele. Aber hier kann man als Fachmann verzweifeln. Es sind nur vier insgesamt hier, die etwas vom Bergbau verstehen, und man kann nicht überall sein. Diese Lohnarbeiter sind unwillig, seit es Erntezeit ist, die Anleitung ist mangelhaft, es gibt täglich Fehler. So kann man nicht arbeiten. Und die Majestät will Gold sehen."

„Wieso ist die alte Mine noch offen?"

„Eben aus dem Grund, medica. Weil die Majestät Gold sehen will. Die Ader ist fast erschöpft, wir hofften sehr auf diese zweite..."

Sie haben große nasse Leintücher vor die Fensteröffnungen gehängt, um den heißen Staub fernzuhalten. Tyro und Sarmatis sind bereits bei der Arbeit – ein paar halblaute Verständigungen, geübte Handgriffe. Wir sind noch da und vermögen es noch. Sie geht ebenfalls ans Werk. Das Schienen von Brüchen und Verbinden von Wunden überläßt sie den beiden. Sie kümmert sich um jene, die sich ohne äußere Anzeichen von Verletzungen winden und wälzen oder denen das Blut aus dem Mund läuft.

Die Augen derer, die bei Bewußtsein sind, sehen sie mit gläubigem Vertrauen an. Gläubig auch die, die sterben werden.

„Medica, muß ich sterben?"

„Du wirst dich hüten, eine solche Dummheit zu machen", erwidert sie gelassen, während sie vor Wut und Trauer fast erstickt – und sie lachen.

„Ich wollte", sagt ein älterer Mann – ein Balken hat ihm den Arm abgequetscht –, „der König käme und sähe uns, die wir das Gold für ihn aus der Erde scharren und nun hier liegen, halb oder ganz tot. Wie soll ich meinen Weinberg bestellen mit einem Arm? Ich wollte, der König sähe uns."

„Wirst du's dem König erzählen, iatrinae?" fragt ein anderer.

„Da verlaß dich drauf", sagt sie grimmig, blutbespritzt, erschöpft, „daß ich es ihm erzähle und noch andere Sachen dazu." Sie wirft einen Blick auf ihren umwickelten Fuß. Man nimmt es wahr.

„Du stehst für uns ein, wir für dich", flüstert einer. „Haben wir dich nicht beim König herausgehauen?"

Als sie das Haus verläßt, löst sich ein bärtiger Mann im ledernen Lendenschurz der Mineros von der Wand. „Ich habe auf dich gewartet, medica."

„Ich will mich waschen", entgegnet sie erschöpft. „Was gibt es?"

„Ich heiße Thrasyllos", sagt der Mann.

Leukotris betrachtet ihn aufmerksam: ein runder Kopf, bereits ergrauendes Haar, ein paar sanfte beständige Augen.

„Thrasyllos", wiederholt sie, „ich glaube, Zoe hat einmal von dir gesprochen." Sie gibt ihm den Ellenbogen, denn ihre Hand ist bis zum Arm hoch blutverkrustet.

„Zoe", bestätigt er. „Ich bin hier unter den Minenarbeitern einer, der Vertrauen sucht und findet. Es ist schrecklich, was hier geschehen ist, aber in einer Hinsicht auch gut."

„Was siehst du da Gutes?" fragt sie überrascht und wäscht ihre Hände in einem Holzzuber an der Hausecke.

„Nun“, entgegnet der Mann, „darin vielleicht, daß einigen die Augen aufgehen. Ich werde auch die Frauen besuchen, deren Männer da stumm unter den Säcken liegen. Und ich werde ihnen sagen: Weint nicht. Tränen gibt es genug auf dieser Insel. Zorn können wir brauchen. Zorn.“

Ehe Leukotris etwas erwidern kann, ist er fort.

Thrasyllos. Einer, der Vertrauen sucht und findet. Der Ausgang des Gesprächs mit Meroe scheint noch nicht hierher auf den Berg gedrungen zu sein.

Damas Herz ist von Jammer erfüllt, das machen die Toten am Berg. Ihm ist, als kenne er alle die Männer und Frauen dieser Insel, als seien sie durch diese Wochen seine Brüder und Schwestern geworden.

Am Abend nimmt ihn sein Freund aus dem iatreion mit dem Boot über die Bucht, dort steht ein weißes Haus, einst lebte darin die Schauspielerin und Komödiantin der Armen, Zoe, da es ihr der König geschenkt hatte. Nun geht durch die hellen Räume nur der schweigsame Nicodemus wie durch einen verlassenen Tempel. Diesen Abend versammeln sich hier Thrasyllos vom Berg, die Zwillinge von der Schmiede und ihre Mutter, die Söhne der Ärztin und andere, die Dama kennt, weil er mit ihnen durch Botschaften verbunden ist. Sie laden ihn ein, bei ihnen zu sein, aber er dankt und will doch lieber im Nebenzimmer bleiben, denn zuhören könne er da auch und brauche sich nicht vor so vielen Augen zu fürchten. Einen Moment lang glaubt er, das bebilderte Tragetuch, die ungleichen Hände der Töpferin gesehen zu haben, doch dergleichen Tücher tragen viele Frauen.

Dama setzt sich an einen Tisch, auf dem ein Körbchen mit Früchten steht, er kreuzt die Arme, schlägt die Füße übereinander und bemüht sich, den heftigen und bedeutenden Beratungen zuzuhören. Aber in seinem ungeübten Geist verwirrt sich die Vielfalt der Stimmen und Meinungen, so daß es ihm erscheint, als sei die Freiheit doch ein Ding, das sehr beschwerlich ist, da einem keiner das Zurechtfinden abnimmt. So atmet er schnell den süßen Duft des Obstes auf dem Tisch ein und betrachtet lieber die Wunder dieses Zimmers. Es ist weiß getüncht, aber die Wand, die dem Fenster gegenüberliegt, hat eine schöne rote Farbe, und aus dem Rot heben sich Bildwerke heraus: braunhäutige Menschen, maskiert und auf hohem Schuh, strecken ihre Hände gegeneinander, als riefen sie sich feierliche Beschwörungen zu, und die Löcher in ihren Masken für Augen und Mund scheinen beredter als nackte lebendige Gesichter.

Als er noch so starrt und staunt, öffnet sich vor seinen Augen die Wand, sie wird durchsichtig, rauchzart, schwindet, und dahinter befindet sich die Höhle der Dreifachen Göttin. Alles ist geschmückt mit Sternen und weißen Astern, die ihr heilig sind, und drei sind es auch, die ihn empfangen: Die mittlere ist riesengroß und schwarz, die rechte mit den Beinen eines tanzenden Knaben trägt nur ein Hirschfell um die Hüften, die dritte aber, die linke, ist von Kopf bis Fuß verhüllt in ihren Schleier und noch nicht eingetreten in den Kreis.

Und sie verkünden mit dreifacher weithallender Stimme ihre Botschaft. „Dama, Dama", so sprechen sie, „sieh das gepeinigte taumelnde Land, die Goldküche, wo meine Söhne aus meinem zerrissenen Schoß kriechen, blind und erstickt, und niederfallen wie entkörnte Hirsekolben, und ist doch Lakros und hat dich ein Lied singen gelehrt. Willst du mich denn verlassen?"

Und er, an seinem Tisch sitzend, die Arme verschränkt, die Füße übereinander, in der Nase den Duft der Früchte, antwortet der Göttin: „Wenn ich dich verlasse, so würde ich mich selbst verlassen und wieder ein Schatten werden, das weiß ich."

„So willst du das Schiff, dessen Segel schon gesetzt werden, nicht besteigen?"

„Nein, Nächtliche, ich will es um meines eigenen Lebens willen nicht besteigen."

„So sollst du weiterhin mein Bote sein, vergißt du mich nicht, so soll deiner nicht vergessen werden, bist du getreu, so werde ich dich unter meinem dunklen Mantel bewahren, und was dich quält, soll nicht mehr sein, und du sollst des Nachts im Frieden meines Atems schlafen und des Tages in der Herrlichkeit meiner Gärten lustig sein. Denn siehe, die Tage des Pluto sind gezählt, und bald ist Freude. So nimm denn mein Zeichen hin und iß, Dama, Dama."

Dama starrt auf die rote Wand mit den braunen Maskierten, einige tragen hohe Schuhe, sie strecken die Hände gegeneinander aus zu feierlicher Geste – wo sind sie, die Dunkle, die Tänzerin und die Verhüllte? Ganz gewiß dahinter. Sie haben seine Antwort nicht abgewartet. In seinen Ohren summt das Lied der Töpferin, das Lied vom Krüglein, aber in Wahrheit sind es die lebhaften Stimmen der Versammelten im Nebenzimmer, des blassen Nicodemus mit den Kettennarben, des Thrasyllos von den Metallen, der schwarzen Schmiede, der Mutter, der Tuchverhüllten, all jener, die er kennt, sie sind das Lied von Lakros. Und auf einmal weiß Dama, wo die Antwort zu geben ist.

Die Sprechenden verstummen beim plötzlichen Erscheinen des kleinen Mannes in der Türfüllung. Irgendwie ist sein Kommen von der Art, daß man verstummen muß, um ihn zu Wort kommen zu lassen. Was er wolle? Nun, nichts Besonderes. Er lächelt verlegen, da er aller Augen auf sich gerichtet sieht, und sagt leise, er meine, wenn er etwas tun könne, mehr als Botengänge, er sei bereit. Denn er wolle auf Lakros bleiben. Er wolle leben.

In der Hand hält er, niemand weiß woher, den ersten reifen Granatapfel des Jahres.

13.

„Charaimon", sagt die Ärztin freundlich, aber müde. „Was gibt es? Ich habe eigentlich keine Zeit für dich, aber ... Hast du von der Sache am Berg gehört?"

Charaimon-Cethegus bestätigt kalt, davon gehört zu haben. Aber nicht deswegen sei er da, vielmehr, um die medica zu fragen, ob dies Geschehen in der Mine nicht ihre Absichten im Hinblick auf eine gewisse Frage verändert habe?

Sie blickt kurz und scharf auf von ihrer Tätigkeit (irgendwelche geheimnisvollen Kräuter abwiegend, die wohl zu dem berühmten Absud gehören) und sagt dann: „Ich dachte, dies Thema sei zwischen uns erledigt." Sie schüttelt den Kopf. Um ihre Augen liegen tiefe dunkle Schatten. „Ich weiß nicht, warum man ständig die Bereitschaft zu Bluttaten von mir verlangt. So oder so schreit alles nach Dolch und Gift."

Wer nach Dolch oder Gift verlange, möchte er wissen, aber sie löscht seine Frage mit einem energischen „Unwichtig" aus und sagt dann: „Ich habe versucht, dir zu erklären, daß ich damit den Sinn meines Lebens zunichte machen würde, denn ich habe einen Beruf ergriffen für das Leben und gegen den Tod. Ich arbeite meinem Erzfeind nicht zu, wofür auch immer es sei. Daß ihr Männer dazu eine andere Meinung habt, mag sein. Bei Frauen versteh ich's noch weniger. Jedenfalls, Kämpfer – nein."

In dem Kräuterkämmerchen, in das die Ärztin ihren Freund ausnahmsweise eingelassen hat, ist es heiß und staubig und riecht nach allerlei trockenem Blätterwerk. Cethegus, der vor dem Tisch steht, reicht fast bis zur Decke. Er paßt hier nicht hinein.

„Es könnte sein", entgegnet er in seiner leidenschaftslosen Art zu sprechen, ohne die Stimme zu modulieren, „daß du, Flavilla, deine Ansicht doch noch ändern wirst. Es könnte sein, du wirst sie ändern müssen."

„Müssen?" wiederholt sie gedehnt, „wie denn nun das? Gibt es etwa jemanden, der mich zwingen könnte?"

Das sei schon möglich, entgegnet er und sieht sie nicht an. Schweigen. Dann sie, entschlossener: „Das wüßte ich aber gern genauer."

Er ziert sich nicht. Unter ihren hellen, fordernden Augen, die sich kein einziges Mal senken, legt er ihr trocken dar, daß sie vor seiner, eines römischen Bürgers Zeugenschaft selbst zugegeben habe, eine entlaufene Sklavin und Teilnehmerin an der Revolte des Spartacus von Beginn an gewesen zu sein. Er als Bürger des Weltreichs sei verpflichtet, dies dem Legaten von SPQR zu melden. Was dann geschehe, könne sie sich wohl ausrechnen.

Nein, sie kann es sich nicht ausrechnen. Sie schaut ihn an und schüttelt stumm den Kopf.

Er fährt ungerührt fort: „Nun, medica, man wird deine Auslieferung als Staatssklavin nach Rom verlangen, da deine Verbrechen nicht verjähren, und dich dort verurteilen. Hast du verstanden?"

Sie sieht nicht aus, als habe sie verstanden. Sie starrt ihn an. Dann fragt sie leise: „Aber, Charaimon, warum tust du das? Liegt dir so sehr daran, diesen König zu bestrafen? Zugegeben, er ist ein Tyrann, aber es gibt Schlimmere, und er – warum drohst du mir mit Dingen, die du unmöglich tun wirst?"

Ihre Vertrauensseligkeit bringt ihn allmählich in Wut. „Bist du so sicher, daß ich sie nicht tun werde?" fragt er zurück, und sie sagt: „Ja, Bruder."

Ihre Antwort bewirkt kreisrunde rote Flecke auf seinen eingefallenen Wangen. „Daß du mich Bruder nennst, das wird dir heute wohl vergehen, Sklavin Flavilla!"

„Charaimon!" ruft sie, und in ihrer Stimme, in ihrem Blick ist eine so maßlose Überraschung, daß für anderes immer noch kein Platz ist. Wie betäubt wehrt sie sich gegen das Verstehen. „Charaimon, wie kannst du mich der Dinge anklagen, die auch du selbst..." Sie bricht ab.

Es macht ihm keinen Spaß. Das ist keine Beute, die im Griff zappelt und zuckt, da gibt es nichts, was einen mit Genugtuung erfüllen kann. Der Prozeß geht nicht vonstatten, wie man erwartet.

„Das kann ich deshalb", sagt er eisig, „weil es mein Beruf ist, Leute wie dich ihrer Strafe zuzuführen. Weil ich bereits im zweiten Jahr jener verfluchten Revolte erkannt habe, welcher Seite man angehören muß, und von deinen Rebellen überwechselte zur Partei der Römer – wo ich zum Beispiel das Verhör deines verlotterten Liebhabers durchführte. Hast du jetzt verstanden?"

Sie blinzelt nicht einmal. „Ja, jetzt habe ich verstanden", sagt sie. Und dann sagt sie: „Aha!"

Es gibt immer noch keine Ausbrüche, kein Schreien, keine Tränen oder Bitten. Nichts, was dem Bild entspricht; aber auch kein stummer Trotz, keine verkniffenen Lippen und über der Brust verschränkten Arme.

Sie sitzt da, genau wie vorher, da ist immer noch dieser Blick, der nicht losläßt und dem man begegnen muß.

„Es ist wohl furchtbar leicht mit mir gewesen, was?" fragt sie leise, und da er nicht antwortet, fügt sie hinzu: „Warum auch nicht. Ich habe nie ein Hehl daraus zu machen gewußt, wer ich bin. Und es war ja auch geschickt genug eingefädelt. Ja, das war es. Bin einfach einem Spitzel aufgesessen."

Endlich geschieht etwas, das bekannten Mustern ähnelt.

Sie rafft mit gebreiteten Armen alles, was an Kräutern auf dem Tisch liegt, zusammen und schleudert es – nein, nicht auf ihn, der sich bereits duckt. Sie wirft es, zurückgelehnt, sich selbst ins Gesicht und über den Kopf.

Die staubige Spreu verdorrten Grüns rieselt an ihr herab, bedeckt sie, bleibt als bizarrer Schmuck an ihren Haaren hängen, daß sie grau aussehen, haftet an ihren hellen Wimpern wie Asche.

„Ich Närrin! Ich tausendfältige, gutgläubige Närrin! Oh, wenn ich doch eher begriffen hätte..." Sie bricht ab, holt Luft und sagt müde: „Was bist du noch hier, Herr Cethegus? Geh, es ist gut."

„Es ist nicht gut, bevor ich nicht meine Forderung wiederholt habe. Du wirst jetzt den König vergiften, und zwar schnell. Nicht für deine Lakrier – für Rom. Er stört uns. Wenn du das tust, werde ich dich nicht beim Gesandten melden. Sonst warst du längste Zeit Archiater von Lakros. Ich hole mir morgen um diese Stunde deine Antwort. Hast du verstanden?"

„Ja, ich habe verstanden. Verräter, Folterknecht, Spitzel,

Erpresser." Sie schimpft traurig und ohne Kraft. „Geh aus meinem Haus, bevor ich dich hinauswerfe, noch kann ich's."

Er bringt es sogar fertig, sich zu verneigen, ehe er geht – auf seine hölzerne Art, wie ein Klappmesser.

Leukotris sitzt noch lange zwischen ihren dürren Kräutern.

Achillas. Ich weiß nicht, wie ich dir schreiben soll. Ich weiß nicht, ob ich noch Hände habe, ob einen Kopf. Ich habe in meinem Leib ein Gefühl, als sei etwas zerbrochen, und in meiner Kehle drücken die Stücke meines Herzens, daß ich auf den Estrich erbrechen möchte.

Sarmatis fand mich zwischen den toten Kräutern wie einen Stein. Ich war wie von Sinnen. Er führte mich ins Schwitzbad, um mich zu reinigen, und ich ließ es geschehen. Als er merkte, daß ich ganz fühllos war, blieb er bei mir, damit ich nicht erstickte oder mich ersäufte – und bei der Guten Göttin, mir wäre es gleich gewesen.

Danach gab er mir einen der Tränke ein, die ich meinen Kranken zu verpassen pflege, und ich schlief wie eine Tote – gerade bis kurz vor Mitternacht – mit all den schrecklichen Träumen: Jetzt treffen sie ein, Achillas, alles ist da, was sich angekündigt hat.

Ich bin wach und wie tot. Mein Vater, mein Beschützer, wie konnte so Grausiges geschehen. Ich bin in eine Falle gerannt wie ein Hase ins Kohlfeld. Die Drohungen, mit denen er mich zu erpressen versucht, berühren mich kaum. Sie sind für mich nicht vorstellbar – zumindest nicht in einem Grade, daß sie mein Handeln beeinflussen könnten.

Was mich zerbricht, ist der Betrug.

Er fand die verwundbarste Stelle in mir, jene, gerade jene Erinnerungen; riß die Narben auf, daß alles wieder blutet, und läßt mich zurück, zu schwach, um mich weiterzuschleppen. Ich habe ihn geküßt und Bruder genannt. Bruder, und er hat einstmals Gefangene verhört, hat ihn...

Achillas, mir ist so schlecht. Es hätte doch vielleicht, um mich zu fangen, viel weniger genügt. Ich trag mein Herz auf der Zunge und hätte gewiß schon bei allgemeinen Andeutungen alles ausgeplaudert aus meiner gefährlichen Vergangenheit. Warum dieses ausgeklügelte Detail des Verrats, warum gerade das – wobei ich mich entblößte bis auf den Grund meines Wesens.

Als Sarmatis mich zu Bett brachte, fiel mein Blick auf die Tonfigur des Mithras. Ich wollte sie gleich nehmen und durchs Fenster werfen, aber der Beruhigungstrank tat schon seine Wirkung, ich war zu matt, die Bewegung auszuführen. Nun steht sie immer noch hier, vor mir, zwischen Licht und Schreibtafel, und wirft einen unseligen Schatten auf diese Lettern.

Schon zweimal habe ich meine Hand ausgestreckt, sie fortzuwerfen, und habe es nicht getan. Vielleicht sollte ich sie doch stehenlassen, als stete Warnung vor Leichtgläubigkeit und Torheit?

Ach, mein Herz entflammte in Erinnerung an das Einst, das große und furchtbare Einst – so daß ich's übertrug auf diesen Schurken, so daß ich fast eingestimmt hätte in die Kriegsgesänge bei Meroes kämpferischer Entschlossenheit.

Damals, vor langer Zeit, war ich es, die kleine Wilde ohne Verstand, die das Feuer entfachte – und er, tausendmal wissender als ich, ließ sich hinreißen. Heute sitze ich da, erwäge das Für und Wider und schüttle den Kopf. Freilich, damals war nichts zu verlieren. Und hier? Und heute?

Ach, stummer Zeuge im Nichts, ich wußte nicht, wie sehr es schmerzt, betrogen zu werden. Ich kann nicht einmal weinen. Warum hat mich dieser Mann, dieses Ungeheuer, so getroffen? Ich habe mein Zutrauen, meine Sympathien wie aus Kannen über ihn ausgeschüttet. Warum war ich so anfällig für die Dinge aus ferner Zeit? Bin ich denn so arm auf Lakros, so arm, daß ich mir Leben aus dem Vergangnen saugen muß?

Hätte ich ihm wohl Glauben geschenkt als die Barbarin

mit dem Messer zwischen den Zähnen, verrückt und frei? Nein, dazu mußte ich die Ärztin von Lakros werden, eines Königs Vertraute und die Tischgenossin der Mächtigen der Welt.

Erst mein eigener Abfall von dem, was wir suchten, konnte mich reif machen für den Verräter und seine Sprüche, erst meine Lauheit im Gegenwärtigen ließ mich zurückfliehen ins Dazumal, und meine Tränen, die reichlich quollen, galten sie vielleicht gar nicht dem Mann, sondern dem Mädchen Flavilla, das da ihr Grab gefunden hatte in der Frau Archiater Leukotris? Oh, die Klarheit dieser furchtbaren Nacht.

Achillas, einer hat mich entblößt bis aufs Herz. Und dann hat er gelacht, zu Recht. Wie soll ich in Zukunft unter die Leute treten? Und – wie soll ich heute nacht schlafen? Ich bin müde wie jemand, der zuviel Blut verloren hat.

Morgen muß ich mit Kreusa sprechen. Morgen muß ich ihn noch einmal sehen. Ich muß schlafen.

Es ist ein dumpfer, tauber Schmerz.

Sie empfängt Cethegus, noch ganz benommen vom Gespräch mit Kreusa, der sie die Gefahr nur andeutete, um sie nicht zu erschrecken, die dennoch, mit großen verstörten Augen, zu stammeln begann, sie habe immer, immer, diesen unheimlichen Mann gehaßt, habe nie verstanden, wieso die Mutter . . ., die dann, beim Thema der Schwesternschaft, verdächtig auswich. Es geht alles, als hänge es aneinander.

Sie steht allein auf dem Innenhof des iatreion, lehnt sich auf ihre Krücke und sieht ihm entgegen. Fordernd, klar, ruhig. Sie vermag es. Sie ist nicht blaß. Ihr sommersprossiges Gesicht hat die gleiche Hitzeröte wie immer. Das Licht spinnt ungewollt aus ihrem Haar eine Art Diadem. Cethegus sieht es und ist verdrießlich, daß er's sieht. Altes Weib, denkt er, starrköpfige, verrückte barbarische Hexe, blonde Närrin, eingebildetes Sklavenweib. Er weiß selbst nicht, warum er so wütend auf sie ist. Es war ja immer klar, daß sie eine *Aufgabe* ist, keiner hat erwartet, daß sie beim ersten Anlauf fällt; aber so, wie sie dasteht...

Wie sie dasteht, redet sie auch.

„Sie wollten eine Antwort von mir haben, Herr römischer Spitzel Cethegus. Bevor ich sie Ihnen gebe, möchte ich allerdings eines wissen: Woher sind Sie so sicher, daß mein König auf Grund Ihrer Denunziation seinen Leibarzt an die Wölfe ausliefert? Ich wüßte keine Gelegenheit, die er ausläßt, die Römer zu ärgern. Dies wäre eine."

Cethegus lächelt geringschätzig. „Nun, Flavilla, soviel ich weiß, gibt es noch immer gültige Abmachungen unter den Völkern, deren Respektierung auch deinem Zaunkönig angeraten sein möchte, wenn er bestehen will. Und dazu gehört zum Beispiel die Auslieferung von Staatssklaven, zumal wenn sie an einer Verschwörung teilgenommen haben."

„Ich selbst", sagt Leukotris, „habe schon eine Reihe von Sklaven ins Asyl genommen, die nicht zu ihrem Herrn zurückwollten."

„Du faselst", sagt er grob und erregt, „das waren keine Verbrecher. Und warum ist dir dann nie in den Sinn gekommen, den Hurenbock Nicodemus aufzunehmen, he? Weil du die Majestät nicht erzürnen wolltest. Siehst du, so geht es überall."

„Das klingt plausibel", räumt sie ein, von seinen letzten Worten mehr getroffen, als sie zugeben will. „Auch, daß die Herren gegen die Unteren zusammenhalten. Ja, Cethege, ich glaube Ihnen jetzt, daß Sie das können, womit Sie drohen."

„Also?"

„Kein Also. Ich bin keine Giftmischerin, und schon gar nicht für die Römer."

Sie stehen und sehen sich an. Seine Wangen brennen. „Gut, Sklavin", sagt er. „Ich glaube, ich habe dir zu wenig Bedenkzeit gegeben. Noch einmal bis Sonnenaufgang will ich sie dir bewilligen. Vielleicht malst du dir in deinen nächtlichen Träumen einmal aus, wie es ist, in eisernen Ketten in einem Schiffsrumpf über das Mare Nostrum zu schaukeln, ganz abgesehen von dem, was danach kommt. – Bis morgen."

„Das ist unnötig", bemerkt sie, aber er hat sich bereits umgedreht und ist gegangen, lang, vornübergebeugt, mit stapfenden Schritten.

Die Ärztin atmet tief durch. „Das ist wirklich unnötig", wiederholt sie leise.

„Du hast falsch spekuliert", sagt Gaius genüßlich. Er spielt im Garten des Gesandtschaftshauses eine Partie Schlagball gegen sich selbst, um die Form nicht zu verlieren. „Du hast ein perfektes Geständnis im Sinne deines Büros und den vollkommensten Überraschungseffekt, und doch beißt du auf Granit. Reich mir bitte den Ball dort, mein Lieber." Er hebt den hölzernen Schläger, wirft den Ball in die Luft, trifft und jagt ihn genau in die Zielvertiefung im Rasenhang.

„Du hast eins vergessen bei deiner Arbeit" (der zweite Ball): „Diese Frau hat dreißig Jahre lang als eine Freie gelebt. Sie hat diese Insel mit regiert – das hast du selber gesagt." (Der dritte Ball.) „Deshalb kennt sie keine Furcht." Er placiert den vierten und setzt befriedigt den Schläger ab. „Und bis wir sie das Fürchten gelehrt haben, ist es zu spät."

Cethegus schüttelt verbissen den Kopf. „Keiner hat angenommen, daß es leicht ist mit ihr. Aber Sie haben selber gesagt: Wenn sie vom Berg zurückkommt, wird sie fallen. Und sie fällt, dessen seien Sie sicher."

„Ich zweifle nicht an deiner Geschicklichkeit", sagt Gaius freundlich. Das Spiel hat ihn erhitzt. Er trocknet sich Stirn und Wangen an einem Tuch, das ihm ein Sklave Macers reicht, wobei er bemerkt: „Es wird Zeit, daß ich Dama zurückbekomme. – Aber wie lange soll das noch dauern? So eine Frau zu terrorisieren, das braucht Zeit, mein Teuerster. Noch einmal soviel Zeit, wie du für deine sehr eindrucksvolle Vorarbeit benötigt hast. Es gibt Briefe aus

Rom. Cäsar wünscht, daß die Aktion Lakros vor dem Winter beendet wird."

„Es kann nicht immer alles so sein, wie Cäsar es wünscht", sagt Cethegus mürrisch.

Ein erstaunter Blick des Jüngeren streift ihn: „Ist man in deinem Büro auch dieser Meinung?"

„Was hat das Büro damit zu tun?"

„Oh, ich habe nur beiläufig gefragt."

Gaius setzt zur nächsten Runde Schlagball an. Die weißen Federbälle liegen in einem Binsenkörbchen zu seinen Füßen. Der Sklave des Macer hockt vor ihm und reicht sie ihm nach und nach zu.

„In diesem Fall, glaube ich, wird Cäsars Wunsch zu respektieren sein, so oder so. Es wäre natürlich sehr schön gewesen, wenn die Ärztin, aus Empörung über die Schinderei in der Mine sozusagen, den Fast Göttlichen in den Hades befördert hätte. Die eleganteste Lösung, das ist sicher. Aber wenn es nicht sein kann...?"

„Es wird sein, domine", sagt Cethegus dumpf. „Warten wir bis morgen."

„Bis morgen? Hm", bemerkt Gaius. Er ist jetzt mit seinen Bällen beschäftigt. Die Stirn gekraust, mit vor Anstrengung offenem Mund, als sei er in der Arena, schießt er die Lederkugeln. Sein Körper ist kraftvoll gespannt, sein Auge scharf, die Hand sicher und stark. Er wirkt eindrucksvoll. Der Skalve, der vor ihm hockt, sieht zu ihm auf und zittert.

„Lauter Treffer. Ich bin zufrieden", erklärt Gaius. Er lacht. „Also dann – bis morgen."

„Hier also finde ich dich, Süße", sagt Leukotris ächzend und läßt sich umständlich auf ein dürres Grasbüschel nieder. „Findest du nicht, daß du mir reichlich viel zumutest in meinem Alter und mit meinen Beinen?"

Sie ist zu Kreusas Klippenplatz emporgestiegen – die Beschwernis wird aufgewogen durch den Vorteil, daß die Tochter ihr hier nicht davonlaufen kann. Das Mädchen wendet ihr die nußbraunen Augen zu – sie schwimmen in Tränen. Die Lippen sind vom Weinen geschwollen; ein Bild des Jammers.

„Höre mal, Töchterchen“, sagt die Ärztin und streckt die Beine aus (noch immer ist sie knapp mit der Luft), „ich verstehe den ganzen Aufwand nicht, den wir treiben. Ich rufe dich zu mir, um dir zu sagen, daß jene Dinge, die wir mit dem Bund der Frauen vorhatten, nun nicht mehr sein können. Du sagst mir, sie könnten sowieso nicht mehr sein, denn diesen Sommer sei es dir gelungen, deine Jungfernschaft zu verlieren. Gut. Ich hätte das gern eher erfahren, aber alles in allem ist das kein Grund, wegzulaufen, als sei man von Hunden gehetzt, und sich in den Klippen zu verstecken.

Ich weiß nicht, was du tust und wo du deine Augen hast, aber es gehen auf dieser Insel Dinge vor, mit denen verglichen alle Ereignisse im Leben eines Mädchens zu Schatten verblassen müßten.“

„Ich weiß das, Mutter“, sagt Kreusa mit bebender Stimme, „auch deshalb habe ich dir nichts erzählt. Aber nun...“

„Es ist gut“, sagt die Ärztin beruhigend und streichelt der Tochter die Locken, „weißt du, wie bezaubernd du bist, wenn du geweint hast? Hat er es dir noch nicht gesagt? Wer ist es denn? Nikos?“

Kreusa entzieht ihren Kopf der Liebkosung. „Nein. Nikos ist es nicht.“

„Aha“, sagt Leukotris. Das ist bei ihr stets ein weitreichendes Wort. Und dann leise: „Nun sag mir, daß auch noch du dem anderen dieser beiden römischen Schufte aufgesessen bist, und die Farce in unserer Familie ist vollkommen.“

Die Tochter schweigt und veranlaßt Leukotris zu einem zweiten „Aha“. Die Mutter atmet tief. „Nun, wenn der ganze Goldspuk hier so oder so vorbei ist, wollen wir's uns beide erzählen, wie wir hereingefallen sind, du und ich, ich im Geist, du im Fleisch. Jetzt ist dazu keine Zeit, fürchte ich. Vergiß es, so gut es geht, und sei gewiß, daß es bessere Männer gibt.“

Sie will sich erheben, als sie das leise, aber sehr bestimmte „Nein, Mutter" hört.

„Nein, Mutter? Was meinst du damit? Das Erzählen? Das Vergessen? Oder die besseren Männer?" Sie stampft mit dem gesunden Fuß auf. „Bei der guten Göttin Erde, bin ich hier hochgestiegen, um von dir, ja, Mutter – nein, Mutter' zu hören und mir die Geschichten selbst zusammenzureimen? Willst du sagen, daß du noch an diesem Mann hängst? Ihn öfter triffst? Dir einbildest, für ihn zu empfinden?"

Jede dieser Fragen beantwortet Kreusa mit einem Neigen des Kopfes.

„Allmächtige", sagt die Ärztin, „und dieses Mädchen wollte ich der Schwesternschaft als junge Priesterin anbieten." Sie sagt es mehr für sich, aber es reicht, daß Kreusa nun, flammend errötet, ohne den Blick zu verbergen, Rede und Antwort steht.

„Ich bin seit vielen Wochen jeden Tag und jede Nacht mit ihm zusammen, und wenn irgend jemand auf der Insel, du einbegriffen, etwas anderes vor Augen gehabt hätte als das Gold und seine Folgen, so hätte man es gesehen, denn wir haben nichts verborgen. Ich bin deine Tochter und stehe zu dem, was ich tue.

Ja, Gaius ist ein Römer, aber ich liebe ihn. Ich weiß nicht, warum man mich dafür verachten sollte. Er hat niemandem hier etwas getan, was meine Liebe zu ihm verächtlich oder niedrig machen könnte. Und noch eins: Ich bin seine sponsa, seine verlobte Braut. Hier!"

Sie hebt den Arm, an dem der schwere, gegliederte Goldreif funkelt.

„Ja, mit Leimruten fängt man Gimpel", sagt Leukotris freundlich. „Tu dies Ding ab, damit wir es zusammen da hinunterwerfen ins Meer."

„Nein, Mutter. Das kann ich nicht, denn es ist verschlossen, und der Schlüssel ist bei ihm, wie es sich gehört. Und ich will es auch nicht. Ich werde Gaius nach Rom begleiten."

„Aha", sagt die Ältere, es ist das drittemal während dieses

Gesprächs. „Da kann es gut sein, daß wir das gleiche Schiff benutzen, du auf dem Passagierdeck und ich im Laderaum in Ketten." Sie erwidert den entsetzten Blick des Mädchens groß und offen. „Aber dahin wird es nicht kommen. Was immer auch mit mir geschieht, ich schwöre dir: Ich werde verhindern, daß man ein freies Kind von Lakros als Konkubine nach Rom schleppt, und wenn ich den König mit dem Dolch in der Hand dazu zwingen müßte, dich vom Schiff zu holen." Sie erhebt sich.

„Das ist meine Meinung zu dieser Sache. Und nun vergiß die harten Worte! Es kommen die Herbststürme, und dein Galan wird übers Meer fahren auf Nimmerwiedersehen. Ich habe sie übrigens beide, Cethegus und deinen Gaius, aus dem iatreion gewiesen.

Was mit mir geschieht, werden wir sehen. Aber solange ich Herrin im Haus bin, will ich die Schufte nicht sehen. Es gibt sehr gute Männer auf dieser Insel, Kreusa." Sie beginnt vorsichtig, stöhnend den Abstieg.

Das Mädchen auf der Felsplatte sitzt wie erstarrt.

Die Schilfhütte ist abgebrannt.

Sonst könnte man in einer solchen Nacht – wo es ringum überm Meer wetterleuchtet, wo die Brandung, aufschäumend wie Geifer, die Klippen übertost, wo sich die Insel unterm Sturm beugt, als wollte ein Gott sie aus ihren unterirdischen Verankerungen lösen – aufstehen und, in ein dunkles Tuch gehüllt, noch vor dem Gewitter zu Nikos laufen.

Man würde die Geborgenheit des Schilfzeltes erreichen, ehe der Regen einsetzt.

Ein Blitz erhellt die Konstruktion geflochtener Halme, der Wind saust, Nikos taucht schlaftrunken aus den Fellen hervor, reibt die Augen mit der Faust, sein Haar ist zerrauft. „Meine Königin, woher kommst du?" Oder vielleicht sagt er auch nur: „Kleine Königin!" Oder gar nichts.

Ihr legt euch stumm die Arme um den Hals, dann Stirn an Stirn, wie ihr es als Kinder tatet.

Die ersten Regenfluten stürzen vom Himmel, rauschend, als bräche der Jüngste Tag herein, stürzen auf das geflochtene Dach, es gluckert und gurgelt ringsum, ein Sprühwerk von Feuchtigkeit bricht herein – aber wir bleiben trotzdem geborgen. Nikos umhüllt uns mit Ziegenfellen, den weichen, herb duftenden, baut uns ein Nest unterm Schilf.

Ein Blitz nach dem anderen beleuchtet unsere Gesichter – gerade immer lange genug, daß wir uns erkennen können, aber nie so lange, daß wir die störenden Dinge ablesen müssen: Schmerz, Angst, Betrübnis.

„Geh nicht wieder fort", würde er sagen, und du würdest nichts antworten, dich nur fester an ihn schmiegen, selbst nicht wissen, was deine Antwort sein würde.

Kann man seine letzte Zuflucht verlassen, den Schoß, aus dem man ausging und zu dem man zurückkehrt? Solange man bei Nikos ist, sagt man: nein. Aber am Tage? – Ich bin bei dir, ich bin bei dir.

Der Leib des lakrischen Fischers riecht nach Salz und Wasser, nach Gras und der Herde – Dinge, die du alle spüren würdest, ohne sie zu benennen. So roch deine Kindheit, Kreusa, verlorenes Schaf, Frucht, die vom Baum abfiel, und wie wäre dir wohl jetzt in den Armen dieses Knaben, bei Blitz und Donner und Regen, wenn er sanft und demütig deine Schenkel streicheln würde, die sich für den anderen öffnen?

So spielen zwei Lämmchen aus dem gleichen Pferch miteinander und entdecken, daß die Zeit der Reife gekommen ist. Nikos, mein Freund, mit dir zu sein wäre so einfach wie Atemholen und Wassertrinken.

Nikos, dein Körper auf meinem ist leicht. Nikos, schaukle mich im Regen, die Insel Lakros ist eine große Schaukel, an Stricken vom Himmel hängend. Unter den Blitzen sehn uns die Götter zu, blinzeln durchs Schilfdach, freuen sich, wie wir uns freuen, und ich muß lachen, lachen vor Glück – obwohl ich morgen wieder bei dem sein werde, dessen goldne Fessel ich am Handgelenk trage.

Nikos, lach mit mir. Wir werden unzählige Kinder zeugen,

die Lakros bevölkern sollen. Keiner findet uns mehr. Wir treiben aufs Meer hinaus auf ein paar Schilfbündeln und Ginsterruten. Der Himmel illuminiert unser Brautfloß – dem gleich, auf dem meine ferne Mutter einst ans Land kam.

Aber die Schilfhütte ist abgebrannt. Vale Kreusa, stand mit Asche am Boden.

Vale Nikos.

Sie liegt wach, starrt in die Blitze, ihr Herz scheint ihr sehr langsam zu schlagen, man kann darauf horchen und die Schläge zählen. Sie sind das Leben.

Ob der Sturm wohl Lakros losreißt von seinen Grundfesten und ins Unermeßliche forträgt?

Früher fürchtete sich mein Töchterchen vor Gewittern.

Sie kam dann zu mir, die ich mich gleichfalls fürchtete, aber nun gezwungen war, es zu verbergen. Wir entzündeten gemeinsam die Lampen, ich nahm sie in die Arme, und wir erzählten uns flüsternd Geschichten, bis es vorüber war.

Oder ich frisierte ihre lebendigen Haare zu allerhand absonderlichen Zöpfen, Kränzen, Schleifen, als sei ich eine gelernte tonstrix. (Als ich jung und ungeduldig war, waren meine Finger zu ungeschickt, Flachs zu entwirren. Im Heer des Großen Gladiators lehrte ich meine Hände die Ruhe, da oft von einem Schnitt das Leben abhing.)

Dann gingen wir vor den Spiegel und lachten, auch wenn wir beim nächsten Donnerschlag zwinkern mußten und etwas atemlos wurden.

Jetzt fürchtet sich niemand mehr, wie mir scheint – und wenn, sucht er in anderen Armen Schutz.

Wie konnte das geschehen?

Von all den Kindern, die ich um mich hatte, eigene und angenommene, war sie mir das liebste, die Jüngste. Ihre Launen und ihre Tränen, ihr Lachen und ihr Ernst, alles schien mir ein Wunder wie diese Insel Lakros, als sie eines Morgens auftauchte aus dem Meer, und es schien mir ganz und gar unfaßbar, daß ich Anteil haben könnte an der

Entstehung eines solchen Wesens. Daher meine Scheu, einzugreifen in ihr Wachsen und Reifen.

Und es ging ja auch alles sehr gut. Sie lief über die Insel, als zögen sie Wind und Sonne groß, wurde lieblich und klug, halb Fischerkind, halb Göttin, ganz und gar einig mit ihrer Welt, so schien es mir. Und dann war ja da auch Nikos...

Und ich wußte von nichts. Nichts von Aristeus. Nichts von diesem jungen römischen Schuft, der die Seuche bekommen möge, daß ihm die Nase abfällt. Ich lief durch die Gegend und kam mir wunder wie groß vor mit meinen eigenen Sorgen – und sie waren ja auch nicht klein. Und nun hab ich Kreusa verloren...

Leukotris blickt auf von ihren Papieren, ihren Erinnerungsbriefen ins Nichts. Ein riesiger Blitz läßt sie zusammenfahren. Der grell peitschende Donner preßt sie auf ihr Lager wie eine mächtige Faust.

Als ob es nicht andere Dinge gäbe als Donner und Blitz, als ob wir nicht Fürchterliches erlebt hätten, Menschenmord und Königszorn – und doch: Ich fürchte mich.

Ob sie in den Armen des glattgesichtigen Weltmanns liegt, dessen Schiff wird über kurz oder lang abfahren müssen, wenn er nicht in die großen Stürme geraten will? Der jetzt ist ein Vorbote davon.

Sie wird trauern – und dann wird sie wieder uns gehören.

Wieweit sie schon verloren ist, ob sie unwiederbringlich geopfert wurde – wer kann das wissen? Wer will das wissen?

Töchterchen, Kreusa, wo du auch sein magst, in welchem Bett du liegst, allein oder mit wem auch immer, bei solchem Wetter solltest du zu mir finden, damit wir Trost haben aneinander. Komm, laß dir deine Haare flechten und uns vorm Spiegel Possen treiben.

Aber Kreusa fürchtet sich vor keinem Gewitter mehr. Sie ist zu weit fort.

Die Einsame – nicht einmal an Achillas vermag sie zu schreiben beim Aufruhr der Elemente – geht und starrt in den Spiegel, sich zu finden, verzieht verächtlich den Mund: Wo ist das kleine Rebellenmädchen geblieben? Es war mir entschieden lieber.

Ach, Tochter Kreusa, hervorgeträumtes besseres Ich, wärst du doch hier. Da ich nicht wage, dir nun hineinzureden, wo ich allzuviel versäumte, so daß ich kein Recht mehr haben darf an dir. Nun nicht mehr.

Die Insel scheint zu beben. Soll sie im Meer versinken mit all dem verfluchten Gold.

14.

Der Schlaf, aus dem Tyro sie weckt, war traumlos und tief.

Weckt mit der Nachricht, der König sei von einem Pfeilschuß verwundet.

Unterwegs berichtet er ihr, hastige abgerissene Wortfetzen, atemlos von der Eile.

Der König habe sich im Garten ergangen. Der Schuß sei über die Mauer gekommen, habe ihn von vorn getroffen, ja, in die Brust. Er lebe. Der Pfeil sei nicht entfernt worden.

Der Schütze? Ein Unbekannter, nicht von der Insel. Leider nicht mehr zu befragen. Der junge Römer Gaius Arruntius, der sich zufällig in der Nähe befand, habe den Mörder in berechtigter Empörung erdolcht. Voreilig, sicher. Eine Affekthandlung. Der Legat habe ihn schon entschuldigt.

Ob Tyro das glaubt? fragt sich die Ärztin.

Sesostris öffnet die Augen nicht, als sie eintritt. Er sagt zu seinem Gefolge: „Das ist mein Leibarzt, ich höre es am Hinken. Geht." Sein Gesicht ist naß von Schweiß. Der Schmerz strafft seine verquollenen Züge und gibt ihnen die Unschuld des Todes.

Man hat den Pfeilschaft eine Handbreit über seiner Brust

abgebrochen. Das von Blut umkrustete zersplitterte Stück Holz ragt aus seinem Scharlachgewand wie ein possenhaftes Requisit. Sein Atem geht flach und schnell.

Leukotris kennt solche Verwundungen, sie hat viele dergleichen gesehen. Da ist keine Rettung, nur Zeit zu gewinnen. Sie fühlt seinen Puls.

„Nun Archiater?"

„Majestät, du mußt sterben."

Der Anflug eines Lächelns auf dem vom Schmerz gezeichneten Gesicht. „Das dachte ich mir." Er spricht leise, aber ganz deutlich. „Nun brauchst du mich nicht mehr umzubringen."

Sie legt seinen Arm auf das Bett zurück. „Die Insel Lakros und die Gute Göttin sind meine Zeugen, daß ich dich nicht umgebracht hätte."

„Und eben das war sehr unklug von dir. Sehr sentimental. Weiter. Was ist mit mir?"

„Ich kann diesen Pfeil nicht schneiden, weil ich die in deinem Körper gelegenen Lebensquellen mit dem Messer treffen würde. Wenn ich ihn herausziehe, zerreißt die Spitze dein Gewebe, und du verblutest. Das geht ziemlich schnell. Wenn ich ihn in deinem Leib lasse, lebst du noch am längsten. Vielleicht bis morgen früh. Oder sogar bis zum Abend."

„Du meinst, ich sterbe am langsamsten. Und die Schmerzen?"

„Bei dieser letzten Art wirst du die stärksten Schmerzen haben."

„Stärker als jetzt?"

„Viel stärker."

Seine Hand fährt nach dem Holz in seiner Brust, aber Leukotris packt sein Gelenk, ehe sie das Ziel erreicht, und er ist zu schwach, sich zu wehren.

„Ich dachte nicht, daß du feige bist. Lebe. Der Archiater des Königs hat das Leben der Majestät zu bewachen. Jede Sekunde, die ich retten kann, werde ich retten. Leben ist alles, sei es auch in Qualen. Lebe."

Der König stöhnt. „Ist das deine Rache, Leukotris?“

„Wenn ich rachsüchtig wäre, könnte ich andere Dinge tun. Lebe, König.“

Er wird fahler. Sie stampft mit dem Fuß, ruft nach Kampfer und Essenzen. – Seine Ohnmacht vergeht. Sie gibt eilige Anweisungen an Tyro und Sarmatis; den und den Trank, dieses Elixier; reibt ihm Schläfen und Pulse, flößt ihm ein, was die Schmerzen lindert.

Belebt öffnet er die Augen – schwarze Brunnenschlünde in dem zerklüfteten Gesicht. „Gut, ich will leben. Es gehört zum Spiel.“

Die anderen gehen. Leukotris sitzt neben seinem Bett, das Gelenk zwischen Daumen und Zeigefinger, wachsam.

„Rede mit mir.“

„Über was willst du, daß ich rede, König Sesostris?“

„Worüber wir immer sprachen – über Politik. Du warst mein einziger Ratgeber, Archiater.“

„Nur, daß du meinen Rat nie befolgtest.“

Er lacht und stöhnt. „Darf ich denn reden?“

„Wenn es nicht schmerzt...“

„Etwas. Nicht so wie Lachen.“

„Was sollte es auch zu lachen geben?“

„Sag das nicht, medica. Da ist mehr Posse dabei, als du denkst.“

„Ich denke, Fast Göttlicher, daß du dir für eine Posse zu schade warst. Aber ein großer Spieler warst du und gibst erst auf, wenn du gezwungen wirst, sonst Zug um Zug bis zuletzt.“

„Was steckt hinter solchen Reden, Ärztin?“

„Nichts Besonderes.“

„Also?“

„Wie siehst du die Lage?“

Sesostris schließt die Augen. Erneut treten dicke Schweißperlen auf die Stirn, die Nase, die Oberlippe. Der Archiater trocknet ihm behutsam das Gesicht, gibt dem Sterbenden zu trinken.

„Besser?“

„Ja. Die Lage. Rom hat die Lust verloren und war dafür, das Spiel zu beenden.“

„Welches Spiel?“

„Daß ein kleiner Inseldespot monatelang die Weltpolitik durcheinanderbrachte. Daß man ihnen auf Lakros auf der Nase herumtanzte. Daß sie buhlen mußten um das Gold von Lakros. Daß ich der Herr war...“

„Oh, Sesostris, glaubst du das wirklich?“

„Wer schoß den Pfeil?“

„Das habe ich nicht gemeint.“

„Wer ihn schoß?“

„Ein Fremder, von Römern erdolcht. Keiner deiner Inselbewohner.“

„Siehst du – oh, ich darf nicht lachen.“

„Keiner von hier.“

„Was tut das?“

„Kannst du mich nicht begreifen?“

Sesostris liegt still, nur seine Augen gehen einmal über sie hin, dann ziehen sie sich unter die Lider zurück.

„Was gedenkst du zu tun, Basileus?“ Sie gibt nicht auf.

Er, nicht ohne Pathos: „Ich gedenke zu sterben.“

Die Frau streicht sich ungeduldig das Haar aus der Stirn. Dergleichen kennt sie. Sie hat keinen Respekt vorm Tod, diesem Sauhund, sie spuckt auf ihn, sie kämpft mit ihm bis zum letzten Schmerzensschrei.

Nur um Tote kümmert sie sich nicht.

„Die Römer haben auf dich schießen lassen und den Täter beseitigt, das ist klar. Aber was geschieht ohne dich? Kampf aller Mächte einschließlich der Piraten um diese herrenlose Insel? Dazu sind die Römer zu klug, glaube ich. Dein Bruder lebt nicht mehr. Wer erbt das Reich, um es ihnen zu schenken? Du hast keinen jungen Sohn, den sie mitnehmen können. Sie haben etwas vor, Majestät. Kannst du mir folgen?“

„Immer noch“, sagt er leise, „aber ich muß dich enttäuschen. Was nach meinem Tode sein wird, ist mir gleich.“

„Du bist geringer, als ich dachte."
„Es ist leicht, einen Kadaver zu beschimpfen, Leibarzt."
„Verzeih."
„Du ermüdest mich. Schweig."
Sie sitzen eine Weile stumm, dann beginnt der König unruhig den Kopf zu wenden. „Es ist doch besser, wenn du redest und mich zum Widerspruch reizt. Ich spür dann das Ding da nicht so und nicht meinen Kopf."
„Was geht in deinem Kopf um?"
„Dies und das. Ich will nicht davon reden. Fahr du fort!"
Sie gibt ihm wieder einen Schluck von dem Trank. Sein graues Gesicht wird lebendiger.
„Ich sagte, der Schütze war nicht von der Insel."
„Ja, ich weiß."
„Sesostris, was gilt dir dein Volk?"
Seine Todesaugen spiegeln Spott und Verwunderung. „Aha, die alte Litanei. Daß du's nicht lassen kannst."
„König."
„Mein Volk? Steineschmeißer."
„Aber keine Todesschützen. Bist du ihnen nicht zum Hüter bestellt?"
Er entzieht ihr seine wächserne Hand. „Aber worauf zielst du? Ich befehle zu reden."
„Bring das Königsspiel zu Ende mit einem letzten großen Zug gegen deine Mörder. Mach ein Testament, und setze das Volk von Lakros zu deinem Erben ein."
Der sterbende Mann ist eine Weile still, so still, daß man die Fliegen im Raum summen hört. Dann beginnt er zu lachen, daß es ihn schüttert, stöhnt, windet sich, sein Gesicht verzerrt sich, er greift mit beiden Händen nach dem Pfeilschaft, krümmt sich hoch wie eine Raupe um einen Zweig.
Die Frau ist aufgesprungen, sie zerrt seine Hände von der Brust, drückt ihn zurück. „König!" ruft sie und dann: „Tyro, Sarmatis!"
Ihre Gehilfen halten den zuckenden Körper fest. Der Fast Göttliche röchelt, aus seinen Mundwinkeln rinnen Spei-

chelfäden. Unter dem schwarzverkrusteten Blutkranz um das Holz dringt langsam, wie Lava aus einem Krater, hellrote Nässe hervor.

Sie pressen ihn auf das Lager. Leukotris hantiert in klirrender Eile mit ihren belebenden Mitteln. Er wird ruhiger. Schweißgebadet, mit kraftlosen Händen, dünnem Atem liegt er, und sie winkt ihren Helfern zu gehen.

Schließlich flüstert er: „Auch eine Art, jemanden durch Heiterkeit zu töten."

„O König. Du wolltest ein Fürst sein und kein..." Sie stockt, und er ergänzt: „... sentimentaler Narr." Seine Augen sind geschlossen.

„Ist dir nie die Idee gekommen, daß man ein Fürst sein kann nicht nur gegen sein Volk, sondern würdiger mit ihm?"

„Doch, Leukotris. Aber da war es schon zu spät."

„So willst du..."

„Ich bin ermüdet. Schweig jetzt." Er dreht den Kopf weg. Sein Haar ist naß von Schweiß. Unruhiger Erschöpfungsschlaf befällt ihn für Minuten. Der Puls geht dünn und wild.

Er wird sterben, und Furchtbares wird geschehen. Er hat uns gedrückt und gepeinigt, unsere Fußsohlen zerschlagen und unsere Herzen zerbrochen, so daß wir ihm fluchten, aber er war unser Schutz, dieser rachsüchtige, machtgierige und unterweltlich kluge Fast Göttliche Sesostris, der Wahre und Alleinige Herrscher von Lakros, diesem Lakros, auf das sie sich stürzen werden wie Geier aufs Aas, sobald er hinüber ist. Und keiner weiß, was schlimmer sein wird, Römerhand oder die Piraten, deren große rotbraune Segel sehr bald am Horizont auftauchen werden. Oder alle zusammen gegen die Handvoll Meroes – Blut und Asche dann...

Aber da ihn die Römer umgebracht haben, werden sie ein sicheres Pfand haben, daß die Insel an sie geht, irgendein armes Opfer, das ihnen dafür steht; sie sind erfahren in Teufeleien.

Und da wird Leukotris, der Ärztin, so dumpf und schmerzlich, eine Faust drückt ihre Schläfen zusammen, es steigt heiß in ihr auf, und sie sackt neben dem Bett des Königs zusammen und heult.

„Du weinst ja nicht meinetwegen", flüstert er, schneller erwacht, als sie annahm.

„Nein, Majestät."

„Eine schöne Majestät – ein Aas, von Fliegen bedeckt."

„Sie würden dich besingen wie einen Gott, wenn du das tätest, worum ich dich bat."

„Mir ist gleich, was nach meinem Tod geschieht."

„Dir ist gleich, was geschieht?"

„Ja."

„Du spielst nicht zu Ende?"

„Ich bin aus."

„*Sie* würden verlieren."

„Was kümmert mich das, wenn ich sie nicht verlieren sehe."

„Tu es! Wenn dir alles gleich gilt, so doch auch das."

„Sophistin, laß mich."

Des Königs Antworten kommen immer schneller. Gepeinigt bewegt er den Kopf, jetzt stöhnt er auf, kurze gequälte Tierschreie, preßt die Nägel in das Laken.

Sie hält ihn fest. „Nein, du entkommst mir nicht. Gib Lakros seinem Volk!"

„O Ärztin, laß mich sterben. – Wie lange noch?" fragt er. Seine Zunge ist, als habe er Kiesel im Mund. Das Gesicht erloschen.

„Ich weiß nicht. Zwei Stunden. Drei, vier, fünf."

„Ich kann nicht mehr. Zieh den Pfeil heraus."

„Nein. Jede Stunde Leben gehört nicht dem Tod."

„Jede Stunde Qual – erbarm dich." Er lallt, er stöhnt. Um ihn ist Gestank, Blut, fast schon Verwesung.

Leukotris laufen Schweiß und Tränen übers rotfleckige Gesicht. „Mach ein Testament für dein Volk", flüstert sie verzweifelt, „und ich erlöse dich."

„Du hättest", murmelt er undeutlich, „einen König abgegeben."

Er fällt in Ohnmacht. Sie reibt seine eisigen Hände, die

schwer in den ihren liegen, und flüstert inbrünstig: „Lebe, König, lebe. Solange du lebst, hoffe ich." Und weiter ringt sie um jeden Atemzug und um seine Seele, zum Heil der Insel Lakros, gleichgültig, ob er sie hört oder nicht. „Ich gebe keinen König ab – aber wir alle, Meroe und Thrasyllos und Nicodemus und die Verbannte, die zurückkehren wird, wir insgesamt, königlich wie du, durch dich im Recht, und wir werden die Römer mit Waffen und Gesängen empfangen. Ach, Sesostris, Sesostris!"

„Mit Waffen?" sagt er schwach und undeutlich. Seine Augen rollen unter den geschlossenen Lidern.

„Ja, mit Waffen", wiederholt sie, „mit Eisen und Steinen, mit Nägeln und Zähnen und unseren Leibern, wenn es sein muß. Lebe, Sesostris! Und gib deinem Volk sein Land."

Noch einmal teilen sich seine Augenspalten, und in den schwarzen Abgründen meint die Ärztin ein tiefes Verwundern zu sehen – dann klappen die Lider zu, mit einer letzten Kraftanstrengung wird der Kopf zur Seite gedreht, und Leukotris erkennt, daß der hier nicht mehr will, daß er sich in eine andere Welt zurückzieht vor dieser, daß er wirklich aus ist, weil er zuschließt und nicht mehr Mensch sein will, nur noch krepierende Kreatur – der letzte Trumpf, den er ausspielt. Nein sagen. Nicht mitmachen.

Sie faßt mit beiden Händen den abgebrochenen Pfeil.

Sesostris brüllt dumpf auf, sein Leib bäumt sich, geht mit, als sei er an dem Holz befestigt wie eine Puppe; es ist ein letzter Kampf zwischen den beiden, dann sinkt er zurück, sein Mund steht offen.

Tyro und Sarmatis, die hereinstürzen, sehen ihre Meisterin, den Pfeil in der Faust wie eine Trophäe, die metallische Spitze gen Himmel weisend in der kleinen Hand; ihr Arm ist von Rot überronnen.

Auf deren Bemühen, der Majestät strömendes Blut zu stillen, bedeutet sie ihnen: unnötig. Er sei schon in Agonie – was nicht stimmt, wie man sieht. Er atmet ruhiger, verblutet, lächelt.

„Danke, Archiater."

Sie, unverwandt auf ihn starrend: „Du sollst verflucht sein."

Er, wie ein Hauch: „Ja. Ich bin verflucht. Ich will..."

Letzte Worte. Ein Blutozean, der alle befleckt, und viele Fliegen. Fahle Züge, Atem, der die Feder auf den Lippen noch eine halbe Stunde bewegt.

Dann meldet Sarmatis, was eigentlich dem Archiater zukäme, meldet ins Leere: „Der König ist tot."

Da ist keiner. Keine Minister, keine trauernde Gattin, kein prinzliches Kind an der Hand graubärtiger Ratgeber. Höflinge, die sich zerstreuen und ihre Sachen packen, das nächste Schiff nach Ägypten zu erreichen, Sklaven, die sich verkriechen, die Boten der Großmächte, die respektlos die kalte Schwelle überschreiten, korrekt weitermelden, was ihre Herren schon wissen.

Irgendwer reißt die Vorhänge ab. Grelle Stimmen im zweiten Hof, wo man sich um den Schmuck des Wahren und Alleinigen Herrn der Insel rauft.

Leukotris geht nach Hause, die Helfer folgen ihr in Entfernung. Ihr Schritt ist schleppend.

Kurz vor ihrer Tür merkt sie, daß sie den blutigen Pfeil noch immer in der Hand hat. Sie wirft ihn in die Büsche und wischt sich die Hand am Kleid ab.

Und nun, Achillas? Kann ich noch zu dir sprechen? Ich hab ihn wahrhaftig umgebracht.

Umgebracht in jenem höheren Sinne, gegen die Ehre dieses Berufs. Feindschaft gegen den Tod – da gab es für mich keine Fragen. Leben kann manchmal Folter sein, aber es ist Leben, und nur mein sturer alter Feind mit dem Knochengesicht tut niemandem mehr weh. Er, das ist klar, ist die vollkommene Ruhe.

Als ich damals, Achillas, dir meine Meinung feurig darlegte, nicktest du zu jedem Wort. Und dann sagtest du: Aber es gibt Grenzfälle, und die mußt du selbst erfahren.

Erfahr ich jetzt einen? Hätte ich nicht warten müssen, statt ihm den Pfeil zu entfernen? Warum hab ich's getan?

Weil er nicht mehr zu retten war, in keinem Sinne? Und ich versteh mich trotzdem nicht. Weiß nicht einmal, ob ich es aus Erbarmen getan habe oder aus Zorn.

Mein Gott, König Sesostris. Sie werden dich schneller unter die Erde bringen als du deinen Bruder, und mit weniger Brimborium. Hauptsache, es findet sich überhaupt noch einer, der dich bestattet.

Wir haben unseren Krieg miteinander geführt, gestern so wie vorgestern, und gegen das, was jetzt kommt, muß ich befürchten, daß du Lakros ein milder Herrscher warst. Fast, nun wahrscheinlich Ganz Göttlicher, es war sehr dumm von dir, dich von diesem römischen Hurer, der meine Tochter verführt hat, erschießen zu lassen.

Andererseits, lange wäre es wohl auch so nicht weitergegangen. So ohne anderes Ziel als sich selbst. Sollte ich etwa über dich weinen? Starrköpfiger Alleiniger und Wahrhaftiger...

Zuviel der Requiems dieses Jahr. Das ist ein trauriger Sommer. Und, Achillas, spreche ich eigentlich mit dir – oder mit dem Schatten des soeben Verstorbenen? Honig und Mohn werde ich ihm opfern lassen.

Zumindest, Achillas, ist er mir nicht an der Niere eingegangen.

Und es scheint angebracht, nicht allzuviel Zeit auf die Leichen der Könige zu verwenden. Sondern auf unsere Angelegenheiten. Sie sind – eben da man sich zuviel mit dem Königsstoff befaßt hat – verworren genug.

15.

Die finsterste aller Nächte bricht über Lakros herein. Es leuchtet kein Mond, die Sterne sind hinter Wolken. Trübe Feuer schwelen hier und da; nähert man sich, sind sie nicht mehr aufzufinden.

Jemand, der Lakros, vom Meer kommend, in dieser Nacht

suchte, würde wohl vergeblich im Geschaukel der phosphoreszierenden Wellen umherirren mit seinem Schiff. Die Lichter des Königspalastes, die großen Feuer des Hafens, die Hirtenstellen hier und dort in den Bergen, die Lampen der Gehöfte wurden nicht entzündet. Lakros duckt sich in die Finsternis, als wolle es sich in den Fluten verbergen.

Und selbst ein Gott, der, um Ort und Stelle wissend, mit geflügeltem Schuh überm Wasser schwebte, sähe von dort oben nicht viel mehr als einen dunklen Fleck. Lakros scheint nicht vorhanden.

An diesem Abend, nachdem sich die Nachricht vom Mord am Wahren und Alleinigen Herrn der Insel wie im Flug verbreitet hatte, verstummte aller fröhliche und wilde Lärm auf Lakros. Die Hirten trieben eilig ihre Herden in den Stall, als begänne der Winter, und legten die Querbalken von innen vor.

Die Fischer lenkten ihre Boote heimwärts, zogen sie hoch auf den Strand wie bei Sturmgefahr, schulterten ihre Reusen und Netze oder verbargen sie in den Bäumen.

Die Oliven- und Weinbauern rückten ihre Hüte hoch, standen einen Augenblick sinnend, ergriffen dann ihre Hacken und gingen nach Hause.

Zur Mine drang die Nachricht zuletzt. In den dünnwandigen Hütten der Arbeiter wurde sie geflüstert, geraunt. Keiner gab einen Befehl. Aber innerhalb einer Stunde waren Stollen, Wäschen und Öfen verödet. Die Gesunden luden die Kranken auf die Maultiere oder auf ihre Schultern und brachten sie mit ins Dorf.

Eine Reihe nobler Biremen verließ sehr schnell den Hafen, um dessen Sperre sich niemand kümmerte.

Aber bevor die Nacht ganz hereinbrach, im zwielichtigen Dämmerschein, standen die Inselbewohner mit zusammengekniffenen Augen und betrachteten das Erscheinen neuer, anderer Schiffe am Horizont. Diese Schiffe waren groß, schwarz und zahlreich. Sie kamen nicht näher heran als in Sichtweite und kreuzten da draußen gegen den Wind. Es waren Kriegsschiffe.

Im Norden die der Römer, im Osten die der Parther, im Süden die der Ägypter. Im Westen war noch nichts zu sehen. Von dort würden die Piraten kommen und sowieso schneller als alle anderen sein.

Die Leute von Lakros gingen in ihre Häuser und verschlossen sie gut. Sie löschten alle Lichter und begaben sich still zur Ruhe.

Es ist eine sehr finstere Nacht, und doch schlafen wenige. Sobald der letzte Schein Helligkeit dahin ist, tun sich einige der fest verrammelten Türen wieder auf, Gestalten huschen heraus, pochen an andere Türen, Flüstern geht durch die Nacht, Kienspane hinter vorgehaltener Hand beleuchten entschlossene Mienen. Metall klirrt.

Die finsterste aller Nächte hängt über Lakros, dem geduckten Archipel, unauffindbar bis Sonnenaufgang. In den matt phosphoreszierenden Wellen dieses Meeres versunken, verschlossen, verborgen.

Auf seine Verteidigung sinnend.

„Der Legatus Populi Romani bittet, dem Archiater des verstorbenen Basileus seine Aufwartung machen zu dürfen."

„Ich habe kein Interesse an der Aufwartung dieses Fettwanstes. Was will er? Mir den Mord an Sesostris anhängen?"

Aber da steht er schon auf der Schwelle.

Es ist keine Zeit, Besuche abzustatten. Der Wasseruhr nach müßten eigentlich die Plejaden schon im Meer versinken. Es geht auf den Morgen zu.

P. C. Macer wirkt für diese Stunde erstaunlich frisch. Der Duft eines kostbaren Parfüms umgibt ihn, und seine Kleidung ist erlesen.

Die übermüde, verschwitzte Frau hinter dem Tisch mit der großen Öllampe, an der sie ein Stück Pergament verkohlen läßt, fühlt sich beunruhigt, denn der Gesandte von SPQR lächelt. Er lächelt, daß seine Augen neben der Löwennase zu schmalen Schlitzen werden.

„Nein, Frau Archiater“, sagt er, „nein, dafür können wir Ihnen leider nicht danken. Sie verzeihen, daß ich Ihre Worte hörte. Nein. Das mußten wir dem Zufall überlassen.“

„Es gibt keinen Zufall“, murmelt sie mechanisch, und er erwidert: „Sie sagen es.“

Er setzt sich ohne Aufforderung. „Laßt die Toten ihre Toten begraben, heißt es irgendwo. Als Lebendige wollen wir das Erbe besprechen, das bleibt.“

„Wie denn das?“ fragt die Ärztin. Sie fühlt sich so müde, daß sie die Augen schließen muß, und ist gleichzeitig ungeheuer wach. „Mein Erbe war bisher, soweit ich mich erinnere, auf der nächsten Galeere als Staatssklavin nach Rom geschafft zu werden.“

„Aber, domina“ (domina!), bemerkt Macer mit der Jovialität eines reichen Onkels und dreht die Handfläche nach oben, „was soll das? Andere Zeiten, andere Mädchen.“

„Um welche Mädchen geht es in diesem Fall?“ fragt sie und beginnt Tonkruken zu ordnen: die rot beschrifteten auf die rechte Seite, die schwarz beschrifteten auf die linke.

Der Römer lacht stillvergnügt. „Sie sind der Sache ziemlich nahe, Archiater. – Stimmt es, daß Sie versucht haben, dem sterbenden Basileus ein widerrechtliches Testament abzuschwatzen zugunsten des Volks von Lakros?“

„Es stimmt bis auf das Wort ‚widerrechtlich‘. Es wäre rechtskräftig gewesen, domine Macer, und ich schwöre Ihnen, daß es gereicht hätte, euch Geschmeiß ins Meer zu jagen.“

„Die starken Ausdrücke haften Ihnen aus Ihrer Vergangenheit an, Archiater. Wozu schimpfen? Es ist unnötig. Die Tatsachen entscheiden. Und Tatsache ist, daß Ihr Manöver, das Sie da aus Verbohrtheit und Römerhaß entwickelt haben, sowieso hinfällig wäre. Denn es gibt einen Thronerben. Und sie wissen das.“

„Aha“, sagt Leukotris und stellt einen rot beschrifteten Tontopf, der versehentlich nach links gekommen war, auf die rechte Seite. „Also doch das Prinzip Bythinien. Thronerbe vermacht SPQR sein Reich. Ich verstehe. Und es ist Ihnen gelungen, jemanden dafür in Lakros aufzustöbern, nachdem Aristeus tot ist?"

Der Mann aus Rom sagt nichts. Kein Wort. Sein ganzes Gesicht ist Lächeln, Grinsen, Fratze. Die Ärztin fragt noch: „Und ich kenne den Mann?" und erhält zur Antwort: „Es ist kein Mann", dann hat sie begriffen.

Seltsamerweise ist es kein Schreck mehr für sie. Nur jede Müdigkeit ist verflogen. Sie hebt die Augen von ihrer Beschäftigung und schaut dem Mann gerade ins Gesicht. „Ich hätte mir denken können", sagt sie langsam, „daß so ein junger Bluthund ein Mädchen nicht bloß zu seinem Vergnügen verführen darf, sondern daß auch noch eine staatspolitische Schweinerei dahinterstecken muß.

Und welche Geschichte haben Sie dazu erfunden? Wenn ihr sie dem Aristeus unterschieben wollt, weil sie ‚Väterchen' zu ihm sagte, so habt ihr falsch gerechnet: Er konnte schon nicht mehr zeugen, als sie geboren wurde."

„Ich bewundere Ihre Haltung, domina", sagt der Gesandte leichthin. „Nun, rechnen können wir auch. Kreusa ist ein Kind der Archiater Leukotris..."

„... einer durchgebrannten Sklavin und Rebellin", wirft sie ein, aber er überhört es und fährt fort: „... und des Königs Sesostris von Lakros. Es wird genug Zeugen geben, die das beeiden."

„Gewiß. Die beiden ersten heißen Cethegus und Gaius Arruntius", sagt sie, aber dann verstummt sie, sieht den Römer mit aufgerissenen Augen an, und fast scheint es, als müsse sie lachen. „Aber wenn mir der König ein Balg gemacht hat, warum habe ich die ganze Zeit darüber geschwiegen? Bitte erklären Sie mir das!"

„Sie haben es mit dem Volke. Konnte Ihnen daran gelegen sein, die Dynastie zu stärken?"

„Aber wenn..." Sie unterbricht sich und winkt ab. „Was soll's. Ich bin überzeugt, daß Sie eine sehr stichhaltige Geschichte haben erfinden lassen. Das ist ja schließlich die Arbeit dieser Herren."

Ihre Augen wandern vom Gesicht des Mannes weg zu den

Tonkrügen, und sie beginnt sie geradezurücken. Halb für sich bemerkt sie: „Bei der dreiköpfigen Hekate, ich weiß sehr gut, wer ihr Vater war. Aber wenn es wirklich Sesostris gewesen wäre – ich habe keine Ahnung, wie ich mich benommen hätte. Das stimmt."

Wieder gehen ihre klaren, schonungslosen Augen direkt zu denen des Römers: „Wo befindet sich meine Tochter jetzt?"

„Die Basilea Kreusa, Gattin des Gaius Arruntius, befindet sich im Gesandtschaftsgebäude."

„Gattin des ...", murmelt sie und fragt dann: „Kann ich sie sehen?"

„Das ist der Grund meines Kommens. Die Basilea bittet ihre verehrte Mutter morgen vormittag zu sich."

„Ihr müßt ihrer sehr sicher sein", sagt sie nachdenklich. Dann steht sie auf. Alles liegt in hellem schonungslosem Licht. „Ich danke für Ihr Kommen, Herr Gesandter. Sie haben sich Ihres Auftrags exzellent entledigt. Tun Sie mir nun die Liebe und verschwinden Sie. Ich habe einen König zu Tode gepflegt und bin müde."

Der Morgen beginnt still und ohne Aufsehen. Die Sonne hängt irgendwo in diesem Herbstnebel verheißenden Dunst. Keine Überraschungen. Die Insel Lakros liegt noch wie ein Schild auf dem Wasser, die Kriegsschiffe zieren den Horizont, und die Ziegen müssen gemolken werden.

Das fröhliche, fruchtbare Volk von Lakros, das noch nie einer fremden Herrschaft unterworfen war, wartet nicht hinter den Querbalken der Ställe und Pferche, hinter den Riegeln der Haustüren ab, was die Herren beschließen werden. Es erhebt vorher seine Stimme:

„An die ausländischen Herren hier im Land. Nach dem Tod des Tyrannen Sesostris und dem Erlöschen des Königshauses nimmt das Volk des Archipels die Regentschaft in seine Hand. Die Götter mögen uns schützen.

Wir machen das Land mit allem, was sich darauf und darunter befindet, zu unserem Eigentum und erklären uns zum Herrn der Ölbaum- und Weinpflanzungen und der Goldader von Lakros.

An alle Vertreter der ausländischen Mächte ergeht die Aufforderung, das Land binnen zwei Sonnenaufgängen zu verlassen. Andernfalls wir von unseren Waffen Gebrauch machen. Rüstet also eure Schiffe.

Das souveräne Volk von Lakros."

„Also sprach der Zaunkönig zum Adler", sagt P. C. Macer und zerknüllt das nicht gerade nach den Regeln des diplomatischen Protokolls angefertigte Schriftstück. „Meine Herren, dergleichen kommt vor, ja, es war fast zu erwarten bei der Struktur dieses Insel-Despotismus, der nur Bauern und Fischer zu Untertanen hat. Es wäre uns ein leichtes, gemeinsam das rebellische Inselvölkchen zu befrieden. Unsere drei Flotten liegen ja gewissermaßen vor den Toren. Andererseits möchte ich nicht verfehlen, darauf hinzuweisen, daß inzwischen das Problem Lakros ein spezifisch römisches geworden ist."

Er pausiert. Die beiden anderen Gesandten, denen man anstrengende nächtliche Beratungen ansieht, blicken befremdet auf.

Eumäos, der Ägypter, ergreift das Wort. Er ist unrasiert. „Ich verstehe die Auffassung unseres Bündnispartners nur unvollkommen. Die etwas rabiate Lösung, der man das Problem Sesostris zuführte, war zwar nicht mit uns abgestimmt, entsprach aber immerhin gewissen Grundabsprachen für den Notfall. Gut, man hielt also von römischer Seite her den Notfall für gekommen.

Weiteres Vorgehen in Sachen lakrisches Gold aber, laut Beschluß, nur in gemeinsamen Konsultationen! Ich begreife nicht, wie das Problem nun römisch geworden sein soll, nur weil der Pfeil – ich meine, nur weil der Entdecker der Bluttat ein Römer war."

Macer hat wieder sein Faunsgrinsen. „Ich darf Sie von Dingen unterrichten, die weder Ihnen noch den Verfassern dieses ‚Dokuments'" – er deutet auf das zerknüllte Papier der lakrischen Fischer und Bauern – „bekannt waren. Es stimmt nicht, daß das Königshaus ausgestorben ist. Es gibt einen legitimen Thronerben, eine Tochter des Sesostris. Sie hat gestern ihre Ansprüche auf Lakros in aller Form an Senat und Volk von Rom abgetreten."

Lange ist es still. Dann sagt Eumäos freundlich: „Ein Meisterstück römischer Politik. Gratulation. Die bythinische Variante. Ich werde meiner Königin in gebührender Form davon zu berichten wissen." Er erhebt sich. „Meine Mission auf Lakros ist beendet. Ich darf Sie darauf hinweisen, daß die Urbs aeterna mit dem Erbe des Fast Göttlichen Sesostris auch seine Schulden bei ägyptischen Banken übernimmt. Sie betragen sechs Millionen Sesterzien."

Macer lächelt. „Ich weiß, daß Sie investiert haben. Die Ansprüche der Bankiers werden voll von uns gedeckt."

Auch der Parther hat sich erhoben. Er hält seinen gepflegten Knebelbart fest, als fürchte er, der könne ihm abfallen. „Ich habe nichts hinzuzufügen", sagt er reserviert. „Auch ich reise. Ach ja, noch eins. Vor einigen Tagen stürzte ein Stollen in der Mine ein. Wir kamen überein, unabhängig vom Basileus noch einmal einen Bergbauexperten zum Gold zu schicken. Der Unglücksmann traf gestern aus Sizilien ein, in der Verwirrung des Tages beachtete ihn niemand. Vielleicht will ihn Publius Macer wegschicken, vielleicht aber auch übernehmen und die Mine prüfen – vorausgesetzt, er findet Leute für seine Bergarbeiten."

„Ich danke Ihnen", sagt der Römer unbefangen, „und übernehme den Mann; das kann nie schaden. Und für Geld bekommt man bekanntlich alles, auch Arbeiter auf einer rebellischen Insel.

Gute Heimfahrt, meine Herren, und Dank für die vertrauensvolle Zusammenarbeit dieses Sommers."

Kreusa sitzt in der Mitte eines großen, reich ausgestatteten Raumes auf einem Stuhl, die Füße dicht nebeneinander, die Hände im Schoß. Es sieht aus, als habe man sie dorthin gesetzt. Man hat ihr Schuhe aus rotem Leder gegeben, und ihre Locken sind auf eine strenge Art hochgebunden. Aber sie trägt noch ihr rosaleinenes Kleid, als wolle sie am Strand entlanglaufen. Sicher fand man nichts Passendes in der Eile.

„Meine arme Süße", sagt Leukotris. Es ist ihr, als solle ihr das Herz aus dem Hals herausspringen. „Meine arme kleine Süße."

Kreusa sieht ihr entgegen mit schluckender Kehle, verweinten Augen – wie in Kindertagen, wenn ihr ein Spielzeug zerbrochen war.

Als die Mutter vor ihr steht, springt sie auf und will vor ihr niedersinken, aber Leukotris, ihre Arme umfassend, die Stirn gegen die ihre gepreßt, geht mit ihr zu Boden, so daß sie nun einander gegenüber knien vor diesem einsamen Stuhl, sich küssend, weinend.

Schließlich sammeln sie sich so weit, daß die Tränen versiegen. Beide trocknen sie Augen und Wangen an Leukotris' Tüchlein, hocken nebeneinander am Boden, lächeln sogar probeweise.

„Zu was für Eseleien läßt du dich hinreißen, Kleine?" sagt die Mutter kopfschüttelnd. „Bestellst mich alte Frau des Morgens früh in den Palast des Römers, als eine Königin. Von all den anderen Dummheiten einmal ganz zu schweigen. Was soll das?"

„Eins mußt du mir glauben, Mutter", sagt Kreusa atemlos, „daß ich, als ich Gaius heiratete, nichts davon wußte. Davon, daß ich von Sesostris ... und daß ich niemals Lakros einfach verschenke. Ich meine", sie lacht auf, „Lakros – das gehört doch keinem einzelnen Menschen. Ich gehöre Lakros – oder gehörte einmal Lakros", fügt sie erlöschend hinzu.

Leukotris sieht sie an. „Ich will versuchen zu verstehen", sagt sie. „Entschuldige. Mein Kopf ist seit gestern wie leergefegt. Also du hast zuerst diesen Gaius geheiratet."

„Ja, Mutter. Nach römischen Bräuchen. Publius Macer hat uns verbunden. Und das mußt du mir verzeihen. Ich liebe ihn. Es war, weil du sagtest, du würdest zu verhindern wissen, daß ich mit ihm – o Mutter!"

Die Ärztin hat den Kopf auf den Sitz des Stuhls gelegt. „Da hab ich das Lämmchen auch noch selbst unters Messer getrieben", murmelt sie. Dann richtet sie sich auf. „Gut. Weiter!"

„Weiter? Ja, weiter. Dann kam das mit Sesostris. Und dann sagten sie es mir."

„Was sagten sie dir?"

„Daß ich die Königin bin."

Die Augen der beiden Frauen begegnen sich. „Ja", sagt Leukotris müde, „ja, du bist die Königin. Das ist sicher. Wenn sie es wollen, wirst du es sein, und keiner auf der ganzen Welt kann das Gegenteil beweisen. Es ist nutzlos!" Sie erhebt sich schwerfällig und setzt sich auf den Stuhl. „Erlaubst du, regina? Meine Knochen tun mir weh."

„Mutter, verspotte mich nicht. Wer auf der Welt, wenn nicht du, soll es wissen, ob ich die Tochter des Sesostris bin?"

„Wer auf der Welt? Deine Römer, mein Kind! Die wissen es besser als ich."

„Mutter! Mutter! Warum hast du mir nie gesagt, wer mein Vater ist? Warum hast du ein Geheimnis daraus gemacht?"

„Weil ich, kleine Kreusa, Mitglied einer alten Schwesternschaft bin, für die Frau und Muttertiersein alles, Vaterschaft aber sehr wenig bedeutet. Und es hat bisher auch all meinen Kindern vollauf genügt, von der medica Leukotris auf Lakros abzustammen. Weil ich auch heute noch der Meinung bin, daß es gleichgültig ist, wer dein Vater war, denn ich zog dich auf. Es wäre sogar gleichgültig, wenn du nicht meine leibliche Tochter wärst... Ich werde dir auch jetzt nicht sagen, wer dein Vater war, denn es ist sinnloser denn je für dich, es zu erfahren. Er war ein guter lakrischer Mann, und er ist tot. Eins aber kann ich mit Stolz versichern: Ich habe nicht mit Königen gehurt, und in deinen Adern fließt das reine Blut der Hirten dieser Insel. Bedenke dies, wenn du dein Land verkaufst!"

Kreusa ist sterbensblaß. Ihre sanften braunen Augen

stehen groß und flammend im Gesicht. Sie erhebt sich ebenfalls und steht nun vor ihrer Mutter. „Ich habe nichts verkauft", sagt sie. „Alles, was ich besitze, gehört nach römischem Recht meinem Gemahl, und er hat darüber zu bestimmen, was ich tue." Plötzlich kehrt die Farbe in ihr Gesicht zurück. „Ich liebe diese Insel, mehr vielleicht als ihr alle zusammen, die ihr ohne weiteres bereit seid, sie in Flammen aufgehen zu lassen, wenn sie sich alle um das Gold schlagen. Ich liebe die Insel, auch wenn sie mich von sich stößt – Aristeus starb, Nikos verließ mich, und du, du bist die große Ärztin und nur einmal in der Woche vielleicht meine Mutter. Aber ich liebe Lakros, und es soll leben. Besser, die stärkste Macht hält schützend die Hand über die Insel, als viele Räuber zerreißen sie in Stücke. Deshalb ist der Wille meines Gatten auch der meine."

„Ja", sagt die Ärztin nachdenklich, „ich verstehe. Es ist die gleiche Meinung, in der ich dreißig Jahre gelebt habe. Besser ein Löwe als viele Schakale. Besser ein König, mit dem man seinen Frieden machen und kleine Dinge aushandeln kann, nachdem er seinen Raub davongetragen hat, als ein Rudel Wölfe, die uns alle ein Stück Fell herausreißen wollen. Und auch ich beginne erst jetzt zu begreifen, daß das wohl ein Irrtum ist. Wenn du abreist mit diesem, mit deinem Mann, wirst du Lakros nie wiedersehen."

„Ich weiß das."

„Kind, komm zu dir!"

„Ich bin ganz bei mir, Mutter. Ich liebe meinen Gemahl!"

„Weißt du, was du in Rom sein wirst? Eine barbarische Konkubine, eine politische Mesalliance, die man so oder so schnell lösen kann. Du wirst niemand sein. Du hast keinerlei Rechte. Jedes auf Staatskosten schmarotzende Straßenflittchen ist mehr als du, Königin von Lakros, denn sie hat das einzige, was gilt in Rom: das römische Bürgerrecht. Hörst du mich?"

Kreusas Augen sind verschleiert. Sie lehnt regungslos am Türpfosten. „Ich gehe mit meinem Gemahl!"

„Kleine Närrin! Begreifst du nicht, daß alles von Anfang

an abgekartet war? Das es nur darauf hinauslief, daß du, Basilea, deine Ansprüche an Rom abtrittst?"

„Ich habe nichts abgetreten. Alle Vollmacht über das Meine liegt bei meinem Gemahl."

„Du belügst dich! Du fliehst."

„Vor wem?"

„Vor der Wahrheit!"

„Die Wahrheit ist", sagt Kreusa still, „daß ich Lakros liebe."

Die Ärztin springt auf, tritt vor ihre Tochter, umfängt deren Schultern, sagt plötzlich leise: „Kreusa! Sie werden dich in Rom töten!"

Die junge Frau lächelt – ein fremdes, geisterhaft blasses Lächeln, das schon nicht mehr zur Kreusa von einst gehört, sondern zu einer anderen, deren Geburt sich gerade vollzieht.

„Meinst du, Mutter, das wäre das Schlimmste, was mir zustoßen könnte?"

Als Leukotris das Haus des Publius Macer verläßt, hinkt sie stärker denn je.

Am Horizont im Westen und Süden drehen die großen Galeeren ab und verschwinden langsam im Dunst.

Unverständige schreiben das dem Dekret des Volks von Lakros zu und freuen sich schon.

Auch weiterhin geschieht nur Unerhebliches.

Die Diener des iàtreion werden bald hierhin, bald dorthin gerufen, nämlich zu den nun von ihren Familien gepflegten, vom Transport arg mitgenommenen Kranken der Mine. Die medica sagt zu Tyro und Sarmatis: „Nehmt die Maulesel und Tragen mit; das Klinikum ist ohnehin leer, die zahlenden Fremden sind abgereist. Bringt die Bergleute ins iatreion."

So hat sie bald alle Hände voll zu tun. Saal und Wohnzellen füllen sich. Die medica, verschwitzt, mit aufgelöstem Haar, hinkend, eilt von einem zum anderen. Die Riemen der Sandalen schneiden tief ein in die geschwollenen Füße.

„Laßt den zweiten Saal frei, falls es irgendwo blutige Köpfe geben sollte. Und stellt zur Nacht Fackeln auf rings um unser Haus, die deutlich das Zeichen des Asklepios beleuchten, damit man uns findet", ruft sie im Vorübergehen Tyro und Sarmatis zu.

Die beiden tauschen einen halb bewundernden, halb belustigten Blick.

Ein Ereignis am Nachmittag: Dama, der Sklave des Proprätors Gaius Arruntius, sucht am Altar des Asklepios Asyl und erklärt, er sei nicht ums Sterben willens, mit seinem Herrn nach Rom zurückzukehren, nachdem er einmal auf Lakros die Freiheit geschmeckt habe.

Nun ist eine solche Handlungsweise von Sklaven der heilungsuchenden großen Herren aus aller Welt hier nichts Neues, und viele haben hier neben vielem Geld auch ihre dienstbaren Geister eingebüßt, denn das Tempelasyl ist heilig. Aber in diesem Fall hat es doch etwas mehr Bedeutung. Man erklärt ihm, es könne auf Lakros demnächst gefährlicher zugehen als in Rom, aber das gilt ihm gleich. Nie wieder Sklave!

Auf Lakros bleibt es still.

Es gibt ein Sprichwort, das heißt, Schweigen sei die Ehre des Sklaven. Es muß von Herren erfunden worden sein. Dem armen Dama hat die Befolgung dieses Sprichworts lange genug die Zunge gebunden, nun nicht mehr.

Die medica selbst nimmt sich die Zeit, ihn im Asklepios-Tempel aufzusuchen; mit ihr kommt Nikos und trägt ihr nach, was der Geflüchtete an Speise und Trank braucht – in einem Körbchen, wie er es für Kreusa oftmals aus Schilf geflochten hat.

Tyro hat Nikos am Strand aufgelesen; verwildert und stumm hockte der Junge zwischen seinen zerrissenen Fischgarnen und war nur mit sanfter Gewalt zum Mitgehen zu bewegen.

Die medica bekommt ihn in derart desperatem Zustand vor Augen, daß sie schwört, ihn nicht mehr von ihrer Seite zu lassen. Nun trägt er ihr das Körbchen nach, still, verschlossenen Gesichts.

Leukotris sucht Dama eigentlich nur auf, um in ihrem Herzenselend irgendwem eine Freundlichkeit zu erweisen, und weiß nicht, daß er ein Erwählter der Göttin ist und was sie von ihm erfahren wird.

Der Asylsuchende dankt schüchtern für, wie er sagt, alles Gute, das man ihm erweist. Er hätte, so meint er, auch Versteck in den Bergen oder „bei der Höhle" finden können, aber er wolle vermeiden, daß sein Herr, sein einstiger Herr, nach ihm suche. Das sagt er sehr tapfer. Er hoffe, erklärt er weiter, der Ärztin keine Schwierigkeiten über das Asyl hinaus zu machen, da er sicher sei, daß die Göttin ihn mit ihrem Dunkel umhüllt habe, als er das Dekret (er sagt: das Papier) über die Mauer geschossen habe.

So erfahren Leukotris und Nikos ganz nebenbei, mit welchen Aufgaben man in Lakros immerhin diesen Boten betraut. Er verneint lächelnd, sich gefürchtet zu haben, da er im Schutz der Ewiglebenden stehe. Sein Bekenntnis löst bei Nikos einen Ausbruch lauter Verzweiflung aus. Warum man ihn, ihn denn nicht erkoren habe, jene Botschaft über die Mauer zu jagen! Er hätte wahrlich nicht den Tod gescheut, ruft er mit blitzenden Augen.

Dama wirft ihm einen mitleidigen Blick zu. „Sieh einmal, ich bin ein Bote", erklärt er einfach. „Es ist meine Sache, es zu tun. Sicher bleibt für dich noch anderes, Brüderchen." Was er vielleicht nicht hätte sagen sollen.

In dem Korb, den Nikos hingestellt hat, befinden sich auch Kuchen aus Honig und Mohn, und indes Dama einen ergreift und davon ißt, sagt er: „Möge die Gute Göttin mir damit Vergessen geben diese letzte Nacht, die ich den Boden teile mit dem Mann, der einst mein Herr war – und auch du solltest davon essen, Frau Ärztin, daß du den Kummer vergißt, wenn er die Frau heute nacht mitnimmt."

„Meinst du, das Schiff geht heute nacht?" fragt die Mutter der Königin leise.

„Heute nacht", bestätigt Dama.

Und nun vergißt sie schon aus lauter Kummer den Vorsatz, Nikos nicht von der Hand zu lassen, und sagt gedankenlos: „Nikos, laß mich einen Augenblick allein hier" – einen Augenblick, der sich unheilvoll dehnt, weil sie den Fischerjungen einfach vergißt in ihrer Geplagtheit. Er aber hat sehr gut zugehört.

Die Ärztin setzt sich zu Dama auf die Stufen des kleinen Altars. Auch sie nimmt einen der mohngefüllten Kuchen, beißt aber nicht hinein. Statt dessen fragt sie, die Augen gesenkt: „Sag mir – wie ist er? Ich habe mich nie darum gekümmert. Er war ein römischer Stutzer, und ich lachte bestenfalls über ihn. Nun ist er der Mann meiner Tochter... Du mußt ihn kennen. Niemand kann ihn tiefer kennen als jemand, der sein Sklave war. Wie ist er?"

In Damas Augen stehen Tränen. „Oh, gütige medica, verzeih mir", ruft er aus, „verzeih mir. Eh ich hierherkam, hatte ich keine Worte, keine Gedanken, nichts. Ich konnte nichts sehen als sein Sklave. Ich weiß nicht, wie er ist. Ist er gut, ist er schlecht – er war mein Herr. Kann ein Hund sagen, wie sein Herr ist? Er hört auf dessen Pfiff und empfängt Schläge oder Brot. Ich war Gaius' Hund. Ich kann dir sagen, wie seine Nasenlöcher aussehen, denn ich sah sein Gesicht meist von unten, und daß sein Bart am schwersten unterm Kinn zu rasieren ist und daß der Nagel am kleinen Zeh seines rechten – nein, warte, seines linken Fußes sich verdickt und daß er es mit der Hand andeutet, wenn er will, daß ich gehe. Aber wie er ist – nein, das weiß ich nicht. O medica, ich würde dir so gern helfen. Ich würde dich gern trösten und dir sagen, er ist nicht schlecht, er ist freundlich zu den Menschen. Das kann sein – aber ich war kein Mensch. Ich weiß nur, daß er viele, viele Frauen gehabt hat, und ob sie weinten oder lachten – er ging fort. Aber vielleicht ist es jetzt anders. Vielleicht..." Er bricht ab und schüttelt den Kopf, verzagt über sich selbst.

Leukotris hat den Mohnkuchen entzweigebrochen. Sie hält die beiden Stücke in den Händen und starrt darauf, als erwarte sie, darin statt Teig den Stein der Weisen zu entdecken. „Nun ja“, sagt sie leise. „Solange sie die Königin des goldschweren Lakros ist...“

„Aber Lakros ist nicht mehr goldschwer“, sagt Dama beiläufig.

Die Frau läßt die Hände sinken, der zerbröckelte Kuchen fällt zu Boden. „Wie meinst du das?“

„Die Goldader wird versiegen“, sagt der einstige Sklave mit großer Sicherheit, und auf die Frage, woher er das wisse, erklärt er ohne Verlegenheit: „Von Hermes.“

Die medica, dereinst selbst vertraut mit Göttern und Geistern, zwingt sich zur Ruhe. „Wo ist dir der Gott begegnet?“ fragt sie und nimmt seine Hand. (Der Puls geht ruhig, die Haut ist warm und trocken.)

„Am Berg“, sagt Dama freundlich und ganz normal, „wo er nach den Metallen sah. Ich kannte ihn schon, er war mir im Traum erschienen. Er durchforschte die Erde und sagte, er befürchte, es sähe übel aus. Aber ich tröstete ihn, denn ich weiß ja, daß die Gute Göttin das rote Todesmetall nicht nötig hat, um ihr Reich zu errichten. Ich wußte schon immer, daß es einmal vorbei ist damit, seit sie mir das Innere der Erde zeigte. Sie hat es nicht nötig.“

„Das ist richtig“, sagt Leukotris. Sie bückt sich, hebt den zerbrochenen Kuchen auf und legt ihn zurück in den Korb. „Trotzdem darf man nichts verschwenden, was ihr gehört. Er sagte, es sähe übel aus?“ Sie steht auf. „Verlaß auf keinen Fall das Tempelasyl, Dama, hörst du?“ Sie nickt ihm freundlich zu und geht.

Mit der Beharrlichkeit von Kakerlaken hängt Cethegus am einmal Gewohnten. Es gibt für ihn keinen Grund, wie es Gaius tat, die Wohnzelle des iatreion mit dem Gesandtschaftsgebäude zu vertauschen, und er durchschreitet trotz böser Bemerkungen ungerührt das Gelände des Klinikums. Sogar Kastanien fliegen einmal, aber auch das scheint sein runder Rücken nicht zu spüren. Gegend Abend geht der metallene Türklopfer und gleich darauf die Tür selbst. Im scharlachfarbenen Licht untergehender Sonne steht sie, mit nachlässig gegürtetem, unter den Achseln verschwitztem Gewand, die Haare zu einem unordentlichen Knoten aufgesteckt, in der Tür wie ganz zu Beginn, als habe alles sie nicht berührt.

Die weiche tiefe Stimme, das melodische Inselgriechisch: „Laß dich nicht stören, Charaimon."

„Von dir sicher nicht, Flavilla. Also?"

„Ich habe dir einen Handel vorzuschlagen."

„Ich höre."

Sie geht zum Tisch und will, ihrer Art nach, ohne viel Umstände Platz nehmen, als seine vorgestreckte Hand sie daran hindert. „Halt, Blonde. In meiner Gegenwart haben Sklavinnen zu stehen."

„Gut, gut", sagt sie ungeduldig, „wenn dir an dergleichem liegt." Sie stützt sich schwer mit der Rechten auf die Tischkante. „Um es kurz zu machen: Mit der Mine scheint irgend etwas nicht zu stimmen. Der Segen soll begrenzt sein, wird gemunkelt. Deshalb komme ich zu dir. Rom wird kaum Gewinn aus der Insel ziehen, aber es weiß das noch nicht. Nur du weißt es nun. Charaimon, höre, die Sache ist, wie sie jetzt ist, zu deinem Nachteil. Man entführt das Mädchen, und du mußt eine Königinmutter zurücklassen – beides sehr unzweckmäßig. Du kannst das ganz einfach ins Lot rücken. Indem ich mich nämlich zum Tausch biete gegen Kreusa." Sie schweigt.

Er antwortet nicht, sitzt hinter seinem nackten Tisch, auf dem nicht einmal der obligate Krug Rezina steht.

Die Frau schöpft Luft. „Es ist nicht schwierig und bringt dich in keinerlei Verdacht. Du gehst ins Gesandtschaftsgebäude, jetzt gleich, verstehst du, gehst zu ihr und übermittelst ihr, daß ich sie noch einmal sprechen möchte, hier. Sie wird kommen, und wir werden sie so verstecken, daß kein Römer sie je entdeckt, bis der Goldzauber aus ist. Dafür verspreche ich, dir aufs Schiff zu folgen wie ein Lamm, auch durch die Schwerter der Leute von Lakros, wenn sie mich halten wollen. Ich habe noch nie mein Wort gebrochen."

„Du wirst mir aufs Schiff folgen wie ein Lamm, selbst

gegen die Leute von Lakros", wiederholt er dumpf. „Sehr schön. Und was gebe ich dir dafür?"

„Meine Tochter. Du nimmst sie nicht Rom weg, für die dort ist sie ohnehin nutzlos, nur dem Herrn Gaius – dem bist du doch nicht sonderlich gewogen, oder? Nimmst ihm meine Tochter und gibst sie Lakros zurück. Verstehst du?"

„Ich verstehe", sagt Cethegus ruhig.

„Gut. Heißt das, du bist einverstanden?"

„Ich bin einverstanden."

Einen Moment schließt Leukotris die Augen. „Die Götter sind gnädig", murmelt sie und sagt dann: „Ich wußte, daß du Vernunft hast. Laß uns die Einzelheiten besprechen."

„Laß uns die Einzelheiten besprechen", echot er. „Nein, du bleibst stehen" – denn ihre Hand hatte schon wieder zur Stuhllehne getastet. In seine fahlen Augen fällt jetzt der Widerschein der untergehenden Sonne. „Was, meinst du wohl, erwartet dich als erstes, wenn du das Schiff betrittst, die Hände auf dem Rücken verschnürt?"

Sie macht eine ungeduldige Bewegung. „Du weißt, daß ich dergleichen nicht meine."

„Aber ich meine es. Wenn du mit mir einen Handel machen willst, bestimme ich die Bedingungen."

„Ich bin in deiner Hand", sagt sie und zwingt sich zur Ruhe.

Cethegus nickt langsam, wobei er sie von oben bis unten mustert, als wolle er ihr Bild für immer festhalten. „Das vergiß nie, Barbarenärztin. Von heute an und immer bist du in meiner Hand, keiner deiner Atemzüge wird mehr sein, ohne daß ich ihn höre, keine Träne, die nicht von mir gesehen wird, du wirst den Fuß nicht heben, wenn ich es nicht gestatte, und die Nägel, die man dir durch die Handflächen schlägt, werden auf meinen Befehl in dein Fleisch dringen, hier zwischen diesen beiden Handknochen hindurch, du bist ja Chirurgin und weißt, wie es sein wird."

„Laß meine Hand los", sagt sie heftig und entreißt ihre Finger seinem harten Zugriff. Sie ist dunkel errötet und sofort wieder erblaßt, daß ihre Sommersprossen wie Rostflecke auf der hellen Haut stehen.

„Meine Schöne, meine Schöne", erwidert der Mann freundlich, „das alles wird dir nichts nützen. Die Stunde ist nun da, und du gehörst mir. Du hast die Frage noch nicht beantwortet, was dich wohl als erstes erwartet, wenn du das Schiff betrittst. Du schweigst? Gut, ich kann es dir auch sagen: Schafschnur, Flava mea, Schafschur. Ich habe keine Schere, aber du kennst ja das scharfe Messerchen, das tut es wohl auch. Und wenn du dabei jammerst – alle werden dir freudig zuhören und dich sehen: nackt bis auf die Augenbrauen, diese blassen Brauen, diese..." Seine Hand nähert sich ihrem Gesicht.

Sie schließt die Augen, erwartet versteinert die Berührung, die aber ausbleibt.

„Es ist gut", sagt er hart. „Sieh mich an! Sieh mich an und wiederhole: Ich gehöre dir, Cethege, bis zu meinem Ende."

Ein paar Fliegen summen. Dann sagt die Frau mit erstickter Stimme: „Nein. Nein und nein. Tu mit mir, was du willst. Aber erwarte nicht, daß ich mich nicht wehre."

„Auch gut." Er erhebt sich, kommt auf sie zu. „Flavilla, Entlaufene, Verbrecherin, Aufrührerin, Ehrlose. Fürchtest du mich? Fürchtest du mich?" Sie weicht ihm Schritt für Schritt, offenen Mundes, den Kopf im Nacken, um aufzusehen zu diesem leder- und aschefarbenen Gesicht, aus dem die dumpfe Stimme dringt: „Fürchtest du mich?"

Von der Tür, die sie selbst geschlossen hat, im Fliehen gehindert, fühlt sie ihre Knie weich werden und murmelt, dahinsinkend, in unsagbarem Entsetzen: „Wie den Tod."

„Dann geh jetzt", sagt er und wendet sich ab. Aber sie, an der Tür klebend wie ein verwehtes Blatt, hat noch Kraft genug, zu flüstern: „Und meine Tochter?"

„Arme Närrin", erwidert er ruhig. „Meinst du, ich habe auch nur einen Augenblick an deine Erfindung von der erschöpften Goldmine geglaubt? Da sind Experten am Werk, und die wissen, was sie sagen. Du bist sehr plump in dergleichen Erfindungen. Mich bei meiner Antipathie für

Arruntius packen zu wollen, um ihm deine Tochter abzujagen und mir dafür etwas anzubieten, was ich längst habe – du liebe Zeit. Du denkst, man verschont dich als Königinmutter? Du gehörst mir nach allen Beutegesetzen. Ürigens: Arruntius und Kreusa sind vor zwei Stunden in See gestochen."

„Vor zwei Stunden", wiederholt Leukotris. Sie fährt sich mit der Hand übers Gesicht. „Und da hab ich... Sind sie wirklich fort?"

„Ich habe es nicht nötig, vor einer Sklavin zu lügen", entgegnet er hochmütig.

Sie schüttelt den Kopf wie ein Tier, das ein Insekt verjagen will. „Vor zwei Stunden. Du erbärmliche Kreatur. Und du meinst, nach dem hier bekommst du mich auf ein römisches Schiff? Lebend nicht."

„Ach, Flavilla", versetzt er starr, „damit haben mir schon ganz andere gedroht, aber schließlich macht es so schnell keiner. Du schon gar nicht."

Sie will etwas sagen, schüttelt den Kopf, ein Zittern überläuft sie, sie tastet hinter sich zur Tür. Die Klinke in der Hand, ohne ihn anzusehen, fragt sie: „Glaubst du an Träume und Prophezeiungen?"

„Scher dich hinaus", erwidert er.

Sie, unbeirrt: „Da ist einer, dem hat Hermes glaubhaft eröffnet, daß das rote Gold zu Ende geht. Was dann, römischer Knecht?"

„Pah", sagt er, „mir bleibst du und das weiße Gold deiner Haare. Was gehen mich Hermes und die Mine an!"

Draußen wird es dämmrig.

16.

Um der Schwüle auszuweichen, begibt sich die medica auf das Dach ihres Hauses. Der Mond hängt wie eine Zitrone überm Meer. Eine Nacht für Liebespaare. Kein Gedanke an den Herbst.

Überflutet vom blassen Licht, die Arme hinterm Kopf verschränkt, sieht sie die Sterne des Himmels ziehen und wundert sich, wie geordnet das alles vonstatten geht, im Vergleich zu der Not und dem Wirrwarr hier unten.

Wenig später wird ein Besucher angemeldet, der absonderlichste von der Welt: Glaukos, der Schatzmeister des toten Königs.

„Quält Sie neuerdings Niere oder Galle, da Sie das iatreion aufsuchen", fragt die medica. Sie rührt sich nicht von ihrem Lager, bietet dem Gast keinen Platz an, blickt weiter in den Himmel.

Der Herr Glaukos wirft im Mondlicht einen schmalen Schatten. „Ich weiß, daß ich hier einen schweren Stand haben werde", sagt er seufzend. „Aber zu wem soll ich gehen? – Es sieht schlimm aus, Frau Archiater."

Und er berichtet unaufgefordert. Nachdem schon viel von den Immobilien, Kleinodien und Kleidern des Herrschers gleich nach dessen Tode von gewissenlosen Höflingen geraubt worden sei, habe er, Glaukos, die Türen des Schatzhauses fest verschlossen und sich selbst nebst einigen ehrlichen Männern der ehemaligen Leibwache davor postiert. Das habe die Plünderer dann abgehalten, weiter vorzudringen.

Heute aber habe ihm der Legatus Populi Romani, versehen mit mächtigen Vollmachten, den Schlüssel aus der Hand gerungen, zum Zwecke einer Inspektion, wie er behauptete.

Die Inspektion war dann einer Kontribution täuschend ähnlich. Man schleppte alles gehortete Gold und die Münzbestände, das Fördererergebnis eines Sommers, davon – wie es hieß, um Lakros bei den ausländischen Banken schuldenfrei zu machen. In den Schatzkammern blieben die leeren Regale und die Nägel an den Wänden zurück.

Hier holt Glaukos tief Luft – fast klingt es wie ein Seufzer – und unterbricht seine Rede.

„Ich weiß nicht, warum Sie mir das erzählen", bemerkt Leukotris. „Wenden Sie sich damit an die Basilea Kreusa, von deren Existenz Sie sicher schon gehört haben."

„Sie sollten mich nicht verspotten, Archiater", murmelt der Finanzmann kummervoll. „Ich erwähnte ja wohl die Vollmacht der Herren. Man behauptet, im Namen der Basilea zu verhandeln."

„Gut, gut. Wollen Sie mich für die Taten meiner Tochter verantwortlich machen? Ich habe ihr keine Ratschläge erteilt."

„Ich verstehe Ihre Bitterkeit, Frau Archiater. Aber sollten wir uns nicht zusammentun, um zu retten, was zu retten ist?"

„Was ist zu retten, Herr Schatzmeister? Und für wen?"

„Das sind zwei Fragen. Die zweite zu beantworten dürfte leichter fallen: für Lakros."

„Natürlich, Gemeinplätze finden sich immer leichter. Was verstehen Sie unter Lakros."

„Alle, die nicht die Römer sind."

„Auch die Fischer, die Bauern, die Bergleute dieser Insel?"

„Auch die."

„Bemerkenswert. Und meine erste Frage? Sie sagten, die Schatzkammern seien leer."

Ein dünnes Geräusch wie schepperndes Glas: Glaukos kichert. „Das ist richtig. Die Schatzkammern sind leer. Aber ich wäre ein schlechter Geldmann, wenn ich nicht nach dem letzten Rückhalt noch den allerletzten Rückhalt besäße."

Unter dem dunklen Mantel taucht eine kleine metallbeschlagene Truhe auf – trotz ihres sicher beträchtlichen Gewichts hat der kleine Mann sie die ganze Zeit unterm Arm gehalten. Er stellt sie behutsam neben Leukotris'

Lager. Die Ärztin hebt kurz den Kopf, besieht sich die Kassette und sinkt wieder zurück.

„Und was enthält dieser Wunderkasten?"

„Rohgold und Kleinodien im Drittel des Wertes, der entwendet wurde. Der letzte Schatz von Lakros."

„Der Schatz von Lakros, lieber Herr, besteht in dem, was unter der Erde steckt, leider. Damit fing der ganze Ärger an. Aber immerhin. Und nun? Wollen Sie diesen Kasten auf dem Dach meines Hauses stehenlassen?"

„Sie haben es erkannt."

Zum erstenmal an diesem Abend hebt die Frau nicht nur den Kopf. Sie fährt auf, als säße eine Schlange unter ihrem Hemd.

Der Unscheinbare weicht ein paar Schritte zurück, redet aber beharrlich weiter: „Das iatreion ist gegenwärtig der einzige Platz auf dieser Insel, der in gewissem Grade sicher ist. Denn Sie sind die Mutter der Basilea, und Ärzte werden immer gebraucht, und jetzt vielleicht besonders."

„Und Sie stellen eine Truhe mit Gold bei mir ab und sind die Verantwortung los. Nein, nein, nehmen Sie nur Ihren Staatsschatz wieder mit. Ich bin ungeeignet für Konspiration."

„Auch ich, Archiater, bin dafür denkbar ungeeignet. Ich bin ein Mann der Zahlen, ein Diener meines Herrn. Aber die Verantwortung für Lakros wird keiner von uns los."

„Was gedenken Sie zu tun? Ich vermute, Sie schiffen sich nach Griechenland ein."

„Ich bleibe auf Lakros. Möglich, daß man mich braucht."

„Wer sollte Sie brauchen?"

„Es gehen da so Papiere um..."

Die Frau betrachtet ihn verblüfft. Sie hat sich wieder auf ihr Lager gesetzt und spielt mit den Beschlägen der Kassette. „Glaukos, Sie sagten eben, Sie seien ein Mann der Zahlen. Rechnen Sie sich für die todesmutigen Narren dieses Dekrets auch nur die geringste Möglichkeit eines Erfolges aus?"

„Ach", sagt der ehemalige Buchhalter des Königs verlegen,

„ich glaube, es geht dabei nicht um den Erfolg." Er sieht zur Seite.

Sie erwidert aufgebracht: „Hören Sie, Glaukos, Sie denken, ich gehöre zu diesen Leuten, den Verfassern dieses... Sie irren sich. Ich habe nichts mit ihnen zu tun."

„Schon gut", murmelt Glaukos; er sieht noch immer beiseite. „Ich möchte dann gehen, Frau Leibarzt. Niemand außer Ihren beiden Gehilfen hat mich übrigens gesehen."

„Und dieser Kasten? Ich will ihn nicht hier haben!"

Er macht eine unbestimmte Handbewegung. Dann ist er fort.

Leukotris sagt laut: „Hol dich der schwarze Pluto!", aber erst, als er sie nicht mehr hören kann. –

Der nächste Besuch kommt ohne jede Anmeldung.

Plötzlich steht sie als dunkle Silhouette vor der Mondscheibe, Schultern und Arme glänzen im blassen Licht, es glänzt auch die Waffe an ihrer Seite, ein breites Legionärsschwert, das sie ohne Scheide trägt: Meroe, die Große Mutter.

„Ich meinte, ich müßte nach dir sehen", sagt sie.

Leukotris ist aufgesprungen, und einen Moment sah es aus, als wollte sie die Besucherin mit Kuß und Umarmung begrüßen. Statt dessen beginnt sie, hin und her zu marschieren, bemüht, ihr Humpeln zu verbergen. „Ein iatreion", sagt sie im Plauderton, „sollte wirklich nur von Heilungsuchenden aufgesucht werden. Doch hier kommt all und jeder und stört die medica des Nachts in ihrer Ruhe, die sie wahrhaftig nötig hat.

Was führt dich zu mir, Kriegerin? Willst du von mir hören, daß du recht hattest und mir alles fehlschlug? Ja, mir schlug alles fehl — obwohl ich deshalb noch nicht weiß, ob du recht hattest. Ich habe versucht, bei diesem sterbenden Wahnsinnigen etwas für die Insel zu erreichen — das einzig Mögliche, da es legal gewesen wäre, das heißt: von allen Mächten zu respektieren.

Statt dessen habe ich eine römische Königin geboren. Nun ja, ich habe mich noch nie um die Taten meiner Kinder gekümmert, sobald sie erwachsen waren; hoffentlich bist du mit den Söhnen zufrieden. Ich sitze hier in meinem iatreion und gucke in den Mond..."

Sie bricht ihr verzweifeltes Gerede ab. Die dunkle Riesin steht unbeweglich.

„Meroe", sagt Leukotris leise. Sie sinkt auf ihr Lager, den Kopf in den Händen verborgen. „Sie ist schon unterwegs, hat Lakros verlassen... Weißt du, es gibt so ein Sprichwort über solche Könige und Bundesgenossen, die nach Rom kommen. Es heißt: Verräter haben einen schrecklich dünnen Hals, ein Zwirnsfaden erdrosselt sie."

Sie findet sich in Meroes Armen wieder. Die Große Mutter hat sie an sich gezogen und wiegt sie hin und her. Meroe riecht nach ihren Ziegen und den Kräutern des Feldes.

Ein paar Lidschläge lang genießt die Ärztin die tiefe Geborgenheit dieser Umarmung, dann macht sie sich frei und sagt: „Och, weißt du, das ist noch nicht nötig. Es geht schon noch so."

Meroe lacht leise. „Das wollte ich nur wissen."

„Und deshalb bist du, nachts und in Waffen, mir aufs Dach gestiegen?"

„Seit ich wieder die Schwarze Schlange bin, geh ich lieber nachts, und die Waffen lege ich nicht ab, bis..."

„Nicht weiter. Das kenn ich. Bis keines Römers Fuß auf lakrischem Boden mehr weilt — oder keines Lakriers Fuß mehr auf dem römisch gewordenen Boden. Gut, gut, ich streite nicht mit dir. Euer Dekret hätte besser sein können."

„Es wäre besser, hättest du es mit abgefaßt."

„Meroe, Schwester. Ich gehöre dem Bund der Frauen nicht mehr an, und ich glaube auch nicht, daß du gekommen bist, mich wieder zu werben. Haben dich die anderen geschickt? Soll ich irgendwas verstecken im iatreion, Waffen, Leute? Im Augenblick ist mein Haus das einzige ziemlich sichere auf Lakros."

„Ist das eine Frage oder ein Angebot?"

Die Ärztin lacht kurz auf. Sie erhebt sich und geht zur

Balustrade. „Sieh mal den Mond. Es ist taghell. — Alles ist durcheinandergeraten in letzter Zeit. Lämmer wechseln zu Wölfen, und Wölfe werden Schäferhunde." Ihr Blick streift die Truhe des Glaukos. „Du hast mir meine Frage nicht beantwortet. Weshalb bist du hier?"

„Nein, Flavilla", sagt die Kämpferin sanft, aber entschieden, „nein, so einfach machen wir es dir nicht. Auch wenn du es sehr schwer hast jetzt. Ich sage, daß wir dich brauchen, aber wir bitten dich nicht, denn du wirst wissen, was du tust. Ich bin allein zu dir gegangen, wenn auch mit Wissen aller. Thrasyllos, Nicodemus, deine und meine Söhne grüßen dich. Ich bin gekommen, weil auch ich erfahren habe, daß heute nacht das Schiff nach Latium geht."

„Es ist schon unterwegs", sagt Leukotris. Ihre Augen hängen unverwandt am Mond.

„Ja, es ist seit einigen Stunden unterwegs."

Kreusas Mutter hebt die Arme. Ihre Hände schließen sich um ihren Hals. „Zuviel Totenklagen diesen Sommer", murmelt sie kaum hörbar.

Die kräftige Hand der Meroe liegt sanft auf ihrer Schulter. „Komm. Der Mond steht günstig", sagt die Große Mutter.

Beide Frauen ziehen das Gewand über den Kopf, knien mit erhobenen Händen nieder. Meroe beginnt uralten Singsang: Mondbeschwörung für eine glückliche Überfahrt des Schiffes, das da reist.

Der Mond scheint zu beben, er wechselt seine Farbe ins Orangerote, nähert sich Lakros, ein Schatten überhaucht die Magierinnen, aus dem Mond löst sich eine Träne und fällt klingend ins Meer.

„Es ist gelungen." Meroe erhebt sich.

Die Ärztin, noch auf den Knien, schmiegt ihr Gesicht an den Schoß der Stehenden. „Die Gute Göttin soll es dir vergelten, daß du das verirrte Lamm nicht verfluchst, sondern ihm Beistand leihst. — Obwohl es vergeblich ist", fügt sie dumpf hinzu, „denn sie fährt in den Tod."

Im Aufstehen wendet sie sich ab und geht zu ihrem Lager

zurück. Beide atmen schwer, als seien sie eilig einen steilen Hang emporgelaufen. Dann sagt Leukotris mit halbem Lachen: „Zauberin“ und dann, in verändertem Ton: „Übrigens steht da eine Kiste, in der sich der Rest des Staatsschatzes von Lakros befindet. Willst du sie haben?“

„Ich nehme nicht an, daß du dir einen Scherz erlaubst?“ sagt die große Frau ernst.

„Seh ich so aus, meine Liebe?“

„Wie kommst du dazu?“

„Bevor du mich besuchtest, kam schon einer, der wollte die Kassette los sein. Er meinte, ein iatreion sei in Zeiten wie diesen am besten geeignet, etwas zu verstecken. Auch schien er halb und halb dieser Truhe die Bestimmung gegeben zu haben, die sie in deinen Händen hätte. Er hielt mich nämlich für zu euch gehörig, verzeih.“

„Dein Besucher hatte recht“, entscheidet die Kriegerin. „Hier ist tatsächlich der sicherste Ort.“

Leukotris seufzt. „Ich sehe schon. Als nächstes die Waffen. Dann die Verwundeten. — Was meinst du, Große, übrigens mit ‚hier‘? Das Dach doch wohl nicht.“

„Gewiß nicht.“

„So. Dann sei so gut, trag mir die Kiste in mein Schlafzimmer. Ich mit meinem kranken Fuß bin dazu wenig geeignet.“

Im Zimmer verwehrt ihr Meroe, Licht anzuzünden. Der Mond sei hell genug. Sie schiebt den Kasten unter das Lager der Ärztin. Die sieht es mit Spottlust. „Wenn ihr noch mehr dergleichen habt — das ist der rechte Ort. Ein Vulkan unterm Bett, das wünschte ich mir schon immer.“

Meroe schließt sie in die Arme. „Schlafe, kleine Schwester.“

Leukotris wirft einen Blick zum Fenster. „Die See ist ruhig, ja?“

„Ja“, sagt Meroe bestimmt. „Die See ist ruhig.“

Achillas, lieber Schatten. Ja, ich war töricht genug, dem armen Dama seinen Hermes zu glauben, einen süßen Augenblick der Hoffnung lang, und was ich daraufhin begonnen habe, soll nie jemand erfahren. Mein wertloses Leben für ihres, an der ich mehr verschuldet habe, als ich ahne, wäre das nicht eine Art von Gerechtigkeit gewesen? Es war süß, Sühneopfer sein zu wollen, und bitter, so behandelt zu werden. Zittern und Scham vor diesem Mann. Momente, die man vergessen muß, wenn man leben will. Und ich soll es wohl, wenn ich auch nicht weiß, wie.

Von all den Sagen und Geschichten, die du mir erzählt hast an langen Abenden, hat mir immer am wenigsten die von Deidamia gefallen.

Da fahren sie ab von Skyros, der Tölpel Phönix, der Schelm Archilochos, der Fuchs Odysseus, und mit ihnen der verleitete Knabe Achilles, der den sicheren Tod durch Orakelspruch vor Augen hat. Und am Ufer bleibt sie zurück, Deidamia, die verzweifelte Frau, betrogen um Liebe und Glück.

Man konnte sie, so hab ich immer gemeint, doch nicht einfach abfahren lassen, diese zweifelhaften Helden, diese Schurken mit ihrer Beute. Man mußte doch irgend etwas tun — so wie ich denn hinging zu Cethegus und etwas Unsinniges tat.

Und nun? Achilles und Deidamia konnten sich wenigstens noch verabschieden. Ja, das konnten sie.

Da sitz ich auf meinem Hausdach, bete zum Mond und muß geschehen lassen. Andere handeln, sie kommen zu mir und tragen mir auf, was ich tun soll. Wie sagte doch der mit den schmutzigen Händen? „Es gibt keinen Zufall!"

Seltsam, daß ich die Tonfigur nicht fortgeworfen habe. Daß sie, obwohl ich weiß, sie war nur Requisit in einem Betrug, immer noch die gleiche Anziehungskraft für mich hat wie zu Beginn. Mithras, der Herr der Sonne und der Gerechtigkeit, jetzt wie einst. Es wäre schade darum. Erinnerung, auch wenn ihr Anlaß gefälscht ist, kann uns beflügeln.

So, lieber Achillas, sitzt Deidamia nun am Ufer mit gebrochenem Herzen, aber sonst noch leidlich beisammen, um morgen nach ihren Kranken sehen zu können.

Viel mehr fällt mir jetzt nicht ein, und ich glaube, Achillas, das alte Zaubermittel des Bekennens an deine Schattenadresse verliert mehr und mehr seine Wirkung. Es hat lange genug vorgehalten und mich durch manche schwere Stunde gelenkt wie der Steuermann sein Schiff.

Aber alles hat seine Zeit. Lieber Weiser, Vater, Arzt, Halbgott, muß ich dir ade sagen? Es ist nicht alles durch Sprechen zu kurieren. Erst im Handeln gewinnen wir wieder Klarheit.

Meroe sagt, die See ist ruhig.

17.

Der römische Ritter Cethegus muß fast einen halben Tag antichambrieren, bevor er zu dem gewünschten Gespräch mit Publius Cäcilius Macer kommt. Er sitzt mit der Geduld eines Mannes aus dem Volk im Vorzimmer auf der Wartebank, ohne sich zu rühren. Schließlich kann man nicht mehr umhin.

„Mein Lieber!" ruft der Gesandte von SPQR und amtierende Prokonsul auf Lakros und streckt ihm die Hände entgegen, wobei er einen deutlichen Blick über die zerknitterte, angeschmutzte Tunica laticlavis seines Besuchers hinsendet, „seien Sie willkommen." Er ist wie immer ganz dröhnende Jovialität. „Verzeihen Sie, daß ich nur wenig Zeit für Sie aufbringen kann. Ich erwarte jeden Augenblick den Bergbauexperten mit dem neuen Bericht von der Mine. Eigentlich dachte ich, daß Sie bereits zusammen mit unserem lieben Gaius Arruntius und seiner Eroberung abreisen würden. Die Gelegenheit war günstig. Was sagen Sie übrigens zu dem phänomenalen Erfolg des jungen Mannes? Cäsar wird erfreut sein. In meinem Bericht habe ich nicht vergessen, Ihre profunden Vorarbeiten hervorzuheben, Cethege mi. Machen Sie sich nichts daraus, daß Sie das Glück nachher ein bißchen verlassen hat. Sie können trotzdem sagen, Sie haben den Vorgängen beigewohnt." Der Redestrom des Herrn ist kaum zu dämmen. „Wann gedenken Sie zu reisen?"

„Deshalb bin ich hier, domine. Ich wollte fragen, mit welchem Schiff die Frau nach Rom gebracht wird, damit ich sie überwachen kann."

Macers Augen bekommen die Starre eines Schlangenblicks. „Von welcher Frau reden Sie, bitte?"

„Von der entflohenen Sklavin und Rebellin, die ich überführt habe. Von der medica Leukotris."

Der Gesandte des Römischen Volkes bricht in Lachen aus. „Aber mein Teurer! So eine Frau gibt es nicht. Es hat sie nie gegeben. Es existiert nur Archiater Leukotris, die Mutter der Basilea Kreusa.

Oder meinen Sie, Rom wäre daran gelegen, durchgebrannte Aufständische zu Königsmüttern avancieren zu lassen?"

„Die Basilea Kreusa", sagt Cethegus kühl, „ist eine Erfindung des Gaius Arruntius, die er nicht im Sinne unseres Auftraggebers mit mir abgestimmt hat. Deshalb kann ich keine Rücksicht darauf nehmen."

„Ich verstehe kein Wort, mein Lieber."

„In der langjährigen Zeit meines Dienstes habe ich immer versucht, zwei Maximen zu folgen: treu dem römischen Volk und seinen Interessen zu dienen und zum anderen die letzten Spartacusanhänger aufzuspüren und zur Strecke zu bringen, wo immer ich sie nur finde. Das sind meine Ziele."

„Zwei lobenswerte Maximen", bestätigt Macer herablassend, „nur gibt es Fälle, wo beide kollidieren. Und ein solcher ist eingetreten. Der Nutzen für Rom besteht im Augenblick eindeutig darin, von der Verfolgung des zweiten Ziels abzusehen."

„Es gibt keinen Fall, bei dem diese Maximen kollidieren", entgegnet Cethegus ruhig, „das rührt an die Grundfesten unseres Staates. Wann also kann ich mit der Frau reisen?"

P. C. ist rot angelaufen. „Bist du nicht recht bei Trost?" brüllt er. „Es gibt keine Frau, mit der du reisen kannst, und je eher du dich davonmachst mit deiner Manie, im Vergangenen zu wühlen, desto besser. Niemand hat Verwendung für dich." Er beruhigt sich. „Diese alte unflexible Arbeitsweise", sagt er verächtlich. „wirft Cäsar über Bord. Neue Leute mit unkonventionellen Ideen ..."

„Wohl wie Arruntius?"

„Warum nicht?"

„Arruntius hat überhaupt keine Ideen, wenn Sie mich fragen. Er ist ein Dilettant ohne Skrupel und mit viel Glück."

„Cäsar ist da anderer Meinung. Er will übrigens auch Ihr Büro reformieren. Schnüffler von vorgestern haben da nichts mehr zu suchen, vor allem, wenn sie erfolglos sind."

Cethegus bleibt ungerüht. „Es bleibt also dabei, daß die überführte Rebellin keiner Strafe zugeleitet wird."

„Himmel", sagt Macer mit der Miene eines Krankenwärters, mild und resigniert, „wir haben andere Sorgen. Was meinen Sie, wie schnell wir hier eine neue Sorte Rebellen am Hals haben. Vielleicht ist sie wieder dabei, dann können wir sie noch früh genug ans Kreuz hängen. – Ah, der Herr aus der Mine. Sie entschuldigen mich, Cethege. Gute Überfahrt, falls Sie ein Schiff finden."

Im einst so stolzen, überfüllten Hafen von Lakros hängen die Absperrketten tief ins Wasser. Außer den Schiffen der königlichen Flotte, die, von ihren Mannschaften verlassen, in einer Bucht ankert, gibt es nur noch die Staatsgaleere des P. C. Macer und die kleine Bireme, die den Bergwerksmann aus Sizilien gebracht hat. Das heißt: Kein Schiff geht nach Latium.

Charaimon, in sich gesunken, schlendert mit seinen weiten Schritten vom Hafen inselwärts.

Die Situation beunruhigt ihn nicht. Er wird schon dahin gelangen, wohin er muß. Die Drohungen dieses Cäsargünstlings lassen ihn kalt. Er weiß, daß sein Büro sich nicht leicht von alten Mitarbeitern trennt, vor allem, wenn sie so viel wissen wie er. Es gibt nur eins, was ihn martert.

Seine Augen wandern nach Süden, wo zwischen Maulbeerbäumen und Kastanien schamlos die weißen Mauern des iatreion schimmern.

Ein Jäger kehrt nicht ohne Beute heim.

Im Traum sieht Flavilla den Gott Hermes, bartlos und gelockt wie Hyazinth, mit rundem Hut, Stab und Flügelschuhen auf der Insel herumstreunen. Wohin sie auch geht, immer ist er schon da, auf dem Berg und in der Ebene, am Schilfstrand und im Olivenhain, und die Träumende spürt genau, daß er bald wieder abreisen muß, denn eigentlich hat er nicht lange auf der Insel zu tun.

Und sie fragt ihn: „Na, domine Hermes, was macht denn das Gold?"

Er antwortet: „Gar nichts, Frau Königinmutter. Aber man hat mir versichert, die Leute hier seien gar nicht so erpicht darauf. Und wenn das fremde, lästige Volk weg ist, stehen sie ja wirklich vorteilhaft da — ohne Herrscher, aber entschlossen zu allem, was möglich ist. Da wird allerhand auszuprobieren sein, wenn Sie die Regentschaft übernehmen."

„Wieso denn ich", fragt die Träumende überrascht.

Der nette Gott erwidert: „So hatte ich Sie verstanden. Sie wollten doch sogar für die Basilea eintreten, die Hirschkuh als Sühneopfer für Iphigenie, war es nicht so?"

„Das geht Sie nichts an, Herr", sagt sie ärgerlich.

„Seien Sie", erwidert Hermes, unerschüttert zwischen seinen Gesteinsproben kramend, „nicht so unfreundlich. Verkünde ich Ihnen etwa Böses? Kein Gold, keine Herren."

„Aber wer soll Ihnen den Schwindel glauben? Ich werde es vorziehen aufzuwachen."

„Wie Sie wollen", sagt er und zuckt die Achseln. „Man wird mir schon noch glauben müssen. Aber ich sehe, Sie können mit mir nichts anfangen. Also wachen Sie auf!"

Das tut Leukotris unverzüglich, und zwar, wie seltsam,

über ihrem eigenen Lachen, zu dem ja nun wirklich kein Grund besteht. Ihre Träume hat sie vergessen. –

Der Tumult beginnt gegen Mittag.

Sarmatis, rund und eilig, stürzt in den stillen Saal, wo sich die Ärztin mit ihren Minenkranken beschäftigt. „Die Römer jagen einen Menschen!"

Ein Aufschrei aller antwortet, und darüber die Stimme der Ärztin mit den erstaunlichen Worten: „Sie wagen es auf meiner Insel..." Sie bricht ab in der plötzlichen Stille und ergänzt: „... auf unserer Insel." Dann sagt sie ruhig: „Wer nur immer kann, folgt mir nach."

Sie stürzen und hinken ins Freie, eine bresthafte Gruppe, dazu die friedlichen Leinenknaben. Weniger wehrhaft, als es damals die letzten Kämpfer des Gladiators waren, sind die hier auch nicht.

Sie spürt, daß ihre Hände noch nackt sind, ergreift im Vorübergehen den ersten besten Gegenstand. „Bewaffnet euch, Freunde, bewaffnet euch! Wollt ihr mir weismachen, daß in diesem Haus keine Waffen sind? Schneller, schneller!"

Es sind, wie sich herausstellt, nicht nur ein Dutzend Bratspieße zur Hand, Äxte, chirurgische Instrumente, Schöpfkellen, sondern, sieh da, auch Schwerter. Einige der Bergleute haben vorausschauend ihre Werkzeuge mit ins Krankenhaus genommen.

Die wilde Jagd kommt den Berg herauf, Metallgeklirr, Stampfen von Füßen. Dann sieht sie ihn. Ein junger Mensch hastet über die Steine. Hinter ihm, brüllend, Legionäre aus der Leibwache des römischen Gesandten. Die sind schon Herr im Land, wie?

Die Rebellin Flavilla, die Ärztin der Aufständischen, steht einen Augenblick still, hinter ihr die japsende, schwankende Wand ihrer Lahmen und Kranken und wehrhaften Krieger. Altvertraut, altbekannt, beseligend wie das Eintauchen in einen prickelnden Brunnen, ja und ja und sei willkommen, herrliches Krepieren in Lehmlöchern für die goldne Freiheit, Moment des Zagens und des todesmutigen Wahnsinns vor dem Kampf, blutende Wunden, Schreien und Seufzen, Küsse des Abschieds. Ich bin zu Haus.

„Iatrinae!" Das ist Tyros halblaute Stimme hinter ihr; der bekannte Ton des Einverständnisses. Tyro, Sarmatis, verläßliche Helfer hier wie anderswo, Freunde. Sie dreht sich nicht um.

„Sind Wurfgeschosse zur Hand?"

„Ja, iatrinae."

„Wartet noch ab." Mit umsichtigem Blick schätzt sie, Veteranin vieler Schlachten, die Entfernung, zur Not wird auch ein General aus mir, warum nicht, die Hand erhoben und: „Jetzt!"

Wie berechnet, sausen die Bratspieße über den Kopf des Gehetzten weg, vor die Füße der verdutzten Römer. Die Verfolgung gerät ins Stocken. Der Gejagte gewinnt Land, keuchend, blutend, ein Hase vor den Hunden, hastet er auf sie zu.

Flavilla lacht auf, dann stürmt sie los. Sie springt über Steine und Geröll, bricht durch einen splitternden Ginsterbusch, gerät ins Rutschen, hält sich an einem Baumstamm, wobei ihr das erstemal ihr Kampfwerkzeug klar vor Augen kommt: in gefährlicher Nähe ihrer Wangen, natürlich, ein Küchenmesser! Und schrill, wie mit der Stimme eines von Geistern Besessenen, bricht es aus ihr hervor, ein lange vergessener römischer Soldatenschlager, gekreischt, gegröhlt; einige erinnern sich, er hieß wohl „Schwesterchen trägt rote Schuhe". Hinter ihr dröhnt der Berg von den Schritten der Ihren.

Sie erreicht den Flüchtling, als sei er ihr rettender Anker, prallt voll auf ihn, stürzt mit ihm gemeinsam zu Boden, ihn haltend, ihn schützend. Er blutet und beschmiert sie; ein pilum, die kurze römische Lanze, steckt noch im Arm, der ihm herabhängt wie einem Vogel der gebrochene Flügel. Übrigens, der Flüchtende ist Nikos.

Man umringt sie. Noch immer hockt sie breitbeinig über dem Verletzten, als habe sie ihn eben geboren, und flüstert atemlos: „Keinen Schritt vor und keinen zurück, Tyro, Sarmatis. Ich spreche mit den Soldaten. Nein, ich allein."

Der Himmel ist hell wie ein weitgespanntes seidenes Zelt über Lakros, Schild auf den Wassern des Ozeans; die Götter lehnen über dem Rand des Elysiums und schauen herunter, und zwischen einem Igel von guten Leuten mit Waffen und Wunden und einer halben Kompanie Legionäre der Weltmacht steht Flava, die Ärztin, mit dem Küchenmesser, klein, außer Atem, zerzaust und mütterlich und endlich bereit, ihre Rolle zu übernehmen.

Die Söhne der Wölfin kommen näher. Damals war man nur gewohnt, auf sie loszugehen und vor ihnen wegzulaufen, Zwischenstufen gab es nicht. Aber weil man unterdes vor Königen gesprochen hat...

Da sind sie nun heran und hätten Flavilla einst fürchten gemacht mit ihrem Geruch nach Schweiß und Leder und ihrem beängstigend perfekten Eisenzeug. Aber Leukotris ist in der Lage, die nichtssagenden Dutzendgesichter der Jungen unter den Helmen zu sehen und sich selbst und ganz Lakros dazu, und sie beherrscht sich und beginnt schwer atmend, aber ruhig: „Quirites, ihr habt aus Versehen das Gebiet des iatreion betreten!" (was nicht stimmt). „Hier ist Asyl" (was auch nicht stimmt, denn das Asyl beschränkt sich auf den Tempel des Asklepios). „Bis hierher könnt ihr keinen verfolgen. Also kehrt um!"

Die Krieger betrachten die unansehnlich gekleidete Barbarin mit dem Küchenmesser und mit dem welken Laub im Haar, als hätten sie eine sprechende Schildkröte vor sich. Die befremdliche Exotik der Erscheinung und des Vorgangs lähmt ihren Trieb loszumarschieren, zu töten, zu schlagen, zu siegen. Sie stehen still, von ein paar Bratspießen kurz gestoppt. Ein Langaufgeschossener bringt zögernd vor, dieser Bursche hätte sich über die Mauer ins Gesandtschaftsgebäude eingeschlichen und ähnele dem, der das Dekret von Lakros über die Mauer geschossen hat. Er habe sich der Festnahme widersetzt und so weiter.

Ein verhandelnder Soldat ist schon weniger gefährlich.

„So ein Quatsch", sagt Leukotris in hoheitsvollem Küchenlatein. „Das ist doch Nikos, der für mich die Fische fängt. Der weiß nichts von Dekreten. Und nun zieht ab. Ihr kennt mich wohl nicht? Ich bin die Mutter der Königin Kreusa. Ich glaube, es gibt viel Ärger, wenn ihr nicht umkehrt, Römer."

Sie stehen unentschlossen. Die Frau spitzt die Lippen, eigentlich will sie sich eine Haarsträhne aus dem erhitzten Gesicht pusten, aber zu ihrer eigenen Verwunderung wird etwas ganz anderes daraus: Ihr Mund formt Töne, und ohne den Blick von den Legionären zu wenden, pfeift sie tatsächlich noch einmal die alte triviale Melodie, Zoes Kampflied, das in sich all den Hohn eingesogen hat, den ihm die letzten Aufständischen verliehen: das fatale „Schwesterchen" der „Zehnten", zum letztenmal wirksam.

„Komm", sagt einer. Ja, sie gehen, ja, sie ziehen ab, zögernd, dann anwachsend wie ein Steinschlag. Erst als sie der Ärztin völlig aus den Augen sind, dreht sie sich um und sagt: „So schnell es geht ins iatreion, Freunde!"

Während des Verbindens kommt Nikos zu sich.

„Halt still, Narr", knurrt Leukotris, „was hast du heute beim Gesandtschaftshaus gesucht?'

Nikos schweigt und preßt die weißen Zähne aufeinander, denn es tut sehr weh. „Tapfer wie ein kleiner Kaiman", sagt sie anerkennend und leise: „War es wegen Kreusa?" Er schweigt. „Sie war schon fort." Nikos wendet sein Gesicht ab. „Schlafe, Söhnchen."

Im Hintergrund sagt Sarmatis: „Wir wußten nicht, daß die medica so laufen kann."

Sie sieht zu ihm auf: „Haltet ihr mich für so alt?"

„Nein, aber wegen des Fußes."

Erst da fällt ihr der verfluchte Fuß wieder ein, und sie merkt auch, daß er sehr schmerzt.

Als sie in ihre Räume hinübergeht, ertappt sie sich dabei, daß sie schon wieder pfeift. Wieso bin ich fröhlich? Ich hätte allen Grund, Trübsal zu blasen, und eins ist ja klar: Der Tanz geht erst los.

Um sich darauf vorzubereiten, entsinnt sich die medica eines königlichen Geschenks, eines Mantels aus Silberzindel, den man ohne viel Aufwand über den Leinenkittel hängt und der sehr bedeutend aussieht, einer seidenen Stirnbinde und der berühmten Bernsteinohrringe. Sie besieht sich kritisch im Spiegel. Ihre hellen Augen liegen in vielen Fältchen, Sonne und Kummer haben einander zugearbeitet. Aber eine energische Anmut ist da noch – der große Mund, die exotisch stumpfe Nase, Kinn und Wangen fest.

An ihrem Tisch zögert sie kurz, nimmt die Terrakotte, setzt sie wieder hin. Mithras, der Gott der Sonne und der Gerechtigkeit. Ein Stück Jugend, gleich, ob gefälscht oder echt. Herr Cethegus-Charaimon, ich danke dir. Hierfür und für ein paar Stunden, die mir heute helfen, mich selbst wieder zu entdecken.

Der prächtige Auftritt läßt nicht lange auf sich warten. Diesmal sind es keine zwei, die kommen, sondern vier, an ihrer Spitze ein Zenturio. Sie fordern im Namen des bevollmächtigten Statthalters und Prokonsuls auf Lakros, Publius Cäcilius Macer, die Auslieferung eines dringend des Hochverrats und der Rebellion verdächtigen jungen Mannes, der hier im iatreion versteckt sei.

Der Zenturio ist korrekt, aber hart, und die Diener des iatreion haben Mühe, ihn am Überschreiten der Schwelle zu hindern, bis die medica da ist.

Aber dann kommt sie, umrauscht von dem Mantel, prächtig wie ein Paradiesvogel, und füllt die Tür auf eine Weise, die jedem klarmacht: Hier findet keiner Zutritt ohne ihre Erlaubnis.

„Was wünscht man von mir?“ fragt sie, nicht in ihrem groben Latein, sondern im Griechisch der Insel, so daß sich der Zenturio mit der fremden Sprache quälen muß. Beeindruckt grüßt er und wiederholt seine Rede.

Leukotris im Silberkleid läßt sich auf gar nichts ein. „Es gibt keinen Rebellen hier und keinen Hochverräter. Es gibt nur einen Fischerjungen, der auf dem Gebiet des iatreion (sie lügt sehr überzeugend) von Ihren Soldaten zusammengeschossen wurde, ohne Grund. Er ist schwer verwundet und bedarf der Pflege. – Geh zu Publius Cäcilius Macer und sag ihm: Wenn er den Jungen haben will, muß er zuerst mir den Krieg erklären. Ich bin Archiater Leukotris, Mutter der Basilea Kreusa, demzufolge eigentliche Gemahlin des verstorbenen Fast Göttlichen Sesostris." (Sie wird nicht einmal rot.) „Und über diese Schwelle kommt niemand, von dem ich es nicht will."

Im Rauschen ihres Mantels dreht sie ihm den Rücken, fügt dann plötzlich im übelsten Küchenlatein hinzu: „Nimm die Beine in die Hand, Trottel, oder haben sie dir Bohnen in die Ohren gesät."

Die vier verschwinden.

Leukotris wirft das großartige Kleidungsstück achtlos in eine Ecke. „So", sagt sie freudig, „und nun macht das Haus dicht. Ich müßte mich sehr täuschen, wenn es jetzt nicht ernst würde."

Man befolgt ihre Anweisungen. Still begeben sich alle an ihre Arbeit. Sie erwarten jeden Augenblick, daß römische Spieße an die Haustür donnern.

Aber alles bleibt still.

Cethegus steigt, schräg gegen den Wind, die Hände auf dem Rücken verschränkt, die bergigen Pfade von Lakros.

Er steigt höher und höher, vorbei an Steinmauern, die Korn- und Ölbaumpflanzungen einfassen, durch die abgeblühte Rosmarinlandschaft der Ziegenherden mit ihren vereinzelten Feigenbäumen und Zypressen, zu den Thymianwüsten über den Klippen.

Es ist ein goldener Tag, der letzte Tag des Sommers vielleicht. Eidechsen sonnen sich auf den Halden. Unter dem festen Tritt des Fremden rollen Steine abwärts. Er geht ohne Blick für die Dinge um sich. Seine Gedanken sind bei seiner Beute, der blonden Frau.

Niemand, der Charaimon entkommt. Noch gibt es Mittel. Gift und Dolch, Heimlichkeit oder Gewalt, das Schiff des Montaners, einen Strick am Türpfosten des iatreion. Ich liebe dich, blonde Beute. Du bist mein, und sollte ich dich mit den Händen erdrosseln, mit den Zähnen zerreißen.

Cethegus steht auf der Hochebene über der Klippe, wo einst Gaius Arruntius sein Opfer mit dem goldenen Armband fesselte. Einst? Ist es länger her als vierzehn Tage? Alles ging sehr schnell hier auf Lakros. Unmethodisch. Cethegus preßt die Lippen zusammen. Eine Goldmine auszubeuten ist das eine. Das andere, Verbrecher zu fangen. Beides zusammen ist erst römische Staatsführung.

Sein Blick schweift über das tintenblaue Meer. Mare Nostrum, Meer der Römer, Meer der Macht, die ich anbete, seit ich weiß, daß Macht uns berauschen kann wie Liebe. Und es erregt ihn, Diener dieser Macht zu sein.

Arruntius, noch wissen wir nicht, wie wir uns in zehn Jahren begegnen: Die Cäsaren kommen und gehen, aber das Büro, für das ich arbeite, bleibt.

Bei der Rundschau, beim stolzen Aufatmen, beim Recken seines geduckten großen Körpers erstarrt er plötzlich. Sein Blick bleibt hängen an etwas so Unglaublichem, daß er sich zunächst weigert, es zur Kenntnis zu nehmen.

Die römische Flotte im Norden, klar gezeichnete Schiffssilhouette im Licht des Vorherbsttages, schwarze Schattenrisse der Sicherheit an der Linie zwischen Wasser und Himmel, das Signum der Macht von SPQR, verschwindet Schiffchen für Schiffchen hinter dem Horizont.

Rom dreht bei. Rom gibt Lakros auf.

Cethegus-Charaimon, Informant, Bürger und equis Romanus, sieht vor seinen Augen das Unbegreifliche geschehen. Die Macht verzichtet darauf, eine Macht zu sein. Rom verrät Cethegus.

Er braucht nicht vorzulaufen zum Rand der Klippe, um zu sehen, ob die Galeere des Legaten noch im Hafen liegt. Er weiß, daß sie ebenfalls fort ist.

Cethegus, der Treueste der Treuen, ist nun Rom auf einer Insel im Meer.

Er entsinnt sich der Vorbilder für hehres Sterben und ihrer Todesarten, doch es bereitet ihm kein Hochgefühl, an den

Tod zu denken. Da ist nichts, was nach dem Leben lohnen könnte.

Aber er kennt die Augen seiner Feinde, auch die der blonden Frau, und er weiß, daß sie kein Erbarmen haben werden. Warum sollten sie auch. Hatte er je Erbarmen?

Der sizilianische Montaner ist ein noch junger Mann, bartlos, gelockt wie Hyazinth. Es fällt den Mädchen von Lakros sogar ein, ihn mit Gott Hermes zu vergleichen.

Er sitzt in der verödeten Vorhalle des Königspalastes, kommt aus dem Staunen nicht heraus und läßt sich verwöhnen.

Es gibt Schafkäse mit Oliven, Krabben und Tintenfisch, silbrige Meeraale, Lammfleisch mit Rosmarin und Traubensoße, Hühner in Honig und Rezina, Rezina, Rezina.

Sie sitzen im Kreis um ihn herum, nötigen ihn zuzugreifen und bewundern, wie es ihm schmeckt. Das Gutachten über die lakrische Mine ist der Erfolg seines Lebens.

„Dabei habe ich doch nur mein redliches Urteil abgegeben, belegbar", rechtfertigt er sich.

„Dabei hat er doch nur sein redliches Urteil abgegeben, belegbar", echot eines der Mädchen und streichelt sein Haar.

„Laß ihn", beschwichtigt ein rundköpfiger Bauer. „Er kommt aus einer Welt, wo man sonst mit Redlichkeit keine Erfolge holen kann."

Der Bergbaumann schüttelt den Kopf und stärkt sich mit einem Becher. „Es ist nur, weil es doch ein negatives Urteil ist. Ich hätte nie gedacht, daß die Mitteilung, da sei kein oder kein nennenswertes Goldvorkommen mehr vorhanden, jemanden erfreuen kann..."

„Nun, den Römer hat es ja auch nicht erfreut", sagt Glaukos, der hier den Gastgeber spielt.

„Das stimmt", bestätigt der Sizilianer, „er wollte mich fast prügeln. Unfaßbar, daß dieser höfliche Herr so ausfallend werden kann."

Die Leute von Lakros biegen sich vor Lachen, nötigen dem jungen Mann eine Portion geröstete Leber mit Wildkräutern auf und locken ihn, seine Geschichte zum hundertsten Male zu erzählen. „Aber du bliebst doch bei deiner Meinung?"

„Was sollte ich denn machen? Ich konnte doch kein Gold in den Berg zaubern! Was erschöpft ist, ist erschöpft."

Man nickt beifällig.

„Er wollte noch einen anderen Gutachter heranziehen. Aber das brauche ich nicht zu fürchten. Ich verstehe mein Handwerk. Da ist nichts zu holen – zumindest nichts Nennenswertes."

Die Runde um ihn ist begeistert. Und obwohl er immer noch nicht begreift, worum es eigentlich geht, versetzen das gute Essen und der Rezina auch ihn langsam in Feierstimmung.

„Gut", sagt er, „gut, wir sind alle fröhlich. Der Berg ist tot, die Ader versiegt, evoe und euho." Seine Zunge wird schwer. Er greift sich die nächstbeste Schäferin, die kichernd ihr Gesicht verbirgt, faßt sie um die Taille, versucht sie zu küssen. „Die Leute von Lakros sind zwar äußerst sonderbar, aber die Mädchen sind schön." Auch hiermit sind alle einverstanden.

Etwas später bringt man den ziemlich betrunkenen Montaner mit großem Geleit zum Hafen, setzt ihn in sein Schiffchen und schärft dem Kapitän ein, ihn aufs feinste zu behandeln. Er sei ein vorzüglicher junger Mann, Freund aller Mädchen, Bergwerksexperte dazu. Außerdem sei es angeraten, bald abzureisen; die Herbststürme ständen bevor.

Der Kapitän ist ein erfahrener Nautiker und weiß, was die Herbststürme bedeuten. Er läßt unverzüglich klar Schiff machen und sticht in See.

Hinter ihm heben sich die Absperrketten des Hafens. Kein fremdes Schiff ist mehr in der Bucht von Lakros.

„Nun ade, Pathos, Heroismus, Todesmut. Statt einer Tragödie findet eine Farce statt, in der diesmal, wie es sich für einen echten Mimus gehört, die großen Herren die Angeschmierten sind. Sicher wäre es nach Zoes Herzen, könnte sie bei uns sein." Ein Blick geht zu Nicodemus, der wie ein Schatten an der Wand lehnt. Doch dann lacht Leukotris. „Ich bin verdrießlich", sagt sie. „Gerade hatte ich mich auf kriegerische Aktionen eingestellt. Und du, Meroe? Tut es dir leid, Schwarze Schlange, die Waffen beiseite zu legen?"

Meroe schüttelt den Kopf: „Ich bin froh, sie nicht brauchen zu müssen. Aber es ist gut, daß ich sie habe."

Sie sind alle beisammen in der weiten Halle der Begegnung des iatreion, kamen wie von ungefähr, „nach ihrem Nikos zu sehen", sitzen herum auf den Lederstühlen.

„Ohne mich", spottet die medica, „wäre euer Nikos ein Stück kalte Haut. Überlaßt es nur mir, euch zu retten."

„Laßt uns nun endlich die Lage bereden!" Es ist einer der Söhne Meroes, der dies sagt.

„Die Lage", wieder ergreift die medica mit altgewohntem Vorwitz das Wort, dem sich jedoch keiner entzieht, „die Lage ist so: Ein einziges Mal jubelt ein Volk auf, weil es arm ist, nicht weil es reich ist. Ich habe die Götter oft genug angefleht, die Goldader in Dreck zu verwandeln. Die Götter mischten sich nicht ein, aber die lakrische Erde war gesund genug, nein zu sagen zum Goldrausch. Die Posse ist zu Ende, meine ich. Roms Statthalter hat das letzte Schiff vor den Herbststürmen genommen und wird sich in Rom blamieren. Sie werden im nächsten Frühjahr noch einmal Experten senden, die auch nichts finden. Vielleicht schicken sie auch keinen – in Rom hat man andere Sorgen. Meine Tochter...", sie bricht ab und sieht zu Boden. Keiner blickt sie an.

Der blasse Geldmann Glaukos, Teilnehmer der Runde, fährt sachlich fort:

„Vergessen Sie nicht: SPQR hat die Schulden des Basileus geerbt."

Diese Bemerkung, durchaus ernst gemeint, löst einen Heiterkeitsausbruch bei den Versammelten aus.

„Das ist die Krönung der Geschichte! Möge es den Herren wohl bekommen!"
„Eine Posse, wahrhaftig eine Posse!"
„Nun", gibt Leukotris zu bedenken, „dafür haben sie Ihren Staatsschatz geplündert. Ganz ohne Mittel werden sie nicht sein. Eine Gefahr kann uns noch drohen, bevor es Winter wird: die Piraten."
„Eine Kontribution?"
„Sesostris hatte mit ihnen einen Vertrag. Mit wem sollen sie ihn erneuern? Mit dem Römischen Reich?"
Glaukos, der Staatsmann, ergreift das Wort: „Auf solche Finten lassen sie sich nicht ein, ich kenne sie. Nein, wir werden bluten müssen, daß sie uns in Frieden lassen."
Es ist wieder einer von Meroes Söhnen, der spricht: „Nun gut. Es gibt da noch eine Kassette, heißt es..."
Glaukos zuckt zusammen. „Es wird uns nichts helfen. Und dann, wenn die Stürme kommen, Freunde, haben wir einen Winter lang Zeit. Laßt uns die Ernten einbringen, denn wir sind sehr im Verzug durch die Knochenarbeit, die viele Männer in der Mine leisteten. Die Oliven sind leidlich, das Korn stand nicht schlecht, und die roten Trauben reifen. Wir werden leben können. Wir werden Zeit haben."
„Ja", sagt Meroe. Ihre tiefe Stimme setzt den Schlußpunkt unter alle Reden. „Wir müssen bis zum Sommer lernen, uns selbst zu regieren. Was meint ihr?"

18.

Die See schäumt an den Klippen hoch auf. Wenn man auf der Hochebene steht, sieht man, wie fernab, wo im Sommer die großen Schiffsstraßen sind, das Meer von den Fäusten unsichtbarer Riesen zusammengepreßt wird, wie gewaltige Peitschen weiße Schaumstriemen über den Horizont zeichnen, wie graugrüne Wasserfetzen zu Staub verwehen. Die Herbststürme sind da.

„Jetzt hat das Meer die Farbe deiner Augen“, sagt Meroe zu Leukotris.

Die Ärztin gibt der Großen Mutter, die zu ihren Ziegen zurückkehrt, ein Stück Weges das Geleit. Sie benutzt ihre Krücke als Stab, ist in ein dickes Wolltuch gehüllt. Meroe trägt unbekümmert ihre bloßen Schultern, ihren glattgekämmten stolzen Kopf in das Toben der Lüfte hinein. Sie ist barfuß, hat ihr Schwert. Zum Wandern stützt sie sich auf einen großen Speer.

Der Sturm umsaust die Frauen, er umsaust die Insel. Aber Lakros kennt keine Furcht. Getrost schmiegt es sich in den uralten Aufruhr der Elemente, bricht die Gewalt der Wellen an seinen Ufern, die der Winde an den sanften Linien seiner Hügel, so daß in den inneren Tälern ruhig der Wein reift.

„Hier oben“, sagt Meroe und läßt den Blick schweifen, „fanden meine Söhne den toten Römer. Er hatte Gift genommen.“

Leukotris wendet den Kopf beiseite. „Ich weiß. Sieh einmal, was von ihm geblieben ist.“ Sie greift unter ihr Tuch, holt die abgegriffene Tonfigur des Mithras hervor. „Sein Betrug war mir heilsam. Zum Gedenken dessen, dem ich einst die wahre Statuette gab ...“ Ihr Arm beschreibt einen weiten Kreis.

Die Terrakotte springt von Klippe zu Klippe, zerbröckelt, erreicht die Wogen als Staub.

Die Frauen setzen ihren Weg fort.

„Und nun, Schwarze Schlange, was wirst du in Zukunft vor allem sein? Mitregentin von Lakros? Große Mutter aus der Höhle? Kriegerin? Sag es mir“, scherzt die Ärztin.

„Alles das. Aber zuerst: Hirtin meiner Ziegen. Wir werden knapp zu leben haben. Die Olivenernte war nicht so gut wie prophezeit, und es gibt einen frühen und strengen Winter. Sieh, wie die Berberitzen angesetzt haben. Überhaupt – leicht wird es nicht.“

Die andere lacht. „Was dachtest du? Das berühmte iatreion wird so bald kein Ausländer mehr besuchen. Quelle und Kräuterabsud kann ich allein trinken – ich glaube, wenn ich so meine Beine ansehe, ich habe es mit der Niere. Wie soll ich Tyro und Sarmatis bezahlen? Mögen sie aufs Festland gehen und große Ärzte werden.

Überhaupt, darf ich dir ein Geheimnis verraten? Man wird auf Lakros frei sein, aber arm. Frei, aber die größten Hungerleider zwischen Alexandria und Korinth. Das ist der Preis. – Vielleicht finden wir ein bißchen Gold im Berg?"

„Keine Krume. Die Männer haben die Mine zugeschüttet."

„Das lob ich mir. – Was meinst du, wie lange halten wir durch?"

Meroe lächelt. „Solange wir arm sind."

Sie haben den Kreuzweg erreicht, Leukotris bleibt stehen. „Bis hierher mein Geleit. Kehr glücklich heim, Große Mutter. Segne mich." Sie kniet vor der dunklen Riesin nieder und drückt ihren Kopf in deren Schoß.

„Ich segne dich", sagt Meroe ruhig, „für deinen Mut und deinen Stolz und daß du bestehst in dem Kummer, der dich drückt."

Dann trennen sie sich.

Jede geht ihres Wegs, ohne der anderen nachzublicken.